함석헌 평전

한석헌 평전
신의 도시와 세속 도시 사이에서

2001년 3월 13일 초판 1쇄 발행
2011년 3월 1일 개정판 1쇄 발행
2025년 11월 20일 개정 2판 1쇄 발행

지은이 김성수
펴낸이 김경섭

펴낸곳 (주)도서출판 삼인
전화 02-322-1845
팩스 02-322-1846
이메일 saminbooks@naver.com
등록 1996년 9월 16일 제25100-2012-000046호
주소 (03716) 서울시 서대문구 성산로 312, 북산빌딩 1층

표지 디자인 김은선
제작 수이북스, 문형사

ISBN 978-89-6436-292-1 (03810)

함석헌 평전

신의 도시와 세속 도시 사이에서

삼인

함석헌
1901~1989

『성서조선』 동인. 윗줄 왼쪽부터 시계 방향으로 양인성, 함석헌, 송두용, 김교신, 정상훈, 유석동 (1927년 2월)

오산학교 1학년 갑조와 담임 함석헌 (1936년)

「생각하는 백성이라야 산다」를 발표하고 국가보안
법으로 구속되었을 때의 모습 (1958년 8월)

성환 강단 (1950년대)

안병무와 함께 (1950년대)

스승 유영모의 구기동 자택에서 (1954년)

강화도 마니산 참성단 (1960년대)

강화도 전등사 (1960년대)

장준하와 함께 (1960년대)

한일 국교 정상화에 항의하는
삭발·단식 투쟁 때 부인과 함께
(1965년)

대전대학 강연회
(1968년)

3선 개헌 반대 시위 현장에서 경찰에 의해 강제로 귀가 조치 당하는 모습
(1969년 9월 12일)

박정희 대통령에게 보내는
공개 편지
(1964년 9월 3일)

왼쪽부터
계훈제, 장준하,
김재준, 함석헌,
이병린
(1970년대)

송광사 불일암에서 법정 스님과 함께 (1977년 10월 초순)

『씨알의 소리』 창간 4주년 기념 강연회 (1974년 4월)

YWCA 위장 결혼 사건 때 선고공판에 출석하는 모습 (1980년 1월)

멕시코에서 (1985년)

쌍문동 자택에서 (1980년 7월 7일)

새해 첫날 김대중과 함께 (1988년 1월 1일)

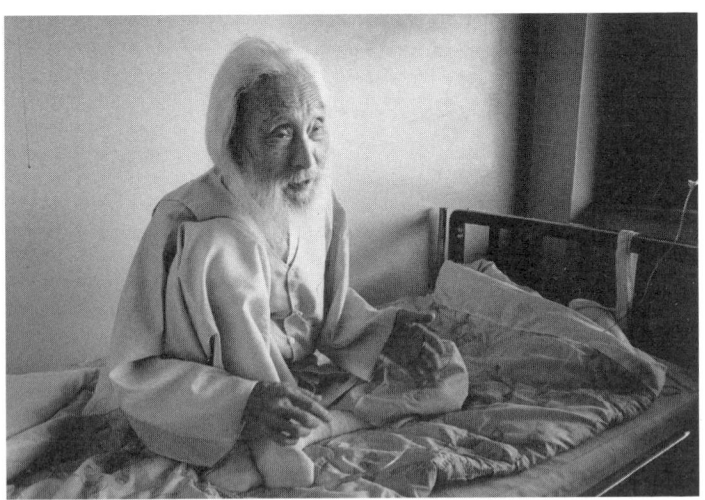

병상에서 (1988년)

『노자』 강의 (1980년대)

씨올의소리

Voice of the people

주간 함 석 헌

— 4월 혁명 열돌에 되새겨 보는 말 —
썩어지는 씨올이라야 산다
나는 왜 이 잡지를 내나?
씨올
씨올의 울음
하나님의 발길에 채여서

1970

4

창간호

4·19혁명 열 돌인 1970년 4월 19일, 한국의 민주화
와 언론의 자유를 증진시킬 방안의 하나로 『씨알의
소리』를 창간한다.

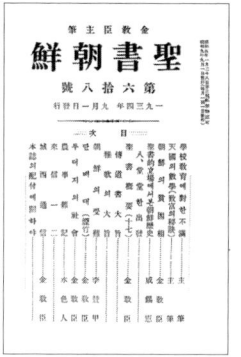

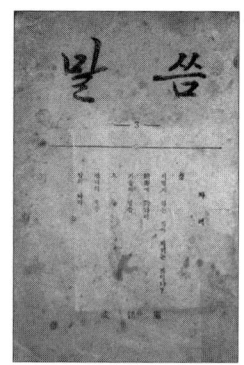

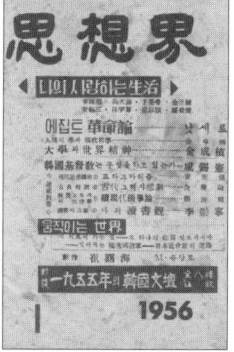

기독교, 역사, 민족주의에 관련된 글을 다룬 『성서조선』, 1955년
에 창간된 『말씀』, 1961년에 펴낸 『뜻으로 본 한국 역사』, 「한국의
기독교는 무엇을 하고 있는가?」가 수록된 『사상계』 1956년 1월호.

서울은 외롭지 않다

함석헌

"평화는 할 수 있으면 하고 할 수 없으면 말 문제가 아니다.
가능해도 가고 불가능해도 가야 하는 길이다."

몸도 생각도 거처도…… 고정된 것이라고는 없었던 함석헌은 하나의 자유로운 씨알이었다. 그러나, 그렇기 때문에, 함석헌은 자신을 세상에 내던질 수 있었는지도 모른다.

함석헌은 신의 도시와 세속 도시 사이에서 여든아홉 해를 머물렀다.

"나는 진리가 기독교에만 있다고는 믿지 않습니다. 진리는 어느 한 개인이나 한 집단에 의해서만 절대적으로 독점될 수 있는 것이 아닙니다."

이 책을 북청 사람인 나의 아버지와 서울 사람인 나의 어머니

그리고 남한과 북한의 씨알들에게 바친다.

추천의 말

소장학자 김성수 님의 책 『함석헌 평전』의 출판을 독자들과 함께 기뻐하면서 저자의 노고에 감사한다.

함석헌 선생은 지난 20세기 한국 현대사의 격동기에 한국이 낳은 세계적인 종교 사상가라고 말해서 결코 과장이 아닌 것이다. 그분은 재야에 묻혀 일하셨고 자기를 드러내 놓기를 즐겨하지 않으신 분이였기에, 많은 사람들이 이 위대한 한국인 한 영혼의 밝고 밝은 큰 울림에 대해여 잘 알지 못한다. 특히 젊은 세대들에게 있어서는 더욱 그렇다.

함석헌 선생은 한국이 낳은 위대한 종교 사상가로서 흔히 '한국의 간디'라고 존경받는 분이기도 하다. 그분은 훌륭한 문필가요, 종교 시인이며, 민권 운동가요, 역사 철학자인 것이다. 1930년대 일제의 식민 통치가 극에 다다랐을 때, 민족 교육의 성지 오산학교에서 역사 선생으로서 고민하면서 집필한 『뜻으로 본 한국 역사』는 한국인이 쓴 최초의 역사 철학서요, 한국인이 총체적으로 전체 역사 속에서 자기 민족사를 해석한 역사서인 것이다.

함석헌 선생은 높고 위대한 큰 영혼 안에서 각각 분열되어 있는 진리의 소리들을 통접시키고 환히 꿰뚫어 비추어 줌으로써 진리에 목말라하는 구도자들에게 등대가 되어 주셨다. 그분의 사상 세계 안에서는 종교와 과학이, 동양 사상과 서양 사상이, 역사와 자연이, 노동과 예배가, 민초와 하늘이 구별되면서도 하나로 통해 있는 것이다. 그분으로 말미암아 씨알 사상이라는 독특한 생명의 세계가 한국의 정신계 속에 열리게 된 것이다.

그러나 그의 사상 체계가 너무 방대하고 그의 저술물이 20여 권의 전집으로 출판되어 있기 때문에 단행본으로 된 소개서가 필요한 시대가 된 것이다. 마침 평소 함석헌 선생의 사상을 존경하고 따르던 김성수 님이 영국 셰필드대학교 박사학위 논문으로 제출한 학위 논문을 한국어로 간추려 출판하게 되었음을 감사한다. 마침 우리 사회는 시민 참여 정치의 민권 시대가 열리고, 자연 친화적인 세계관이 요구되며, 종교간의 깊은 대화와 협동이 요청되고, 과학 사상과 종교적 진리의 화해가 요청되는 시대가 도래한 것이다.

이 책이 학계에서는 함석헌의 종교 사상에 대한 연구를 촉발시키는 계기가 되고, 진리에 목말라하는 많은 구도자들에게는 시원한 생수가 될 것을 의심하지 않는다. 널리 읽히기를 바라면서 기쁜 맘으로 적극 추천하는 바이다.

2001년 3월

김경재(한신대학교 교수)

개정 2판에 붙이는 글

이상주의자, 약자의 대변자, 함석헌을 다시 생각한다

『함석헌 평전』을 처음 세상에 내놓은 지 벌써 24년이 되었다. 그 사이 한국 사회는 격동을 거쳤고, 나 역시 삶의 굽이굽이를 지나왔다. 2001년 초판을 낸 직후부터 2011년 개정판을 거쳐 지금까지, 함석헌이라는 이름은 변함없이 내 삶의 나침반이 되어 주었다.

지난 2001년 초판이 나온 직후의 일이다. 어린 시절 다니던 장로교회의 한 선배가 교인 두 사람과 함께 나를 찾아왔다. 그들은 카페 구석에 나를 앉히더니 큰 소리로 기도를 쏟아냈다. "주님, 방황하는 탕자 성수가 하루속히 주님의 곁으로 돌아오게 하소서!" 그들에게 보수적인 교회를 떠나 퀘이커 예배에 드나드는 나는 배교자와 다름없었다. 그 뜨거운 기도 속에서 나는 먼 나라에서 유산을 허비하는 잃어버린 아들로 규정되어 있었다. 혹시 함석헌에 관한 내 책을 읽어보셨느냐고 조심스레 물었지만, 돌아온 대답은 단호한 "아니"었다. 그들에게 함석헌은 여전히 이단자였고, 평화와 정의, 그리고 모든 이 안에 깃든 하나님의 빛을 증언한 그의 신앙은 기독교로 보이지 않았다. 자리를 떠나려는 내게 그들이 보낸 눈빛에는 연민과 안타까움이 뒤섞여 있었다. '탕자가 끝내 돌아오지 않는구나' 하는 말이 그 시선에 담겨 있는 듯했다.

사반세기가 지난 지금도 그날의 장면은 선명하다. 여전히 한국 교회의 많은 이들이 미신적 확신과 배타적 신념에 갇혀 있는 것을 볼 때 내 마음은 무겁다. 안타까운 것은 그들이 나를 위해 기도했다는 사실이 아니라, 그 기도가 두려움과 배제에 묶여 있었다는 점이다. 하지만 나는 그들이 바랐던 탕자로 돌아가지 않았다. 대신 퀘이커와의 만남 속에서 진정한 집을 찾았다. 그 집은 벽과 경계로 둘러싸인 곳이 아니라, 열린 마음과 양심, 그리고 살아 계신 하나님의 현존이 깃든 자리였다. 함석헌이 평생 추구했던 바로 그 자리였다.

지난 20여 년간 이 책으로 인해 참으로 많은 분들을 만났다. 찾아온 분들의 유형은 다양했지만 한 가지 공통점이 있었다. 그분들이 끊임없이 생각하고 무언가를 추구하며 열심히 살고 있다는 것이었다. 이런 분들과의 지속적인 만남을 통해서 나도 많이 배웠고 지금도 영감을 받고 있다. 그분들은 내게 정말 '씨알의 소리'가 무엇인지 삶의 매 순간에, 뜻하지 않은 장소에서 잔잔하게 들려주었다.

함석헌에 대한 강의를 이곳저곳에서 할 기회도 많았다. 심지어 외국인들과 외국 학생들에게도 영어로 함석헌에 대해 이야기할 기회가 있었다. 그러면서 '함석헌 사상의 보편성 문제'에 대해 고민했다. 그래서「그 사람을 가졌는가?」등 그의 시 몇 편을 영어로 번역했고, 외국인들로부터 호응도 좋았다. "문화와 언어를 넘어서 훌륭한 생각은 어느 하늘 아래서나 통한다"라는 확신이 들었다.

그 사이 함석헌의 위상도 더욱 분명해졌다. 한국조폐공사에서 '비폭력 인권운동으로 민주화 실현에 앞장선 사상가 함석헌'을 한국의 인물 시리즈 메달로 선정했고, '건국 후 한국 사회를 대표하는 운동가'로 함석헌이 1위(77퍼센트)로 선정되었다. 『뜻으로 본 한국역사』는 대학 신입생을 위한 추천 도서에, 아시아 명저

100권 중 하나로 선정되었다. 함석헌의 사상적 저력이 놀라울 뿐이다.

함석헌을 욕보이지 마라

그런데 요즘 들어 함석헌의 말과 글을 함부로 인용하면서 그를 욕되게 하는 일들이 반복되고 있다. 2014년 문창극 전 국무총리 후보자는 "일제강점과 분단이 하나님의 뜻"이라며 함석헌의 사상을 왜곡 인용했다가 거센 비판을 받았다. 이제는 김형석 독립기념관장이 광복 80주년 기념사에서 "우리나라의 광복을 세계사적 관점에서 보면 제2차 세계대전에서 연합국의 승리로 얻은 선물"이라고 발언하며 함석헌의 "해방은 하늘이 준 떡"이라는 표현을 인용했다.

하지만 이는 함석헌의 진정한 의도를 완전히 왜곡하는 것이다. 함석헌은 1934년 김교신이 발행하는 『성서조선』에 '성서로 본 입장에서 본 조선역사'를 연재하며 일제강점과 관련하여 '하나님의 뜻'이라는 내용의 글을 썼다. 하지만 이 글을 당시 일본 형사는 "옳은 소리"라고 환영하지 않았다. 오히려 모진 고문 끝에 함석헌을 1년이나 교도소에 보냈다. 당시 함석헌을 고문하던 일본 형사는 "그냥 무력항쟁을 하는 놈들보다 500년 후를 내다보고 조선 정신과 얼을 교육하는 네 놈은 훨씬 악질 놈이다!"라고 말했다. 함석헌은 일제강점기 핍박에 찌든 식민지 조선인들에게 일본 점령자들이 가장 두려워하고 경계하는 '희망'이라는 무기를 심어주었던 것이다.

함석헌은 항상 권력의 비판자였지, 결코 권력의 추종자가 아니었다. 함석헌은 해방 전과 북한의 소련 규정하에서는 물론이고 심지어 해방 후 월남한 대한민국에서조차 같은 동포인 이승만, 박정희, 전두환 정권에 의해 수감과 연금 생활을 끊임없이 반복해야 했다. 불의한 독재 권력에 대한 함석헌의 가차 없는 비판 때문이었다.

문창극에 이은 김형석처럼 권력의 주변을 맴도는 기회주의자들이 함석헌의 말과 글을 함부로 인용하면서 그를 욕되게 하지 말아야 한다. 함석헌은 "돈에 팔려 씨알을 저버린 언론인"을 비판하고 "이제 믿을 것은 권력자가 아닌 우리들 자신인 씨알밖에 없다"라며 자신을 씨알과 동일시하며 그 씨알을 위로했다. 반면 이들은 민중을 멸시하고 친일 사대주의를 정당화하려는 자들이다.

현재 한국 정치에서 이른바 '국민의힘'으로 불리는 세력을 보수나 극우라고 부르는 것은 잘못이다. 진정한 보수는 민족과 국가의 이익을 최우선으로 여긴다. 하지만 이들에게는 극우의 필수 조건인 민족주의나 민족우월주의가 전혀 없다. 오히려 친미·친일 사대주의가 기본값인 이들은 '매국의 힘'이라 불러야 마땅하다. 이들은 분단의 비극에 기생하는 기생충이며, 반공 전사로 전향한 친일 매국노들의 후예에 불과하다.

씨알의 대변자로서의 함석헌

함석헌은 한국 역사를 씨알의 입장에서 보았다. 기득권자나 가진 자의 통치 논리가 아닌 소외된 서민, 소수자, 패자, 사회적 약자에 대한 따뜻한 애정과 시선을 갖고 고난에 찬 삶을 살았다. 그것은 무엇을 말하나? 함석헌의 추종자들 또한 최소한 기득권자나 '부자의 대변자'가 아닌, 자기의 권리를 주장할 줄 모르는 서민, 씨알의 대변자, 즉 '씨알의 소리'가 되어야 한다는 것이다.

오늘날 우리 사회에 팽배한 극단적 양극화와 혐오의 분위기 속에서도 함석헌의 메시지는 여전히 유효하다. 강자 독식과 정글의 법칙이 횡행하고, 유전무죄 무전유죄의 현실이 공고해지는 상황에서 함석헌이 주장한 '같이살기운동'의 정신은 더욱 절실하다. 이른바 '작은 정부'의 구호 아래 강자가 약자를 유린할 때 '중립'이라는 미명으로 그저 바라만 보는 것은 결코 함석헌이 걸었던 길이 아니다. 광복 80주년인 올해, 우리가 해야 할 일은 독립투사들의 숭고한 희생정신을 기리고 계승하는 것이다. 친일 매국 세력들의 역사 왜곡과 정신적 테러에 맞서 진실을 지켜나가야 한다. 그것이 순국선열들과 함석헌 같은 양심적 지식인들에 대한 최소한의 예의이자 도리인 것이다.

나는 1979년 겨울, 김동길 선생을 통해 함석헌이라는 이름을 처음 들었다. 그다음 해 봄, 함석헌을 처음 만났을 때 온몸이 감전되는 듯한 큰 충격을 받았다. 그날 그 순간은 내 생애에서 가장 행복한 시간이었다. 그때부터 함석헌은 나의 베아트리체가 되었고, 나를 '지상에서 영원으로' 매 순간 이끄는 원동력이 되었다.

함석헌은 한국 역사를 짊어지고 나갈 주체로 씨알을 꼽았다. 씨알은 감투도, 돈도, 세력도 없지만 자기가 속한 시대와 사회에 대해, 자기의 세속적 불이익을 감수하고, 기회만 있으면 준엄하고 공정한 비판의 화살을 날린다. 인간의 가치, 삶의 가치가 돈이나 경제보다는 훨씬 더 위에 있는 도덕적 가치라는 것을 삶으로써 일깨워 준 이상주의자! 그것이 내가 보는 함석헌이다.

내가 생각하는 진리는 인간이 만든 제도에 갇히지 않는다. 진리는 모든 사람 속에 빛나는 그 빛에서 드러난다. 함석헌은 박해 속에서도 그 빛을 담대히 증언했고, 그의 삶은 나에게 신앙이란 울타리로 되돌아가는 것이 아니라 영 안에서 앞으로 걸어가는 길임을 일깨워 준다.

　아무리 세월이 지나도, 함석헌 사상과 그가 추구했던 가치는 씨알의 가슴을 울리고 한국 역사와 더불어 영원한 '씨알의 소리'로 남을 것이다. 그것이 내가 이 책을 다시 한번 세상에 내놓는 이유다.

2025년 가을
김성수

책머리에

함석헌은 세계사에서는 그 존재가 잘 알려져 있지 않은 인물이다. 그러나 한국에서는 '한국의 간디', '종교적 다원주의의 선구자', '광야에서 외치는 자의 소리' 등으로 그와 그의 생애를 묘사해 왔다. 이러한 그의 별칭이 암시하는 것처럼 그는 때로는 종교 사상가였고, 때로는 구도자였고, 때로는 인권 운동가였고, 또 때로는 역사·정치·종교·사회 문제를 주제로 글을 쓰는 사람이기도 하였다. 그러나 예상외로 그는 '종교학자', '언론인', '역사가' 혹은 '정치가'의 세속적 위치를 한번도 공식적으로 갖지 않았다.

굳이 그의 이름 앞에 말을 붙이자면, 그는 퀘이커 교도이며 기독교 사상가다. 그러나 그의 생각과 삶의 방식은 세계와 한반도의 역사적 변이에 따라 끊임없이, 그리고 포괄적으로 변해 왔다. 그러므로 그를 다 성취한 사람으로 표현하기보다는 항시 추구하는 사람으로 표현하는 것이 더 적절할 것 같다.

이 책은 나의 영어판 박사학위 논문(An Examination of the Life and Legacy of A Korean Quaker, Ham Sokhon: Voice of the People and Pioneer of Religious Pluralism in Twentieth Century Korea)을 함석헌기념사업회의 요청으로 내가 직접 번역·수정·보완한 것이다. 그러나 영어를 한국어로 옮기는 과정에서 나는 한국 원서를 접할 위치에 있지 못했다. 그래서 함 선생님 자신의 글을 제외한 다른 한국어 문헌들은 불가피하게 의역의 길을 택할 수밖에 없었다. 이 글은 처음에 영어로 쓰였기 때문에 함 선생님 자신의 글도 가능한 한 영어판을 우선적으로 사용했다. 그래서 주석에 한국어판보다는 영어판이 많다. 이 점 읽는 이들의 양해를 바란다. 이 책의 일부 내용은 『씨알의 소리』에 실린 적이 있으나 단행본 형태로 세상에 소개되기는 이번이 처음이다. 영어판은 현재 함석헌 탄생 100주년을 맞아 함석헌기념사업회에서 출판을 진행 중이다.

함석헌의 말과 글을 영어로 번역하면서 가장 어려웠던 일 가운데 하나는 어떻게 그의 독특하고 역설적인 표현을 서구인들의 가슴과 머리에 와 닿게 언어적으로 전달하느냐의 문제였다. 함석헌의 말과 글은 '함석헌체'라고 불릴 만큼 독창적인데, 그 함석헌체의 말과 글을 문화가 다르고 의식이 다른 서구 학계에 논문 형태로 번역하는 일은 정말 고역이었다. 그래서 나는 역사학을 시작하기 전에 영문학을 공부해야 했다. 또 하나 어려웠던 문제는 '함석헌 비판'이었다. 서구 학계에서 요구한 것은 '영웅 함석헌'의 전기가 아니었고 연약한 한 인간에 관한 평가·비평 논문이었다. 어떤 면에서 보면 무책임하게 그의 생활을 비판하기는 그리 어려운 일이 아니었으나 그의 사상을 분석하고 비판하는 일은 내 능력 밖이었다. 그 과정에서 궁지에 빠진 내 자신의 모습을 여러 번 발견했고, 중도 하차하고 싶은 생각도 많았다. 그러나 함석헌의 삶과 생각을 세계, 특히 서구 학계에 알리고 싶다는 강렬한 욕구 때문에 이 일을 포기하지 못했다.

함석헌에 관한 글을 쓰기 위해 나는 한국 기독교사를 이해해야 했다. 한국 기독교사를 알기 위해 한국사를 공부해야 했고, 한국사를 세계사의 넓은 맥락 안에서 이해하기 위해서 동아시아사와 서양사를 연구해야 했다. 그리고 인물 평전 방법론에 익숙해지기 위해서, 또 세계의 여러 개혁가·혁명가들과 함석헌을 비교선상에 놓고 분석하기 위해서 넬슨 만델라, 미하일 고르바초프, 체 게바라, 간디, 주세페 마치니, 아웅산 수치, 링컨, 장융(『대륙의 딸들』의 작가) 등의 자서전을 읽었다. 함석헌의 생각을 조금이라도 제대로 이해하기 위해서 한길사에서 출판된 『함석헌 전집』 20권을 최소한 일곱 번 이상씩 읽었다.

함석헌의 삶과 생각을 연구하기 위해 나는 두 가지 방법론을 사용했다. 첫째로 그가 남긴 방대한 저서를 1차 자료로서 꼼꼼히 분석했다. 『함석헌 전집』과 그가 한국과 미국·영국 퀘이커들에게 쓴 여러 종류의 글도 여기에 포함된다. 둘째로 나는 그가 영향을 주고받은 다양한 사람들, 특히 국내의 학계·언론계·정치계·종교계와 더불어 그의 친인척들과도 폭넓은 개별 면담을 가졌다. 이 책에 수록된 자료들은 그러한 공식, 비공식 면담을 통해서 수집된 것들이다. 이 밖에도 여러 사람들이 함석헌에 관하여 쓰거나 제작한 세미나 테이프, 잡지·신문·논문 등도 참고 자료로 사용했다.

이 책은 함석헌의 격동의 인생 여정과 그의 사상 변화를 총괄적으로 다루었다. 20세기 한국의 자유민주주의 운동의 기수로서의 그의 역할과 혁신적인 그의 종교관을 분석했다. 그는 개인의 영적 완성의 추구와 사회 정의를 위한 투쟁을 상호 연관된 것으로 보았다. 이상주의자였던 그는 인간의 가치를 도덕의 가치로 보았다. 더불어 그는 절대자 혹은 신을 우주 위의 초월적 존재일 뿐만 아니라 각 개인의 양심과 자연의 어느 곳에나 내재해 있는 존재로 보았다. 이런 시각에서 이 책은, 동양과 서양 그리고 역사의 패자와 승자 사이의 매개자로서의 함석헌의 역할을 분석하고, 어떻게 그가 그 시대의 역사적 도전에 대응하고 그의 생각을 정립해 나갔는지를 평가하려고 했다.

2001년 1월 서울에서

김성수

감사의 말

함석헌 선생님을 알게 된 것은 1979년 겨울 김동길 선생님을 통해서였다. 그 후 김 선생님은 나의 영국 유학 시절 대학원 석사 과정의 학비 및 생활비를 전액 지원해 주셨고 이 논문을 쓰도록 영감(Inspiration)도 주셨다. 안티아 리 교수님의 주선으로 인연을 맺은 영국의 호크릴교육재단은 나의 에섹스대학교 학부 과정의 학비 및 생활비를 지원해 주었다. 나의 영국인 '어머니' 고(故) 잉글 로렌스 박사님은 나의 박사학위를 위해 전적인 재정적 후원을 해 주었다. 그녀의 추천으로 나는 영국 퀘이커회로부터 함석헌 연구를 위한 미국과 한국 방문 여행비를 보조받을 수 있었다. 나의 지도 교수 제임스 그레이슨 박사님은 지난 4년간 나의 논문을 정성으로 지도해 주셨다. 에섹스대학교의 스티브 스미스 교수, 뉴캐

슬대학교의 수잔매리 그란트 박사, 셰틀의 바바라 바우만, 셰필드 대학교의 성삼제 님 등도 이 논문을 위해 많은 조언을 해 주셨다. 진 카 양은 불평 한마디 없이 내 영어를 교정해 주었다.

고(故) 안병무 박사님은 그의 민중신학 그리고 나와의 인터뷰를 통해서 내게 끊임없이 지적 자극을 주었다. 김형렬 님은 자신의 경제적 어려움에도 불구하고 재정적 지원을 해 주었다. 최일도 형님, 신길순 형님, 신주련 님, 수잔 하츠온, 데이비드 블레미어스, 진 웨지, 다일공동체 이경자 권사님 등도 그들의 애정과 함께 경제적 도움을 주었다. 로저엔드사라벤크로프트장학회, 에딧에리스장학회, 보거트장학회, 폴라드엔드딕슨장학회, 미국 및 영국퀘이커장학회, 영국교회연합회, 셰필드대학교 등에서도 장학금을 지원해 주었다. 함석헌기념사업회 박영자 님, 우드브룩의 스튜어트 모튼과 크리스티나 로슨, 펜들힐의 유키 브린톤은 함 선생님에 관한 귀중한 자료들을 제공해 주었다.

나의 장인 장모 제프와 바바라 그리고 사랑스러운 아내 앤은 이 논문을 꼼꼼히 읽고 많은 수정안을 제시해 주었다. 나의 부모님의 사랑과 정성 그리고 끊임없는 기도와 격려가 없었다면 나는 이 논문을 끝내지 못했을 것이다.

끝으로 내 논문, 아니 내 삶 자체는 함석헌 선생님으로부터 큰 도움을 받았다. 선생님을 처음 만난 것이 18년 전이다. 그리고 선생님이 돌아가신 지도 9년이 넘었다. 살아갈수록 나는 내 자신이 얼마나 선생님으로부터 많은 영향을 받으며 살아왔는지 의식하게 된다. 특별히 선생님의 영향으로 나는 철도 공무원에서 역사가, 골통 보수 기독교인에서 종교적 관용주의자, 복음주의자에서 인본주의자, 교조주의자에서 낭만주의자가 되었다. 내게 역사와 철학의 '맛'을 알게 해 준 분도 선생님이고, 무엇이 인생과 인간에게 가장 중요한 가치인가를 깨우쳐 준 분도 선생님이다. 내게 선생님은 진리, 도(道), 하느님을 보여준 마음의 창문과 같은 존재다. 그가 살아서 그의 가르침과 영감이 내 인생에 어떤 열매를 거두게 했나 보셨으면 하는 염원도 감히 해본다. 그가 남겨 준 따스한 사랑과 들사람얼(野人精神)은 내가 이 세상을 살아가는 동안 항상 나와 함께하리라 확신한다. 그리고 이 책을 위해 필자와의 단독 인터뷰에 응해 준 고(故) 계훈제, 이태영, 안병무, 장기려 님과 김경재, 김동길, 김용준, 노명식, 송건호, 함우용, 이윤구, 서영훈, 한완상 님께 감사드린다.

1998년 6월 영국 셰필드에서

김성수

용어 설명

퀘이커(Quaker, The Religious Society of Friends)
17세기 중반 영국 랭커셔 지방에서 조지 폭스(George Fox, 1624~1691)에 의해
창설된 기독교의 한 종류이다. 목사나 신부가 없고 평신도 중심으로 모임집(Meeting
House)에서 주일마다 예배를 드린다. 교회 연합 위원회의 회원이지만 기독교 교리
에 얽매이지 않는 것이 기존 기독교와 다르다. 내세 구원보다는 사회 개혁과 세계 평
화에 관심이 많고 과학과 종교와의 대화를 많이 시도한다. 1947년 노벨평화상을 받
은 바 있고 퀘이커 과학자가 많다. 영국에서는 병원 시설 개선 운동, 여성 참정권 운
동, 교도소 시설 개선 운동에 앞장섰고, 미국에서는 노예 제도 폐지 운동, 반전 운동,
종교 간의 대화 운동 등에 앞장서 왔다. 1950년대에는 한국전쟁의 피난민을 도왔고,
1970년대에는 한국의 민주화 운동과 인권 운동을 지지하기도 했다.

무교회(無敎會) 운동
19세기 후반 일본에서 우치무라 간조(內村鑑三, 1861~1930)에 의해 시작된 교회
조직 개혁 운동이다. 우치무라는 조직화된 교회가 기독교 신앙의 필요 조건은 아니
라고 보았다. 그 자신은 기존의 제도화된 교회의 회원에 속하지 않았지만 교회 자체
에 반대하지 않았다. 우치무라는 그 생애의 대부분을 통해서 성경을 공부하고 가르
쳤지만 어느 교회 교단으로부터도 목사 안수를 받지 않았다. 그는 그리스도의 정신
이 현존하는 곳이면 어디든지 교회가 존재한다고 믿었다. "어디에서든지 두세 사람
이 내 이름으로 모인 곳에는 내가 그들과 함께할 것이요"(「마태복음」 18: 20)라는
예수의 말이 무교회 운동의 본질로 집약될 수 있을 것이다. 무교회 운동 신자들은 가
정과 공공장소 어디든 구분하지 않고 모여서 예배를 드린다. 한국에 소개된 것은
1920년대 말이다.

씨알

씨알은 민(民) 또는 민중에 대한 순수 우리말로 '맨사람'을 뜻한다.

함석헌은 이렇게 말했다.

"너는 씨알이다.

너는 앞선 영원의 총결산이요,

뒤에 올 영원의 맨 꼭지다.……

지난 긴 5천 년 역사가 네 속에 있다."

함석헌은 국가주의의 의미가 강조되는 국민이나, 주체보다는 객체로서의 뜻이 강한 백성이라는 한자어 대신, 순수한 우리말이라고 믿어지는 씨알이라는 말을 쓰기 좋아했다. 씨알의 의미는 순수·순박한 사람, 때묻지 않은 사람, 자연 그대로의 사람, 오염되지 않은 사람 등으로 설명될 수 있을 것이다. 아마도 함석헌이 바랐던 이상형의 인간이 씨알이었던 것 같다.

신의 도시

어거스틴은 그의 책 『신의 도시』에서 도시에는 하느님을 사랑하는 도시와 자기를 사랑하는 도시가 있다고 분류하고, 인간의 도시는 결코 만족을 줄 수 없으므로 신의 영원한 도시를 소망해야 한다고 역설했다.

세속도시

하비 콕스(Harvey Cox)는 그의 책 『세속도시(The Secular City)』에서 하느님은 하늘에 계시면서 인간들과 동떨어진 분이 아니라, 세속도시 속에서 일하는 존재라고 하면서, 기독교인들도 사회 참여를 통해 하느님이 세속도시 속에서 하는 일에 동참해야 한다고 하였다. 이는 세상과 교회를 구분하면서 세상과 단절되어서 사는 근본주의 성격의 기독교인들의 이분법에 대한 신학자로서의 비판이다. 그의 세속도시 신학은 기독교인의 사회 참여를 중요하게 생각하는 해방신학에도 영향을 주었다.

진보는 피해자 입장에서 역사를 쓰고
보수는 가해자 입장에서 역사를 쓴다.

— 김성수

시작하는 말

함석헌의 생애와 사상은 그 자체로 20세기 한국의 한 개인이 이렇듯 어지러운 정치·사회·문화·종교적 혼돈의 소용돌이를 경험하면서도 어떻게 내적인 영(靈)의 세계를 꿋꿋하게 추구해 나갔는가에 대한 뚜렷한 증거다.

***

    함석헌은 20세기 한국의 가장 두드러진 기독교 사상가이자 재
야 민주화 운동의 지도자였다. 그의 생애(1901∼1989)가 20세기
의 시작과 때를 같이한다는 사실은 상징적이다. 20세기는 한국 역
사를 통해서 가장 급격한 사회·정치적 변동과 긴장, 불안이 연속
된 시기로 요약될 수 있을 것이다. 함석헌은 이 불안정한 시대의
다면적인 도전에 자신의 삶 전체로 대응한, 20세기 한국의 지성사
에서 가장 눈여겨볼 만한 인물 가운데 한 사람이다.

    함석헌의 사상은 그 폭이 측정하기 어려울 정도로 넓었다. 그의
생전 활동 또한 다양하였다. 그래서 함석헌이 과연 누구인가라는
질문에 대하여 '그는 이런 사람'이라고 잘라 말하는 것은 수월한
일이 아니다. 그를 일컬어 탁월한 '종교 사상가' 또는 '한국의 양
심'이라고 하는 이들이 있는 반면, '독설가', '선동가' 혹은 '종교
적 이단자'라고 낙인을 찍는 이들도 있었다. 어떤 한국인들의 눈
에 그는 성경과 동양 철학을 독특하고 자유롭게 풀이해 주는 박식
한 '강사' 혹은 다산(多産)의 '작가'로 비춰졌다. 또 다른 이들에
게 그는 불의한 정치 권력에 저항하는 '싸우는 평화주의자'였다.

진보적·개방적이었던 종교관으로 인하여 그는 어디에도 소속되지 않은 종교인으로 보일 때도 있었다. 그런가 하면 오늘의 젊은 세대 가운데에는 그의 이름 석 자가 전혀 생소하다는 이들이 바닷가의 조약돌처럼 많다. 그러나 분명 함석헌은 그보다 '유명한' 후진들에게 결정적인 영향을 미친 사람이다. 비록 그의 종교적 사상과 올바른 정치를 위한 제언들이 그가 살아 있는 동안 현실에 성공적으로 적용되어 본 적은 없지만, 그의 사상은 후진들 가운데 좀 더 실제적인 사회 개혁가나 학자, 언론인, 심지어 정치인들에게도 깊은 영향을 주었다. 우리는 안병무, 장준하, 한완상, 김찬국, 송건호, 김동길, 이태영, 계훈제, 김대중, 이문영 등의 이름을 들 수 있다.

함석헌의 삶과 생각을 학문적으로 분석하고 연구하기 시작하면서 나는 커다란 마음의 부담을 느꼈다. 함석헌이 말이나 글로 표현하지 않은 내면의 신념까지 유추해서 다룰 수밖에 없는 상황에 처했다는 것을 깨달았기 때문이다. 간디의 생애를 두고 네루(Jawaharlal Nehru)는 이런 말을 한 적이 있다.

"아무도 간디의 생애와 사상에 관해 쓸 수 없을 것이다. 왜냐하면 그 글을 쓰는 사람 자신이 간디만큼 위대하지 않을 터이므로."

아마 네루의 말이 맞을 것이다. 그렇다면 나는 함석헌에 대해 쓰지 말아야 하는가? 그럴 수는 없었다. 못났으면 못난 대로 나는 그의 삶과 생각에 대해 '냉정'하고 '공정'하게 쓰기로 작정했다. 삶이 추악할수록 아름다움을 동경하고, 유한하고 약한 인간이기에 무한한 절대자를 그리워하듯이……

이미 말한 대로 금세기의 한국인들이 겪어야 했던 것은 엄청난 사회·정치적 변화의 시간이었다. 그 격동의 시간대를 열어 놓은 일제의 가혹한 식민 정책은 한국인들의 정신적 정체성을 파괴하는 데 매우 효율적으로 작동했다. 일제는 조선어를 말살하는 것은 물론 조선인의 문화적 뿌리를 송두리째 뽑고자 창씨 개명, 조선사 왜곡 작업 등을 단행했다. 식민지 조선에 대한 일제의 억압은 대영제국이 그 식민지를 탄압한 경우와는 그 잔악성에서 하늘과 땅 차이였다. 그것은 영국인 정치학자 데이비드 샌더스(David Sanders)의 다음과 같은 말에서도 엿볼 수 있다.

> "대영제국의 인도 식민 통치에 대한 간디의 시민 불복종 운동은 1940~1941년의 제2차 세계대전 중에는 잠잠한 편이었다. 인도 민족 지도자들은 버마에 주둔해 있는 일본이 대영제국을 대신해서 인도를 점령 통치할 가능성을 원치 않았기 때문에 영국으로부터의 독립 운동을 전면 중지했다."[1]

이러한 일제의 통치가 끝난 1945년 이후 미국은 남한을 냉전 시대 소련의 세력 확장을 저지하기 위한 극동의 '완충 지역' 정도로 여겼다. 최초의 주한 미군 사령관 하지(John R. Hodge)는 남한에 처음 도착하며 발표한 성명서에서 한국인을 "일본인과 비슷한 혈통의 고양이" 정도로 생각하며 정복당한 적(conquered enemies)으로 취급할 것이라고 밝혔다.[2] 실제로 미군정은 한국인들을 동료라기보다는 정복당한 적으로 다루었다. 이런 면에서 미군정은 남한에 '해방자'라기보다 '정복자'로 들어왔다.[3] 더욱이 미군정 요원과 친일파 한국인은 해방 후에도 친밀한 사이를 유지하며 남한 사회 전반의 주도권을 장악해 나갔다. 한국 역사를 일러 "등뼈가 부러진 역사"라고 한 함석헌의 말은 이러한 현실의 맥락 속에서 나온 것이다.

문화적인 조건을 살펴본다면, 14세기 이래 오늘날까지 압도적으로 한국인의 의식 구조를 좌우해 온 것은 유교였다. 그 밖에 샤머니즘, 불교, 도교, 기독교 등도 현재 한국인의 의식에 깊은 영향을 미치고 있다. 그러므로 14세기 이래 한국인의 의식 구조가 별로 변하지 않았다는 시각이나 심원하게 변했다는 관점은 둘 다 논쟁의 여지가 있는 주장이라 할 수 있다. 문제는 어떤 색안경으로 한국 문화사를 보느냐에 달려 있다. 여기서 특별한 주의를 요하는 것은 19세기 이래 한국인들이 서구 기독교를 열광적으로 받아들였다는 사실이다. 그렇다면 서구 기독교는 한국인들의 의식 구조를 얼마나 탈유교적으로 바꾸어 놓았을까? 어려서부터 장로 교회에서 자란 나 자신의 경험에 비추어볼 때, 한국 교회와 한국 기독교는 기본적인 성격에서 전통적인 한국 유교와 별로 다른 점이 없다. 달리 말하면 대부분의 한국 기독교인은 유교의 권위주의적이고 계급주의적인 가치 개념과 체제를 그대로 한국 교회에 접목시켰다는 것이다. 많은 교회 지도자나 이른바 성직자라는 이들은 그 교회 평신도들을 동등한 동료라기보다 종속적인 하급자로 대하는 가부장적 태도를 취하면서 그 자신의 권위에 복종하고 충성할 것을 요구하는 경향이 강하다. 이런 특성들은 서구의 한 선교사에게도 한국의 가족 및 가계(家系) 중심주의의 유교가 교회 및 교단 중심주의의 기독교로 대치되었다는 인상을 던져 준다. 이 인상의 근거는 예컨대 같은 지역, 같은 교단의 교회끼리도 회원 확보를 위해서는 격렬한 경쟁자로 변하는 상황이다.[4]

이런 예가 아니더라도 한국의 많은 교회 지도자들은 사회·정치적인 부정과 불의 같은 문제점에 대해서는 냉담한 반면 그 교회 교단의 문제에 대해서는 필요 이상으로 관심이 가열되어 있는 듯하다. 그런 면에서 집단적 이기주의의 성향이나 강한 자기 중심적 시야만을 고집하고 있지 않은지에 대해 깊은 자문이 필요한 것이 이 시대 한국의 기독교이고 기독교인이다.

함석헌의 생애와 사상은 20세기 한국의 한 개인이 이렇듯 어지러운 정치·사회·문화·종교적 혼돈의 소용돌이를 경험하면서도 어떻게 내적인 영(靈)의 세계를 꿋꿋하게 추구해 갔는가에 대한 뚜렷한 증거가 되어 준다. 다변적인 시대의 고민에 응답하기 위해서 그는 시인이자 다산의 산문가, 역사가, 교육가, 언론인, 재야 인권 사회 운동의 지도자라는 다채로운 모습을 가질 수밖에 없었다. 또한 내면적으로는 동양의 도교, 유교, 불교, 힌두교, 무교회(無敎會) 운동뿐 아니라 서구의 전통적인 기독교, 퀘이커리즘, 과학주의, 합리주의 등과 폭넓게 친숙해지려고 노력하였다.

만약 혼미한 20세기의 한반도에 태어나지 않았더라면 함석헌은 자신이 그저 "조용한 정원사"가 되었을 것이라고 술회한 적이 있다. 그가 난초 가꾸기를 끔찍이 좋아한 것을 보면 그다지 어색한 발언도 아닐 것이다. 고요함과 평화스러움은 그에게 삶의 최고 가치였는지 모른다. 그 자신 고백했듯이 "그저 조용히 집에 홀로 앉아 화초만 기를 수 있다면 얼마나 행복할까!"[5] 그러나 불의와 부조리가 부패한 정치 권력을 업고 사회 전체를 짓누를 때, 그래서 조용하고 평화롭게 일상적인 삶을 살고자 하는 개인의 소망이 박탈당할 때, 그는 선택의 여지없이 그 사회의 '범법자'가 될 수밖에 없었다. 함석헌은 생애를 통해서 여덟 번이나 '감방 대학'을 경험했다. 그의 잦은 투옥과 연금은 일제 식민지 시대에서 비롯하여 소련 군정하의 북한에서도 계속되었고, 남쪽으로 내려온 다음에는 이승만, 박정희, 전두환 정권에 의해서 이어졌다. 이 험난한 세월 속에 함석헌은 부모의 죽음조차 지켜보지 못하였다. 부친은 함석헌이 일제에 의하여 옥살이를 할 때 운명했고, 그가 소련군의 총부리를 피해 북한에서 월남한 이래 모친의 생사는 전혀 알 길이 없게 되었던 것이다.

함석헌은 그러나 이 모진 시련이 예비한, 강인한 성품을 지닌 위대한 '민족의 메시아'가 아니었다. 그는 오히려 평범하고 조용한 성격의 사람이었다. 그의 삶의 규모와 스타일 역시 검소한 것이었고 세속적인 시선으로는 심지어 보잘것없는 수준이었다. 한국의 보통 사람들은 그에게서 '민족의 지도자'가 풍김직한 위압감을 느끼지 않았다. 그들에게 함석헌은 그저 시골풍의 동네 할아버지 같은 인상을 주기 쉬웠을 것이다. 사실 함석헌이 비범하게 지혜롭거나 용기 있는 사람으로 태어났다고 생각되지는 않는다. 그러나 그는 생애에 걸쳐 끊임없는 배움과 '존심양성(存心養成)'의 수양으로 스스로를 정련시켜 나간 사람이다. 그런 한편 조국의 자유와 인간성의 실현을 가로막는 불의에 삶 전체로써 저항하기를 회피하지 않았다. 그는 "마치 소년이 자기가 원하는 방향으로 공을 차듯이 이날껏 나는 하나님의 발길에 채여 오는 사람입니다. 내 삶은 하나님에 의해서 인도되고 몰아진 삶입니다"라고 말한다.[6] 함석헌의 조국에 대한 사랑과 민주주의를 이루기 위한 정열은 이러한 인도에 스스로를 기꺼이 열어 둔 결과가 아니었을까.

함석헌은 동시대 대부분의 고답적이고 고지식한 식자들과는 달리 이해하기 쉬운 말과 글로 대중 앞에 자신의 생각을 펼쳐 보였다. 이 점에서 그는 대중의 처지와 입장을 대변하는 목소리, 곧 '씨알의 소리'였다. 그는 씨알이 하느님이고 하느님이 씨알이라고 역설하면서 "믿을 것은 씨알밖에 없다"고 강조했지만, 실제로 그는 그 씨알을 전적으로 믿지는 않았고 그 씨알의 손에 자신을 완전히 내맡기지도 않았다.[7] 함석헌을 따르는 이들은 또 그에게 외적인 수줍음과 내면의 불 같은 용기가 독특하게 융화되어 있는데 당황했다. 그것은 그를 마치 '모순의 사람'처럼 보이게 했다. 함석헌은 퀘이커리즘의 무조건적 평화주의에 매혹되었지만 절대적 평화주의자는 아니었다. 그는 때로 자기 방어의 윤리를 순진한 절대 평화주의보다 더욱 중요한 가치로 믿었다.[8] 평화주의자들도 그의 가족이나 그가 속한 민족이 불의의 세력에 의해 공격받았을 때 그 가족이나 민족을 방어하고 보호해야 할 의무가 있지 않을까. 아마 함석헌은 사회 정의 없이 평화스러운 사회는 이룰 수 없다고 믿었던 점에서 유연성 있는 평화주의자였던 것 같다. 그래서 그런 확신을 그는 이렇게 역설하기도 한다. "구경의 목적은 세계 평화에 있지만 평화는 정의 없이는 실현되지 않는다."[9] 예수의 경우도 유사하지 않았을까. 다른 대안이 없었을 때 그는 완력을 행사하여 고리대금업자들을 성전으로부터 내쫓아 버렸다. 물론 예수는 폭력의 사람이 아니었다. 그러나 악에 대항해서 선택의 여지가 없었을 때에는 그런 예수조차 완력을 썼다.

함석헌은 몇몇 추종자가 생각하는 것처럼 언제나 솔직하게, 거리낌없이 말하는 사람인 것만도 아니었다. 민주화를 위해 활동하다가 '죄인'이 되어 경찰에 체포·구금되었을 때 그는 부당한 처우에 좀처럼 저항하지 않았고 오히려 침묵을 지킨 경우가 많다. 그렇다고 그들의 인격에 대한 이상주의적인 믿음을 가진 것은 아니었다. 함석헌은 그의 정치관이 자신을 심문·조사하는 이들과 결코 일치될 수 없다고 확신하기도 했다.[10] 냉혹하고 무자비한 현실에서 생존하기 위해서 아마 함석헌은 "뱀같이 지혜로우라"는 예수의 교훈을 너무나 잘 이해했던 듯싶다. 심지어 함석헌은 경찰이 그의 '범죄 행위'에 대한 물적 증거를 가지고 있지 않을 경우 자신이 했던 행위를 잡아떼거나 부인하기도 했다.[11] 이런 면은 그가 순진한 사람이라기보다 현실주의적이고 실용주의적인 사고 방식을 가진 사람이었다는 것을 드러낸다. 동시에 자기 행위를 부인하는 그의 모습은 그도 두려움을 느끼는 약한 인간이었다는 것을 새삼 상기시켜 준다.

1970년대를 통해서 함석헌은 서구의 보도 매체에 '한국의 간

디'로 알려졌다. 그러나 그가 범국민적인 인권 운동을 조직하고
동원하는 데 간디만큼 적극적이었던 것 같지는 않다. 함석헌이
그의 삶과 민주화를 위한 노력을 적극적인 결의에 의해서가 아니
라 "하나님의 발길에 채여서" 이어 왔다고 표현한 것은 이런 맥락
속에서 이해될 수 있지 않을까. 그것은 그가 겁이 많은 사람이어
서였을까? 아마 겸손과 수줍음 탓이었을 것이다. 함석헌은 스스
로를 "리더십이 없는 부족한 사람"으로 여겼기 때문에 민주화와
인권을 위한 동시대의 운동을 이끌 수 있으리라고는 결코 생각하
지 않았던 듯하다. 그럼에도 함석헌의 말과 글에 의해 영향 받은
많은 사람들은 수줍고 겸손한 이 인물을 운동 대열의 선봉에 서
도록 '떠밀었다.' 함석헌이 이 요청을 늘 주저 없이 받아들였던
것은 아니다. 때로 그는 '글쎄요'라는 모호한 말로 거절하기도 했
다. 그 말이 대변하는, 함석헌의 독특하게 불특정적이며 단순 명
쾌하지 않은 처신은 오히려 그에게 신비함을 더해 준다. 아울러
그것은 그의 후배나 제자들을 끊임없이 매혹하는 요소의 하나처
럼 보인다.

　이런 맥락과 무관하지 않게 함석헌의 말과 글 역시 역설적이
고 비체계적인 면이 많다. 때문에 이 작업을 하는 동안 나는 적잖
은 곤욕을 치렀음을 고백한다. 노자의 글처럼 함석헌의 글은 논
리적·이론적·학문적·방법론적이라기보다 직관적·통찰적이다.

그는 학자나 이론가가 아니었다. 아마 그는 사상가 혹은 행동하는 사상가로 표현될 수 있을 것이다. 함석헌이 독서를 많이 한 사람이라는 데는 의문의 여지가 없지만, 그의 사상이 연구실 안에서나 과학적 실험을 통해서 형성된 것은 아니다. 그의 생각은 삶의 실존적 현장, 역사적 사건들 속에서 그 자신이 피땀 흘려 뒹구는 가운데 영글었고 다져졌다.

함석헌은 동아시아를 삶의 배경으로 한 모순과 역설의 사람, 혜안의 사람이었다. 그런 사람의 생각을 나는 서구 대학의 연구실과 도서관에서 학문적으로 그리고 '논리적'으로 분석해야 했다. '어떻게 한 인간의 통찰을 합리적으로 이론화·학문화할 수 있을까?' 이것이 지난 8년간의 영국 유학 생활을 통해서 끊임없이 나 자신에게 던져 온 질문이다. 차츰 나는 하나의 결론에 이르렀다. 그것은 '모든 것이 단어나 논리로 정의될 수 있는 것은 아니다'라는 것이었다. 인류의 진화론과 창조론도 논리로만 설명될 수는 없지 않을까. 그것은 오히려 직관적 이해에 바탕을 두어야 할 터이다. 그럼에도 나는 함석헌의 삶과 생각을 학문적으로, 논리적으로 정의할 수밖에 없는 상황에 몰려 있었다. 그래서 때로는 '이 글을 끝마치는 것은 불가능한 일'이라는 느낌마저 들었다.

그 곤경을 가까스로 넘어서면서 이 책은 마무리지어졌다. 함석헌이 타계한 지 10년이 넘도록 그에 대한 박사 논문은 한 편도 나오지 않았다. 이러한 현실에 대한 나의 '위기 의식'이 이 책을 쓰고 발표하게 된 동기 중의 하나이다. 물론 더 큰 동기는 함석헌의 생애와 사상이 오늘을 사는 한국인들뿐 아니라 세계인에게 큰 중요성과 의미가 있다는 생각이었다. 그는 인간의 존엄성을 도덕, 양심, 정신 혹은 영의 가치로 정의함으로써[12] 20세기를 누빈 물질 경제 만능주의의 흐름에 대항했다. 오늘의 세계가 그런 흐름의 정점으로 치닫고 있음을 고려할 때, 함석헌의 사상은 의미심장한 경종이자 대안적 사고의 한 거처가 될 수 있다.

다른 한편으로 나에게는 이 연구를 통해 우리 현대사를 더 깊숙이 들여다보려는 의욕도 있었다. 한국 현대사는 일제 식민 사관에 의해 왜곡되었을 뿐 아니라 좌우익 냉전 논리와 30년 가까운 군부 독재 정권에 의해 굴절된 부분도 많다. 반면 민족 사관에 의해 과장된 찬양을 받은 곡절이 있기도 하다. 그래서 한국 현대사는 '뜨거운 감자'처럼 다루기 곤란한 주제이다. 그러나 그럴수록 20세기 한반도에 '정녕 무슨 일이 일어났는가?'를 되짚어 보려는 노력은 중요한 것이 아닐 수 없다.

여기에 더하여 이 책은 함석헌의 사상이 종교적 다원주의에 공헌한 점을 드러내려는 목적에서도 쓰였다. 함석헌은 서로 다른 각 종교들 사이의 관대한 포용을 강조했다. 그런 종교적 관용성의 중요성을 그는 이렇게 말한다. '내 종교는 가지고 있어야 하지만, 다른 사람의 종교도 내 종교나 마찬가지로 존경하고 이해해야 합니다.”[13] 종교들 사이의 대립이 오늘의 세계에 불러온 참담하고 파괴적인 결과를 볼 때, 종교적 관용성에 대한 그의 호소는 적절하고 경청할 만한 것이 아닐 수 없다. 조금 더 세부적으로 나는 이 책이 기독교의 보편 구제설(인류는 결국 모두 구제받는다는 설)이 발달해 온 과정과 퀘이커의 기독교에 대한 해석, 함석헌이라는 한 인간의 영적 발달 과정에 흥미를 가진 이들에게 도움이 되기를 바란다. 그러는 가운데 진정한 평화의 이념을 모색하는 일에도 작은 이바지가 되었으면 한다.

이 책은 주제 면에서 크게 세 개의 마디를 가질 것이다. 첫째로 함석헌이 살고 고민한 시대의 역사·철학적 배경(1901~1989)을 다룰 것이다. 둘째로 함석헌이 일생을 통해 특별히 영향 받은 인물과 사상을 살피고 그 과정에서 그가 어떻게 자신의 사상적 독창성을 창조해 나갔는지를 분석할 것이다. 셋째로 함석헌이 현대 동서의 종교와 철학에 대해 어떤 사상적·문헌적 공헌을 남겼는가를 진단할 것이다. 이러한 작업을 통해 나는 그의 공헌뿐 아니라 인간으로서의 한계도 동시에 보여주려 한다.

사자섬 아이에서 '생각하는' 기독 청년으로

1901~1923

평안북도에서의 성장 과정, 청소년기에 겪었던 3·1운동,
그리고 오산학교에서의 생활. 이 시기를 거치면서 함석헌은
직접 혹은 문헌을 통해서 많은 인물들을 만난다.

***

평안북도에서의 어린 시절

함석헌은 1901년 황해가 가까운 서북 지방 끝 평안북도 용천군 부라면 원성동, 일명 사자섬이라는 곳에서 태어났다. 부라면은 아주 조그마한 마을로 세계의 큰 사건과는 별 상관이 없는 듯, 몇 백 년간을 이렇다 할 변화 없이 흘러 왔다. 함석헌은 장남이었고, 위로 누님 한 분과 아래로 여동생 셋, 남동생 한 명이 있었다.

그의 이름 '석헌(錫憲)'은 작은아버지 함일형이 지어 주었다. 가족들은 그의 아명을 '애놈'이라 지었다. 여섯 살 때부터 서당에 나가 한학과 『명심보감』을 배웠다.

당시 평안도 사람들은 서울 양반들로부터 상놈이라고 멸시를 받았다. 양반보다는 그들이 천하게 여기던 상인들이 훨씬 많은 탓이었을 것이다. 다른 지역보다 양반 수가 적고 유교의 영향이 약했다는 것은 곧 평안도 사람들 대부분이 가난했다는 뜻이다. 조선시대 때부터 몇 백 년이 흐르도록 평안도 사람들은 그렇게 숨죽이며 지냈다. 게다가 섬사람들은 더 깔보았다. "바닷가 더러운 물을 먹는 놈들"이라며 무시하기 일쑤였다. 그런 까닭에 평안도 사람들은 양반들이 상놈의 종교라던 기독교에 마음이 끌렸을 것이다.

함석헌의 조부모는 농민이었던 반면 부친 함형택은 명망 있는 한의사였다. 평안도뿐 아니라 서울, 만주는 물론 일본에서까지 환자들이 줄을 이었다고 한다. 함석헌의 가족이 살던 마을은 가난한 곳이었지만 그의 가족의 생활 수준은 같은 마을 사람들에 비해 여유가 있는 편이었다.[1] 1920년대 말 함석헌의 부친이 그 마을에 장로 교회와 학교를 설립하고 장로가 되었다는 것을 고려하면 생활 수준이 시골 중상층 정도는 되지 않았을까 짐작된다. 함석헌은 예술에 대한 감각과 합리적 사고력은 아버지로부터,[2] 평등 사상과 열린 마음은 어머니에게서 물려받았다고 술회한다.[3] 덧붙여 말하자면 우리는 그가 네 명의 누이들과 함께 성장했다는 사실이 여성 특유의 '부드러운 섬세한 힘'에 친숙해지고 또 자연스럽게 그 힘을 흡수할 수 있는 계기가 되지 않았을까 짐작해 볼 수 있다. 그것은 어쩌면 그가 나중에 부드러움의 철학인 노장 사상의 장점을 파악하는 데도 도움이 되었을지 모른다. 어린 시절 함석헌은 겁 많고 부끄럼을 타는 내성적인 아이여서 또래의 사내 아이들과 싸움이나 다툼을 해 본 일이 별로 없었다고 한다.[4]

애놈은 누가 뭐라면 금세 얼굴이 붉어져서 촌색시라는 별명이 붙었다. 그러다 보니 애놈은 누구와 싸워 본 적도, 누구에게 맞아 본 적도 거의 없었다. 동네 아이들은 그런 애놈을 종종 놀리곤 했다.

애놈은 친구들이 놀려도 맞서 싸우지 않았다. 부모나 조부모 누구도 이웃과 다퉈 본 적 없는 조용한 사람들이었고 애놈도 아이들이 노는 걸 구경하거나 혼자 그림이나 그리며 노는 조용한 성격의 소년이었다. 그러나 집안 장남인 탓에 애놈은 누구보다 사랑을 많이 받았다. 그래서인지 무엇이든 좋은 것은 다 제 것인 줄 알았고, 또 제가 최고인 줄 알았다.

어느 해 여름이었다. 뒤뜰에 심어 놓은 오이가 날마다 커 갔다. 애놈은 먹음직스럽게 자란 오이를 들여다보며 이렇게 생각했다.

'얼마 안 있으면 더 크겠지? 그럼 내가 따 먹어야지.'

아무도 제일 잘 자란 오이를 먹으라고 한 적 없지만, 애놈은 으레 자기 것이려니 생각했다. 가족들도 맛난 것이 생기면 늘 애놈부터 챙겼다.

그로부터 며칠 뒤였다. 무심코 지나다 밭을 보니 오이가 없었다. 다른 것들은 다 그대로 있는데, 유독 점찍어 둔 그 오이만 없어졌던 것이다.

애놈 얼굴이 살짝 붉어졌다. 그러고는 누구 짓인가 싶어 이리저리 찾아 돌아다녔다. 그랬더니 여동생 석란이 마루에 걸터앉아 그 오이를 맛있게 먹고 있는 게 아닌가. 애놈은 화가 치밀어 동생이 먹던 오이를 빼앗고 바락 소리를 질렀다.

"네가 감히 내 오이를 먹어?"

"……응? 이게 오빠 거야?"

울먹이던 동생이 막 울음을 터뜨리려던 참이었다. 다투는 소리를 들었는지 어머니 김형도가 오셨다. 어머니는 애놈의 머리를 쓰다듬으며 조용히 말했다.

"동생은 사람 아니니? 어째 좋은 것은 다 네 것이라고만 생각하니? 사람은 누구나 다 소중하단다."

애놈은 머릿속이 무엇에 맞은 듯 멍해졌다. 지금까지 어머니는 늘 자기편을 들어주던 분이었다. 심지어 동생을 낳을 때가 되어 진통이 시작되었는데도 선반 위에 있는 것을 꺼내 달라면 배를 움켜쥐고서라도 해 주시던 어머니였다. "사람은 누구나 다 소중하다"는 어머니의 잔잔한 음성은 애놈의 머릿속에서 되울렸다. 그리고 그날 어머니에게서 들은 그 말 한마디는 애놈이 죽을 때까지 평생 귓가에서 떠나지 않았고 그에게 모든 인간은 평등해야 한다는 가치관을 심어 주었다.

당시 한반도는 외세 앞에 나라의 존망이 바람 앞의 등불과 같았고 정치·사회·경제의 형편 또한 붕괴 직전이었다. 19세기 말에 이르러 천만 인구를 가진 조선은 중국과 일본을 제외한 세계 전체로부터 거의 분리된 '은둔자의 왕국'으로 낙후한 상태에 있었다.[5] 전통적인 종교인 유교, 불교, 샤머니즘은 침체된 씨알들에게 활력을 불어넣거나 새로운 방향 제시를 해 주는 대신 엄격한 의식(儀式)이나 정체된 계율만을 제공해 주었다.

이렇듯 암담하고 어두운 정치·사회적 시대 환경에도 불구하고 어린 함석헌이 뛰놀던 시골 마을 사자섬이나 크게는 북한 지역 전체는 한반도의 수도인 서울에 비해 평화롭고 조용한 편이었고, 외부의 정치적 영향에서도 상대적으로 자유스러운 편이었다. 함석헌의 사촌형 함석규는 목사였다. 그는 어린 함석헌을 많이 아끼고 사랑했다. 하나를 가르치면 둘을 알고, 둘을 가르치면 다섯을 이해하는 사촌동생을 대견스러워했다.

함석헌은 여섯 살 때부터 작은아버지 함일형에게 배우기 시작한 『천자문』을 채 열 살이 되기 전에 뗐고, 어느새 『명심보감』까지 달달 외웠다. 함석규는 틈날 때마다 어린 석헌에게 기독교와 『성경』, 그리고 함께 나누는 삶에 대한 이야기를 들려주었다.

"잘 들어라, 사람들은 자기밖에 모르는 사람을 이기주의자라고 하지. 그런 사람들은 남이야 굶든 말든 자기만 배부르면 된다고 생각하는 사람들이야. 하지만 우리는 자기를 사랑하는 것처럼 남도 사랑할 줄 아는 사람이 되어야 해. 내 배가 고프면 다른 사람도 그렇다는 것을 알아야 하지. 콩 한 쪽이라도 서로 나눠 먹을 줄 알아야 한다는 뜻이란다. 하느님이 세상을 만드실 때 모든 것들을 다 같이 사랑하셨어. 주님의 아들인 우리도 그렇게 살아야 하는 거야. 나만 안다면 그것은 개, 돼지와 다를 바 없지 않겠니?"

어린 석헌은 호기심 어린 눈으로 다니기 시작한 소학교 생활도 좋았고, 교회에 나가 찬송을 부르고 석규 형님의 설교를 들으면 왠지 힘이 나고 기분이 좋은 것 같았다. 석헌은 한 번도 빠지지 않고 교회에 나갔다. 그러던 중 함석헌이 아홉 살이 되던 1910년에 한반도는 완전히 일본의 식민지가 되었다.

작은아버지 함일형은 이제 나라가 망했다며 땅을 치고 울었다. 때는 1910년 8월, 우리나라가 일본의 식민지가 되었다고, 결국 한일합방이 이루어졌다고 작은아버지는 통곡했다. 그리고 누가 먼저랄 것도 없이 여기저기서 울음소리가 터져 나왔다.

이제 열 살 된 함석헌에게도 그건 충격이었다. 아직 철이 없다고는 해도 뭔가 잘못되어 가는 걸 느끼기에는 충분했다.

어린 석헌은 무서웠다. 석규 형의 핏발 선 말투와 눈빛이 무서웠고, 그날 이후 방에 틀어박혀 분을 못 삭이는 작은아버지의 통곡 소리도 왠지 모르게 무서웠다. 그리고 무엇보다 나라를 잃었다는 그 말이 어린 마음에도 적잖이 상처가 되었다.

그 뒤로도 작은아버지는 한동안 문밖 출입을 하지 않았다. 가끔씩 분을 못 이긴 울음소리가 담을 타고 넘어왔다. 작은아버지는 할아버지나 아버지하고는 많이 달랐다. 한학자이면서도 민족 교육과 기독교에 아주 관심이 많았다. 그리고 모든 일에 당당하고 적극적이어서 불의를 보면 참지 못했다.

1910년 이후 한반도에는 오직 하나의 조직만이 근근히 외국(특히 서방 세계)과의 연결을 가지면서 명맥을 유지하게 되는데, 그것은 바로 개신교 교회였다.

개신교의 한반도 선교는 1884년을 기점으로 한다. 이때는 미국 장로교 선교사가 한반도 선교의 사명을 띠고 도착하던 시점이다.[6] 조선인들의 눈에 선교사들은 종종 서구의 계몽주의자로 보였고, 가난과 억압에 찌든 씨알들은 교회의 보호 아래서 순간적이나마 자기들의 고통이 경감되는 듯한 경험을 했다. 그때부터 기독교, 특히 개신교는 한반도의 정치와 교육 현대화 운동에 큰 영향을 발휘하게 된다.[7] 특히 1909년 "백만 영혼을 그리스도에게"라는 기치 아래 시작된 복음주의적인 전도 운동은 많은 이들을 기독교로 귀의시켰다. 물론 조선인들이 기독교로 귀의하는 데 비판적 태도를 취한 지식인들이 있었다. 그들은 조선이 같은 동양권인 일본의 영향권에 속하는 것이 서양권의 영향에 드는 것보다 바람직하다고 생각했다.[8] 그러나 그들의 희망에는 아랑곳없이 1910년에 이르러 조선인의 1퍼센트는 이미 개신교인이 되었는데, 일본의 개신 교회는 더 오랜 역사에도 불구하고 이 숫자에 미치지 못한다.[9]

그 결과 기독교인들은 교회 안의 일을 넘어 민족 전체의 일에 대해서도 영향력을 행사하기에 이른다.

일례로 1912년 '105인 사건'을 통해 일본 총독 데라우치 마사타케(寺內正毅)를 살해한 혐의로 체포된 124명의 민족 지도자 가운데 남강 이승훈(1864~1930)을 포함한 98명이 개신교인이었다는 사실은 개신교의 사회·정치적 영향이 어느 정도였는지를 말해준다. 일본 식민 정권 또한 조선 개신교인들을 식민 정책을 저해하고 위협하는 가장 위험한 십난으로 인식했다.[10] 그럼에도 일본은 그들을 쉽사리 탄압할 수 없었다. 미국 선교사들과 견고한 유대 관계로 결속되어 있는 조선의 기독교인들을 잘못 건드려 미국을 비롯한 국제 사회와의 관계를 악화시키고 싶지 않았기 때문이다. 그러므로 조선인에게 기독교인이 된다는 것은 어느 정도 일본의 간섭에서 벗어날 수 있다는 것이었고, 일본식 교육 대신 미국식 교육을 교회 조직을 통해서나마 받을 수 있다는 것을 뜻했다. 어떤 조선인들은 교회의 교육이나 사회 복지 프로그램을 위해 일함으로써 일본 정권의 간섭으로부터 웬만큼 자주권을 행사하는 특전도 누릴 수 있었다. 그런 한편 서양의 선교사들은 종종 조선인의 입장을 국제 사회에 대변해 주는 역할을 했다. 이와 같은 조건이 뒷받침되면서 개신교는 조선 민족주의 운동의 선봉에 나설 수 있었다.[11] 20세기 초 조선의 기독교는 단순히 종교적 믿음의 대상만이 아니라 사회·정치적 계몽 운동의 표상이자 문화적 본보기, 민족 발전의 상징으로 받아들여졌다. 당시의 교회는 실제로 낙관주의의 상징이었고 상심에 젖은 조선인들에게 희망을 주는 곳이었다. 교회는 종교 지도자뿐 아니라 사회 개혁가, 교육가들을 배출하였고 이들은 조선의 현대화를 위한 새로운 추진 세력이 되었다. 많은 씨알들은 오직 교회의 한글 성경 교육을 통해서 비로소 한글을 읽고 쓸 줄 알게 되었다. 이러한 바탕 위에서 조선의 민족주의자들은 서구적 교육을 간절히 열망했다.[12] 1883년부터 1909년 사이에 한반도에는(만주 간도의 문화 회관을 포함하여) 29개의 사립 교육 기관이 설립되었다.[13] 이 사립 학교들은 서양 선교사들이나 그들에게 직접 영향 받은 한국의 민족 지도자들에 의해 세워졌다. 기독교계 사립 학교는 사회적 지위나 출신 성분에 관계없이 누구나 입학시켰기 때문에 양반의 자손들은 사립 학교에 별 매력을 느끼지 않았다. 함석헌이 양반의 자손이 아니었다는 것은 이런 면에서 행운이었다고 할까. 1906년 그는 기독교계 사립 학교에 입학한다. 이 학교는 작은아버지 함일형이 운영하게 된 미션 스쿨 '덕일소학교'였다. 이래서 일찍부터 당시로서는 신식 기독교 학교에서 함석헌은 새 교육을 받았던 것인데, 그건 순전히 막 들어와 널리 퍼지기 시작한 기독교 덕분이었다.

함석헌은 가난한 동네에서 성장했지만 그의 가족이나 친척들은 그래도 그 마을에서는 지적으로 계몽된 편이었다. 소년 시절 함석헌은 특히 그의 숙부인 함일형으로부터 많은 영향을 받았다. 함석헌의 이름을 지어 주었던 함일형은 열렬한 기독교 신자였고 왕성한 활동가였다. 마을에 어떤 문제가 생기거나 농민들이 불만이 있을 때 함일형은 그들을 위해서 대변인 역할을 자주 했다. 그런 탓에 종종 그는 관가에 끌려가 매질을 당하기도 했다.

동시대인 대부분과는 달리 함일형은 계몽되고 생각이 깊은 사람이었던 것 같다. 일찍이 그는 그의 상남 함석규를 서울에 있는 배재학당으로 보낸 바 있는데, 이곳은 청년 이승만이 한때 공부하던 곳이기도 하다. 함석규는 함석헌의 마을에 첫 장로교 목사가 되어 와서 기독교 교회를 세운다. 또 함일형의 둘째아들인 함석은은 동경 유학을 다녀온 다음 민족 지도자로서 독립 운동에 정열을 바치게 된다. 그때만 해도 평안도 작은 섬에서 서울로, 바다 건너 일본으로 유학을 보낸다는 것은 쉬운 일이 아니었다. 하지만 누구도 함일형의 뜻을 꺾을 수 없었다. 그는 오로지 교육만이 망해 가는 이 나라를 살리고 되찾을 수 있다고 철석같이 믿었다. 그래서 논밭을 팔아 두 아들의 교육을 뒷바라지한 것이다.

함석헌이 이들 친척과 같은 마을에 살면서 기독교의 영향을 받는 것은 지극히 자연스러운 일이었다. 그 영향이 어느 정도였는지는 훗날 그의 회상 속에서 간접적으로 드러난다. 한번은 그가 일요일 교회 예배를 불가피하게 결석한 적이 있는데 그로 인한 두려움, 걱정, 죄책감, 불안이 여러 해를 두고 없어지지 않았다는 것이다.[14] 뒷날 함석헌이 "내게 맨 처음으로 정신적 스승이 된 이"[15]라고 기억하는 함일형은 3·1 독립 운동 후 일본 경찰에 의해 수감되기에 이른다. 반일 민족주의자로서 함일형은 기독교를 독립 정신과 자유 의식을 고무하는 원천으로 보았다. 그래서 마을에 서양식의 장로교 사립 학교를 설립한다. 함석헌은 전통적인 유교식 학교인 서당 대신에 바로 함일형이 설립한 신식 기독교 학교에 입학했던 것이다. 말하자면 어린 함석헌은 함일형을 통해 기독교와 민족애를 조화롭게 융합하는 능력을 키우게 되었다고 해도 좋을 것이다. 또한 그는 기독교를 통해 일찌감치 서구적 민주주의 사상의 영향을 받는다. 함석헌이 그 자신을 "타고난 민주주의자"라고 부르는 근본 바탕은 여기서 형성되었다고 할 수 있을 것이다.[16] 시절이 그랬던 터라 아이들 표정에도 생기가 없었다. 아이들은 그저 어른들 눈치를 살피며 조용조용 놀았다. 그건 함석헌도 마찬가지였다. 그는 이제 겨우 열두 살, 덕일소학교 2학년에 다니고 있었다. 하지만 어린 마음이라고 나라 걱정이 안 드는 건 아니었다. 작은아버지와 석규 형 탓이었을까? 어린 석헌에게도 가끔씩 나라를 구하고 싶은 생각이 막연히 밀려오곤 했다.

그해 여름이었다. 석헌은 친구 몇을 불러 모아 둥그렇게 모여

앉았다. 사뭇 진지하면서도 비장했다. 그리고는 어린 마음에도 나라를 구하고자 하는 막연한 생각으로 친구들과 함께 '일심단'을 만들었다. 빼앗긴 나라를 되찾기 위해 뜻을 하나로 모으자는 이름이었다. 그리고 어린 마음에 뭐가 뭔지도 잘 모르면서 한 사람도 빠지지 않고 조국의 독립을 위해 일하자고 약속했다.

하지만 그뿐이었다. 너무 어린 탓에 뚜렷한 계획이나 목표가 있을 리 없었다. 며칠 후 아이들은 저마다 학교로, 들로 논밭으로 뿔뿔이 흩어졌고, 일심단은 한낱 철없던 시절의 추억으로만 남은 채 흐지부지되고 말았던 것이다.

한편 당시 양반 중심 사회에서 소외된 많은 씨알들은 "모든 인간은 하느님 앞에 동등하다"면서 평등을 부르짖는 새 종교 개신교에 매력을 느끼고 있었다. 양반 계층은 경제력은 물론 사회·정치력도 독점하고 있었다. 이런 현실에서 개신교는 비양반계 지식층, 사회의 밑바닥 사람들, 상업에 종사하는 사람들에게 인기가 있었다. 특히 함석헌의 고향이 평안도였다는 점은 주목할 만하다. 평안도는 상업 활동이 활발한 지역으로 유교와 양반의 세력이 서울에 비해 매우 약했다.

이를테면 평양에는 개신교인들이 집중되어 있었던 반면 양반의 숫자는 아주 적었다. 1938년에 이르러 한반도 전체의 75퍼센트에 달하는 개신교인이 평양에 집중되어 있었고 그 숫자는 60만 명 정도였다.[17] 제2차 세계대전이 끝나기 직전인 1945년까지는 이 비율이 80퍼센트 정도로 올라간다. 이로써 평양시는 아시아에서 최대 다수의 개신교인이 거주하는 지역이 되었다.[18]

일제하 평안도에 개신교인이 많았던 것은 그곳에 독립 운동이 활발했다는 사실과 부분적인 관계가 있다. 그리고 유교의 세력과 영향력이 남한에 비해 약했다는 점도 개신교 교회가 평안도에 왕성하게 존재하는 데 도움을 주었다. 유교의 영향력이 약했다는 것은 그 지역 사람들이 사회의 현상 유지나 기득권 수호에 별로 관심이 없었다는 것,[19] 곧 대부분의 평안도 사람들이 가진 것이 별로 없었음을 말해 준다.[20]

조선 왕조를 통해서 이북 지방은 이남의 서울이나 충청도의 양반 계층으로부터 많은 차별 대우를 받아 왔다. 예컨대 1811년의 홍경래의 난은 이남, 특히 서울의 양반층이 이북의 지식층을 어떻게 차별했는지를 드러내는 사례라고 할 수 있다. 이런 맥락에서 함석헌은 어째서 개신교가 이남보다 그의 고향인 이북 평안도에서 더 인기가 있었는지 회상한다.

"나는 이상하게도 첨부터 활발한 새 교육을 받으며 자랄 수가 있었습니다. 그 이유는 기독교 때문인데, 내가 났던 평안도에 기독교가 막 들어왔습니다. 본래 평안도는 한국의 '이방 갈릴리'

여서 여러 백 년 두고 '상놈'이라 차별 대우를 받아 왔습니다. 이
상하게도 버림을 받고 천대받아온 곳인데 그중에서도 내가 났
던 마을은 더 심했습니다. 그야말로 '스불론, 납달리'[21] 같아서
'바닷가 감탕물 먹는 놈들'이라 해서 머리도 못 들고 살았습니
다. 그런데 그 불행이 도리어 복이 됐습니다. 밑바닥이니만큼 그
심한 정치적 혼란의 망국 시기에 있어서도 거기는 탐낼 것이 없
는 곳이니 평화가 있었습니다. 가난하고 업신여김을 받았으니
만큼 새로와지는 데는 앞상을 섰습니다. 이 '죽음의 그늘진 땅
에 앉은 사람들' 속에 일찍부터 '큰 빛'이 들어왔습니다."[22]

　개신교는 유교 중심의 정치·사회 질서 체제에 대한 사상적 대
체물이 될 수 있었다. 게다가 개신교는 급속하게 확산되면서 사회
개혁 성향이 강한 진보적 민족주의자들을 교회의 영향권 안으로
흡수하게 된다. 이 시기의 개신교, 특히 장로교의 성향은 엄격하
고 청교도적이었는데 함석헌은 이러한 성격이 그 당시에 꼭 필요
했던 것으로 본다. "그 교회는 장로파였으므로 거의 청교도적인
엄격한 신조의 교육을 받았습니다. 나는 그것을 지금도 고맙게 생
각합니다. 사실 그 썩어진 망국 시기에 있어서 그러한 기독교 교
육을 받은 사람들이 아니었더라면 사회적 양심은 완전히 파멸되
고 말았을 것입니다."[23] 이러한 교육의 과정을 거쳐 함석헌은

1916년, 보통학교를 졸업하고 관립 평양고등보통학교(평양고보)에 입학했다. 평양고보는 일제에 의해 세워진 관립 학교였고 일류 학교로 명성이 높았다. 평양고보 졸업자들은 일본 식민지 정권에 대해 고분고분하기만 하면 일본인 밑에서 초급 관료 노릇을 하면서 상대적으로 평탄한 삶과 대우를 보장받을 수 있었다. 그래서 그들은 되도록 사회·정치적 현상 유지를 선호하는 편이었다. 청년 함석헌도 한때는 이 부류의 젊은이들과 그다지 다를 바 없었던 것으로 보인다. 함석헌이 평양고보에 입학했을 때 그의 꿈은 아버지 뒤를 이어 의사가 되는 것이었고, 의사라는 직업은 그래도 일제하에서는 어느 정도 편안한 삶을 보장받을 수 있는 길이었다. 함석헌의 아버지 역시 아들이 의사가 되기를 바랐다. 그런 한편으로 평양고보를 다니면서 함석헌은 내면의 순수함과 깨끗했던 신앙심이 차츰 쇠퇴하는 것을 느낀 것 같다. 그 자신 평양고보의 교육과 환경을 통해서 어릴 적의 경건함을 상실해 가기 시작했다고 고백하고 있다.[24]

함석헌은 평양에 있는 친척집에 머물며 평양고보에서 열심히 공부했다. 평양고보에 다닌다는 것이 그리 자랑스럽진 않았지만, 지금 할 수 있는 일이 공부밖에 더 있느냐며 스스로를 위안했다. 하지만 웬일인지 마음이 불편했다. 자신도 모르는 사이 성경 읽는 시간도 차츰 줄어들었다. 어떤 때는 양심을 속인 것 같아 힘이 들었다. 어쩌다 보니 동기생들 앞에서 기독교를 안 믿는 척한 것이었다. 가끔은 하늘을 찌를 것 같은 일본 제국주의의 지배를 벗어나기는 이제 아주 불가능한 것이 아닌가 하는 생각이 들어 청년 석헌은 잠 못 이루는 밤도 가졌으리라 짐작된다.

평양고보를 다니던 한 해 여름이었다. 함석헌은 방학이 되면 집으로 돌아와 부모님과 함께 단란한 시간을 보냈다. 그러던 어느 날, 길다 가다 우연히 어릴 적 같이 놀던 친구를 만났다. 어색하게 친구와 악수를 건넸다. 그 친구도 함석헌을 금방 알아보았다. 친구의 얼굴은 타다 못해 아예 새카맸다. 멋쩍게 웃는 친구 얼굴에서 치아만 하얗게 빛났다. 생활고에 시달려 어린 나이부터 학교도 못 가고 농사일을 했으니 어찌 보면 당연했다.

친구와 헤어져 돌아오는 내내 함석헌의 마음은 우울했고 왠지 그 친구에게 미안함을 느꼈다. 친구와 이웃에 대한 부채감 같은 것이었을 것이다. 일제의 강압 통치에 눌려 신음하고, 뜨거운 뙤약볕 아래서 하루 종일 얼굴이 시커멓게 타도록 일해야 입에 풀칠이라도 할 수 있는 친구에게 미안했을 것이다. 반면 한의사 아버지를 둔 덕에 공부를 한다며 상대적으로 잘 먹고 잘 입으며 지내온 자신의 모습이 부끄러웠을 것이다. 그리고 생활전선에서 갖은 고생을 다해 가며 못 먹고 못 입은 친구의 얼굴이 눈앞에서 생생하게 맴돌았을 것이다.

평양고보에서 한창 공부에 전념하고 있을 무렵 함석헌은 부모의 중매로 황득순이라는 여성과 결혼을 한다. 1917년 당시 한반도의 거의 모든 신랑들처럼 함석헌은 결혼 전에 신부될 사람의 성격이나 외모 등에 관해 모르는 상태에서 결혼식을 치른다. 당시 대부분의 신부들처럼 함석헌의 아내는 문맹자였다. 그리하여 함석헌은 얼굴 한 번 보지 못한 처녀와 혼인을 하게 되었다. 이름이 황득순이며 한 살 어리다는 것, 그리고 글을 읽거나 쓰지 못한다는 것이 그가 앞으로 백 년을 함께할 아내 될 사람에 대하여 아는 전부였다. 함석헌 스스로는 학업에 전념해야 할 10대의 나이에 결혼하고 싶은 마음이 별로 없었던 듯하다. 그러나 함석헌은 그의 표현처럼 "순종 온순파"의 청소년으로서 부모의 간절한 염원에 불복종하고 싶지도 않았다. 신혼 생활은 달콤했다. 학교 동기생들과 어울려 다니는 시간도 점점 늘었다. 마치 벌레가 나뭇잎을 갉아먹듯 그렇게 함석헌의 정신은 점점 해이해져만 갔다. 나라를 구해야 한다는 어릴 적 신념도, 작은아버지와 함석규 형님이 가르쳐 준 애국심과 민족애도 빛이 점점 바래갔다.

그럼에도 모든 일이 잘될 것이라고 그는 믿었다. 어느새 청년 함석헌의 관심은 민족의 독립이 아니라 출세와 잘 먹고 잘사는 쪽으로 기울어 있었다. 그렇게 신혼의 단꿈에 젖어 장밋빛 미래를 떠올리는 동안 하늘 저편에서는 시커먼 먹구름이 우르르 몰려오고 있었다. 3·1운동과 함께 거친 인생의 여정이 그의 앞에 다가 오고 있었던 것이다.

3·1운동에 기독 청년으로

일제의 만행은 날이 갈수록 악랄해지기만 했다. 총칼을 앞세운 헌병들이 거리에 넘쳐났고, 조선총독부가 중심이 되어 조선인들의 목을 죄어 오며 모든 활동을 철저하게 감시했다. 땅을 빼앗긴 농민들은 고향에서 쫓겨나거나 소작농이 되었으며, 쌀이 나오는 대로 빼앗기는 바람에 굶주린 사람들이 거리에 나뒹굴었다.

사람들은 일본이라면 치를 떨었다. 하지만 그 서슬 퍼런 등쌀에 누구 하나 입조차 뻥긋하기 힘들었다. 행여 의심을 샀다가는 쥐도 새도 모르게 잡혀가 참혹하게 고문당했다. 그나마 다행인 것은 반일 감정이 극으로 치닫고 있다는 점이었다. 게다가 나라 안팎에서는 목숨을 건 독립 운동이 하나둘씩 일어나고 있었다. 이처럼 노동자, 농민, 학생, 종교인들에 이르기까지 조선의 독립은 반드시 이루어야 할 사명처럼 되어 가고 있었다.

1918년, 평양고보에 다니던 함석헌에게도 변화의 조짐이 일고 있었다. 그때까지만 해도 그는 뚜렷한 인생의 목표가 없는 모범생

마냥 지냈다. 그저 때가 되면 학교에 가 책을 파고 공부했다. 문득 문득 이게 아닌데, 이렇게 살면 안 되는데 싶으면서도 무엇을 어찌 해야 좋을지 몰라 시간만 허비했다.

그런데 1919년의 3·1운동은 젊은 함석헌의 삶에 가장 중요한 전환점이었다. 뒷날 회고했듯이 만약 3·1운동이 일어나지 않았다면 그는 그저 "의사가 됐던지 그렇지 않으면 다른 무슨 공부를 하여 일본 사람 밑에 있어 그 심부름을 하는 한편" 그보다 못한 "동포를 짜 먹는 구차한 지식 노예가 되고 말았을 것"이다.[25]

함석헌은 18세의 나이로 3·1운동에 적극 참가했다. 순탄할 수도 있었던 그의 삶을 격동의 삶으로 바꾸어 놓는 데 큰 역할을 한 사람은 함일형의 둘째아들이며 함석헌의 사촌형인 함석은이다. 함석은은 학교 교사이자 열성적인 개신교인으로, 평양 지역 3·1운동 준비위원회의 총책임자였다. 함석은은 일찍이 함석헌에게 국제 정세와 당시 미국 대통령 윌슨의 민족자결주의 원칙에 대해서도 가르쳐 준 바 있었다.[26] 함석은은 일본 유학에서 돌아와 평양 숭덕학교에 교사로 있었다. 미리 말하자면 함석은은 3·1운동 후에 일본 경찰의 수사를 피해 만주로 망명해서 독립 운동 단체인 대한청년단을 조직하고 민족주의적인 잡지를 발간한다. 그러던 중 1920년 5월 일본군의 총탄에 맞아 부상을 당한다. 그 후 만주에서 일본군에 의해 체포되어 서울 서대문형무소에 3년간 수감되었다. 그가 언제 어떻게 운명했는지에 대해서 알려 주는 자료는 없으나 아마 한국전쟁 중 사망한 것으로 짐작된다. 사후인 1963년에 함석은은 건국훈장 국민장을 수여받았다.[27]

일제 강점 이후 거의 모든 정치·사회 조직이 강제 해산되거나 일본의 손아귀에 들어간 3·1운동 당시의 시점에서는 오직 개신교만이 전국적으로 활성화된 조직망을 갖추고 있었고, 실제로 개신교 교회의 모든 조직망과 시설은 3·1운동을 위해 총동원되었다. 함석헌은 함석은의 지도 아래 평양 지역 3·1운동의 준비 과정에 직접 관여한다. 함석헌은 손수 만든 목판으로 태극기를 찍어 내고 독립선언서의 사본을 만들어 동포들에게 나누어 준다. 그리고 3·1운동 당일에는 다른 기독 청년들과 함께 열렬히 만세 운동에 참가한다. 이른 새벽부터 밤늦게까지, 청년 함석헌은 일본 경찰과 맨몸으로 충돌하면서도 온힘을 다해 "대한 독립 만세"를 외쳤다. 평양경찰서 앞에서 자신이 만든 태극기와 독립선언서 사본을 길을 메운 동포들에게 나누어 주기도 했다. 훗날 함석헌은 3·1운동 당시를 돌이켜 이렇게 말한다.

"독립선언서를 전날 밤중에 숭실학교 지하실에 가서 받아들던 때의 감격! 그날 평양경찰서 앞에 그것을 뿌리던 생각, 그리고 돌아와서는 시가 행진에 참가했는데, 내 60이 되어 오는 평생에 그날처럼 맘껏 뛰고 맘껏 부르짖고 상쾌한 때는 없었다. 목이 다 타마르도록 '대한 독립 만세'를 부르고 팔목을 비트는 일본 순사를 뿌리치고 총에 칼 꽂아 가지고 행진해 오는 일본 군인과 마주 행진을 해 대들었다가 발길로 채여 태연히 짓밟히고 일어서고, 평소에 처녀 같던 나에게서 어디서 그 용기가 나왔는지 나도 모른다."[28]

3·1절 정오를 지나면서 만세 소리는 더욱 높아졌다. 감격에 겨워 행진하던 군중이 일본 경찰들과 맨몸으로 맞섰다. 함석헌은 팔목을 잡아 비트는 일본 경찰을 가까스로 뿌리쳤다. 평양경찰서 앞에서 일본군 한 무리가 총에다 칼을 꽂고 있었다. 그러고는 두 겹세 겹 대열을 갖춰 진군해 들어왔다. "물러가라, 물러가라!" 군중들은 태극기를 들고 마주 행진해 들어갔다. 앞쪽에 있던 청년 몇이 발길질에 쓰러졌다. 넘어진 몸 위로 무지막지한 군홧발이 수없이 쏟아졌다. 이를 막으려던 함석헌에게도 발길질이 날아들었다. 꺾인 무릎을 펴고 일어서려던 그의 등을 무엇인가가 아프게 찍었다. 그날 평양 시내는 이른 새벽부터 밤늦도록 만세 소리가 끊이지 않았다.

1919년에 한반도의 학생 수는 13만 3,557명이었고 그중 약 10퍼센트인 1만 1,333명이 3·1운동에 직접 참가하였다.[29] 3·1운동이 끝난 직후 일제는 강압적으로 한반도의 모든 학교에 몇 주 동안 폐교 조치를 내렸다. 715개의 주택, 47개의 교회, 2개의 기독교계 학교가 일본 헌병의 손에 불태워졌다. 일제는 3·1운동이 근본적으로 기독교인에 의해 주도, 확산된 것으로 간주했다.[30] 실제로 일제하 기독교, 특히 개신교인의 사회 참여는 3·1운동에서 그절정을 이루었다고 할 수 있다. 가령 3·1운동 참가로 검거된 사람들의 종교적 구성에 대한 일본 경찰의 통계에 따르면 3,373명이 기독교인이었고 2,283냉이 천도교인, 346명은 유교인, 229명은 불교인이었다.[31]

33인의 민족 지도자 중에서는 남강 이승훈을 포함하여 16명이 기독교인, 의암 손병희를 비롯한 15명은 천도교인, 그리고 만해 한용운을 포함해서 2명은 불교인이었다.[32] 또 경찰에 구금된 한국인들 중에서 21.89퍼센트가 개신교인으로(장로교인 15.91퍼센트, 감리교인 4.83퍼센트) 다른 종교인들에 비해 가장 높은 비율을 차지한다.[33]

지역적으로 3·1운동이 가장 격렬하게, 또 대규모로 일어났던 곳은 평양이었다. 평안도가 서울로부터 차별받던 지역으로 반일 감정이 강했다는 점과 개신교를 중심으로 한 새 교육의 중심지였음을 고려한다면 별반 놀라운 일이 아닐 것이다. 평양의 새로운 지식층들은 일반적으로 서울의 지식층보다 진보적이었고 혁신적이었다. 결과적으로 평양의 씨알들이 3·1운동을 통해서 가장 극심한 박해를 받았다. 평양 지역의 개신교 목회자 5명 중 4명은 체포 후 기소되었고 나머지 1명도 연금되어 모진 고문을 받은 후에야 석방되었다. 평안도 사람들은 예로부터 차별을 많이 받은 만큼 기독교에서 비롯된 새 교육에 관심이 많았다. 양반이건 장사를 하는 사람들이건 따지지 않고, 하느님 앞에서는 모두가 평등하다는 기독교의 가르침에 마음이 끌렸다. 작은아버지 함일형과 함석규, 함석은 형들이 그랬던 것처럼, 새로운 종교와 교육에 눈 뜬 사람이 많아질수록 민족 의식과 반일 감정이 높았다. 그리고 이는 자연스레 독립 운동으로 이어져 닿았다.

더욱 중요한 것은 산발적인 반란 성격을 띤 3·1운동을 비폭력 저항 운동으로 이끌어 간 것도 기독교인이었다는 점이다. 그러므로 기독교인에 대한 일제의 적개심은 가혹했다. 수많은 교회가 불태워졌고, 특히 수원의 제암리교회에서는 여자, 어린이 그리고 노약자를 포함한 교인들을 교회 안에 가두고 불살라 학살했다.[34] 일본 제국주의자들은 기독교인들이 앞장서 3·1운동을 이끌었다고 굳게 믿었다. 그런 까닭에 3·1운동이 끝난 뒤 기독교인들이 많은 평양 사람들은 상대적으로 심하게 박해를 받았다. 이는 학교라고 해서 다르지 않았다. 평양고보를 비롯해 그날 만세를 부르다 잡혀간 학생들이 셀 수 없이 많았다.

이렇듯 일제가 개신교에 대한 핍박을 가중시키면서 조선 교회에는 문제점이 발생하기 시작한다. 지금까지 살핀 대로 19세기 후반 도입된 이래 3·1운동에 이르기까지 개신교인들은 민족 의식을 증진시키는 데 앞장서 왔다. 그런데 3·1운동 이후 일제가 이른바 '문화 정치'로 서서히 식민지 조선인들의 목을 조르기 시작하자 어떤 부류의 기독교인 민족 지도자들은 일제의 통치 전략에 적극적인 타협과 협조를 하면서 친일파로 둔갑한다. 그리하여 3·1운동 이후 개신교는 사회 참여를 강조하는 쪽과 보수적 인사를 중심으로 순전히 종교적인 일에만 집중하자는 쪽으로 양극화되었다. 1920년대에 들어서자 보수적인 개신교 인사들이 교회의 주도권을 장악하기 시작했다. 그들은 일제의 팽창주의 정책을 옹호하기도 했는데, 그래야만 조선 교회가 일제의 핍박에서 벗어날 수 있다는 논리였다.

한편 3·1운동의 체험을 통해서 청년 함석헌은 종교인으로서의 사회 참여 의식에 눈을 뜨게 되었다. 동시에 그는 명문이라는 평양고보의 교육 가치에 깊은 회의를 품게 된다.[35] 더구나 3·1운동 이후 평양고보를 포함한 관립 학교에 복학하려는 학생은 일본인 교사에게 사죄를 하게 되어 있었다. 함석헌은 사죄하고 싶은 마음이 전혀 없었다. 결국 함석헌은 복학을 거부하고 고향 사자섬으로 돌아왔다. 이처럼 3·1운동이라는 역사 현장에서의 산 경험은 함석헌이 처음으로 자신의 삶에 대해서 깊은 자의식을 갖게 되는 계기였다.

> "나는 삼일운동 없으면 오늘은 없다. 그것은 내 일생에 큰 돌아서는 점이 됐다. 만일 삼일운동이 일어나지 않았더라면 나는 입학할 때의 생각 그대로 관립 평양고등보통학교를 졸업했을 것이요. 그랬다면 의학을 했을 것이요, 의사가 됐다면 나도 지금쯤은 큼직한 병원이나 경영했을는지 모르고 잘하면 나도 누구들처럼 국회의원에 출마도 했을는지 모르고 누구보다 못지않은 자유당 중요 간부쯤도 됐을는지도 모른다."[36]

실제로 많은 관립 학교 출신들이 일제하에서 식민 정권의 꼭두각시 노릇을 했고 해방 이후에도 탄탄대로를 걸어간 것을 되새겨 본다면 함석헌의 술회가 과장이 아님을 알 수 있다. 그러나 일제의 기상이 동아시아에서 하늘로 치솟고 있는 상황에서 반일 청년 함석헌의 앞길은 불확실하고 어두울 수밖에 없었다. 무작정 고향으로 돌아온 함석헌에게 뚜렷한 장래의 계획이란 있기 어려웠다. 그래서 그는 우울과 실망, 엄습하는 불안 속에서 세월을 흘려 보냈다. 이런 불안한 세월은 1921년까지 2년간 지속되었다. 당시 다른 많은 사람들도 3·1운동의 외형적인 실패로 인해 실의에 빠져 있었다. 고향에 온 뒤 함석헌은 날이 갈수록 말수가 줄었다. 3월 1일, 그날의 함성을 비웃기라도 하듯 일본의 기세는 하늘을 찌를 듯 높아만 갔다. "3·1운동은 결국 실패란 말인가……." 앞으로 어찌 해야 좋을지, 무슨 일을 어떻게 해야 할지 함석헌은 막막했다. 갈피를 못 잡고 방황하는 자신이 답답하고 불안했다. 작은아버지며 함석규, 함석은 형님들은 지금 어디서 무얼 하는지 궁금하기도 했다. 그럴 때마다 함석헌은 들로 산으로 다니며 그림을 그렸다. 어떨 때는 방구석에 틀어박혀 기울을 보며 제 얼굴을 그렸다. 그마저도 마음에 위안이 되지 못하고 잠조차 오지 않는 밤이면, 함석헌은 아내의 손을 붙잡고 함께 엉엉 울었다.

그러던 어느 날이었다. 옆 동네에 산다는 어떤 여자가 아버지한테 약을 지으러 왔다가 확인이라도 하려는 듯 말을 꺼냈다.

"이 집 아들이 미쳤다고 소문이 났던데……. 만세 부르다 학교에서 쫓겨나서는 학교에도 못 가고 만날 산으로 쏘다니며 그림만 그린다면서요?"

"그런 말도 안 되는 소리 말아요. 집에서 쉬다가 심심하니까 산에도 가고 그런 거지! 그런 말 다시 입 밖에 냈다간 가만있지 않을 테니 그리 알아요!"

그 여자의 말에 어머니는 버럭 화를 냈다. 옆방에 있던 함석헌도 깜짝 놀랐다. 지금껏 살면서 어머니가 화내는 걸 거의 처음 들기 때문이었다. 괜히 멋쩍었던지 그 여자는 종종걸음으로 문밖을 나섰다.

우울과 내적 방황 속에서도 함석헌은 부지런히 교회에 다니기 는 했다. 그러나 경직되고 공허한 교회 예배는 그에게 아무런 내 면의 평화나 위로를 가져다 주지 못했다.[37] 어릴 적 그랬던 것처럼 함석헌은 하느님의 말씀을 듣고 찬송을 부르며 위안을 얻고 싶었 다. 그러나 그마저도 방황하는 그의 빈 마음을 채워 주지 못했다. 일제의 탄압과 뒤에서 감시하는 눈초리들 때문이었을까? 이제 교 회 안에서는 아무도 나라 걱정을 하지 않았다. 이 나라의 앞날과 독립에 대해서는 아예 입을 다물어 버렸다. 말을 꺼내기가 무섭게 쉬쉬 하며 꽁무니를 뺐다. 그건 지도자라 불릴 만한 사람이라고 해서 다르지 않았다. 교회는 사람으로 가득했지만, 마치 알맹이가 없이 텅 빈 것 같았다.

그렇게 지내던 함석헌에게 그나마 소일거리가 생겼다. 집에서 한 5리 떨어진 마을에 있던 서당에서 아이들을 가르쳐 달라는 부 탁이 왔다. 새 교육을 시키겠다며 서당에서 '명신학교'로 이름을 바꾸었는데, 가르치던 선생이 얼마 전에 떠났다는 거였다. 그래서 함석헌은 생각지도 못한 학교 선생이 되었다. 아이들은 착하고 순 박했다. 초롱초롱한 눈망울에 호기심 가득한 얼굴을 대하니 가끔 씩 웃을 일도 생겼다. 학교에서 쓰다 남은 백묵 꽁다리를 모아 가

루를 내고, 다시 반죽해 조각을 하면 여동생 함석보가 무척 좋아했다.

1919년 이후 점점 더 많은 기독교인들과 선교사들이 정치적 불간섭주의 노선을 택하고 있었다. 그들은 가급적 일제의 정책에 대항하기보다는 순응하고 협조하기를 원했다. 교회는 탈정치화의 방향으로 흐르기 시작했다. 좌익계의 민족 지도자들은 기독교계 민족주의자들을 서구 제국주의와 자본주의의 꼭두각시라고 비판했다. 식민 정권의 분열 정책은 결과적으로 성공적이었던 셈이다. 일제는 우익계 민족주의자들을 지지하는 듯하면서 좌익계나 좌경화의 조짐은 단호하게 처단하였다. 이런 상황에서 조선 민족 진영의 좌우익 분열은 불가피했다.[38]

함석헌은 어린 시절부터 3·1운동 이전까지의 자신을 그저 "장로 교회 안에서의 단순한 기독교인"으로 표현했다. 그러나 3·1운동 이후 조선 교회의 일제에 대한 애매모호한 태도 변화를 경험하면서 그는 그가 속한 조선 장로 교회를 향해 의구심을 품게 되었다. 그 의구심이 더해 갈수록 함석헌의 내적 고민은 깊어지고 악화되어 갔다.[39]

3·1운동 이후 조선 교회에 대해 실망과 의구심을 심하게 느낀 조선인은 함석헌만이 아니었다. 그들 중 눈여겨볼 만한 몇몇 민족 지도자들은 무력한 조선 기독교에 대한 대안으로 사회주의나 공

산주의 노선을 택했다. 1920년에 한국 최초의 좌익 정당이던 고려공산당을 창당한 이동휘나 나중에 좌익계 근로인민당을 설립한 여운형은 둘 다 한때 열렬한 기독교인으로 평양신학교에서 공부했고 전도사 일까지 했다. 그러나 1919년 이후 이들은 모두 보수적인 조선 교회에 대해 강한 혐오감을 느낀다. 반면 교회는 좌익계 지식층의 비판을 포용하기보다 강한 반공, 반사회주의 노선을 통해 철저히 이들을 배척했다. 이 시기에 함석헌은 기독교와 조선의 장래를 걱정하는 가운데 복잡한 내적 갈등을 느낀다.

> "기독교와 민족주의가 한데 든 것은 첨에는 좋은 듯했으나 나중에 그 폐단이 차차 나타났습니다. 독립의 희망이 있을 때 그것은 놀라운 형세로 올라갔지만 일본의 통치가 아주 어쩔 수 없는 것으로 굳어지면서 겉으로 보기에 어느 정도 부드러운 문화 정책을 쓰게 되자 지난날의 지사라던 사람들이 많이 변절 타협을 하게 됐습니다. 그러는 반면 종교는 점점 현실에서 멀어져 오는 세상주의로 굳어지기 시작했습니다. 다른 젊은이도 많이 그랬지만 나는 그것이 싫어서 교회에 차차 가기가 싫었고 점점 비판적이 되어 갔습니다."[40]

이러한 고민으로 인해 괴로움을 겪고 있던 함석헌은 서울로 가

다닐 학교를 알아보리라 마음먹었다. 그로부터 얼마 뒤인 1921
년, 함석헌은 서울 거리를 힘없이 걷고 있었다. 기차역으로 가는
길은 복잡하고 어지러웠다. 다시 고향으로 되돌아가려니 발걸음
이 무거웠다. 기대했던 것과는 달리 결국 함석헌은 들어갈 학교를
못 찾고 말았다. 가는 학교마다 때가 맞지 않거나 자리가 없었다.
조금만 힘을 쓰거나 요샛말로 '빽'을 쓰면 입학을 할 수 있을 것도
같았지만 함석헌은 굳이 그렇게까지 하며 입학하고픈 마음이 없
었다. 그렇게 서울에서 어떻게 할까 하고 헤매던 도중 함석헌은
갑자기 누가 부르는 소리에 무심코 뒤를 돌아보았다. 낯익은 얼굴
이 반가운 얼굴로 다가오고 있었다. 함석규 목사였다. 어릴 적 처
음으로 기독교와 성경을 소개해 주던, 바로 그 석규 형이었다. 함
석규 목사의 두 손이 어른이 다 된 동생 함석헌의 손을 꼭 쥐었다.
함석규 목사의 얼굴은 한눈에도 많이 거칠어 보였다. 그동안 힘겨
운 시간을 보냈다는 것을 굳이 묻지 않아도 알 것 같았다. 동생 함
석헌의 장래 진로 문제로 여러 가지 이야기가 오간 중에 나온 함
석규 목사의 제안에 함석헌의 귀가 솔깃해졌다.

"혹시 오산학교라고 알고 있니? 왜 남강 이승훈 선생께서 세운
학교 말이다. 거기 가서 공부해 보면 어떨까 싶구나."

풀 죽어 있던 함석헌의 눈이 반짝 빛났다. 자세히는 아니지만,
오산학교와 이승훈 선생에 대해서는 그도 들어 어느 정도 알고 있

었다. 오산학교는 1907년에 남강 이승훈이 자기의 전 재산을 털어 세웠다. 평안도 정주에 있었고, 나라의 앞날이 어두워지자 청년들에게 민족 정신을 일깨우려는 뜻으로 세운 학교였다. 남강은 3·1운동이 일어날 때 기독교인들을 대표해 독립선언서에 서명한 33인 민족 지도자 가운데 한 사람이었다. 3·1운동이 벌어지자 일본 경찰은 남강부터 잡아 감옥에 가두었다. 그리고 오산학교가 독립 운동의 본거지라며 갖은 탄압을 가하기 시작했다. 얼마 안 가 오산학교는 갑자기 들이닥친 일본 헌병들에 의해 불타고 말았다.

사립 오산학교는 관립 평양고보에 비하여 물질적인 면에서는 형편없이 뒤져 있었지만 당시 한국 민족주의 운동의 지성소로 알려져 있었다. 함석규의 권유를 받아들여 함석헌은 그가 자라 온 시골 동네를 떠나기로 작정한다.

오산학교에서

함석헌은 1921년 평안북도 정주로 가서 기독교계 사립 오산학교에 입학했다. 당시 오산학교는 재정적으로나 물질적으로 아주 열악해서 그저 아사 상태를 간신히 모면할 정도에 불과했다. 의자나 책상도 변변히 없었고 몇 백 명에 이르는 학생들은 다 무너져 가는 초가집 천장 밑에서 공부하고 있었다. 더욱이 오산학교는 오산(五山)이라는 이름이 말해 주듯이 다섯 개의 산으로 둘러싸인 시골 벽촌에 자리 잡고 있었기 때문에 생활 조건도 형편없는 지경이었다. 함석헌이 오산에 도착하자마자 목격한 또 하나의 광경은 오산학교의 학생과 선생들이 독립 운동에 깊이 관여한 관계로 학교 건물 대부분이 일경에 의해서 방화, 파괴되어 있었다는 것이다. 오산학교는 기독교 민족주의자이자 기업가인 남강 이승훈에 의해서 창설된 이래 항상 사회 개혁과 독립 운동을 주도해 왔다. 3·1운동 당시에도 오산학교의 많은 학생들과 선생들은 일제에 의해 체포, 구금되는 곤경을 치러야 했다.

함석헌은 처음 눈에 들어온 오산학교를 보고는 맥이 풀렸다. 학교 형편은 가히 말이 아니었다. 짐작은 했지만, 생각보다 훨씬 심각했다. 이승훈 선생은 아직 감옥에 있었고 책상 하나, 의자 하나 없이 400~500명이나 되는 학생들이 모여 우글거리고 있었다. 학생들은 다 쓰러져 가는 초가집 바닥에 가마니를 깔고 엎드려 공부하고 있었다. 3·1 운동이 있은 뒤 헌병들이 몰려와 학교 건물을 모조리 태워 버린 까닭이었다. 그래서 학생들은 불타 버린 건물 자리에 임시로 초가집을 지었다. 실망한 몇몇이 학교를 떠나기도 했지만, 대부분은 남아 공부를 계속했다. 그러다 보니 환경이 말이 아니었다. 바닥이건 어디건 이가 득실거렸다. 온 학교에 피부

병이 도는 바람에 학생들은 잠도 제대로 못 자고 벅벅 긁었다. 함석헌은 할 말을 잃었다. 처음엔 이런 데서 어떻게 공부하고 먹고 자나 싶어 아득해졌다. 그런데 이상했다.

이와 같은 악조건에도 오산학교는 매우 진취적이고 낙관주의적인 기풍을 띠고 있었다. 무엇보다 학생들의 눈빛이 살아 있었다. 그들의 표정에, 발걸음에 힘이 있었다. 그런데다가 그들은 누구하고나 잘 어울렸다. 학생과 선생 사이에도 격이 없었다. 늘 활기에 넘쳐 있었고, 동네 사람들하고도 잘 어울리며 웃는 모습이 자주 보였다. 함석헌의 눈에도 왠지 근엄한 얼굴로 굳어 있던 평양고보와는 완전히 달랐다.

함석헌도 곧 그들과 하나가 되었다. 무엇인가를 하고 있다는 느낌이, 또한 무엇인가를 진심으로 바라고 있다는 느낌이 그는 좋았다. 지난 2년을 어떻게 보냈는지 되돌아볼 겨를도 없이, 함석헌은 다시 태어나고 있다는 느낌에 저 혼자 가슴을 떨었다. 그들이 한 덩어리가 되도록 이끄는 힘은 이 나라의 자주 독립이었다. 하나둘씩 모여 나라의 독립과 앞날을 이야기하다 보면 어느새 교실 가득 학생들이 모여들어 있었다. 대화와 토론은 진지했고, 밤을 꼬박 새워도 모자랄 때가 하루 이틀이 아니었다. 이런 현상은 평양고보의 경우와 정반대였는데, 평양고보는 물량적인 면에서는 오산보다 풍족했으나 학생과 선생들의 사기는 높지 않았고 엄격한 규율로 질서가 유지되었다. 함석헌은 오산학교의 분위기를 이렇게 회고한다. "오산학교는 그때 민족 운동, 문화 운동, 신앙 운동의 산불도가니였습니다. 그때 그 교육은 민족주의, 인도주의, 기독교 신앙이 한데 녹아든 정신 교육이었습니다."[41] 함석헌이 오산학교에 도착했을 당시 학교의 교장은 저명한 기독교인 민족 지도자 고당 조만식(1882~1950)이 맡고 있었다. 함석헌은 오산에서 초기 청년기의 두 해를 보내게 되는데 여기서 그는 개혁된 기독교 정신과 역동적인 애국심을 섭취한다.

오산학교에서 함석헌은 많은 서구 사상가의 글을 읽는다. 그가 애독한 책은 웰스(H.G.Wells)의 『세계사(The History of the World)』, 칼라일(Thomas Carlyle)의 『의상철학(Sartor Resartus)』, 폭스(George Fox)의 『일지(Journal)』 그리고 셸리(Percy B. Shelley)의 『시 모음(Collected Poems)』 등이었다.

웰스의 『세계사』가 함석헌에게 남긴 영향은 현저하다. 웰스는 과학에 대해 낭만적 개념을 갖고 있었고 그것은 웰스의 역사관에 영감을 제공해 주는 원천이었다. 웰스는 국제연맹의 이념을 확고하게 믿었고 세계 평화를 위해 열성적으로 일했다.[42] 웰스의 저서는 감수성이 민감한 청년 함석헌에게 평화주의의 필요성, 세계주의에 입각한 역사관 및 종교관 형성에 근본적 영향을 심어 주었다. 또한 웰스의 『세계사』에 대한 감동 때문에 함석헌은 역사, 진화론, 과학주의에 관심을 갖게 되었다. 훗날 함석헌이 역사라는 학문을 좀 더 진지하게 공부하고 그 스스로 '역사가'가 되기로 결심하는 데에도 웰스의 영향이 자리 잡고 있었다.[43]

칼라일은 『의상철학』을 통해 사물에서 본질적인 것과 외양적인 것, 그리고 그것들의 차이를 비유를 들어 설명했다. 칼라일은 사회의 제반 기관, 종교 조직, 행정 제도 등을 인간이 입고 있는 옷과 마찬가지로 여겼다. 그것들은 영적인 힘의 상징적 표현으로서 인간에게 도움이 될 수 있을지 모르지만 본질적인 것은 아니기 때문에, 사람들이 옷을 끊임없이 바꿔 입어야 하듯이 계속해서 새롭게 변해야 한다고 칼라일은 주장했다. 그의 생각에 따르면 교회도 초기에는 인류의 영원한 신앙심의 열망을 보여주었지만 이제는 그 용도가 끝났으므로 버려야 할 때가 왔다는 것이다. 물론 그 역시 교회 제도 저변에 흐르는 신성한 정신은 적극적으로 인식되어야 하고 어떤 상황에서도 보존되어야 한다고 보았다. 요컨대 칼라일에게 현상이나 외양 뒤에 가리워진 본질적인 것을 찾아내는 일은 삶의 딜레마에 대한 근본적인 대답을 추구한다는 의미를 갖는 것이었다.[44] 함석헌은 칼라일의 글에서 진리와 제도의 관계에 대하여 중요한 생각의 실마리를 얻었던 것 같다. 그것은 아마 인간은 제도의 개입 혹은 간섭이 없이도 현상계의 바닥에 있는 실체를 발견하고 인식할 수 있다는 것이었으리라.

1694년에 처음 출판된 폭스의 『일지』는 퀘이커 신앙의 가장 중요한 철학적인 면이 무엇인지를 보여주는 책이다. 폭스는 초창기 퀘이커 운동의 지도자였고 그의 사상은 종교친우회(The Religious Society of Friends) 설립에 근본적인 영향을 미쳤다. 『일지』에서 폭스는 모든 사람은 개별적으로 목회자의 중재 없이 하느님과 직접 교통할 수 있는 능력이 있다고 단언했다. 모든 인간 안에는 '속 생명(Inward Life)'과 '속의 빛(Inner Light)', '내적 그리스도', '하느님의 씨앗', '하느님의 신성' 등 여러 용어로 표현될 수 있는 자질이 있고 이를 통해 직접 하느님의 영(靈) 혹은 영감과 교통할 수 있다는 것이다. 이 '속의 빛'의 신앙은 『신약성경』「요한복음」에 그 뿌리를 두고 있는데, 그 구절을 들면 다음과 같다. "생명이 그리스도 안에 있었고 그리고 그 생명은 사람들의 빛이었다",[45] "세상에 와서 모든 사람을 비추는 참빛이 있었다",[46] "나는 세상의 빛이다. 나를 따르는 사람은 어두움에 다니지 않고 생명의 빛을 받을 것이다."[47]

폭스는 인간은 각자가 지니고 있는 '속의 빛'을 깨달아야 하며 그것을 키워야 한다고 생각했다. 그리고 모든 인간이 '속의 빛'을 가지고 있으므로 개인 각자는 침묵 예배를 통해서 하느님의 일하심과 신성을 느낄 수 있다고 보았다. 각 개인에게 있는 '속의 빛'이 신앙의 근원이고 하느님과 연결될 수 있는 통로라면 모든 사람은 절대 진리를 자립적으로 인식할 수 있고 선악 또한 스스로 선택할 수 있다. 나아가 폭스는 자기 시대의 기성 제도 교회(영국 성공회)를 비판하면서 참 종교는 교회의 법규나 교리적으로 신성시된 종교적 의식과는 별 상관이 없다고 말한다. 목사나 신부 같은 제사장이나 사제, 혹은 교리에 입각한 외형적인 성례전 없이도 각 인간들이 하느님과 직접적으로 교통할 수 있다는 것이 그의 단호한 주장이다.[48]

폭스의 『일지』에서 청년 함석헌이 어떤 영향을 받았는지에 대해서는 기록된 자료가 없다. 단지 폭스가 주장한 '속의 빛'의 개념이 뒷날 함석헌이 기성 교회의 권위에 대해 질문을 던지는 데 중요한 영감을 제공하고 격려했을 가능성은 크다고 짐작된다.

셸리 역시 삶이나 생각에서 급진적인 비국교도[49]였다. 영국의 명문 이튼사립학교와 옥스퍼드대학을 다니던 셸리는 엄격하고 '비인간적인' 교육 제도에 커다란 회의와 반발을 느낀다. 전제적인 이튼과 옥스퍼드의 교육 경험을 통해 자신의 삶을 불의와 억압에 대항한 투쟁에 바치기로 결단한 셸리는 옥스퍼드에서 추방된 뒤 아일랜드의 더블린에서 억눌리고 가난에 허덕이는 씨알들의 생활 향상을 위해 일했다. 저서 『맵 여왕(Queen Mab)』에서 셸리는 제도화된 종교를 비판했고 법전화된 도덕을 사회악의 뿌리로 보았다. 셸리는 그 시대의 고정 관념을 깨는 데 힘썼으며 그의 시

역시 지속적으로 진리를 추구해 가는 과정을 묘사했다. 셸리의 시들은 생기발랄한 직관과 신앙이 현학적이거나 정주성(定住性)의 종교 교리로 화석화되기를 거부하는 단호한 결의를 드러낸다. 그의 시는 비범한 표현의 양식을 보여주는데, 그것은 차분한 정열, 경건함, 영웅적 존엄성, 표현할 수 없는 세계에 대한 갈망, 그리고 계시적이고 예언적인 결론 등의 특징을 갖고 있다.[50]

셸리의 활기에 넘친 시는 식민지의 청년 함석헌에게 조국의 장래에 대한 희망과 낙관적 마음을 심어 주었다. 그는 특히 셸리의 시 「서풍에 부치는 노래(Ode to the West Wind)」의 마지막 줄에 매혹되었다. "예언의 나팔소리! 오호 서풍이여, 겨울이 온다면, 봄이 멀었으리요?"[51] 훗날 함석헌은 셸리의 영향으로 『서풍의 노래』라는 제목의 책을 출판하기도 했고 『겨울이 만일 온다면』이란 제목으로 셸리의 생애와 사상에 관한 수필을 발표하기도 했다.[52]

오산학교에서 함석헌은 왕성한 독서 이외에도 그의 장래에 사상적으로 큰 영향을 미치는 두 스승을 만나는 경험을 한다. 그들은 남강 이승훈(1864~1930)과 다석 유영모(1890~1981)였다. 남강은 함석헌에게 한국 독립의 중요성을 가르쳤고, 다석은 노장공맹(老莊孔孟)을 비롯하여 다양한 동양의 고전 철학을 가르쳐 주었다.

남강은 고아로 자라나 11세부터 공장에서 여러 가지 잡일을 배웠고, 일제하의 조건에서는 꽤 큰 규모의 무역회사를 운영하는 뛰어난 사업가로 자수성가를 이룬 사람이다. 러일전쟁 후 유교를 공부하려고 서당에 다녔지만 지적으로 만족을 느끼지 못하던 남강은 1907년 우연히 젊은 도산 안창호의 설교를 듣게 된다. 기독교와 신교육, 애국심을 앙양하고 게으름 및 나태함을 탈피할 필요성에 관한 도산의 설교에 남강은 큰 감동을 받았다. 이 일은 그가 사업가에서 교육가로 변신하는 계기가 되었다. 미국 선교학자 클라크(Allan D. Clark)가 지적했듯이 남강은 처음에 사회 개혁에 관심을 갖게 되었고 그 다음 기독교로 전향했다.[53] 국운이 풍전등화와 같다는 깨달음을 얻은 남강은 교육이 민족 생존을 위한 급선무라는 확신을 갖게 되었다. 그리하여 1908년 남강은 민족애와 기독교적 이상을 실현하기 위한 한 방편으로 기독교 학교인 오산학교를 창설했다. 그리고 사업에서 벌어들인 이익금으로 오산학교의 재정과 운영을 충당해 나갔다.

그런 와중에 남강은 1911년 일제에 의해 조작된 '105인 사건'에 연루되어 4년 2개월의 감옥살이를 치르게 된다. 감옥 안에서 그는 수없이 성경을 읽으면서 기독교에 깊이 심취한다. 1915년에 석방된 그는 곧 장로교 장로로 활동한다. 앞서 언급했듯이 3·1운동 당시 남강은 조선 개신교 대표로 활약하기도 했고 그 일로 인해 재차 감옥에 수감되어 일본 헌병에게 수많은 고문과 고난을 겪었다. 이러한 남강에 대한 존경심을 함석헌은 이렇게 표현했다. "남강은 과연 조선에서 등촉이었다. 나는 이때껏 저만큼 광휘 있게, 저만큼 뜨겁게, 저만큼 기운차게, 저만큼 참되게 산 이를 보지 못하였다."[54] 함석헌은 오산학교 시절 남강과의 만남을 이렇게 회상하기도 하였다. "내가 오산학교에 들어오기는 1921년 즉 부활된 지 바로 후였고, 졸업하기 바로 전에 선생이 출옥하였다. 고로 그때까지는 선생을 아는 데 이르지 못하였고, 그 후 일본에 수년 있는 동안에도 간간이 뵈었으나 역시 깊이 알지는 못하였다. 그리하였더니 1928년 일본으로부터 돌아옴에 비로소 선생을 가까이 보게 되었고, 그의 위대함을 알게 되었다. 그리고 그의 위대에 대한 내 이해는 점점 깊어가서 오늘날까지 왔다."[55]

함석헌의 또 다른 스승은 다석 유영모였다. 함석헌이 오산학교에 온 지 몇 달 되었을 때, 교장 선생님이 새로 부임했는데 그가 다석 유영모였다. 그는 함석헌보다 11살이 많았다. 언제나 흰 모시 저고리에 흰 고무신을 신었고 하루에 한 끼, 그것도 저녁에만 식사를 한다고 호가 다석(多夕)이라 했다. 함석헌의 눈에 그는 빈틈이 전혀 없는 군자처럼 보였다. 함석헌은 그가 바닥에 드러눕는다거나 허둥대며 뛰는 것을 한 번도 보지 못했다. 게다가 하품을 한다거나, 기지개를 켠다거나, 너털웃음을 웃는다거나, 목에 핏대를 세워 소리치는 것도 본 적이 없었다. 다석은 어디에 앉을 때도 늘 꿇어앉았으며, 서둘지 않고 조용조용 이야기했다. 채 160 센티미터가 안 되는 키에 어디서 그런 위엄이 나오는지 함석헌은 몰랐다.

그래서인지 교장 다석의 별명은 '철학자'였다. 학생들에게도 동·서양 사상을 두루두루 가르쳤다. 다석의 강의를 들으면 학생들은 눈이 빛났다. 더군다나 일제의 총칼 아래에서도 그의 우리말 사랑은 대단했다. 학생들은 쉽고 재미있는 이야기 속으로 빠져 들어가 시간이 흐르는 줄도 못 느낄 정도였다. 함석헌은 마치 새로운 세상을 만난 것 같았다. 지금껏 헛살았다는 생각이 불쑥불쑥 들기도 했다. 성경은 물론 중국의 사상가 노자, 일본의 사상가 우치무라, 위에서 언급한 영국의 사상가 칼라일, 러시아의 소설가이자 사상가 톨스토이의 삶과 생각이 새롭게 민감한 청년 함석헌의 가슴을 파고들었다. 그리고 다석이 모든 학생들에게 바라던 것처럼, 함석헌 또한 하루가 다르게 '생각하는 사람'이 되어 갔다. 다석은 함석헌에게 노장 사상, 불교, 주역 및 여러 동양 고전 철학을 가르쳤다. 더불어 다석은 성경을 독특한 동양적 시각으로 재해석했다. 뒷날 함석헌이 보여준 동양적 성경 해석에는 이때 다석으로부터 받은 영향이 깃들어 있다. 함석헌은 다석이 비로소 자신을 "생각하는 사람"으로 만들었다는 회상을 남기고 있다.[56]

함석헌이 이처럼 뛰어난 스승들 아래서 학업에 열중하던 오산학교 시절은 진리와 삶에 대해 끊임없는 질문을 던지는 시기이기도 하였다. 그 질문과 성찰의 결과 함석헌은 다음과 같은 세 가지 사항을 그 삶의 기본적 가치 혹은 생활 신조로 요약하기에 이른다.

"생각을 많이 한 후 나는 내 인생에 이 세 가지는 결코 버릴 수 없다는 결론에 이르렀습니다. 첫째는 나는 한국인으로서 내 민족의 전통을 포기할 수 없습니다. 둘째 나는 하느님을 믿으며 신앙 없이는 살 수 없습니다. 셋째 과학을 공부한 이래 특히 웰스의 『세계사 개론』을 주의 깊게 읽은 후 나는 그의 세계주의 사고와 인류를 위한 과학의 역할에 크게 영향을 받았습니다."[57]

조그만 시골 벽촌 오산학교에서 이처럼 함석헌은 민족애와 기독교 정신을 호흡하며 생각과 지식을 다듬어 나갔다. 그래서 동경으로 유학을 가고자 오산학교를 떠날 때쯤엔 그의 학업도 상당히 진척된 편이었다. 동경 유학은 남강 이승훈의 중재와 오산학교의 재정적 후원에 의한 것이었다. 당시 식민지 조선인들은 세계의 최신 사상과 지식을 대부분 동경을 통해서 접할 수 있었다. 더구나 동경은 조선 본토보다는 조선인들에게 어느 정도의 자유가 주어지는 곳이었고, 지리적으로 미국이나 유럽보다 가까웠으며 비용도 상대적으로 저렴했기에 조선 유학생들에게 매력 있는 도시였다. 22세의 청년 함석헌은 미래를 향해 홀로 서기 위하여 준비되어 있었다. 마치 날아오를 준비를 마친 한 마리 새처럼, 함석헌의 두 날개가 좌우로 퍼덕이고 있었다.

'감방 대학'에서 노자를 만나다

1923~1945

일본 유학 후 오산학교의 역사 교사가 된 그는 한국 역사
에 관한 저술 활동을 시작하고, 어쨌거나 네 번이나 감옥
문을 들락거린다. 훗날 함석헌은 "감옥은 인생의 대학"이
라고 말하기도 한다.

***

일본에서의 생활

함석헌은 뱃전에 부딪쳐 하얗게 흩어지는 파도를 내려다보고 있었다. 배는 끊임없이 밀려오는 파도를 넘어 일본으로 향하고 있었다. 걱정스러워하던 부모님 얼굴, 동생들 얼굴이 문득 떠올랐다가 파도와 함께 사라져 버렸다. 단단히 각오하고 떠나긴 했지만 언제 돌아올지 모를, 무슨 일을 겪을지 모를 먼 유학길이었다. 한편으로는 기대감도 없지 않았다. 여기저기서 전해 들은 풍문이었지만, 그곳에는 벌써 새로운 세상이 열려 있다고 했다. 일찍부터 서양 사람들이 드나들었고, 그들이 살던 방식이 전해져 전기, 수도, 전화가 널리 쓰인다고 했다. 게다가 백화점이며 극장이 어떻다는 말이 나오면 함석헌은 뭐 하는 곳인 줄도 모르고 고개만 끄덕거렸다. 그런 가운데서도 함석헌의 귀가 솔깃해진 소식도 있었다. 일본에서는 1920년 이후부터 여러 가지 책과 잡지, 신문이 나오기 시작했는데, 값도 그리 비싸지 않은데다가 하루에 100만 부가 팔리는 신문도 나왔다는 사실이었다.

그때였다. 바닷바람이 차가워 막 선실로 들어가려던 참에 일본인 선원 하나가 신경질적으로 함석헌의 어깨를 밀치고 지나갔다. 곧장 욕지거리가 이어졌다. "에이, 더러운 조센징! 그 거지 같은 보따리 치우지 못해?" 선원은 갑판 바닥에 어지럽게 놓인 짐 보따리들이 거슬렸는지 그 가운데 함석헌의 발밑에 있던 것을 걷어차고 있었다. "빠가야로, 뭐 하나 제대로 하는 게 있어야지 원!" 보따리 주인인 듯 남루해 보이는 조선인 아낙이 무릎으로 다가가 보따리를 감쌌다. 그러고는 아무 말도 못 하고 겁에 질려 눈치만 살폈다. "저리 꺼져 버려라 빠가야로!" 선원은 한 번 더 걷어차려다 말고 움찔하는 가련한 아낙을 뒤로 한 채 침을 퉤 뱉고 사라져 버렸다.

청년 함석헌은 머리에 피가 거꾸로 솟아날 것처럼 분노가 치밀었다. 그러나 어찌할 도리가 없었고 그래서 무력하게 발만 동동 굴리는 자신의 모습을 발견하였다. 나라 잃은 백성의 설움이란 게 바로 이런 것이구나 하는 통렬한 자괴감이 갑자기 그의 가슴을 막 짓눌렀다. 주위를 둘러보니 곁에서 잔뜩 겁에 질려 긴장하고 있던 다른 조선 사람들의 표정이 보였다. 무력한 자신을 돌아보며 또 기가 죽어 두려움에 꽁꽁 얼어붙은 다른 동포들의 얼굴을 보며 청년 함석헌은 조용히 가슴속에서 눈물을 머금고 탄식했다. "자유하지 못하는 사람이 복종할 수 없다. 자유를 알기 전에 한 복종은 짐

승의 길듦이지 인격의 순종이 아니다. 원수를 사랑해야 하지만 그
것은 자유인만이 할 수 있다. 노예가, 자아를 가지지 못한 물건이
어떻게 누구를 사랑하고 도덕률을 가질 수 있겠는가? 우리나라
국민은 벙어리이다. 입이 없다. 인간인 이상 입이 없을 수 없지만,
유구무언, 입이 있고도 한마디 말을 못하는구나!"

1923년 4월 함석헌은 동경에 도착했다. 그의 동경 생활은 시작
부터 작은 난관에 부딪쳤다. 머무를 방 한 칸 구하기가 쉽지 않
다. 집주인들은 함석헌이 조선인이라는 것을 알게 되면 세를 거절
하는 것이었다. "일본과 조선은 하나"라는 허울 좋은 구호 아래 조
선인에게 얼마만한 차별과 부당한 대우가 이루어졌는지 쉽게 알
수 있는 사례였다.

어떤 일본 사람들은 한국 사람을 보면 누구나 "빠가야로, 더러
운 조센징"이라고 욕을 했다. 결국 함석헌은 방 한 칸을 얻으려고
밤늦도록 발이 부르트게 돌아다녀야 했다. 일본 동경에 발을 디딘
첫날, 함석헌은 나라 잃은 설움에 부모 없는 고아가 된 듯한 슬픔
이 더해져 날이 새도록 서글프기만 했다.

1923년 4월은 일본에서 거대한 사회적 변동이 일어나고 있던
시기였다. 제1차 세계대전이 끝난 뒤 찾아온 세계 경제의 침체는
일본도 감당하기 힘든 어려움을 가져 왔다. 때를 맞추어 일본의
노동자 계급과 소작인들의 조직이 증가하기 시작했다. 소작 관련

분쟁은 1917년 85건에 불과했지만, 1919년에는 326건으로 늘어났고 1923년에 이르러 2,000건으로 급상승했다.[1] 또 중소 은행들이 급격하게 감소하기 시작했는데, 1921년에 2,041개였던 은행이 1929년에는 절반에도 미치지 못하는 1,008개로 줄어들었다.[2] 지식 사회 또한 변화의 움직임을 보이고 있었다. 1910년대와는 달리 1920년대에는 다양한 문헌과 잡지들이 쏟아져 나왔다. 이러한 서적들은 현대적인 감각을 갖춘 여러 종류의 정기 혹은 부정기 간행물이었는데, 가격이 대개 1엔 정도로 저렴하여 보통 일본인들도 큰 부담 없이 구입할 수 있었다.[3] 이러한 지적 기반 위에서 사상적 흐름도 바뀌어 간다. 일본의 중산층 지식인들과 노동자 계급의 지도자들은 한때 자유주의 이념을 지지했지만, 점차 사회주의 이념을 지지하는 쪽으로 변하고 있었다.[4]

1922년 무렵 일본에는 약 3,000명 정도의 조선 유학생들이 있었다. 그들 가운데에는 1921년의 흑도회, 1923년의 북성회를 포함해서 다양한 종류의 사회주의나 아나키즘 모임을 창설한 그룹이 있었다.[5] 특히 비폭력 무저항을 원칙으로 한 3·1운동이 구미로부터 이렇다 할 지지를 받지 못했고 상해 임시정부 또한 정치적 영향력이 미미한 상태에서 재일 조선 유학생들은 조국의 독립을 위해 좀 더 급진적인 노선을 택하기 시작했다.[6] 특히 조선 유학생들은 1920년대 일본 사회의 자유주의와 사회주의 물결의 확산에서 강렬한 감동을 받았다. 이렇듯 지적 분출이 전성기에 이른 1920년대 일본의 동경에서 유학생으로서 공부할 수 있게 된 것은 젊은 함석헌의 왕성한 지적 발달에 큰 행운이었다고 할 수 있다.

그러나 함석헌은 이내 험악한 사태에 직면한다. 1923년 9월 1일 발생한 동경 대지진이 그것이다. 제1차 세계대전의 여파로 이미 쇠약해져 있던 일본의 사회·경제적 상황을 더욱 악화시킨 이 지진으로 동경 지역의 3분의 2와 요코하마의 거의 전부가 파괴되었다. 약 40만 명이 실종되거나 생명을 잃었고 주택을 잃은 사람은 200만 명 이상이었다.[7] 지진으로 인한 통신의 두절은 사람들을 공포 속으로 몰아넣었으며, 홍수와 콜레라까지 발생했다. 결국 계엄령이 선포되었고, 수십만 명의 피난민들은 무너진 집을 버려 둔 채 식량과 은신처를 찾아 교외를 헤매고 다녔다.

동경 대지진은 또한 일본의 경찰과 극우 세력에게 좌익 혹은 진보 세력을 일망타진할 수 있는 구실을 마련해 주었다. 대지진이 있은 후 사회주의 세력의 동요와 반란을 우려한 일본 정부는 그들의 주의를 분산시키려고 재일 조선인들이 반란 음모를 꾸미고 있다는 헛소문을 퍼뜨렸다. 이로 말미암아 재일 조선인 5,000명 이상이 일본인 폭도의 손에 무참히 학살되었다.[8] 이 혼란과 불안의 시기에 함석헌은 생애 처음으로 감옥 생활을 경험하게 된다. 사연은 이렇다. 어느 날 함석헌은 집에 온 친구에게 저녁을 해 주려고 함께 가게에 가서 멸치를 한 봉지 샀다. 그런데 집으로 돌아오다가 골목에서 몽둥이, 대창, 번쩍번쩍거리는 일본도를 든 폭도들과 마주쳤다. 폭도들은 "너희들 조센징이지?" 하고 씩씩거리며 함석헌과 친구를 당장 칼로 찔러 죽일 기세였다. 이때 근처 파출소에 있던 한 순경이 뛰어나와서 함석헌과 폭도들 사이에 끼어들었다. 평소에 조용한 함석헌을 좋게 본 일본인 순경은 흥분하는 폭도들을 타이르고 떠밀며 헤어져 가라고 했다. 흥분한 폭도들은 순경의 만류에 잠시 머뭇거리더니 모퉁이를 돌아 우르르 몰려갔다. 그러나 함석헌과 친구는 곧 감옥에 갇히고 말았다. 일본 경찰이 "무죄한 조선인을 보호한다"는 명목으로 그를 다른 조선인들과 함께 비좁은 감옥 안에 집어 넣었던 것이다. 단 하룻밤을 닭장 같은 감방에서 지냈을 뿐이지만, 그는 그곳에서 인간 본성과 종교, 도덕의 본질에 대해 깊은 성찰을 하게 되었다.[9] 감옥은 마치 지옥 같았고 영문도 모르는 사람들이 빼곡하게 들어차 앉지도 서지도 못한 채 거의 숨조차 쉬지 못할 지경이었다. 그 안에서 공포에 질려 떨던 사람들, 살려 달라며 애원하고 울부짖던 그들 대부분은 하나같이 남루하고 가엾은 조선 사람들이었다. 이런 열악한 감옥에서 하룻밤을 지내는 동안 함석헌은 인간이 얼마나 노골적, 본능적이고 사악해질 수 있는지를 피부로 실감했다.

　일본으로 유학 오기 전, 그러니까 3·1운동이 실효를 거두지 못하고 끝난 뒤 고향에서 2년을 '낭비'하던 무렵에 함석헌은 미술과 예술에 대한 관심을 키워 가고 있었다. 그때 그는 스케치북을 가지고 다니며 틈나는 대로 그림 연습을 했다. 그러나 그림에 큰 애착을 가졌음에도 전문적으로 미술을 공부한다는 생각은 함석헌에게 죄책감을 불러일으켰다. 나라가 일본의 식민지로 전락한 상황에서 미술을 공부한다는 것이 일종의 사치처럼 생각되었던 것이다. 번민 끝에 함석헌은 결론을 내린다. "하고 싶은 개인의 취미대로 하란다면 아마 미술로 갔을는지도 모른다. 〔그러나〕 내 딴의 생각으로 우리 나라 형편에 그게 급한 것이 아니라는 것이었다."[10] 그래서 그가 선택한 것은 역사를 공부하는 길이었고, 1924년 동경사범에 입학한 것도 그 방편이었다. 이때부터 1928년에 이르기까지 함석헌은 역사뿐 아니라 교육학과 물리학에도 깊은 흥미를 두고 공부한다.

당시 동경고등사범에는 약 50명 정도의 조선 유학생들이 있었다. 그들 대부분은 어떤 식으로든 공산주의와 아나키즘 사상의 영향을 받고 있었다. 함석헌은 비공산주의계 기독 학생으로서 급진적인 좌익계 학생 그룹으로부터 질시를 받았다.[11] 함석헌 스스로도 조국을 일제의 손아귀에서 구원할 방법으로 사회주의나 아나키즘의 정치 이념을 받아들여야 할지 아니면 어린 시절부터 친숙한 기독교적 종교 윤리를 고수해야 할지를 두고 정신의 분열을 겪고 있었다. 그러나 함석헌은 가령 아나키스트들이 주장하는 테러리즘에 찬성할 수 없었고, 또 공산주의자들이 옹호하는 무신론에도 동의할 수 없었다. 그의 내적 갈등이 어떠했는지 살펴보자.

> "나는 번민하기 시작했습니다. 기독교를 가지고 정말 우리 민족을 건질 수 있느냐고. 정치란 것이 이런 것일진대, 지식인-상류사회란 것이 이런 것일진대, 그 악당을 물리치는 것은 종교 도덕으론 도저히 될 수 없는 것이 분명했습니다. 나라를 해방시키려면 혁명밖에는 길이 없고 혁명을 한다면 사회주의 혁명 이외에 길이 없는 것으로 보였습니다. 민족주의 진영이 썩어져 가는 것을 보면 혁명은 어림도 없는 일이었습니다. 그러나 그렇다고 내 신앙을 버리고 도덕이니 인도주의니 하는 것은 전혀 무시해 버리는 사회주의에 들어갈 수는 차마 없었습니다. 나는 이러지도 저러지도 못했습니다.…… 나는 오래 고민했습니다."[12]

함석헌은 이런 고민을 하는 동안 함흥농업학교 졸업생 김교신[13](1901~1945)을 만난다. 김교신은 1919년에 동경으로 유학을 와서 1920년 11월부터 1927년 조선으로 돌아오기 전까지 우치무라 간조가 이끄는 성경 공부 모임에 정기적으로 참석하고 있었다. 그는 1922년에 이곳 동경고등사범학교 영문과에 입학했다. 함경

남도 함흥이 고향이며 함석헌과는 동갑내기였다. 김교신은 함석헌에게 우치무라의 성경 공부 모임과 일본 무교회(無敎會) 운동 모임을 소개했다. 뒤이어 함석헌은 우치무라를 직접 만나게 된다.

우치무라 간조는 일본 근현대 지식인들과 작가들의 사상 형성에 중요한 영향을 미친 기독교 사상가이자 비평가였다. 1868년 메이지유신 이후 일본이 서구에 대해 개방 정책을 취하고 근대화 운동을 추진할 당시에 그는 이미 일본에서는 유명한 성서 해석자였다. 젊은 날의 우치무라는 언론인으로 일하며 기독교 평화주의의 입장에서 러일전쟁을 비판하고 반대하기도 했다. 그러면서 기독교인들이 무조건적으로 자기들이 속한 국가에 충성해야만 하는지에 대하여 의문을 제기하였다. 그는 대부분의 일본인들과는 달리 일본 왕을 '살아 있는 신'으로 여기지 않았기 때문에, 이른바 칙령과 그의 초상화에 경배하는 것을 거부하기도 했다. 그래서 한때 우치무라는 일본 정부로부터 '반역자'라는 낙인이 찍혔다.

우치무라는 기도와 성서 공부를 통해서만 인간이 하느님에게 통하는 믿음을 가질 수 있다고 선언했다. 우치무라에 따르면, 일본인은 철저한 성서 연구를 통해서 일본에 필요하고 일본의 전통에 적합한 기독교를 발견할 수 있다. 그런 맥락에서 그의 후기 글들은 특히 성서 읽기에 바탕을 둔 무교회 운동 문화를 일본인들에게 소개하는 것이 주류였다.[14]

우치무라와 그 추종자들은 다른 사람들로부터 '무교회주의자들'이라고 불렸는데, 우치무라 스스로는 '무교회 원칙에 입각한 기독교도'라고 자신의 모임을 정의했다. 우치무라의 무교회 운동은 표면적 형식주의와 교회만의 경건함을 부인했고, 예수의 십자가를 통한 대속 신앙을 강조했다.[15] 이것은 사람들이 저마다 중간의 목회자나 교회의 예식 없이도 성서의 진리를 발견할 수 있다는 사상이고, 그러므로 세례식이나 성찬식도 그저 부분적인 의미만을 지닌다는 입장이다. 무교회 운동은 교회를 기부히는 것이 아니다. 다만 제도적인 기성 교회에 속하지 않고는 구원이 없다는 교리적인 고정 관념을 부인하는 것이다.[16] 우치무라는 교회가 건물이나 제도는 아니라고 주장한다. 그는 어떤 특정 교단이나 교회에 속하기를 거부하면서 성서의 믿음대로 헌신하는 삶을 살기를 희망했다. 그는 체제 순응적이고 안전 위주인 일본의 기성 교회 그룹에서 떨어져 나가려 시도했고, 다른 한편 기독교의 형제애에 바탕을 둔 공동체를 이루고자 노력했다.[17]

함석헌은 우치무라와 무교회 운동 사상에 깊이 감화되었다. 성서의 진리를 무조건적이고 무비판적으로 받아들이는 대신 적극적으로 해석하고 탐구하려는 우치무라의 노력에도 깊은 인상을 받았다. 우치무라를 통해서 성경을 보는 새로운 안목이 열린 것이다. 함석헌은 우치무라로부터 직접 세례를 받았고, 우치무라와 그의 퀘이커 친구인 니토베 이나조(新渡戸稲造)와 더불어 일본에 있는 퀘이커 모임에도 출석하게 되었다. 그러나 이때의 퀘이커 모임은 함석헌에게 별로 뚜렷한 인상을 준 것 같지 않다.[18]

우치무라는 조국인 일본과 자신의 종교인 기독교와의 관계를 다음과 같이 정의했다. "나는 2개의 J를 사랑한다. 하나는 예수(Jesus)이고 다른 하나는 일본(Japan)이다."[19] 이것은 우치무라에게 종교적 신앙과 민족애가 맺고 있는 의미의 연관을 단적으로 드러내는 말이다. 함석헌은 우치무라의 이러한 태도로부터 종교적 신앙과 민족애를 접합시키는 방법을 배웠던 것 같다. 그리하여 우치무라의 성경 공부 모임에 정기적으로 출석하는 동안, 함석헌은 종교와 사회주의 사상 사이에서 겪어야 했던 내면의 갈등이 점차 사라지는 것을 느낀다. 우치무라의 가르침에 힘입어 종교적 신앙심이 조국을 향한 사랑과 결코 유리된 것이 아니며, 참 신앙인은 한쪽을 버리는 대신 그 둘을 함께, 그리고 동시에 끌어안아야 한다는 결론에 이르게 된 것이다. 함석헌은 스스로 그런 신앙인의 길을 걷겠다는 결심을 굳힌다.

함석헌은 우치무라를 만나기 이전에 기독교회의 사회적 역할에 대해 어떤 불확실성을 느꼈다. 그는 20대 초반의 청년으로서 자신에게 근본적이고 긴급한 어떤 절대적인 신앙심을 추구하는 내면의 투쟁 속에 있었다. 그러나 그는 자신이 찾는 절대적이고 궁극적인 무엇을 기성 교회를 통해서는 발견할 수가 없었는데, 우치무라와의 성경 공부를 통해 "신앙이란 이런 것이다, 성경이란 이렇게 읽을 것이다 하는 확신"[20]을 얻을 수 있었다. 비로소 기독교가 삶과 하나로 어우러지는 것을 실감한 것이다. 그것은 참으로 행복한 경험이었다. 함석헌은 우치무라에게서 얻은 가르침을 두고 나중에 "나는 이따금은 우리가 일본에게 36년간 종살이를 했더라도, 적어도 내게는, 우치무라 하나만을 가지고 바꾸고도 남음이 있나고 생각합니다"라고 밀힐 정도였다.

동경에서 공부하는 동안 함석헌이 얻은 또 하나의 수확은 뜻을 같이하는 친구들을 만날 수 있었다는 점이다. 우치무라를 소개시켜 준 김교신을 비롯하여 송두용, 정상훈, 유석동, 양인성이 그들이다. 함석헌과 이들은 모두 우치무라가 이끈 성경 모임의 구성원이었고, 1925년부터는 성경을 원문 그대로 읽어 보겠다는 의욕을 가지고 희랍어를 함께 공부하기도 했다.[21] 그들은 나중에 계간지 『성서조선』을 중심으로 활동하면서 조선 신학과 지성사에 새로운 기여를 하게 된다.

역사 교사, 그리고 『성서조선』

1928년 봄, 함석헌은 동경고등사범에서의 유학 생활을 끝내고 고국으로 돌아온다. 그는 귀국과 동시에 모교인 오산학교에서 역사, 일반 윤리 등을 강의하기 시작한다. 그 사이 오산학교는 불에 타기 전 모습을 찾아가는 듯했다. 교실이며 책상, 의자들이 반듯하게 정리되어 있었다. 학생들은 아직 두루마기에 미투리나 짚신을 신었지만, 이가 바글거리던 때와는 비교할 수 없을 만큼 깔끔해져 있었다. 함석헌은 이게 다 1923년, 자신이 일본으로 떠난 뒤 감옥에서 나온 남강의 손길이 아닐까 싶었다. 남강은 무슨 일이든 솔선수범하는 스승으로 유명했다. 누구를 불러 시키지 않고, 먼저 팔을 걷어 부치고 앞장을 섰다. 그가 감옥에 있을 때는 혼자 변소를 청소하는 것으로 유명했다. 그건 이곳 오산학교에서도 마찬가지였는데, 한겨울에 아무도 하기 싫어하는 변소 청소를 그는 교장 신분에도 불구하고 스스로 나서 해치우곤 했다. 잔뜩 쌓인 채 얼어 버린 똥 무더기를 부수다 보면 가끔씩 똥 부스러기가 튀어 입속으로 들어가기도 했다.

어느 날이었다. 채 서른이 안 된 함석헌이 학생들에게 성경 강의를 하는데, 예순다섯 할아버지가 된 남강이 앉아 귀를 기울이고 있었다. 함석헌은 웬일인가 싶어 괜히 머쓱해졌다. 남강은 강의가 끝날 때까지 주의 깊게 듣더니 학생들과 뒤섞여 교실을 나섰다. 그러고는 함석헌 선생이 아주 좋은 이야기를 한다면서, 한번 들어 보라며 다른 교사나 학생들에게 권하고 다녔다. 나중에 알고 보니 오산학교에서 그건 이제 흔한 일이라고 했다. 교장 남강은 그런 사람이었다. 적어도 그에게 있어 배움이란 것은 위아래가 따로 있는 것이 결코 아니었다. 이즈음 함석헌은 타고르와 간디의 책들을 흥미롭게 읽는 한편 계간지 『성서조선』을 편집하고 여기에 글을 실었다.

『성서조선』은 함석헌의 오랜 친구인 김교신이 일본에서 귀국하자마자 1927년 7월에 창간한 잡지였다. 김교신은 『성서조선』을 마치 자기 몸처럼 아꼈다. 1930년부터는 잡지를 만드는 일부터 독자에게 보내는 일까지 도맡아서 했다. 두 달에 한 번, 발행 부수가 300부를 넘지 못했지만 남강 이승훈, 장기려, 유달영 같은 애독자가 늘면서 점점 널리 읽히고 있었다. 이름에서처럼 『성서조선』은 성서와 조선, 즉 하느님의 말씀과 나라를 사랑하는 마음을 담고자 한 잡지였다. 김교신은 창간사에 이렇게 적었다. "사랑하는 사람에게 주고 싶은 것은 한두 가지에 그치지 않는다. 하늘의 별이라도 따 주고 싶으나 사람의 힘에는 스스로 한계가 있다. 어떤 이는 음악을 조선에 주며, 어떤 이는 문학을 주며, 어떤 이는 예술을 주어 조선에 꽃을 피우며 옷을 입히며 머리에 관을 씌울 것이나, 우리는 오직 조선에 성서를 주어 그 뼈대를 세우고 혈액을 만들고자 한다."

김교신은 함석헌보다 약 1년 먼저 귀국하여 함흥영생여고보에서 지리학과 자연사를 강의하는 틈틈이 『성서조선』을 만들었다. 우치무라가 예수와 일본을 동시에 중시했듯 김교신 역시 '성서'와 '조선'을 그렇게 보았다. 그의 이런 생각은 곧 잡지 『성서조선』의 성격과 방향에 그대로 반영되었다. 김교신은 지도력이 뛰어나고 효율적으로 일하는 능력이 있는 사람이었다. 『성서조선』 편집자 중의 한 사람이며 김교신과 함석헌의 친구인 송두용은 "김교신은 무엇으로 보나 우리 여섯 중에 지도자 격이었고 모든 면에서 뛰어난 친구였다"고 평한다.[22] 김교신은 또 일본에서 귀국하면서 동경 유학 시절 우치무라가 이끌었던 것과 같은 성경 공부 모임·무교회 운동 모임을 서울에 만들었다. 함석헌도 무교회 기독교인으로서 이 모임에 열성적으로 참여한다. 모임은 점차 다른 사람들의 관심을 끌었고, 더불어 『성서조선』도 수백 명의 독자를 확보하기에 이른다.

어느덧 함석헌이 오산학교에 온 지도 2년이 지나 1930년이 되었다. 봄이 한창이던 어느 날 수신 시간, 함석헌이 학생들에게 가르치던 수신 교과서에다 한글로 토를 달아 오라고 시켰다. 수신 교과서는 일제가 제 나라 국민을 가르치려고 만든 윤리 교과서였다. 당연히 일본 글로 되어 있었고, 일본의 식민지가 된 뒤부터는 강제로 배워야 하는 과목이었다. 1904년 처음 나왔을 때는 거의 부지런히 절약하며 살자는 내용이었으나 날이 갈수록 일본 왕을 위해 조선인들은 기꺼이 목숨을 바쳐야 한다는 등 이야기가 많아지고 있었다.

함석헌은 어떻게 해서든 자라나는 학생들에게 민족의 얼을 살리는 한글을 가르쳐야 한다고 생각했다. 우리말로 강의하는 것만으로는 부족했다. 디그디니 막 오산학교로 온 학생들은 대부분 공립 학교를 다니며 일본식 교육을 받았기 때문에 우리말과 글이 서툴렀다. 심지어 1학년에 들어온 학생들은 입학식 때 오산학교에 일장기도 걸지 않고, 일본 국가도 부르지 않는 걸 보고는 적잖이 놀랐다. 학생들은 처음엔 어리둥절해 했지만, 잘 따라와 주었다. 함석헌이 학생들을 믿은 것처럼 학생들도 그런 스승을 믿고 의지했다. 쉬는 시간 10분 동안 독일어를 공부하더니, 여름방학이 끝날 때쯤 독일 책을 줄줄 읽는 함석헌에게 그들은 '함도깨비'라는 별명을 붙여 주었다.

이 시기 일제의 억압은 나날이 강도를 더해 가고 있었다. 특히 1931년 일본이 만주를 침략함에 따라 한반도 전역은 점차 전면 전쟁을 위한 군사 기지로 변해 갔다. 여기에 대응하여 좌파가 주도하는 조선인들의 항일 운동도 활발해지고 있었다. 이런 상황이고 보면 오산학교의 역사 교사이자 민족주의자이며 『성서조선』의 주요 필자인 함석헌이 일본 경찰한테 '요시찰 인물'로 주목과 감시를 받는 것은 당연한 일이었다. 느닷없이 공산주의자의 혐의를 쓰고 경찰에 체포된 일도 있었는데, 함석헌의 집에 잠시 머물렀던 오산학교 후배 두 사람이 공산주의 독서회 회원이던 탓이었다. 함석헌이 잡혀 간 곳은 일본 헌병대였다. 그들은 이렇다 저렇다 말도 없이 등이건 다리건 가리지 않고 함석헌을 수소 생식기로 만든 가죽으로 때렸다. 몸에 소가죽 채찍이 쩍쩍 달라붙어 피부가 갈라지고 피가 터졌다. 그러나 그는 자기가 왜 헌병대에 끌려왔고 왜 맞아야 하는지 그 이유를 전혀 알 수 없었다. 밤이 새도록 맞고 난 다음 날이 되어서야 함석헌은 자기가 잡혀 온 까닭을 알게 되었다. 경찰은 함석헌이 공산주의자라는 혐의를 입증할 재간이 없었고, 그래서 그는 일주일 만에 풀려 나온다.[23] 다리를 절룩이며 집에 와 보니 얼마나 뒤져 놓았는지 온통 난장판이었다.

일본 경찰에게 맞은 곳이 채 가라앉기도 전에 이번에는 충격적인 일이 함석헌을 찾아왔다. 그해 5월 9일, 남강 이승훈은 그토록 아끼던 오산학교와 교사들, 그리고 학생들을 남겨두고 세상을 떠났다. 마지막 숨을 거두는 순간에도 그는 학생들을 생각했다. 남강은 유언으로 자기 몸을 땅에 묻지 말고 학생들의 생물 표본으로 삼으라고 했으나 일제는 남강의 유언조차 지키지 못하게 했다. 남강의 뼈다귀조차도 일제는 두려워했던 것 같다. 믿고 의지하던 스승이 뜻하지 않게 돌아가자 어둠을 밝혀 주던 의로운 촛불이 꺼진 듯, 함석헌은 한동안 말을 잃었다. 그러나 경찰은 이후에도 『성서조선』에 실릴 함석헌의 글을 검열하고 삭제하는 일을 멈추지 않았다. 『성서조선』 자체도 휴간과 복간을 되풀이해야 했다. 그러나 함석헌과 친구들은 이런 곤란에 굴하지 않고 기독교, 역사, 민족주의를 포괄하는 광범위한 주제를 다룬 글들을 『성서조선』에 실었다. 남강 이승훈이 세상을 떠난 뒤, 함석헌은 더욱 열심히 학생들을 가르쳤다. 감시하는 눈길에도 아랑곳없이 모든 강의를 우리말로 했다. 학생들에게도 반드시 우리글로 일기를 쓰게 했고, 우리글을 '국어'라 부르도록 했다. 그러니 일본 경찰들에게 함석헌은 당장이라도 빼 버리고 싶은 눈엣가시였다. 어디서 무엇을 하든 그들의 감시를 받을 수밖에 없었다.

1931년, 일본 군대가 한반도를 거쳐 만주를 침범했다. '만주사변'이었다. 걱정하던 일이 터지자 함석헌은 애가 탔다. 우리 땅이 그들의 군사 기지가 될 게 불을 보듯 뻔했기 때문이다. 그러면서 일본은 더욱 무섭게 변해 갔다. 우리 역사책을 강제로 빼앗아 일본 글로 된 일본 역사를 배우게 했다. 누구든 일본 왕의 노예가 되어 무조건 복종해야 한다고 목소리를 높였다. 조선 사람은 스스로 일어설 힘이 없으므로 앞서가는 일본의 지배를 받아야만 좀 더 행복해질 수 있다고 억지를 부렸다. 1932년에 있은 윤봉길, 이봉창 의사의 안타까운 희생으로도 좀처럼 희망이 보이지 않았다. 해마다 봄이 왔지만, 봄이 봄같지 않아 싸늘하기만 했다. 함석헌은 기도했다. 그리고 우리 역사를 어떻게 보아야 할 것인지, 날카롭게 발톱을 세운 나라들 사이에서 얼마나 더 괴롭힘을 당할지 자기 자신에게 질문해 보았다. "과연 군사력이 약하다는 이유로 열등하고 못난 민족이라고 할 수 있을까?" 그래서 함석헌은 1933년 2월부터 1935년 12월까지 이 잡지에 장문의 글을 연재하는데, 그것이 바로 명저『성서적 입장에서 본 조선 역사』이다.

함석헌이 오산학교에서 역사를 가르치면서 스스로 조선의 역사에 관한 글을 쓰려고 작정했던 무렵은 두 가지 의미에서 조선사 왜곡이 벌어지던 시기였다. 한편에서는 일제의 식민 사관이 조선인들에게 조직적으로 열등감을 심어 주고 있었다. 점령 초기부터 일제는 조선의 역사 관계 자료와 역사적 인물에 관한 문헌들을 압수해 소각하였고,[24] 1922년에는 조선사 교과서편찬위원회를 만들어 식민 지배를 정당화하는 역사관을 공식적으로 유포하고 나섰다. 그 역사관의 핵심 논리란, 의존성과 나태함을 역사적 속성으로 지닌 조선 민족에게는 자율 능력이 없으므로 일본의 '지도와 계몽'이 필요하다는 것이었다. 이러한 식민 사관의 맞은편에는, 식민 사관에 대한 반작용까지 더해져 조선 역사의 성취를 터무니

없이 과장하는 '민족사학자'들의 국수주의적 저술들이 있었다. 『성서적 입장에서 본 조선 역사』를 비롯해서 『성서조선』에 기고한 함석헌의 조선사 관련 글들은 이 양편의 왜곡된 논리에서 벗어나 조선사의 진정한 모습에 다가서려는 시도였다.

조선사편수회

일본의 한국 강점은 서구의 제3세계 강점과는 극명한 차이가 있다. 유럽의 아프리카 정복은 힘과 문화의 강자와 약자 간의 일방적 케이오 게임이었다면, 일본의 한국 강점은 다르다. 한일 관계는 오히려 전통적으로는 한국이 큰형으로서 일본을 문화적으로 '개화'시켜 준 관계였다. 포함 외교(gunboat diplomacy) 영향으로 서구 문명의 주도권이 일본으로 넘어가는 근세의 과정에서 한국은 일본의 식민지로 전락했을 뿐이다. 마치 마당쇠에게 오히려 사지를 결박당한 주인 신세처럼. 이 말은 일본이 한국을 식민화시키는 일이 유럽이 아프리카를 식민화시키는 일보다 훨씬 더 어려웠다는 말이다.

문화의 힘이 없는 무력으로만의 정복은 결코 오래가지 못할 뿐 아니라 실패할 가능성이 높다는 것은 역사가 증명한다. 그러니 일본의 한국 강점은 일본 측에서도 골칫덩어리였다. 무력 외엔 한국을 정신·문화적으로 굴복시킬 수 없었던 일본은 그래서 제갈공명이 맹획을 일곱 번 사로잡아 일곱 번을 놓아 주니 그때서야 복종했다는 교훈의 실천이 무엇보다도 절실했을 것이다.

정신적인 굴복을 받아 내지 않고 무력만으로 한 민족이 다른 민족을 계속 억압하고 그 강요된 체제를 유지하기가 거의 불가능하기 때문이다. 반면에 인간이란 신비한 존재는, 김구 앞에 섰던 윤봉길이나 이봉창처럼, 왜장의 열 손가락을 잡고 남강에 투신했던 논개처럼, 거대한 정신을 대하거나 사랑하는 사람을 위해선, 자신의 몸과 마음을 그저 초개(草芥)와 같이 버린다.

그래서 일제는 일왕의 명령으로 거액의 자금과 고급 인력을 대대적으로 동원, 한국 민족의 정신과 문화를 싹 쓸어 버리고, 조선인에게 복종을 강조하는 일본 혼을 심어 주는 프로젝트에 착수한다. 즉 황국신민 만들기인 정신 개조 작업이다. 이러한 일제의 야심에 걸맞게, 조선사편수회(朝鮮史編修會)가 만들어지는데, 그 구성원 대부분은 동양 최고의 대학이라던 도쿄제국대학 출신이었다. 조선총독부는 조선사편수회를 위해 당시 일본 학계의 최고 두뇌들을 총동원한다. 이것은 식민지 조선을 철저히 굴복시키기 위한, 요즈음 말 많은 4대강 프로젝트보다, 더 거대하고 막강한, 일제 강점기 최대 국가 사업이었다.

그래서 일본의 조선 사료 강탈 기간 중이던 1916년 1월, 중추원[25] 산하 조선반도사편찬위원회를 발족한다. 이 위원회는 조선인에 대한 왜곡된 역사 교육을 통해 일본 민족의 '우수함'을 고취하는 한편 조선인의 열등성, 타율성, 정체성, 사대주의성과 게으름을 강조하면서 동시에 조선 전통 민족 정신이나 역사 의식은 배제하였다. 그러다 학문적으로 더욱 권위 있는 기구로 만들기 위하여, 1925년 6월 일왕 칙령에 의해 조선사편수회로 명칭을 바꾸고 독립된 관청으로 격상하면서 조직을 확대, 개편하였다.

그 후 총 35권, 전체 2만 4,000쪽에 이르는 방대한 분량의 『조선사』를 제작하는 데 일본 정부의 막대한 자금과 최고 두뇌의 역사학자가 퍼부은 시간은 무려 16년이었다. 그 결과 1932년 일제는 마침내 『조선사』를 마친다. 제작 비용으로 100만 엔이라는 거액을 들여 편찬한 『조선사』는 이렇게 일왕 명령으로 만들어지고 조선총독부에 의해 직접 관리, 운용됐던 당시 일제의 "조선 정신 죽이기"를 시도한 최대 국가 사업이었다. 일본은 현명하게도 조선인을 무력으로 굴종시키기보다는 정신적으로 복종시키는 것이 훨씬 더 중요하다는 것을 철저히 깨닫고 있었던 것이다.

계속하여 일제는, 1932~1938년 식민 사관에 기초한 『조선사』(37책), 『조선사료총간(朝鮮史料叢刊)』(20종), 『조선사료집진(朝鮮史料集眞)』(3책) 등을 간행하였다. 특히 일제는 '단군조선'

을 없애려고 편찬 기구 개편 때마다 한국사의 상한선을 아래로만 끌어내렸다. 『조선사』 편찬 초기부터 16년 2개월간 앞장서서 관여했던 일본인 이마니시(今西龍)는 한국사를 왜곡·말살하는 데 주도적인 역할을 펼쳤다. 일본은 식민지 조선의 지배를 정당화하기 위한 논리의 일환으로 이렇게 한국사를 대폭 축소하고, 한민족의 역사는 일본과 중국 사이에서 항상 지배를 받는 피지배의 연속이라 주장했다. 뿐만 아니라 조선 역사를 당쟁으로 얼룩진 부패한 역사로 규정지으며 일본 식민지가 될 수밖에 없다는 '역사적 필연성'을 내세운다.

이 당시 일제하 국가 기관의 설치, 조직 및 직무 범위 등을 정한 제도인 관제(官制)를 보면 일제가 얼마나 한국사 왜곡 편찬에 심혈을 기울였는지 알 수 있다. 조선사편수회 고문에 이완용, 권중현26)을 앉히고 박영효27)·이윤용28)을 비롯해 일본인 거물들과 어용학자들을 위촉하였다. 위원회 회장은 조선총독부 총독과 맞먹는 막강한 권력자인 정무총감29)이 맡아 권력을 휘두를 수 있는 일본인들을 참여시켰다. 고문·위원·간사와 편찬 사무를 담당하는 수사관(修史官) 3명, 수사관보 4명, 서기 2명을 두었다. 이때 수사관 3명중엔 후일 국립서울대학교 교수를 하며 일본 식민 사관을 계승한 역할을 톡톡히 했던 이병도(李丙燾, 1896~1989)가 포함되어 있다. 하여간 일제의 조선사편찬위원회 설립은 곧 일제 식민 정책이 단순한 무력적 탄압에 머물지 않고, 그들의 고도화된 계획과 계산에 따라, 한국사를 다시 만들려고(왜곡) 나아간 것을 의미한다.

함석헌의 고민, 시대의 고민, 그리고 『성서적 입장에서 본 조선 역사』

이렇게 일제가 조선사편수회 프로젝트를 통해서, 일방적으로 조선 정신을 말살시키는 상황에서, 식민지 지식인 함석헌은 무력감 속에서, "나는 누구이고 조선인은 누구인가?"라는 처절한 자아 발견의 고민을 할 수밖에 없었다. 조선 민족 정체성의 위기, 자아 상실의 위기가 도래한 것이다. 자아를 잃어버린다는 것은 곧 정체성, 정신의 파괴이고, 한 개인과 민족의 총체적 몰락이다. 아무리 용맹한 장수도 실성한 상태에선 전쟁터에서 제대로 싸울 수 없고 오합지졸이 될 수밖에 없다. 그래서 함석헌은 고민했을 것이다. "군사력, 무력이 약한 개인이나 민족은 과연 열등한 존재일까?" 그리고 그는 깨달았을 것이다. 사명감, 문화, 역사 의식 없이는 한 민족의 자의식, 정체성이 붕괴될 수밖에 없다는 것을.

함석헌은 『성서적 입장에서 본 조선 역사』에서 용맹스럽게 만주 벌판을 내달리던 고구려의 갑작스러운 멸망을 '요절'로 아쉬워하며 이것을 두고 5천 년 역사상 가장 아프고 쓰린 일이라 하였다. 혹자들은 '평화주의자'인 함석헌이 왜 그토록 만주에 연연하는지를 비판한다. 그러한 비판에 일정 부분 동의하면서도, 1930년대 만주는 조선인들에게, 19세기 미국과 같이 개척해야 할 여지가 많은 희망과 개척의 땅, 즉 동아시아의 서부와 같은 개척 정신이 심화된 상징적 지역이었다는 것을 간과해선 안 될 것이다. 주권을 빼앗긴 조선인들에게 만주는, 일제 폭정으로부터 간섭받지 않은 "꿈과 기회의 땅", "젖과 꿀이 흐르는 약속의 땅"으로 보였다. 함석헌은 이러한 만주의 모습을 통해 조선 민족에게 꿈, 기회, 긍지, 자긍심을 심어 주고자 했던 것이다.

한 민족, 특별히 억압받는 한 민족이 주눅 들지 않고 기상을 펴고 발전하기 위해서는 자존감, 긍지가 있어야 한다. 이것이 없는 민족은 발전할 수 없다. 함석헌은 단순한, 그러나 무서운 낙관주의를 견지하며, 불의한 자는 아무리 강해도 망하는 날이 올 것이라는 역사적 낙관주의를 잃지 않는다. 그래서 때로는 노골적이고 직설적이게, 또 때로는 서사적이고, 사색적이게 기도하듯 써 놓은 『성서적 입장에서 본 조선 역사』에는 함석헌이 보여준 한국인의 자신감과 사명 의식이 비쳐진다. 이렇게 일제 강점기 함석헌의 공헌은 무엇보다도 민족이 처한 고난의 역사를 승화시켜 내는 데 있었다. 어두움이 진하다는 것은 그만큼 빛이 밝다는 것을 의미한다, 겨울이 깊어질수록 봄이 가까이 오듯이. 예수가 인류의 죄를 대신 짊어지고 십자가에 못 박혔듯이, 한국이 폭력의 세계를 도덕의 세계로 변모시키며, 인류의 죄를 대신 지고, 세계사의 하수구가 되어서 더러운 것들을 기꺼이 모두 받아 주고, 처리해 줌으로써 인류를 정화시켜 준다는 것이다. 그러나 이런 함석헌의 사관은 결코 자기 체념적 숙명론을 유도하는 것이 아니다. 오히려 그는 "고난 속에서만이 절대자의 섭리를 발견한다"는, '패자'의 희생을 통해서만 온 인류 역사를 생명과 생동이 넘치는 것으로 한 단계 상승시킨다고 역설한다. 그럼으로 힘과 무력이 아닌 뜻, 정신, 인, 도덕이 인류를 이끄는 기본 원리가 되어야 한다는 당위성을 주장하는 것이다.

어느 민족이든 자신의 역사를 찬양하고 미화하려는 충동에서 벗어나기란 쉽지 않다. 함석헌 스스로도 이 시기 이전에는 알게 모르게 '반만년의 찬란한 역사'를 찬미하는 '민족 사관'의 영향 아래 있었던 듯하다. 그러나 그가 본격적으로 역사를 연구하면서 발견한 것은 영광된 민족사가 아니라 굴욕과 시련으로 점철된 참담한 역사였다. 이 발견에 큰 충격을 받은 것은 다름 아닌 함석헌 자신이었다.[30]

"나는 조그만 시골 학교에서 한국 역사를 가르치게 되었습니다. 내가 실제로 교실에서 가르치기 시작했을 때, 나는 조선사를 있는 그대로 학생들에게 가르치기가 불가능하다는 것을 깨달았습니다. 4천 년의 조선 역사는 굴욕과 좌절 그리고 실패의 연속이었습니다.…… 그럼에도 불구하고 나는 조선사를 정면으로 응시하기 시작했습니다. 그랬을 때 그것은 마치 버림받은 길거리의 거지 처녀아이처럼 내 눈앞에 나타났습니다. 그 넝마를 입은 처녀아이는 동네 건달들로부터 능욕을 당하고, 쫓겨 다니고, 숨어 다니다가, 결국에는 길거리 바닥에 지쳐 쓰러져서 힘없이 울고 있었습니다."[31]

내란과 외세의 침략을 포함해 100회 이상의 전쟁을 치렀고, 50번 넘게 외세에 무력하게 무릎 꿇었던 역사,[32] 그것도 모자라 일제의 억압 아래 비참하게 연명하고 있는 역사이고 보면 함석헌의 비유는 지나친 것이라고 할 수 없다. 그러나 이러한 역사관이 일제의 식민 사관에서 주장하는 대로 패배주의나 숙명론을 준비하는 것은 아니다. 자아를 상실한 지식인은 그저 혼돈과 갈등 속에서 방랑할 수밖에 없다. 염상섭의 『만세전』에 등장하는 주인공 이인화는 함석헌과 동시대인이다. 그는 암울한 일제 무단 통치하에서, 그저 자신의 공허함과 번민을 달래기 위해 일본 매소부(賣笑

婦)를 찾아 희희낙락 찻집에서 시간을 보낼 뿐, 실의에 빠진 민족의 앞날을 위해 아무런 비전과 희망을 제시해 주지 못한다. 실로 연약하고 기죽은 식민지 지식인의 전형을 우리는 이인화의 모습에서 볼 수 있다. 지식인의 책무 중에 하나가 절망과 실의에 빠진 민중에게 희망을 주고, 그들의 권리와 입을 대변해 주는 것이라면, 함석헌은 절망과 실의에 빠진 조선인들에게 희망을 주고, 그들의 사명을 일깨워 주기 위해 끊임없이 고민했다. 그리고 그는 감히 『성서적 입장에서 본 조선 역사』를 쓴 것이다.

그러나 일제하에서 '조선 역사'는 곧 금지된 단어였다. 조선인이 조선 역사를 바로 세운다는 '허망하고 위험한' 꿈을 꾼다는 것은, 곧 총체적 패가망신에 가문의 몰락을 의미하는 것이었다. 일제의 막대한 물적·인적 지원을 받은 거대한 공룡과도 같은 조선사편수회의 35권, 2만 4,000쪽, 100만 엔이라는 거액을 들여 편찬한 『조선사』! 그에 대항해, "변변한 참고서 하나 없는 시골학교" 역사 교사 함석헌! 그래서 그는 할 수 없이, 그러나 포기하지 않고, "그저 파리한 염소처럼, 그 빈약한 자료를 씹고 또 씹는" 절박한 몸부림을 칠 수밖에 없었다.

그래서 이 세상에 나온 것이 『성서적 입장에서 본 조선 역사』였다. 편수회의 『조선사』와 함석헌의 『성서적 입장에서 본 조선 역사』의 싸움은 물량적·세속적 기준으로는 도저히 비교가 안 되는

골리앗과 다윗, 사자와 아메바, 빌라도와 예수의 싸움이었다. 아니 싸움이라기보다는 그저 '몸부림'이었고 꿈틀거림이었다. 당시의 세속적 눈으로 비교하자면, 무명의 예수는 "하늘의 나는 새도 떨어뜨리던" 권력자 빌라도와 결코 비교가 되지 못하는 보잘것없는 상대다. 그러나 2천 년 역사의 용광로를 거치고 난 지금, 빌라도가 인류사에 끼친 영향은 예수의 그것과 도저히 비교가 되지 않는다.

마찬가지로 함석헌의 조선사 해석이 보여주는 독특함은 조선의 역사가 '고난의 여왕(Queen of Suffering)' 또는 '세계의 하수도'라는 다만 굴욕의 처소일 뿐 아니라 세계의 불의를 정화시킬 희망의 거처라고 본 데 있다. 이러한 역설의 논리는 바로 예수의 삶에 대한 성찰에서 나온다. 예수는 어떤 존재였던가.『구약성경』에 등장하는 예언자 이사야는 말한다.

"그는 연한 순처럼, 마른 땅에서 나온 줄기처럼 주 앞에서 자랐으나 그에게는 풍채나 위엄이 없고 우리의 시선을 끌 만한 매력이나 아름다움도 없다. 그는 사람들에게 멸시와 천대를 받고 슬픔과 고통을 당하는 사람이 되었으나 사람들이 그를 외면하고 우리도 그를 귀하게 여기지 않았다. 그는 우리의 질병을 지고 우리를 대신하여 슬픔을 당하였으나 우리는 그가 하나님의 형벌을 받아 고난을 당하는 것으로 생각하였다. 그가 우리의 죄 때문에 찔림을 당하고 상처를 입었으니 그가 징계를 받음으로 우리가 평화를 누리게 되었고 그가 채찍에 맞음으로 우리가 고침을 받았다."[33]

예수는 고난에도 불구하고, 어쩌면 그 고난을 당하였기에 비로소 인류의 해방자가 될 수 있었다. 고난 받는 이는 자신의 고난을 통해서 누구보다도 해방을 희구하게 된다. 때문에 그는 자기뿐만 아니라 고난을 가하는 자마저 포함하는 인간들을 박해와 고난의 사슬에서 해방시킬 사명에 가장 가까이 있을 수 있다. 그런 뜻에서 성경 속의 예수가 '고난의 아들'로서 인류 해방자의 몫을 떠맡았다면, 세계사에서 '수난의 여왕'의 역할을 담당해 온 이들이 응당 세상의 고통과 불의를 치유할 의무와 권리를 갖게 되는 것이 아니겠는가.

"우리 사명은 여기 있다. 이 불의의 짐을 원망도 않고 회피도 않고 용감하게 진실하게 지는 데 있다. 그것을 짐으로써 우리 자신을 건지고 또 세계를 건진다. 불의의 결과는 그것을 지는 자 없이는 결코 없어지지 않는다. 인간을 위하여, 또 하나님을 위하여 이것을 져야 한다.…… 세계의 불의의 결과는 우리가 져야 한다. 우리가 그것을 져서 정화하기를 실패할 때 아무도 그것을 대신할 수 없다. 그러므로 세계의 불의의 짐을 지는 것은 우리의 사명이다. 영국이나 미국은 그 짐을 질 수 없다. 그들은 너무 잘났고 너무 높은 위치에 처해 있기 때문이다."[34]

『조선사』의 하늘을 찌를 것 같던 압도적 물량 공세 탓인지, 함석헌은 "이것 『성서적 입장에서 본 조선 역사』는 역사책이 아니라 내 기도다"라고 절규했다. 이 몸부림의 과정에서 함석헌은 "십자가에 달리는 한국"을 보았다. 그리고 그것은 곧 패자를 위한 역사―못났기 때문에 잘난 씨알, "뒤로 돌아 앞으로 가!"의 역사였다. 더불어 우리 민족이 세계 인류 죄악의 짐을 기꺼이 질 사명이 있다는 것이었다. 이렇게 끝이 안 보이던 고난 속에서도, 함석헌은 한국 역사 속에 나타난 절대자의 섭리를 찾으려 했고, 그 섭리를 통해서 조선인이 결코 열등한 존재가 아니라, 오히려 "고난의 아들 예수"와 같이, 세계사의 모든 죄와 짐을 지고 가는, "수난의 여왕"으로 보았던 것이다.

이렇게 『성서적 입장에서 본 조선 역사』는 한국 역사를 일제의 무력사에 대항해, 정신사를 중심으로 재해석한 것이다. 어린 마음들에게 희망의 씨앗을 넣어 주고자 씹고 또 씹어 젖을 내보내고자 혼신의 힘으로 책을 쓴 함석헌은, 자기 모멸과 절망에 빠져 신음하는 식민지 치하 씨알들에게 이렇게 희망을 북돋아 주고자 모든 힘을 기울였다. 그래서 한국 역사를 거의 비관적으로 바라보던 씨알들에게 낙관적으로 보는 지혜와 눈을 뜨게 해 주었던 것이다. 이래서 함석헌의 『성서적 입장에서 본 조선 역사』는 어두운 시대에서도 실낱같이 가느다란 희망을 포기하지 않도록 조선사의 의미와 뜻을 밝혀 주었다. 그래서 나온 말이, "영원의 실패라는 것은 없다. 몇 번을 실패하더라도 역사가 무의미로 끝나지 않기 위하여 항상 다시 노력할 의무가 남아 있다"고 강변 한 것이다. 조선인이라는 존재가 경멸과 멸시의 대상이 되고 있던 시대에, 함석헌은 조선인의 가능성과 자부심을 보여줌으로써 한반도의 미래가 어떠해야 하는지를 웅변적이고 서사적으로 제시해 주었던 것이다.

여기 나타난 함석헌의 생각이 인류를 구원할 수 있는 것은 우리 민족뿐이라는 식의 민족 중심주의로 오해받아서는 안 될 것이다. 여기서 '우리'는 일제의 식민 통치에 억눌린 조선인만이 아니라 억압에 신음하는 모든 약자와 씨알이라고 할 수 있기 때문이다. 『성서적 입장에서 본 조선 역사』를 비롯하여 『성서조선』에 기고한 글들에서 함석헌이 시도한 것은 강자와 승자의 입장만을 중심에 둔 역사 서술에 반기를 드는 일이기도 하였다. 함석헌의 논지에 따르면, 세계의 역사는 흔히 강자의 입장을 정당화하고 변호하려는 의도로부터 자유롭지 못한 상태에서 쓰였다. 반면 그의 역사 해석은 핍박과 억압, 어둠과 그늘 속에서 묵묵히 역사를 만들어 온 약자와 패자들의 삶에 정당한 가치와 의미를 되돌려 주려는 작업이었다.

그 작업은 또한 일제의 통치 아래 고통 받는 동포들이 식민 사관의 세뇌 공작에 맞서 자부심과 긍지를 잃지 않도록 격려하는 의미를 갖는 것이었다. 혹은 조선인의 정당한 자기 인식을 향한 징검돌을 놓으려는 노력이었다고 해도 좋을 것이다. 동시에 함석헌의 조선사 서술 속에서 자연스럽게 드러나는 것은 약육강식이나 적자생존 같은 지배와 억압의 원칙을 넘어서는 새로운 사회, 도덕의 진보와 영적 향상이 이루어진 삶을 향한 절실한 비전이다.(인류의 진화나 발전에 있어 문화나 기술의 진보가 아니라 도덕적이고 영적인 향상이 선행되어야 한다는 함석헌의 입장은 이미 이 시기의 글에서부터 모습을 보인다.[35]) 바로 그 비전의 절실함이 식민지의 비참함 속에서 힘겹게 쓰인 함석헌의 조선사 관련 글들, 특히 『성서적 입장에서 본 조선 역사』가 시공을 뛰어넘어 오늘의 독자에게도 감동을 주는 원천이라고 할 수 있다.

사실 『성서적 입장에서 본 조선 역사』를 쓸 당시에 함석헌은 도서관에서 역사 자료를 찬찬히 들여다볼 수 있는 형편이 되지 못했다. 그는 빈약한 자료를 앞에 놓고 주로 직관과 통찰에 의존해서 작업해야 했다. 그 점에서 『성서적 입장에서 본 조선 역사』를 일반적이고 실증적인 의미의 역사 서술이라고는 보기 어렵다. 함석헌 또한 통상적인 의미의 역사가가 아니었다. 그는 조선사를 과학적인 연구자의 머리가 아니라 시인의 가슴과 열정으로 썼던 것이다. 그래서 함석헌 스스로도 자신의 역사 서술을 역사 연구라고 표현하지 않았고 단지 "기도와 믿음의 행동"이라고 규정하였다. 여기서 한 가지 지적할 만한 것은, 이 시기 함석헌의 관점이 대단히 기독교 중심적이었다는 점이다. 당시 그는 어린아이 같은 순진함으로 성경과 기독교에 거의 절대적인 가치를 두고 있었다.

> "이 글이 이 글된 까닭은 성경에 있다. 쓴 사람의 생각으로는 성경적 입장에서도 역사를 쓸 수 있는 것이 아니라, 성경의 자리에서만 역사를 쓸 수 있다. 똑바른 말로는 역사 철학은 성경밖에는 없기 때문이다. 서양에도 없고 동양에도 없다. 역사는 시간을 인격으로 보는 이 성경의 자리에서만 될 수 있다."[36]

이처럼 단순한 확신에 바탕을 둔 『성서적 입장에서 본 조선 역사』의 서문은 나중에 함석헌 자신에 의해서 다시 쓰이게 된다. 그러나 이 책에 나타난 고난 받는 동포에 대한 진심어린 애정과 새로운 역사의 비전은 이 같은 약점을 넉넉히 상쇄할 만한 것이었다. 다만 함석헌이 조선의 역사 해석에 몰두하던 무렵의 사회는 아직 그러한 역사적 비전을 현실화할 가능성으로부터 너무나 멀리 있었다.

1937년에 만주를 침략하여 중일전쟁을 일으킨 일제는 조선인들을 전시 체제 속에 몰아넣고 '충성스런 황국 신민'으로 만들기 위해 갖가지 억압 수단을 동원하고 있었다. 일제는 '위안부' 혹은 '정신대'라는 이름으로 10만 명이 넘는 젊은 조선인 여성을 징집해 일본군의 성적 노예가 될 것을 강요했다. 젊은 남자들에 대해서는 '군 특별 의용군 법령'(1938)을 만들어 1945년까지 36만 명을 일본군으로 끌고 갔다. 이들 중 대부분이 '일본 제국주의의 영광'을 위해 '개죽음'을 당했다.

또한 일제는 어떤 종류의 공적인 모임에서든 "나의 생명을 대일본 제국의 천황과 그 영광을 위해 기꺼이 바칠 것을 맹세합니다"라는 내용의 이른바 「황국식민칙서」를 암송하거나 낭독하게 했다. 1938년부터는 모든 조선인에게 신사 참배를 요구하기 시작하여 일왕을 '살아 있는 신'으로 받드는 신도주의(神道主義)를 조선의 기독교인들도 받아들일 것을 강요하였다.[37] 특히 조선의 젊은이들에게 신도 의식과 일왕에 대한 충성심을 고양시키기 위해 YMCA와 YWCA를 해산시켰다. 한때 조선의 교인들은 일제가 주창한 '애국적 의미로서의 신사 참배'를 받아들였고, 그것을 애국적 행동으로 해석하기도 했다.[38] 그러나 조선인의 민족 의식을 근절시키는 데 그 저의가 있다고 판단하여 신사 참배를 거부했던 20여 개의 기독교계 학교는 폐쇄 조치를 당했다. 이로 인해 1945년까지 총 200여 개의 교회가 문을 닫을 수밖에 없었고, 70명의 목회자와 약 2,000명의 교인이 투옥되었다. 이들은 감옥에서 모진 고문을 받았고, 50명의 목회자가 그 와중에 순교하고 만다.[39]

위험은 함석헌에게도 닥쳐오고 있었다. 1938년에 일제는 한반도의 모든 학교와 교육 기관에서 조선어 사용과 조선사 교육을 금지시켰다. 이에 따라 함석헌을 포함한 오산학교 교사들도 조선어와 조선 역사 대신 일본어로 된 일본 역사 교과서를 가르쳐야 할 처지에 놓인다. 그러나 함석헌은 이 지시를 따를 수가 없었고, 마침내 일본 경찰에 의해 '범법자'로 몰릴 지경에 이른 그는 어쩔 수 없이 사랑해 마지않던 오산학교의 교사 자리를 사임해야 했다. 1938년 봄, 함석헌은 눈물을 흘리며 영원히 오산학교 교정을 떠난다. 1938년 이 한 해에만 약 12만 7,000명의 조선인들이 체포 및 구금되었고, 함석헌을 포함한 많은 반일 성향의 교사들이 강제로 혹은 어쩔 수 없이 학교를 떠나야 했다.[40] 10여 년의 오산학교 교사 생활, 이것이 함석헌의 생애에서 최초이자 마지막으로 세속적 의미의 정규 직장 생활이었다. 그 후 생애의 마지막까지 함석헌은 다시는 정규적인 직장을 가질 수 없었고 고정적인 수입도 얻을 수 없었다.

민족주의자, 동양적 농사꾼

'감방 대학'

오산학교에서 추방당한 함석헌은 한동안 오산학교 인근에서 과수원을 운영하면서 가족의 생계를 이어 나간다. 그곳에 아버지가 마련해 둔 땅이 조금 있었는데, 얼마 전까지 과수원을 하며 돌보던 사람이 떠나 비어 있던 참이었다. 처음 해 보는 농사일이 쉽지 않았지만, 함석헌은 땅을 일구는 재미에 조금씩 눈을 떠갔다. 가끔 오산학교 제자들이 놀러와 농사일도 거들었고, 함께 모여 앉아 성경도 읽었다. 고향에 있던 아내와 아이들이 오고 나서는 아이들 재롱에 웃는 날도 많아졌다. 아이들은 오랜만에 만난 아버지를 따라다니며 방긋방긋 웃었다.

그러나 얼마 지나지 않아 함석헌의 가슴이 덜컥 내려앉았다. 밭에 나가 퇴비를 주던 그의 아내가 우는 얼굴로 달려왔다. 막내아들 철용이가 열이 펄펄 끓고 자꾸 까무러친다는 것이었다. 함석헌은 곧장 집으로 달렸다. 홍역이었다. 이제 두 살 된 막내아들 철용이만 그런 게 아니라 네 살 된 딸 은숙이도 마찬가지였다. 그때만 해도 홍역은 치료약이 별로 없는 돌림병이었다.

온 정성을 다했지만, 아이들은 결국 일어나지 못했다. 면역력이 약한 탓에 얼마 버티지도 못하고 세상을 떠났다. 1938년 3월이었다. 하느님이 벌이라도 내리시는 건지, 함석헌은 절망했다. 두 자식을 한꺼번에 잃은 슬픔에 몇날 며칠 먹지도, 자지도 못하고 그는 흐르는 눈물을 멈출 수가 없었다. 아내도, 남은 아이들도 철용이 은숙이 보고 싶다며 눈시울을 붉혔다. 가장 어린데다가 유난히 재롱 많던 두 아이를, 그것도 한꺼번에 데려가신 하느님이 처음으로 원망스러웠다. 아비로서 해 준 것이 뭐가 있나 생각하니 더더욱 가슴이 미어졌다.

함석헌은 말을 잃었다. 매일 드리던 예배도 한동안 드리지 않았다. 아이들 얼굴이 떠올라 지워지지 않으면 밭에 나가 허리도 펴지 않고 일만 해댔다. 그렇게 2년이 지났다. 두 아이가 하느님 곁으로 간 그해 10월, 큰딸 은수를 데리고 김교신의 딸아이 결혼식에 가 주례를 선 것 말고는 동네 밖으로 나가지도 않았다. 작년에 막내딸 은선이 태어난 것이 그나마 위안이라면 위안이었다. 그런 한편 교편을 잡으면서 시작한 일요 공부 모임에 더욱 많은 관심과 정성을 쏟았다.

그러는 사이 온 세계는 전쟁의 소용돌이 속으로 휘말려 들어가고 있었다. 1939년 9월 1일, 독일의 히틀러는 선전포고도 없이 폴란드를 침공했다. 그리고 일본, 이탈리아와 손을 잡고 프랑스와 영국을 집어삼키려 하고 있었다. 이 틈을 이용해 일본은 중국에서 태평양으로 새로이 눈을 돌리고 있었다. 영국과 프랑스의 식민지가 되어 있던 인도네시아, 말레이 반도를 공격한 뒤 미국과 맞서려 하고 있었다.

그러던 어느 날 1940년 3월, 함석헌의 후배인 김두혁은 자기가 경영하던 평양 근교 송산 농사학원의 경영 및 관리를 함석헌에게 부탁했다. 결국 함석헌은 김두혁의 요청을 받아들여 송산으로 이사했다. 농사학원을 인계받은 함석헌은 교육, 경영, 관리, 농사일 등 모든 일을 도맡아 했다. 농사학원은 약 5,000평 정도의 규모였고, 13명 남짓한 학생들이 함석헌으로부터 교육과 지도를 받았다. 그 학생들 중 한 사람이었던 최진삼은 훗날 함석헌의 사위가 되기도 한다.[41] 송산 농사학원의 학생들도 함석헌처럼 공부와 농사일에 열심이었다. 함석헌이 공부 시간이 되어 한복을 입고 들어오면, 학생들은 눈을 빛내며 우리말을 배우고 역사를 배웠다. 어쩌다 부엌일 하는 아주머니가 없을 때는 함석헌이 팔을 걷고 학생들에게 밥을 지어 먹였다. 함석헌의 자녀들은 이곳 송산에서 소학교를 다녔다. 아이들을 곁에 두고 돌볼 수 있다는 것만으로도 함석헌은 하느님께 감사를 드렸다. 어깨에 천을 두르고 머리를 직접 깎아 주면, 아들 우용이와 딸 은화는 살짝 토라져서 이렇게 말했다. "우린 언제나 다른 애들처럼 이발소에 가서 머리 한번 깎아 보나?" 그러면 함석헌은 슬그머니 웃음이 났다. 이발소에서 깎은 애들 머리가 좋아 보였나 싶어서였다. 누가 봐도 못 깎은 건 아닐 텐데, 아무래도 이발소에 비길 수는 없을 터였다.

가끔 저녁을 먹은 뒤 새치를 뽑아 달라면, 셋째 딸 은자는 휴지를 갖다 놓고 야무지게 뽑았다. 그런 딸에게 휴지를 접어 사슴이며 강아지를 만들어 주면, 은자는 신기하다며 밝게 웃었다. 그해 5월, 비가 오지 않는 날이 길어지면서 논밭이 타들어가고 있었다. 바싹 마른 논에 땅이 갈라져 모내기조차 할 엄두를 못 내고 있었다. 이러다가 한 해 농사를 다 망치는 거 아니냐며 동네 어른들까지 모여 발만 동동 굴렀다.

보다 못한 함석헌이 나섰다. 손에는 막대기와 망치가 들려 있었다. 그러고는 학생 둘에게 못줄을 잡혀 놓고 망치로 막대기를 박아 논바닥에다 구멍을 내기 시작했다. 학생들은 어이가 없는 듯 지켜보았고, 어른들은 저게 무슨 짓이냐며 끌끌 혀를 찼다. 미안한 마음이 들었는지 학생 몇이 논으로 들어가 거들기 시작했다. "저, 선생님. 이렇게 해서 언제 다 벼를 심습니까?" "오늘 다 못하면 내일 하면 되고, 내일도 못하면 그 다음 날에 하면 되지 않겠느냐." 함석헌은 무슨 일이든 그렇게 했다. 일을 빨리 하는 것보다는 꾸준히, 멈추지 않고 하는 것이 중요하다고 보았다. 함석헌이 구 멍에다 조심스레 모를 넣었다. 그리고 주전자에 물을 담아 아껴 가며 부었다. 그때 한 노인이 나무라듯 말했다. "아니, 이상한 사 람 아닌가? 그래 가지고 어떻게 농사를 지어?"

함석헌은 아랑곳하지 않았다. 이렇게라도 하는 것이 마냥 기다 리는 것보다는 낫다고 생각했다. 지켜보던 학생들도 하나둘씩 모 판을 들고 논으로 들어왔다. 물도 없는 마른 논에서 모를 내는 학 생들만 바쁘게 오갔다. 언제 다 하나 싶던 모내기가 며칠 만에 끝 났다. 하늘은 스스로 돕는 자를 돕는 것인지, 다행히 열흘쯤 지나 자 단비가 내렸다. 알맞게 물이 찬 논에 심은 모들이 파릇파릇 보 였다. 논이 저만큼 귀한 걸 처음 알았다는 듯, 학생들은 아무리 보 아도 질리지 않았다. 다른 논들처럼 모내기 때를 놓치지 않아 천 만다행이었다.

매일 아침 함석헌은 학생들에게 성경, 역사, 조선어를 가르쳤 고, 오후에는 모두 밖에 나가 농사를 지었다. 이 시기 함석헌은 세 분야에 특히 노력을 기울였는데, 첫째는 교육이고 둘째는 기독교 신앙, 셋째는 농사일이었다. 일본 경찰도 처음에는 이 학원에 그 다지 주의를 기울이지 않았다. 상황이 변한 것은 농사학원을 함석 헌에게 맡긴 김두혁과 관련이 있었다.

조선인 지식인 모임인 계우회(季友會)의 적극적인 회원이었던 김두혁은 그 회원들을 만나기 위해 농사학원 인계 후 곧 일본으로 떠났다. 김두혁은 함석헌을 송산 농사학원으로 불렀을 때부터 일본 방문을 계획하고 있었던 것 같다. 그런데 다섯 달 뒤인 1940년 8월, 김두혁은 공산주의 활동에 가담했다는 죄목으로 동경에서 경찰에 체포되었다. 이른바 '계우회 사건'에 연루된 것이었다. 그러나 해방 후 김두혁이 남한 농산부의 고위직인 국장직을 역임한 점과 1971년 경상도에 한얼고등학교를 설립해 교장을 지냈다는 점을 볼 때, 그가 공산주의 운동에 가담했다는 일본 경찰의 당시 주장은 설득력이 별로 없다. 김두혁이 좌익계 인사였다면 한국전쟁 후 반공 콤플렉스로 숨이 막힐 듯했던 남한 사회에서 그런 사회적 위치를 가질 수 없을 뿐 아니라 박헌영처럼 월북했을 가능성이 오히려 훨씬 높기 때문이다. 그럼에도 일본 경찰은 김두혁의 선배인 함석헌이 경영하던 농사학원의 성격을 공산주의적인 것으로 보았다. 더욱이 김두혁이 체포된 뒤에도 함석헌 같은 인물이 송산 농사학원에서 계속해서 가르친다는 것은 일본 경찰의 눈에 가시 같은 일이었던 것이다. 게다가 함석헌은 일제가 1940년 2월에 선포한 '창씨개명'에 협조를 거부하여 일본식 이름을 쓰지 않고 있었다. 함석헌처럼 일본식 이름 사용을 거부한 조선인들은 20퍼센트에 달했는데, 일본 경찰은 창씨개명을 받아들이지 않은 조선인의 자녀들을 학교에 다니지 못하도록 했다. 또 그런 조선인들에 대해 특별 감시를 하고 있었다.

결국 1940년 8월 함석헌은 '공산주의 및 민족주의적 성향'을 지녔다는 혐의로 일본 헌병에게 체포되어 1년간 옥고를 치르게 된다. 그가 수감되자 송산 농사학원은 곧 폐교되었고, 결과적으로 그는 농사학원을 인계받은 후 다섯 달가량을 운영했던 셈이다. 남편 함석헌이 잡혀가는 걸 보고 아내 황득순은 정신을 잃었다. 쓰러진 어머니를 부둥켜안고 아이들도 목 놓아 울었다. 학생들은 이러지도 저러지도 못한 채 우왕좌왕했다. 감옥에 갇힌 뒤 반년이 지나서야 알았지만, '계우회 사건'은 일본 경찰이 거짓으로 꾸며낸 것에 지나지 않았다. 함석헌은 이 사실을 알고 치를 떨었다. 분하고 분했지만, 감옥 안에서 그가 할 수 있는 일은 별로 없었다.

김두혁이 동경농대에 입학한 뒤 얼마 안 있어 한국인 졸업생 환송회가 있었다. 그때 동경농대에는 우리 유학생이 수십여 명 있었는데, 감시하던 경찰 하나가 갑자기 일본 말을 쓰라며 소리를 질렀다. 그러자 유학생 몇이 너무하는 것 아니냐며 따지고 들었고, 그때 경찰들이 몰려와 모조리 잡아다 가둬 버렸다. 졸업생 환송회가 감옥 입학식이 되어 버린 셈이었다.

유학생들은 한 달 넘게 갇혀 있었다. 그런데 문제는 그 다음이었다. 아예 있지도 않은 '계우회 사건'이라며 김두혁을 비롯해 오산학교 출신 10여 명을 따로 감옥으로 보냈다. 그러고는 계우회가 앞장서 농민들을 부추긴 뒤 독립 운동을 했다고 뒤집어씌웠다. 어떻게 하면 함석헌을 잡아넣을까 궁리하던 참에 마침 송산 농사학원에 있던 김두혁이 걸려들어 벌어진 일이었다.

함석헌의 갑작스런 수감 소식을 들은 부친 함형택은 큰 충격을 받은 것 같다. 그는 아들이 감옥에 간힌 지 석 달 만인 1940년 11월 운명했다. 아버지의 임종 소식에 나오는 건 눈물뿐이었다. 감옥에 있던 함석헌을 대신해 김교신, 송두용 두 친구가 상주가 되어 상례를 치러 주었다. 감옥에 있던 함석헌은 부친이 돌아가신 것을 알고, 동시에 가족들이 얼마나 심한 생활고를 겪고 있는지 알았지만 어쩔 도리가 없었다. 함석헌의 모친과 아내, 그리고 다섯 명의 자녀들은 빚더미 속에서 간신히 생계를 유지하고 있었다. 비참한 생활고를 목격한 함석헌은 과연 자신이 택한 길이 가족의 편안한 삶을 위해 잘한 것인지 자문했을지도 모른다. 이것은 생활고에 시달리던 뜻 있는 이들이 한 번쯤은 겪는 일이었으리라. 과연 민족의 복지와 안녕이 한 가정의 복지와 안녕에 항상 우선해야만 하는가? 진정 그러한가.

1년의 옥고를 치르고 석방된 함석헌은 일제에 의해 폐교된 송산 농사학원으로 돌아갈 수도 없었다. 마치 모든 게 먼지와 재로 변한 것 같기만 했다. 그 뒤 함석헌은 1년이 다 되어 가도록 할 말을 잃었다. 수염도 깎지 않았고, 검은 두루마기를 입은 채 그저 먼

하늘만 멍하니 쳐다보고 앉아 시간을 보냈다. 그러다 보니 집안 형편도 말이 아니었다. 어린 딸 은자는 돈이 없어 학교에도 못 가고 집에서 엄마를 도왔다. 이제 함석헌은 빚더미에 올라 있는 가족을 구하고자 부친이 물려준 땅에서 농사를 짓기 시작했다. 함석헌은 자신의 표현대로 "아예 시골 농사꾼이 된 셈"이었다. 양복 대신 한복을 입기 시작한 것도 이때부터다. 그러나 1940년대는 그가 농사에만 전념할 수 있는 세월이 아니었다.

1942년 3월, 『성서조선』이 158호를 마지막으로 폐간을 당했다. 그 두 달 뒤에는 함석헌과 김교신을 포함하여 『성서조선』의 발행에 관계하던 열세 명의 동료들이 다시 체포, 구금된다. 그들이 서대문형무소로 수감된 이후 곧이어 장기려와 유달영을 포함한 몇 백 명에 이르는 『성서조선』의 독자들도 붙잡혀 구속되었다. 이것은 함석헌이 어떤 범죄 행위를 한 결과라기보다 그의 신념이나 의식이 일제가 원하는 것과 달랐기 때문이다.

"그 당시의 일본 제국주의자들은 한국 인종을 지상으로부터 완전히 뿌리 뽑아 버리기 위해 가장 가혹한 수단을 취했습니다. 1943년[42]에 그들은 『성서조선』의 전 독자들을 체포했습니다. 우리 편집자들에겐 위험한 사상을 유포하고 다닌다는 혐의를 씌워서 잡지 자체를 폐간시켜 버렸습니다. 그리고 우리들은 1년간 옥고를 치러야 했습니다."[43]

　감옥은 춥고 어두웠다. 마음이 약해진 탓일까? 쇠창살이 쳐진 창문을 보고 있으니 함석헌은 밖에 있는 가족 생각에 마음이 아팠다. 홀어머니의 큰아들로서, 1남 4녀의 아버지로서, 한 아내의 남편으로서 생각하면 할수록 부족한 게 많았다. 감옥에서 나오던 아버지를 보고, "우리 아버지는 왜 저렇게 밤낮 고생만 하실까?" 라고 하던 은자의 기엾은 얼굴이 떠올라 코끝이 시큰해졌다. 이번에도 미결수로 1년 형을 받았으니 내년 4월이나 되어야 나갈 터였다.

　함석헌은 자신에게 닥친 난관을 내적인 힘을 가꾸는 좋은 기회로 삼았고, 비좁은 감옥 안에서 많은 독서를 함으로써 지식의 폭을 넓히려고 힘썼다. 특별히 러스킨(John Ruskin)과 톨스토이의 저서를 읽고 감동을 받은 그는 감옥을 '인생의 대학'처럼 여겼다.

　러스킨은 독실한 성경 공부를 통해서 산업혁명이 한창이던 19세기 영국 사회에 비전과 희망을 제시한 사회 비평가였다. 함석헌 역시 일본 제국주의 아래 고통 받는 1940년대 식민지 조선인들에게 비전과 희망을 제시하려 노력하는 입장에 있었다. 러스킨이 옥스퍼드대학의 순수예술학과 교수를 지내면서 미술에 심취하고 예술을 통해 진리를 발견하고자 했던 반면,[44] 함석헌은 미술에 대한 관심이 상당히 깊었음에도 예술에 전적으로 심취하는 '사치와 특권'을 누릴 수는 없었다.

내가 공부하던 영국 셰필드엔 러스킨 갤러리가 있다. 나는 유학 생활 중 이곳을 종종 방문하여 러스킨의 예술 세계와 그가 남긴 사상적 유산을 수시로 살펴보았다.

러스킨은 1860년에 출판한 『이 마지막 온 자에게까지도(Unto This Last)』를 통해 고용인에 대한 고용주의 책임을 강조했고, 이러한 사상은 후에 영국 노동당의 창당 이념에 절대적 영향을 미쳤다. 함석헌이 공산주의의 유물론적 사관이나 자본주의적 상업주의 생리에 공감을 느끼지 않은 것을 고려할 때, 러스킨의 사회·경제관에 깊은 공감을 느꼈을 것으로 보인다. 함석헌이 자본주의적 사회 체계나 세계관에 대해서 회의를 품을 수밖에 없었던 이유에 대해서는 이 글의 뒷 부분에서 더 언급할 것이다.

톨스토이는 인도주의적 신앙에 대한 믿음을 방대한 저서를 통해 제정 러시아 사회에 보급시키고자 했다. 아울러 톨스토이는 인간이 만들어 놓은 제도, 이를테면 정부나 교회 조직의 권위에 대한 지지를 거부했다.[45] 함석헌이 교회나 국가 조직에 대해 품은 회의적 관점도 톨스토이의 인도주의를 바탕으로 한 아나키즘 사상에서 오는 면이 있을 것이다. 또한 톨스토이가 『부활』이나 『전쟁과 평화』 등을 통해 인간의 도덕적 가치의 문제에 관심을 집중한 것처럼, 함석헌도 인간의 가치를 도덕의 기준으로 보았고, 인간이란 존재를 무엇보다 도덕적 존재로 파악했다.[46] 톨스토이는 물질 위주 사회가 인간의 자연적이고 순수한 본성에 해를 끼치지 않을까 염려했고, 자연인으로서의 소박한 인간상과 야박한 사회에 오염된 닳아빠진 인간상 사이의 불일치를 놓고 갈등을 느꼈다.[47] 톨스토이의 자연적인 인간론은 노자가 말한 '다듬지 않은 나무'로서의 자연적인 인간론과 많은 일치점이 있는 듯하다. 노자에 따르면, 다듬지 않은 자연적 소박함을 통해 인간은 참된 자아, 진실한 자신의 모습을 성취할 수 있다. 이른바 문명이나 세련된 사회라는 것은 인간을 약삭빠르고 지나치게 기교적인 한낱 부속품으로 전락시킬 수가 있고, 이것은 결국 인간의 고유한 전인성(全人性)과 손상되지 않은 순진한 본성을 빼앗아 갈 수 있다는 것이 노자의 자연과 인간에 대한 사상이다.[48] 톨스토이가 노자의 '무위' 사상의 영향을 받은 최초의 유럽인이었다는 견해를 고려할 때,[49] 함석헌이 톨스토이의 인간관이나 자연관에 많은 공감을 느끼게 된 것이 놀랄 만한 일은 아닐 것이다.

또한 함석헌은 감옥 안에서 『반야경(般若經)』, 『법화경(法華經)』, 『무량수경(無量壽經)』, 『금강경(金剛經)』 등 다양한 불경을 읽었다.[50] 여기서 흥미 있는 것은 함석헌이 감옥 안에서 불교를 공부하고 싶어서 공부한 것이 아니라 선택의 여지가 없었기 때문에 불교를 공부하게 되었다는 것이다. 감옥 안에 읽을 책이 없어서 교도관에게 읽을 책을 요청했더니 그 교도관이 마침 불교 신자라 교행신증(教行信證) 등 불교 서적을 들여보내 주었기에 함석헌은 뜻하지 않게 감옥 안에서 불경을 공부하게 된 것이었다. 그리고는 기독교와 불교의 이치가 같다는 깨달음에 도달한다.[51] 기록이 없기 때문에 함석헌이 이 시기에 불경을 읽으면서 불교에 대해 어떤 관점을 갖게 되었는지를 알기는 어렵다. 그러나 그로부터 10여 년 후인 1954년, 함석헌이 기독교의 속죄론에 의문을 제기했을 때 했던 발언으로 미루어 그의 사상에 불교의 영향이 반영되어 있는 것을 볼 수 있다. 속죄론에 관한 함석헌의 글을 살펴보자. "속죄란 말의 신학상 용어는 영어로 하면 atonement인데 그 말이 이 뜻을 잘 표시합니다. atonement란 at-one-ment 즉 '하나됨'이란 말입니다.…… 다른 말로 하면 동일 인격의 자각입니다. 예수와 내가 딴 사람이 아니요, 인생과 우주가 서로 딴 것이 아님을 실감하게 되는 자리입니다."[52] 1970년에 쓴 글을 보면 그가 말하는 속죄론에 스민 불교적 영향이 더욱 확실하다. "대속이 되려면 예수와 내가 딴 인격이 아니란 체험엘 들어가야 됩니다."[53] 불경에서도 부처와 중생의 하나됨, 중생 안에 항상 내재한 불성을 강조한다. "모든 중생은 태초부터 불성을 그 안에 지니고 있다. 마치 태양이 구름을 제치고 나타나는 것처럼, 혹은 마치 거울을 문질렀을 때

그것이 본래의 밝음과 깨끗함을 회복하는 것처럼······."⁵⁴⁾

불경을 보면 함석헌이 기독교 속죄론 혹은 대속론의 교리를 재해석하는 데 불교적 영향이 많이 반영되어 있다는 것을 알 수 있다. 불교의 법상학파(Fa-hsiang School)에 따르면, 순수하고 깨끗한 생각은 불순하고 더럽혀진 생각을 한층 더 높은 진리의 상태로 이끌며, 그 상태에서는 주체와 객체의 구별 없이 모든 것이 하나로 융합되어 있다. 불교의 가르침은 인간 마음의 양면(깨끗한 마음과 더럽혀진 마음)을 가르치지만, 그러나 마음 그 자체는 둘이 아니라는 것이다. 단지 그 마음의 활동 상태에 따라 두 가지로 분류될 뿐이다. 즉 "깨끗한 마음은 우리 본성으로부터 나오는 깨끗한 마음이다. 그리고 우리 본성은 어떤 점으로나 전혀 부처님의 본성과 다르지 않다."⁵⁵⁾

함석헌은 또한 『도덕경』과 『장자』를 읽으면서 도가(道家)의 평화주의 사상에 많은 감명을 받았다.⁵⁶⁾ 그는 '감방 대학'의 폭넓은 독서를 통해 기독교와 불교, 도교를 포함한 모든 종교가 그 근본에서 하나라는 확신을 갖게 되었다.⁵⁷⁾ 정상에 오른 등반가는 그 정상에 오르는 길이 하나만이 아니라는 것을 훤히 알 수 있다. 함석헌의 종교에 대한 총체적이고 포괄적인 인식은 훗날 그가 서구의 기독교와 동양 철학을 사상적으로 융합하는 데 근본적 원리로 작용한 것으로 보인다.

우치무라로부터의 탈출

함석헌은 1년의 감옥 생활에서 풀려난 다음에도 『노자』와 『장자』를 열심히 읽었다. 그는 노장(老莊)을 읽는 동안 종교(특히 무교회 운동)의 역할과 불의한 정치 권력(특히 일본 제국주의)과의 관계를 골똘히 생각하기 시작했다. 이미 이야기한 바대로 일본 유학을 마치고 귀국한 이래 함석헌은 김교신과 더불어 우치무라식의 성경 공부 모임을 이끌어 왔다. 그 결과 함석헌이 인도하는 경우에 예배의 형식은 물론 성경에 대한 해석까지도 우치무라의 그것과 크게 다르지 않았다. 그러나 그는 점차 자기 중심적인 성향을 갖고 있던 무교회 운동에 대해 비판적인 안목을 보이기 시작한다. 우치무라가 1920년대 함석헌의 사고가 성숙하는 과정에 압도적 영향을 미쳤다는 데는 의심의 여지가 없다. 그러나 약 10년 후인 1930년대 후반에 이르러 함석헌은 우치무라의 사상적 그늘에서 탈피하려 애쓰기 시작한다.

> "우치무라에 대한 나의 존경심이 아주 극진했던 반면, 나는 내 자신 속에 우치무라를 우상화하고자 하는 태도가 잠재해 있다는 것을 인식했습니다. 그래서 이것에 대한 반작용으로 나는 의도적으로 우치무라의 모방을 피했습니다. 그리고 기독교에 대한 나의 독창적인 생각을 세우리라 결심했습니다."[58]

    함석헌은 이후 1940년대 초반에 와서야 마침내 기독교에 대한 자신의 생각이 우치무라의 관점과 크게 세 가지 면에서 다르다는 것을 자각할 수 있었다. 우선 그는 무교회 모임 회원들이 '세속인'과 일반 정치 문제에 대해 냉담한 반응을 보이는 것에 의문을 제기했다.[59] 무교회 운동은 수직적 관계를 강조했는데, 마치 일본의 전통적인 사무라이 계급이 주군에게 그랬던 것처럼 제자가 스승에게 절대적으로 충성하는 데 가치를 두었다. 우치무라의 아버지 또한 사무라이 계급이었다. 함석헌의 시각에 따르면, 무교회 운동에서 회원들은 서로 수평적이고 동등한 인간 관계를 결여하고 있을 뿐 아니라 현실 세계나 세속의 사람들과의 관계도 소홀했다. 함석헌이 살았던 시대는 가혹한 정치 권력이 씨알들을 괴롭힌 시대였으므로, 그는 그런 조국의 운명을 위해 행동하고 '응전'해야 했다. 그런 함석헌에게 특정한 사람들만을 위한 종교는 별 의미가 없었다. "하느님을 믿는다는 것은 이웃의 친구가 되는 일입니다. 이웃의 친구가 되지 못하고서 하느님을 믿는다고 하지는 못할 것입니다."[60] 이런 점에서 그에게는 현실에서 유리된 종교란 의미가 없었다. 그래서 함석헌은 또 이렇게 말하기도 한다. "죄악을 극히 미워하고 겨뤄 대는 것이 종교다. 아무도 악과 싸우지 않고 선한 영이 될 수 없는 한 현실에 눈을 감을 수 없다. 죄악은 곧 현실적 사실, 현실은 곧 죄악적 존재. 죄악은 사회적 현상인 것이므로, 산

종교는 사회악과 죽어도 마지않는 싸움을 싸우는 민중의 조직적 활동이다. 현실의 죄악과 싸워 이김으로써 나타나는 하나님, 그것이 곧 그리스도다."[61)

두 번째로, 함석헌의 예수관과 속죄론에 관한 이해가 우치무라의 시각과 달랐다. 속죄란, 신학적으로는 죄에 빠져 있던 인류가 예수의 죽음을 통해 하느님과 화해하고 하느님으로부터 구원받는 대속의 과정 혹은 죄를 용서받는 데까지 이르는 것을 말한다.[62) 달리 표현하면, 예수가 인류의 죄를 대신 지고 하나님과 죄에 빠진 인류 사이에서 중개자가 된다는 것이다. 우치무라 또한 이러한 대속관을 받아들였다. 그러나 함석헌은 이러한 대속관에 동의하지 않았고, 자유인으로서 사람들이 각자의 죄에 대해서 스스로 책임을 져야 한다고 힘주어 말했다. "내 자신이 자주적 인격을 가지고 있는 한, 어떻게 역사화된 예수를 내 믿음의 목적으로 삼고 그저 주님, 주님 하고만 부르겠습니까? 어떻게 자주적 인격을 가진 도덕적 인간의 속죄가 이런 식으로 가능하겠습니까?"[63) 앞서 지적했듯이 함석헌에게 예수의 속죄는 주체적 개인과 하느님 사이의 하나됨(at-one-ment)이었고, 이 하나됨은 각자가 예수와 일치됨을 체험할 때 일어나는 것이었다.[64) 즉 속죄란 하느님 앞에 회개하고 용서를 빌었다고 해서 자동적으로 이루어지는 것이 아니라 개인이 예수와 인격적으로 일치됨을 통해서만 가능하다는 것이다.

정치적 의미에서건 종교적 의미에서건 전체주의적인 사회에서는 오직 하나의 관점이나 주의만이 허용되고, 이 한 가지 시각을 전체가 받아들이도록 강요한다. 반면 자유로운 사회에서는 개인이 자신의 고유하고 독창적인 생각을 가지는 것이 허용될 뿐 아니라 장려될 필요가 있다. 비록 함석헌 자신은 전체주의가 지배하는 시대를 살 수밖에 없었지만, 무력한 순종보다는 사람들이 자유 의지와 독립적 사고를 내세워야 한다고 주장했다. 그는 또 신앙의 대상으로 '주님'을 그저 믿기만 하고 이름을 부르는 것에 만족할 수 없었다. 오히려 함석헌은 교리의 속박이나 기존 제도의 간섭 없이 스스로의 힘으로 내적인 신앙심을 기르려고 했다. 그는 인위적으로 만들어 놓은 어떤 종교적 규칙이나 특정 종교 지도자의 생각을 그저 따라가거나 의지하지 않고 사람마다 스스로 예수와 독창적인 관계를 맺도록 노력해야 한다고 믿었다. 이러한 생각은 퀘이커 운동의 초기 지도자였던 조지 폭스의 생각과 상통하는 점이 있다.

"어떤 퀘이커들은 그들이 만약 넉넉한 돈이 있다면 나를 그들의 목회자로 채용하고 싶다고 내게 말했습니다. 이 말을 들었을 때 나는 그들에게 이야기했습니다. '제가 여러분과 함께 있는 한 여러분들은 각자 홀로 서기가 어려울 것입니다. 저를 채용하고 의지함으로써 여러분들은 스스로의 달란트를 향상시키지 못할 것입니다. 진리를 스스로의 힘으로 깨닫지도 못할 것이고 저의 얼굴만 쳐다보고, 제 도움만 구할 것입니다. 그러므로 저는 이제 여러분들로부터 떠날 때가 되었습니다.'"⁽⁶⁵⁾

폭스의 예화는 시공을 넘어서 노자가 이야기한 공성이불거(功成以不居)⁽⁶⁶⁾와도 상통한다. 이것은 또한 인위적 제도에 얽매이기를 싫어하고 내적으로 진리를 자득(自得)하고자 애쓰는 함석헌의 사상적 아나키즘과도 통한다. 함석헌은 자신의 사상적 아나키즘 성향을 훗날 "나는 성속(聖俗)을 관계 없이 모든 제도에 대항한다!"⁽⁶⁷⁾라고 표현한 적도 있다.

함석헌은 많은 생각과 고민을 한 끝에 예수 그리스도에 대한 믿음을 이렇게 요약한다. "나는 역사적인 존재였던 예수를 믿는 것이 아닙니다. 나는 오히려 그리스도의 정신을 믿습니다. 그리스도의 정신은 영원합니다. 그리스도의 정신은 역사의 예수 안에도 있었고 나 자신 속에도 살아 있습니다."⁽⁶⁸⁾ 달리 말하면 함석헌은 예수를 믿었다기보다는 예수의 정신을 믿었다.

대속(代贖)이나 '주님(主人님)'의 개념은 중세 봉건 사회의 유산이다. 중세 봉건 사회는 인권에 대한 이해나 개인의 자유 의식이 결핍된 사회였고, 대부분의 사람들은 왕권신수설(王權神受說,

왕의 권한은 신이 부여했다는 이론)을 그대로 받아들였다. 그러나 하느님과 개인의 관계는 '궁극적인 관계'로서 누구도, 그 어떤 권력자도 끼어들 수 없다. 루터(Martin Luther)의 만인제사장설(萬人祭司長說, 모든 사람이 중개자 없이도 직접 하느님께 예배드릴 수 있다는 이론)도 이런 맥락에서 이해되어야 한다. 개인의 자유나 공화주의의 개념이 왕권신수설에 맞서 인류 사회에 소개된 시점은 1690년으로, '공화주의의 아버지'로 불리던 영국의 정치 사상가 로크(John Locke)에 의해서였다. 『두 정부론(Two Treatises on Government)』에서 로크는 주장한다.

> "인간의 자유권은 지상의 어떤 권력으로부터도 자유로워야 하고, 다른 인간이 제정한 어떤 입법상의 권위 아래 놓여서도 안되며, 오직 각자의 천부적 본연의 법에 따라야 한다. 사회 속에서 인간의 자유는 공통의 이해 관계를 가진 국민의 동의에 의해 확립되어야 하고, 어떤 법의 구속이나 입법상의 지배 권력으로부터도 자유로워야 한다.······ 모든 일에서 각 개인은 스스로의 일을 스스로 결정할 수 있도록 자유스러워야 한다."[69]

로크가 제창한 '동의에 의한 통치(Govern by Consent)'는 통치자가 설령 신으로부터 부여받은 권한(Divine Right)을 가지고 있더라도 피치자의 동의 없이는 피치자를 통치할 수 없다는 개념이다. 한 걸음 더 나아가 피치자가 원한다면 통치자는 피치자의 필요에 따라 대체되거나 제거될 수 있다는 이론이다. 각 개인과 하느님 사이의 관계에서도 누구든 타인의 인격을 대신해서 하느님과의 관계를 정립할 수 없다. 모세가 하느님 앞에 홀로 섰던 것처럼 각 개인도 절대자 앞에 홀로 설 수밖에 없지 않을까. 신 앞에 홀로 설 수 있는 자유인, 이것이 현대 종교인의 본모습이어야 한다고 믿는다. 함석헌이 로크가 주창한 '인간의 천부적 자유권'의 개념으로부터 직접 영향을 받았다는 증거는 없다. 그러나 기독교의 대속론에 반대하는 함석헌의 종교적 입장은 로크의 정치 사상과도 적지 않은 유사성이 있다.

함석헌의 사상적 '자유권' 인식은 그가 일본 제국주의 권력에게 개인적 자유를 무자비하게 박탈당하면서도 피땀으로 얼룩진 삶의 갈등을 통해 내적으로 발전시키고 영적으로 형성시킨 개념이었다. 전통적인 유교의 영향권 아래 살았던 조선인으로서 함석헌에게 '개인주의'란 친숙하지 않은 개념이었을 것이다. 그럼에도 함석헌은 절대자와의 관계를 그리스도의 속죄를 통한 간접적이고 대리적인 것으로 인식하지 않았고, 오히려 직접적이고 독자적인, 개인적인 관계로 파악했다. 『신약성경』을 통해 우리는 예수와 제자들과의 관계가 시간이 지남에 따라 계급적이고 수직적인 관계에서 차츰 개인적이고 대등한 관계로 변모되어 가는 것을 볼 수 있다. 예수가 제자들에게 한 말을 들어 보자. "이제부터는 내가 당신들을 종이라고 부르지 않겠습니다. 종은 주인이 하는 일을 모릅니다. 오히려 내가 당신들을 친구라고 부른 것은 내가 하느님께 들은 것을 모두 당신들에게 알려 주었기 때문입니다."[70]

세 번째로, 함석헌은 식민지 백성이 된 조선 민족과 식민 점령 세력으로서 일본인이 처한 역사적 입장이 다르다는 것을 인식했다.[71] 우치무라는 일본인으로서 일본의 한반도 식민지화 정책에 반대하지 않았다. 그가 생각하는 이상적인 한일 관계는 대영제국의 잉글랜드와 스코틀랜드 그것이었다. 그에 따르면, 조선이 일본 제국에 전적으로 귀속되면서 단지 필요에 따라 어느 정도의 지역적 자치권을 행사하는 것이었다. 우치무라는 또한 동경 대지진 직후 약 6,000명의 조선인들이 일본인들에 의해 학살되었음에도 그 문제에 대해서는 철저히 침묵을 지켰다.

그러나 함석헌은 동경 유학 시절인 1920년대에 우치무라의 조선관과 조선인관을 알 기회가 없었고, 또 사회주의 이념과 기독교 윤리 사이에서 번민하고 있었을 뿐이다. 그는 그로부터 10여 년 후인 1938년에야 비로소 김교신을 통해 우치무라의 생각에 대해 듣게 되었다. 동시에 우치무라의 시각과 태도에 도저히 공감할 수 없다는 생각을 갖게 되었다.[72] 식민지 지식인으로서 함석헌은 그 자신의 종교, 조선인의 종교, 조선인을 위한 종교를 발견하고자 힘을 기울였다. 그러나 그는 그러한 종교에 대한 해답을 일본인인 우치무라를 통해서는 발견할 수가 없는 일이었다.

우치무라가 동양 철학에 대해 기독교만큼 큰 비중을 두지 않은 것에도 함석헌은 동의할 수 없었다. 다른 기독교 교단처럼 무교회 운동도 '오직 성서만으로(sola-Scriptura, 하느님에 대한 인간의 구원은 '오직 성서만을' 통해서 가능하다는 루터의 주장)'의 원칙에 입각해 있었다. "우치무라는 동양 철학이 별 도움이 안 된다고 했습니다. 그가 절대적으로 이런 입장을 취했는지는 모르겠습니다. 그러나 그 영향은 내게 컸습니다."[73] 함석헌은 시간이 지날수록 우치무라의 동양 철학에 대한 입장에 점점 더 동의할 수 없었고, 결국 자신의 종교관이 무교회 운동과 더 이상 같을 수는 없다는 결론을 내렸다. 그리고 이때부터 기독교 중심주의 종교관이나 '기독교만이 유일한 종교'라는 시각에 회의를 품기 시작했다. 이러한 탈기독교적인 함석헌의 입장은 1952년 그의 시 「흰 손」과 1953년 「대선언」을 통해서 공식화되기에 이른다.

제국주의 아래서 평화주의자

태평양전쟁이 한창이던 시기, 특히 1942년과 1943년에 걸쳐 점점 가혹해지는 일제의 탄압을 지켜보면서 함석헌은 무력을 바탕으로 한 제국주의는 국제 관계에 있어 약육강식 논리를 정당화 시키고 세계를 국가주의로 몰아간다고 생각했다. 국가주의란 무엇인가. 현대 국가는 본질적으로 강한 군사력 위주의 전투적인 국가이며, 경제적 의미에서건 군사적 의미에서건 국가들은 서로 긴장 속에 대치하고 있다. 이 긴장된 대치 상황에서 승자가 되기 위해 현대 국가는 끊임없이 거대하고 강력한 국가 체계를 추구한다.[74] 이 국가주의를 떠받치는 요소는 그러므로 정치적이고 군사적인 힘에 대한 숭배이다. 이 힘의 숭배가 경제적 이익에 대한 맹목적인 추구와 맞물릴 때 인류 사회는 전쟁의 위험을 피할 수 없다. 그래서 함석헌은 국가주의를 비판하는 한편 맹목적 이윤 추구의 논리에 대해서도 경고하기를 주저하지 않았다.

> "사치스런 삶을 위해서 막대한 자원을 낭비하는 것은 인류에게 전쟁을 초래할 수도 있다. 자본주의 사회에서는, 이윤 추구가 모든 것의 동기가 되고, 이윤 추구를 위해 기업들은 생활에 필요한 물건보다는 더 이윤을 남길 수 있는 값비싼 물건을 생산한다. 많은 경우에, 정치 및 경제적 힘의 추구는 인류에게 전쟁을 초래했다."[75]

이 같은 진술은 함석헌이 자본주의적 가치 체계에 대해 회의를 품었던 까닭을 설명해 준다. 그렇다고 함석헌은 공산주의자도 아니었다. 그의 사상은 좌익과 우익 사이 그 어딘가에 있었다. 함석헌에게 중요했던 것은 인류가 전쟁으로 공멸할지도 모르는 위험에서 벗어나 스스로 살 길을 찾는 것이었다. 그 점에서 함석헌에게 평화는 하느님과 역사의 '절대적 명령'이었다. "평화는 할 수 있으면 하고 할 수 없으면 말 문제가 아니다. 가능해도 가고 불가능해도 가야 하는 길이다. 이것은 역사의 절대 명령이다. 평화 아니면 생명의 멸망이 있을 뿐이다."[76]

그렇다면 평화의 길을 열기 위해서는 무엇을 해야 하는가? 함석헌 자신의 표현을 빌리자면, "만일 이 국가주의가 그대로 가려면 충돌할 테고 충돌하면 전쟁 날 테고 전쟁한다면 핵무기 밑에서 생명의 종자가 없어질 것이니깐 이걸 건지려면 어떻게 할까?"[77] 함석헌은 무엇보다 인류에게 새로운 문명의 사상적 안내가 될 수 있는 철학이 필요하다고 생각했다. 그래서 인류의 고전 철학에 대한 재해석이 요구된다고 보았는데, 그것은 고대인들이 현대인에 비해 때묻지 않은 순수함을 간직하고 있기 때문이었다.[78] 그러나 그는 서양의 고전 철학에 대해서는 큰 기대를 걸지 않았다. 현대 세계의 자본주의, 물질주의는 아리스토텔레스나 플라톤에서 비롯되는 서양 철학과 서구 문명의 소산이므로 인류의 미래는 더 이상 그것들에 의지할 수 없다는 것이 함석헌의 지론이었다.[79] 대신 그

동안 역사에서 무시되어 왔던 동양 철학을 재조명·재해석해야 한다고 주장했다. "중세 이후 역사를 통해 서구인들은 동적(動的), 합리적, 실험적, 분석적, 세속적, 방법론적으로서 지도자의 역할을 해 왔습니다. 그러나 이제 서구인들은 그들의 임무를 다 끝내가고, 곧 인계를 해야 할 때가 다가왔습니다."[80]

함석헌이 인류에게 새로운 길을 제시할 수 있는 고전 철학으로써 염두에 둔 것은 노장 사상이었다.[81] 국가주의와 제국주의의 시내를 뒷받침하는 힘의 숭배, 폭력과 전쟁과 탐욕의 논리 반대편에서 노장 사상이 제시하는 것은 평화의 논리였다. "노자는 전쟁의 무익함을 강조했습니다. 그리고 폭력이 국가의 정책으로 쓰여서는 안 되고, 국가간에 평화적인 해결 방법을 찾아야 할 것이라고 경고했습니다."[82] 함석헌은 이런 의미에서 노자를 최초의 평화주의자라고 말하는 데 주저하지 않는다.[83] 노자의 평화주의는 『도덕경』 전편을 통해 나타나는데 예를 하나 들어 보자.

"큰 나라는 겸손함으로써 세계를 통일할 수 있다. 큰 나라는 겸손함으로써 작은 나라에 좋은 영향을 줄 수 있다. 작은 나라는 겸손함으로써 큰 나라의 좋은 영향을 받아들일 수 있다. 그럼으로써 큰 나라와 작은 나라는 서로가 원하는 것을 성취할 수 있다. 그러나 큰 나라가 먼저 겸손해야 한다.[84] 최고의 성취는 성취 욕구로부터 해방되는 것. 그럼으로써 항상 성취감을 느낄 수 있는 것. 최저의 성취는 성취 욕구에 집착해 있는 것. 그럼으로써 결코 성취감을 느낄 수 없는 것."[85]

『도덕경』의 이런 구절들은 노자의 평화에 대한 애착, 그리고 국가와 국가 사이의 이상적 관계에 대한 염원을 반영한다. 노자가 제시하는 교훈은 겸손한 태도가 개인 관계뿐 아니라 국가 간의 관계에서도 필요한 덕목이라는 것이다. 『도덕경』은 이런 관점에서 보면 정치인이나 정치가에게 주는 철학자 혹은 종교인의 조언이라고도 할 수 있을 것이다. 노자가 최고의 덕목으로 쳤던 것은 아기, 여성, 그리고 물로 대표될 수 있는 부드러움과 유약함이다. 물은 낮은 곳을 따라 흐르면서 만물에 생명을 보급한다. 어떤 생명도 물 없이는 살 수 없다. 그러므로 노자에게 약(弱)은 곧 강(强)이 될 수 있다.[86]

함석헌은 이렇듯 연약함, 겸손함, 부드러움, 마음의 평정, 정념(情念)의 순화 같은 가치를 높이 평가하는[87] 노장 사상의 유연함과 초월성에 매료되었다. 그리고 노장 사상이야말로 감추어져 있는, 인류를 위한 사상적인 보물 창고라고 생각했다. 그리고 노장 사상의 그러한 면들이 일본이나 서구에 의해 조장된 현대 세계의 거짓된 우상으로서의 국가주의, 제국주의의 가치 체계를 극복할 수 있을 것으로 확신했다.

노장 사상은 함석헌의 인간 이해, 인식 변화 그리고 세계관 확립에 두드러진 영향을 남겼다. 노자에 따르면, 다듬지 않은 자연적 소박함을 통해 인간은 참된 자아, 진실된 자신의 모습을 성취할 수 있다. 이 '자연적 소박함'은 현대적인 의미로 때묻지 않은 순수함으로 표현될 수 있고, 영국의 계관시인 워즈워스(William Wordsworth, 1770~1850)의 「무지개(The Rainbow)」라는 시에 나오는 "천생의 경건함(natural piety)"으로 표현될 수도 있을 것이다. ("And I could wish my days to be, bound each to each by natural piety": 원하노니 내 삶의 하루하루가 천생의 경건함으로 이어지기를). 이른바 문명이나 세련된 사회라는 것은 인간을 극도로 약아 빠지고 지나치게 기교적인 한낱 부속품으로 전락시킬 수가 있고, 결국 이것은 타고난 인간의 고유한 전인성(全人性)과 손상되지 않은 순진한 본성을 빼앗아 갈 수 있다는 것이 노자의 자연과 인간관이다.[88)]

이러한 노장 사상의 영향인지 함석헌은 종교 혹은 사상의 지나치게 기교적인 체계화 그리고 첨예하게 조직화된 힘이나 제도화된 인위적 권위를 거부했다. 독일의 에리히 마리아 레마르크(Erich Maria Remarque, 1897~1970)는 제1차 세계대전을 배경으로 한 『서부전선 이상 없다(Im Westen nichts Neues)』라는 그의 저서에서 막강한 조직의 힘 앞에서 철저하게 무너져 가는 한 개인의 사상을 이렇게 탄식한 바 있다. "내가 이곳(군대)에서 배운 것은 쇼펜하우어의 4권의 저서보다도 잘 손질된 단추 하나가 더 중요하다는 것이다. 처음엔 놀랐다. 그 다음번엔 그런 현실에 대하여 분개하였다. 마지막엔 방관적인 태도에서 인간의 정신이란 것은 결국 결정적인 것이 아닌 것 같다고 체념해 버렸다. 즉 중요한 것은 정신이 아니고 구둣솔이며, 사상이 아니고 조직이며, 자유가 아니고 훈련인 것이다." 일본 제국주의와 전체주의 체제를 살아온 20세기 한반도에서 함석헌의 삶이 레마르크가 묘사한 '군대'에서와 같이 숨 막히고 통제받는 삶이었지만, 함석헌은 막강한 조직보다도 한 인간의 독창적인 사상이 더욱 중요하고, 기계적이고 맹목적인 군사 훈련보다는 한 인간의 정신적 자유가 더욱 중요하다는 생각을 포기할 수 없었다. 그에게 있어서, 조직화된 힘이나 첨예화된 권력은 언제나 잠재적인 폭력의 근원이었다. 그는 일제 강점기를 통해서뿐 아니라, 훗날 북한의 소련 군정, 남한의 권위주의 정권하에서의 직접적인 체험을 통해, 조직화된 힘과 권력이 얼마나 씨알에게 가혹한 폭력을 남용하는가를 똑똑히 지켜보았다.

함석헌은 종교적 이해관계에 얽힌 당파심이 없었고 인류의 모든 주요 종교를 평등하고 포괄적으로 포용하고 이해하려 힘썼다.

그는 열린 마음으로 기독교뿐 아니라 다른 종교의 진리도 받아들였다. 그래서 그는 곧잘 이렇게 표현했다. "성경을 제대로 이해하기 위해서는 성경만 볼 것이 아니라 노자, 공자, 불경도 봐야 합니다." 그는 다양한 종교의 진리를 통해서 전체 진리의 세계를 파악하려고 노력했다. 그런 함석헌에게 노장 사상 그리고 종교적 관용성은 아주 중요했다.

결국 인간은 개인으로 시작하지만 자아 발견을 거친 자아실현 과정을 통해서 개인적인 차원보다는 사회 전체, 우주 전체적인 차원을 추구해야 한다고 함석헌은 보았다. 그는 또 하느님의 존재가 인격적일 뿐만 아니라 인격을 넘어선 탈인격적 그리고 초월적으로 현실에 나타날 수 있다고 보았는데 그러한 것들을 신앙심, 삶의 활력, 의지(意志), 원래 그대로의 오염되지 않은 자연, 영화(靈化), 완전하기를 갈망하는 인간의 욕구, 그리고 영원성을 추구하는 마음 등으로 표현하기도 했다.

이렇게 함석헌의 하느님 관에서 우리는 또한 그가 노장 사상으로부터 영향 받은 것을 볼 수 있는데, 노자는 최고의 궁극적인 것(하느님)은 탈인격적인 존재이고, 이러한 궁극적인 존재는 인간들이 규정, 정의 또는 관찰하기조차 불가능하다고 보았다. 노자의 도라는 개념은, 형상 만들기나 어떤 규정 짓기를 거부한다. 노자로 인해서 비로소 종교적 인격 개념에 반대하는 과격한 거부 운동이 최초로 시작되었던 것이다.[89] 기독교와 비교해서, 신 혹은 절대자의 개념은 노장 사상에 있어서 직관적이고 탈인격적이다. 그러므로 기독교적 사고 구조에만 익숙한 서구인들에게는 탈인격적인 신이나 절대자의 개념이 아주 이해하기 힘든 개념이다.

『성경』과 『도덕경』의 공통적인 예를 통해서 함석헌은 인간이 진리를 발견하고, 깨닫는 일이 육체적으로뿐만 아니라 영적으로 얼마나 어려운 일인가를 보여주고자 했다. 그는 기독교와 노장 사상에 어떤 연결점, 공통점을 찾으려고 노력했다. 그래서 이런 탄식을 하기도 한다. "기독교의 하느님이나 노장 사상의 도는 개념적으로는 다르겠지만, 궁극적으로 참 믿음의 표현이라는 데서는 같은 것이지 않을까." 『성경』과 『도덕경』의 유사성을 제시함으로써 그는 인간이 궁극적인 진리의 세계를 오직 하나의 종교만을 통해서 이해한다는 것은 거의 불가능한 일이라고 역설했다. 기독교의 하느님과 노장의 도의 개념을 그는 이렇게 비교한다. "모든 있음은 있음 아닌 데서 나온다. 하나님은 이름이 없다. 모세가 당신이 누구십니까 했을 때 온 대답이 '네가 왜 내 이름을 묻느냐? 나는 스스로 있는 자다' 했다. 천지 만물은 자기주장을 아니하는 이, 자기를 무한히 내주는 이, 스스로 희생하는 이가 있어서만 있을 수 있다. 그래서 노자는 '도가도 비상도 명가명 비상명(道可道 非常道 名可名 非常名)이라' 했다."[90]

노장 사상을 통해서 함석헌은 외부적 고난과 시련을 내적으로 극복하는 낙관론을 배웠고 종교의 역할과 불의한 정치 권력과의 관계를 생각했다. 노장 사상과 영향을 주고받았다고 보이는 한국의 '도사 사상' 혹은 신선 사상에선 기존의 동아시아 가치 체계에 대한 역으로 된 가치 체계를 보여준다. 그 예를 하나 들면, 신선 설화에 등장하는 신선은 많은 경우에 여(女)신선의 초능력이 남(男)신선의 초능력을 훨씬 앞지르고 제압한다. 동아시아의 사회가 남성 위주의 사회이고 남존여비(男尊女卑) 의식을 바탕으로 한 철저한 가부장적 구조를 전통적으로 받아들였던 것을 고려할 때, 신선 설화의 여강남약(女强男弱)의 경우는 동아시아 사회와 역사에서 역으로 된 가치 체계를 보여준다. 또한 초기적 여성해방론(feminism)의 형태를 우리는 신선 설화를 통해서 엿볼 수 있다. 그 외에도 신선 설화에 등장하는 신선은, 권위주의적 질서 체계를 받아들이기를 전적으로 거부하고, 차라리 그로 인해 다가오는 수난을 그대로 감수한다. 함석헌이 일제 시대나 군사 독재 시절을 거쳐 불의한 권력에 협조 순응해서 안락한 삶을 보장받기보다는, 권위주의 질서 체계를 거부하고 기꺼이 고난의 길을 택한 것도 동양의 '현대판 신선'의 모습을 우리에게 상기시켜 준다.

　　함석헌은 공자의 교조적인 철학보다는 노장의 초월적인 사상에 매료되었다. 노장 사상의 본질은 현실 초월적인 경향과 정치 권력의 간섭으로부터 각 개인의 자유스러운 삶을 추구하는 데 있다. 반면에 유학에 있어서는, "공부하는 것과 동시에 정부의 관리직을 차지하는 것은 유교의 군자가 반드시 취해야 할 두 가지 덕목"이었다.[91] 함석헌은 노장 사상과의 관계에서 유교의 교조적인 면과, 예수와의 관계에서 『신약성경』에 등장하는 율법학자이며 교조주의자인 바리새인과의 관계를 이렇게 비교했다. "예수가 바리새적인 길(율법적인 길)로 구원이 될 수 없는 것을 알았던 것같이 노자, 장자도 유교의 가르침으로 춘추전국시대가 건져질 수 없는 것을 알고 있었다."[92]

다른 한편으로 함석헌은 노장을 비롯한 고전 사상을 현대 사회에 적용시키는 데 문자적인 답습보다는 끊임없는 재해석의 중요성을 "새로운 미래를 열기 위해서, 역사는 항상 새로운 해석을 요구한다"[93]라고 강조했다. 함석헌은 역사뿐만 아니라, 우주, 종교, 하느님의 개념도 불완전한 인간의 자리에서 고정된 어떤 것이기보다 '영원히 미완성' 속에 있는 것으로 간주했다. 종교의 본질적인 진리나 하느님은 불변 영원하고 절대적이지만, 현상 세계나 상대 세계는 항시 변하고 흥망성쇠하기 때문에, 인간은 상대적인 경험과 지식을 통해서만 절대 세계를 인식할 수 있는 것이 아닐까. 상대 세계의 인간이 절대적인 진리나 하느님을 고정된 개념으로 규정하거나 제도화하는 작업은 단지 그것이 본질적인 진리나 하느님을 보존하고 드러낼 수 있을 때에만 필요한 일이다. 미국의 퀘이커 윌리엄 펜(William Penn) 또한 그 점에 대해 "하느님은 영(靈)이기 때문에, 최소의 형태(形態)를 가진 종교가 바람직합니다. 더 침묵할수록 더욱 영의 언어에 적절합니다"[94] 라고 말했다.

노자나 장자가 말하는 무위(無爲)는 정태적인 개념이 아니라 계속해서 변해 가는 자연과 우주 속에서 자신을 내세우지 않고 조용히게 조화를 이루며 행동하는 개념이다. 노자와 장자의 사상은 그 무위의 범주에 의지하여 고정 관념의 타파와 무한한 영적 자유를 추구한 점에서 함석헌의 지향에 들어맞았다.

1940년대 중반까지 한반도라는 작은 식민지는 제국주의와 국가주의가 일으킨 제2차 세계대전의 포연에 싸여 있었다. 그 식민지의 어둠 속에서도 함석헌은 이 전쟁을 낳은 제국주의와 국가주의가 역사에서 사라져야 하고, 또 사라질 수 있는 현대 세계의 거짓된 우상일 따름이라는 것을 꿰뚫어 보고 있었다. 동시에 당대의 전쟁에서 인류가 겪고 있는 고통을 끝내고 이후의 더 큰 전쟁을 막기 위해서는, 인류가 국가라는 틀에서 벗어나 세계주의를 지향해야 함을 내다보고 있었다. 1940년대의 함석헌은 서구적 가치에 무조건 대항한 전사(戰士)도 아니었고, 동아시아적인 것 혹은 한국적인 것에만 매달린 열광적 민족주의자도 아니었다. 그는 일본 제국주의의 질서 속에서 통용되는 가치관과 식민지 지식인으로서의 경험 사이에서 벌어진 갈등을 사상적으로 해결하려 했다. 무교회 운동부터 노장 철학에 이르는 함석헌의 사상적 편력은 무력주의만이 횡행하던 제국주의의 시대에 동아시아의 기독교인으로서 진정한 정체성을 회복 또는 창조하기 위한 시도였다고 할 수 있을 것이다.

함석헌은 이렇게 사상적 모색을 진행하는 한편 생활인으로서 가족의 생계를 꾸리기 위해 '전문적인 농사꾼'이 돼 가고 있었다. 밀려 있는 논일, 밭일에 하루하루가 금세 지나갔다. 하루는 가래가 망가져 이웃집으로 빌리러 갔다. 공손하게 가래를 빌려 달라고 요청했다. 그런데 집주인은 말도 없이 싸늘하게 방문을 닫고 들어가 버렸다. 뜻밖이었다. 한의사인 아버지가 살아 있었을 때는 그의 집에 손님이 끊이지 않았고 이웃들이 친절하고 다정하게 대해 주었건만 지금은 아무도 그에게 말을 걸거나 방문하는 사람조차 없었다. 그뿐만이 아니었다. 얼마 전 고향으로 온 뒤, 함석헌은 동네 사람들이 피하는 것 같은 느낌이 가끔 들었다. 까닭은 다음 날 자연스레 밝혀졌다. 밭으로 가던 함석헌의 귀에 이런 말이 들려왔다. "저이가 감옥에 밥먹듯이 자주 들락거린다던 사람 맞지?" 함석헌은 그도 그럴 만하다고 생각했다. 동네 사람들은 툭하면 잡혀가 감옥살이하는 그가 꺼려졌다. 뭣 모르고 '전과자'와 가까이 지내다가 불똥이 튀지나 않을까 겁을 냈다. 그는 글 배운 죄를 실감했고 극심한 외로움을 느꼈지만 그가 할 수 있는 것은 아무것도 없었다. 그저 함석헌은 묵묵히 밭을 일구고 곡식을 키울 뿐이었다.

그러던 중 1944년 7월에 김교신이 함석헌을 찾아왔다. 김교신은 함석헌에게 흥남화학비료 공장에 함께 취직해서 노동자들을 계몽시키고 그들의 복지 향상을 위해 일하자고 권유했다. 그러나 함석헌은 그 제안을 거절한다. 나중에 함석헌은 그저 "갈 맘이 없었다"고 담담하게 말했지만,[95] 여기에는 그 자신 감옥에서 나온 지 얼마 안 되는 터에 여전히 생활고에 허덕이는 가족에 대한 책임감도 작용했을 것이다. 추운 겨울날 천릿길을 달려 용천 구석을 찾아와 함석헌과 함께 하룻밤을 지낸 김교신은 다음 날 아침 애써 웃어 보이며 혼자서 쓸쓸히 발길을 돌렸다. 함석헌은 논두렁에 우뚝 선 채 친구 김교신이 가는 걸 지켜보았다. 마음이 아팠다. 함석헌은 김교신의 우정 어린 권유에 대한 자신의 거절이 "생각이 깊어서라기보다는 나의 못난 줄을 내가 알기 때문이었다"라고 담담히 고백한다.[96] 하여간 김교신은 멀리 있는 산모퉁이를 돌아 막 사라지려 하고 있었다. 자꾸 고단해 보이던 낯빛이 마음에 걸려 좀처럼 지워지지 않았다. 그래서 혼자 흥남에 간 김교신은 밤낮을 가리지 않고 노동자들의 교육과 계몽에 정성을 기울이다가 열 달

후인 1945년 4월, 해방을 불과 4개월 앞두고 격무에 따른 과로와 장티푸스 감염으로 세상을 떠났다. 참으로 아까운 죽음이었다.

중국 춘추시대, 거문고의 명수로 이름 높은 백아(伯牙)라는 이가 있었다. 백아가 거문고를 켤 때 그 연주 소리를 누구보다 잘 감상해 주고 이해해 주는 친구로 종자기(鐘子期)가 있었다. 백아가 거문고를 타며 높은 산과 큰 강의 분위기를 표현하려고 시도하면 옆에서 귀를 기울이고 있던 종자기의 입에서는 탄성이 연발했다.

"아, 멋지다. 하늘 높이 우뚝 솟는 그 느낌은 마치 태산(泰山) 같다!"
"응, 훌륭해. 넘칠 듯이 흘러가는 그 느낌은 마치 황하(黃河) 같다!"

백아와 종자기는 바늘과 실처럼 그토록 마음이 잘 통하는 연주자였고 청취자였으며 창작자였고 비평자였다. 그러던 어느 날 불행히도 종자기는 병사하고 말았다. 그러자 백아는 절망과 실의에 빠진 나머지 거문고 줄을 끊고 다시는 연주하지 않았다. 함석헌과 김교신의 사이도 백아와 종자기의 관계 같았다. 둘은 1901년 같은 해에 태어났고 한결같이 기독교 신앙을 바탕으로 민족과 씨알(민초)들을 위해서 생애를 바친 신앙의 동지였지만 정통 교회로부터는 마치 이단처럼 냉랭한 취급을 받았다.

둘은 또한 앞에서 보았듯이 동경고등사범학교 동창으로 1920년대 일본에 유학하면서 일본의 기독교 사상가 우치무라 간조의 무교회 성서 연구 모임에 참석하기도 했다. 귀국 후 『성서조선』이라는 잡지를 창간하여 둘은 일제 강점하의 실의에 빠진 한국인들에게 애국심과 독립 정신 그리고 기독교 정신을 고취시켰던 절친한 친구였다. 일찍이 1934년 동기성서연구회에서 있던 일이다. 함석헌이 '성서적 입장에서 본 조선 역사'라는 제목으로 강의하였는데 김교신은 그 강의를 들으면서 "빛이 이 반도를 비춘 지 반세기에 비로소 반도의 진상을 드러냈도다!"하며, 마치 종자기가 백아의 거문고 연주를 듣고 탄성을 뿜어대듯 감탄해 마지않았다.

1940년 계우회 사건으로 함석헌이 감옥에 수감되었을 때 수감된 후 석 달 만인 1940년 11월 그의 부친 함형택은 운명했다. 자기가 옥중에 있어서 아버님의 임종을 지킬 수 없을 때, 상주 노릇을 대신 해 준 이가 친구 김교신이었다. 1942년 『성서조선』 3월호의 김교신의 글 「조와(弔蛙)」가 개구리의 소생을 통해 조선 민족의 소생을 노래했다는 이유로 일제에 의해 관계자가 전원 검속되고, 관련 간행물이 일체 압수·소각 처분을 받았을 때 함석헌과 김교신을 비롯한 관련자 18명 모두가 1년 동안 옥고를 치렀다. 또한 김교신의 장녀 결혼은 함석헌이, 함석헌의 장남 결혼은 김교신이 서로 주례를 맡았다. 둘은 문자 그대로 '동고동락'을 한 사이다. 그렇게 뜻하지 않게 보낸 친구였던 탓인지 8월 15일 해방의 소식이 들려왔을 때, 함석헌이 가장 "먼저 염두에 떠오른 것이 '김교신이 있었으면' 하는 생각"이었다. 김교신에 대한 함석헌의 인물평을 보자. "김교신의 김교신 된 소이는 허위, 불의라고 생각하는 데 대하여는 용서를 않는 데 있다. 그는 인생을 참 살자 했고 나라를 참 사랑하자 했으며, 인생을 참으로 사는 것이 가장 참으로 나라를 사랑하는 것이요, 신앙에 사는 인생이 참 인생이라고 생각했다. 그것이 그의 말이요, 글이요 그렇게 살자 노력한 것이 그의 생애다."

모든 이상적인 친구 사이에서 그렇듯 김교신은 함석헌에게 신앙 동지이자 스승가도 같았다. 그런 김교신의 갑작스런 죽음 소식에 함석헌은 가슴 한쪽이 뻥 뚫린 것 같았다. 평생을 함께하자던 마음의 벗을 잃고 만 것이다. 처음엔 눈물도 안 나오더니, 김교신이 누워 있는 집 앞에 이르자 하염없이 눈물이 쏟아졌다. 친구를 찾아 먼 길을 왔던 그날, 힘없이 되돌아가던 얼굴이 떠올라 함석헌은 가슴이 미어졌다. 함석헌은 떠나 버린 벗을 그리며, 눈물로 한 자 한 자 써 내려갔다.

　　문 앞에 흐르는 물 의구(依舊)히 흘러 있고

울 뒤에 맑은 송풍(松風) 제대로 맑았구나
봄볕은 서창(書窓)을 비쳐 님의 얼굴 보는 듯

이 시냇물 마시면서 이 바람 쏘이면서
흐린 이 세상을 맑히자 애쓰던 맘
그 마음 어디 가서 찾으랴!

시냇물 흘러가고 솔바람 불어가고
산에 있는 절간의 저무는 종이 울리어 가는 저녁
다녀간 님을 그리며 나는 어딜 가려나!

　　김교신에 대한 함석헌의 간절한 그리움과 안타까움이 묻어 나
온다. 사람은 가고 역사는 흘러도 위대한 인간의 정신은 남는다.
비록 주류 한국 교회로부터는 마치 이단자 취급을 받았지만 김교
신의 독실한 기독교 신앙과 남다른 애국심은 순수함과 양심을 추
구하는 사람들의 마음속에서 결코 잊히지 않을 것이다. 함석헌에
게 김교신은 변하지 않는 상록수 같은 존재이자 더러운 세상을 깨
끗이 씻는 맑은 물 같은 존재였던 것 같다. 함석헌의 이 시 구절은
『신약성경』의 "마음이 깨끗한 자는 복이 있나니 저희가 하나님을
볼 것임이요"라는 구절을 우리에게 연상시킨다. 김교신은 1937년

봄 혼자 힘으로 서재를 지었다. 서재를 지으면서 김교신은 "신기한 것과 감사한 것과 찬송하고픔을 억제할 수 없었다"[97]고 고백했던 만큼, 봄날에 김교신이 직접 지은 서재의 창문(書窓)으로 비추는 따스한 햇볕은 함석헌에게 김교신의 얼굴을 강하게 연상시켰을 것이다.

함석헌과 김교신이 살았던 시절은 조국의 앞날이 막막한 시절이었다. 식민지 지식인들이 건강한 정신을 유지하기가 결코 쉬운 일이 아니었다. 그러나 그럼에도 김교신은 끊임없이 포기하지 않고 언제 올지 모르는 조선의 독립을 위해 자기 몸을 잊고 전심전력을 다했다. 그 결과로 그는 해방을 몇 달 앞두고 운명할 수밖에 없었다. 친구를 잃은 비애감, 그리고 그런 맑디맑은 김교신의 마음을 그리워하며 북한산을 쳐다보는 함석헌은 그날따라 유난히 북한산이 무한히도 높아 보였을 것이다. 한 번도 넘어지지 않는 강철 같은 사람보다는 몇 번을 넘어져도 비애를 딛고 계속해서 다시 일어나는 함석헌의 오뚝이 같은 모습이 연약한 내게도 끊임없는 위로가 된다. 신앙 동지 김교신이 죽었어도 시냇물은 어제와 다름없이 흐르고 솔바람도 지난날과 다름없이 불어온다. 이런 무심한 자연 때문인지 한순간 함석헌은 '방황'과 '방랑'을 하는 것 같다. 그러나 그 이후 펼쳐진 함석헌의 생애를 통해서 우리는 그가 그런 잠깐의 '일탈'과 '방황'의 순간들을 극복하고 어떻게 자신의 고난을 승화시켜 나갔는지 안다.

1945년까지 함석헌은 일제에 의해 네 번에 걸쳐 옥고를 치렀다. 그 밖에도 함석헌은 역사 교사의 일자리를 빼앗겼고 새로운 희망을 걸고 시작했던 농사학원의 문을 닫아야 했으며, 가족은 빈곤에 허덕이는 삶을 살게 되었다. 함석헌은 이 시기의 삶에 대해 "나의 유일한 범죄는 내가 한국인이었다는 것입니다"[98]라고 말한 적이 있을 정도였다. 식민지 백성의 근본적 곤경을 이처럼 절실하게 표현한 말도 흔치 않을 것이다.

기독교는 위대하다.
그러나 참은 더 위대하다
1945~1961

'해방된 조국'에서의 함석헌. 그러나 그는 북한에서는 소련 군정에 의해서, 월남한 남한에서는 자유당 정권에 의해서 수감된다. 어느 곳도 그의 고향이었지만, 아무 곳도 그의 고향이 아니었다. "전에 상전이 하나였던 대신 지금은 둘 셋이다"는 글을 쓰면서 한국의 사회 문제에 대해 발언을 시작한다.

***

해방, 그리고 문교부장으로

1945년의 해방은 한반도에 또 다른 인위적 장벽이 세워지는 계기였다. 연합국에 의해 민족은 둘로 갈라져 남한은 미군정의 손안에 들어갔고 북한은 소련의 영향권 아래 흡수되었다. 해방 직후의 사회는 보수와 진보 세력, 좌익과 우익, 전통 세대와 혁신 세대의 충돌로 혼란의 도가니였다. 미국식 자본주의와 소련식 공산주의 제도를 각각 이식받은 남북한 사이의 정치적·군사적 갈등은 깊어만 갔다. 외형적으로는 일제가 한반도에서 퇴각했지만 남한의 지주와 보수층이 여전히 일본 및 친일파의 영향 아래 있었으며, 대다수 한국인들의 미래는 매우 불투명하였다.

한반도가 일제의 손아귀에서 해방되었을 때, 함석헌은 직업상으로 한 사람의 농민이었을 뿐이다. 그러나 일제에 저항한 '경력'으로 인해 그의 명성은 북한 지역에서 상당히 높은 편이었다. 감옥에 네 번이나 다녀왔고 창씨개명을 끝까지 거부한 사람으로 그는 당시로서는 흔치 않은 존재였다. 북한의 씨알들은 그래서 해방

이 되자 그가 지도자 역할을 해 줄 것으로 기대했다. 함석헌으로
서는 그런 기대가 전혀 뜻밖이었다. "해방이 갑자기 왔을 때 나는
씨알들이 나를 그들의 지도자로 내세우려 한다는 것을 깨달았습
니다. 씨알들은 나를 가리키며 자랑스레 말했습니다. '감옥에 가
는 것이 저 이의 직업이야.'"[1] 해방 당시 북한 지역에서 가장 영향
력 있는 집단은 기독교계 민족주의자들이었다. 그리고 그들의 가
장 두드러진 지도자는 고당 조만식이었다. 신분적 배경이나 가문
에서 상류층보다는 중하층 출신이 많았음에도 그들 기독교계 지
식인들은 교육·문화·사회 운동의 지도자 역할을 담당해 왔다. 그
러나 이런 상황은 소련의 붉은군대가 북한 지역에 들어오자마자
돌변한다. 소련 군대는 1945년 8월 12일 블라디보스토크를 거쳐
일본이 패망하기 직전에 이미 북한 땅에 발을 들여놓았다. 그리고
8월 24일에는 평양에 들어와 군정을 위한 사령부를 설립한다. 소
련군은 일제 말엽 소련에 피난해 있던 김일성을 비롯한 3만 명의
한국인들을 데리고 들어왔고, 소련 군대의 후원을 받은 이들 한국
인 공산주의 세력은 하루아침에 기독교 세력을 제치고 북한 사회
의 주도권을 장악한다.

　1945년 시점에 한반도의 기독교인은 전체의 2퍼센트에 불과
했지만 북한의 경우 다른 어느 집단보다 활발한 조직망과 왕성한
활동력을 갖추고 있었다. 주목할 만한 것은 평양의 기독교인들이

미국을 중심으로 한 서구 선교사들과 일제 시대부터 오랜 친분을 유지해 왔다는 것이다. 따라서 그들의 정치적 지향은 미국식 사회 경제 체제로 남북이 통일되는 것이었다. 이것은 북한 지역을 점령한 소련 군정 및 한국인 공산주의자들의 의도와 대립하지 않을 수 없었다. 일반적으로 당시 북한의 기독교인들은 반일 세력이면서 동시에 반공 세력이었다. 그러나 일단 초창기의 소련 군정은 기독교 민족주의자들을 자기들 행정 체계에 흡수하려는 전략을 세웠다. 특히 일제 시대에 독립 운동에 헌신한 조만식이나 함석헌 등을 임용함으로써 일반 주민들의 지지를 확보하자는 계산이었다. 그리하여 조만식은 소련 군정이 만든 임시인민위원회의 고문으로 추대되었고, 함석헌은 평안북도 지역의 문교부장으로 임명되었다.

함석헌은 인민위원회의 조치가 자신의 "종교적 중립성" 때문이라고 생각했다.[2] 스스로를 "정치에는 적절하지 않은 사람"으로 생각한 함석헌은 처음에는 인민위원회의 권유를 거절했다.[3] 하지만 친지들과 인민위원회의 거듭된 종용 끝에 "정치적으로 혼란의 시기에 사회의 질서를 유지하는 것이 필요하지 않을까" 하는 생각으로 마지못해 문교부장의 직책을 수락했다.[4] 그러나 이내 함석헌은 "벌써 모든 것이 짜여진" 상황임을 깨닫고 자신의 선택을 후회하기 시작한다.[5]

소련 군정 관계자들은 그들대로, 조만식과 함석헌을 비롯한 기독교 민족주의 세력이 자신들의 정책에 협조하지 않으리라는 것을 예측하지 못했다. 민족주의자들의 협조를 기대할 수 없게 되자, 소련 군정은 노골적인 공포 정치와 무력을 통해 공산화 정책에 박차를 가한다. 동시에 그들은 총칼로 한국인들의 재산을 몰수했으며 평양 시내에서 약탈과 강간을 자행했다. 해방된 지 한 달 반 안에 조만식에 협조한 상당수의 민족주의자들이 소련 군정의 지지를 받은 공산주의자들에 의해 목숨을 잃었다.[6]

1945년 10월 14일, 소련 군정은 붉은군대 소속인 김일성 소령을 '민족의 영웅'으로 평양 시민 앞에 소개했다. 김일성은 곧 4,530명의 당원으로 구성된 북한 공산당의 서기장에 임명되었다. 소련 군대의 힘을 업은 김일성은 공산당의 세력을 북한 전역으로 확산시켜 나갔다. 공산당의 정책은 민족주의 진영의 거센 반발을 받았고, 결국 심각한 충돌이 빚어지고 만다. 급기야 1945년 11월 23일 공산당의 정책에 반기를 든 학생들이 신의주에서 반대 시위를 벌였다. 약 5,000명의 학생과 민간인들이 반공 구호를 외치며 거리로 나섰다. 행진하는 군중을 향해 소련 군대와 공산주의자들이 발포, 현장에서 23명의 학생들이 즉사했고 27명은 중상 그리고 80여 명이 체포되었다.[7]

소련 군대의 잔악한 진압에 분노한 청년 학생들과 공장 노동자들은 무기를 들고 맞섰지만 1,000여 명 이상의 학생과 노동자들이 목숨을 잃었다.[8] 그러자 김일성은 사태를 수습하고 공산주의와 반공산주의 진영의 갈등을 해소하기 위해 신의주를 방문한다.[9] 그러나 반공 진영과의 화해와 협상이 불가능하다고 판단한 김일성은 강경책을 채택하기로 결정한다. 이에 따라 1945년 11월부터 1946년 3월 사이에 반공 세력은 대대적인 탄압을 받았다. 여기에 맞서 학생들과 시민들은 간헐적인 시위나 반란을 일으키지만, 수백 명이 또다시 목숨을 잃는 사태를 초래하고 소련 군정은 계엄령을 선포하기에 이른다.[10]

신의주 학생 봉기 당시 함석헌은 문교부장이었다. 비록 학생 봉기의 직접적인 주동자나 배후 조종자는 아니었지만, 공산당원이 아닌데다 기독교인이었던 그가 공산주의자들한테는 눈엣가시 같은 존재로 여겨졌던 것은 분명하다. 그들의 시각에 기독교인이란 곧 미국 선교사와 가까운 친미파를 의미했다.[11] 결국 함석헌은 신의주 학생 봉기의 책임자로 체포되었고, 체포 즉시 현장에서 몰매를 맞고 감옥으로 가게 된다. 신의주 학생 봉기가 벌어졌던 그날, 문교부장이던 함석헌은 학생들이 죽어 간다는 소식에 공산당 본부로 달려갔다. 차마 눈을 뜨고 보기 힘들 만큼 처참했다. 여기저기 총 맞은 학생들이 쓰러져 있었고, 울부짖는 신음 소리에 귀가 울렸다. 한 학생을 쓸어 앉으며 일으키니 총알이 몸에 박힌 채 피가 주르르 흘러내렸다. 곧 소련 군인들 총칼이 일시에 쫙 하고 방사선 모양으로 함석헌에게 모여들었다. 혼혈인 듯한 한 러시아 장교가 함석헌을 앞에 놓고 러시아어로 일장 연설을 하였다. 함석헌은 그가 무슨 말을 하는지 이해할 수 없었지만 그 장교의 흥분한 정도로 봐서 아마 함석헌을 신의주 학생 의거의 주동자라고 연설하는 것 같았다. 그러더니 곧 공산당원들의 가차 없는 뭇매질이 시작되었다. 그의 옷은 찢어지고 매질은 계속됐다. 마지막에 강한 타격이 뒤통수에 퍽 하는 소리와 함께 와 닿자 함석헌은 정신을 잃었다. 곧 찬물이 그의 몸에 끼얹어지고 정신이 들었다. 그러고는 총을 뒤에서 겨누는 소련군에게 끌려 감옥에 들어가게 되었다. 육중한 철문이 덜컥 닫히고 어두운 감방 안에 주저앉으니 모든 일이 꿈만 같고 갑자기 서글픔이 물밀듯이 몰려왔다. 이때 기가 막힌 스스로의 처지를 생각하며 함석헌은 생애 처음으로 시를 쓰기 시작한다. 그리고 그 첫 시의 주제로 그는 '어머니'를 삼는다. 다시 피폐해진 조국의 처지 앞에서 다 말라 가던 그의 가슴에서 시를 뽑아낸 이는 평생을 한 해같이 명주실을 뽑아 짜내어 자신의 몸에 입혀 주시던 어머니였다. 그리고 그 어머니의 한결같은 사랑을 함석헌은 자신의 서글프고 쓰라린 맘을 달래고자 아래와 같은 시로 노래한다.

어머니

옥창에 해 기울어 오늘도 다 갔구나
기다리는 어머님 몇 번을 속으셨노
낙엽에 놀라시는 양 뵈옵는 듯하여라

바람아 불지마라 낙엽을 날릴랐다
공연히 부석이어 드신 잠 깨울랐다
오경[12]에 뜨새시는 양 차마 못 봐 하노라

서창에 기운 햇볕 어머니 얼굴인 듯
두 볼에 주름살을 눈 감고 그려 보네
가슴에 시든 젖부리 또 만질 날 있을까

어머니 날 기르며 오늘을 뜻했을까
무릎에 어르실 제 천하론들 바꿨을까
살창에 밥 받는 꼴을 보면 어떠하시랴

우물가 세우신 듯 늘 염려 못 놓는 맘
일마다 애태워서 주신 목숨 얼마실까

그 죄를 풀 길 없으니 천지 아득하구나

어머니 날 생각해 긴긴 밤내 실 자으신담
눈물 어는 늙은 눈에 바람인들 잘되리만
실보단 정이 더 길어 끊으실 줄 몰라해

천사날개 가졌으면 이 밤엔 못 가볼까
잠 못 자고 울어 비는 어머니 앞 날아가서
가만히 숙인 그 머리를 덮어드려 보련만[3]

   해방된 조국, 그러나 감옥에서 어머니의 아픔을 그리워하는 함석헌의 찢어질 것 같은 처참한 심정도 아랑곳없이 소련 군대는 함석헌의 집과 재산도 압수했으며, 어머니를 포함한 그의 가족은 다시금 생존을 위해 투쟁해야 하는 처지에 빠지고 만다.

   감옥 안에서 함석헌은 스스로에게 물었을 것이다. "조국이 해방되었는데도 나는 왜 아직 감옥에 있는가? 조국의 운명은 어떻게 될 것인가?"[14] 혼란한 마음을 가라앉히려고 함석헌은 어두컴컴한 감옥 안에서 계속 시를 썼다. 교도관의 감시를 피하기 위해 직설적인 글보다는 은유적이고 간접적인 시의 형식으로 괴로운 마음을 표현했다. 이렇게 함석헌은 난생 처음, 그리고 불가피하게 '시인'이 되었던 것이다. 이때 함석헌이 교도관의 눈을 피해 가며 쓴 시들은 1953년 『수평선 너머』라는 제목으로 출판되었다.

1990년 나는 영국 퀘이커연구소인 우드브룩 칼리지(Wood-brooke College)에서 3개월간 공부하며 머무른 적이 있다. 그 당시 우드브룩에서 나와 함께 공부를 하던 사람들 중에는 영국뿐 아니라 유럽 본토, 중미, 북미, 호주 등에서 온 40여 명의 퀘이커들이 있었다. 한번은 영문학 시간에 자기가 가장 좋아하는 시를 읽고 소개하는 시간이 있었는데 그때 나는 세계 각국에서 온 퀘이커들에게 함석헌의 「산」이라는 시를 영어로 번역하고 낭송했다. 1980년대 함석헌이 생존할 당시 나는 그의 쌍문동 집을 가끔 방문한 적이 있다. 그때 거실 족자에 「산」이라는 시가 걸려 있어서 자주 보던 터라 그런지 이 시구가 눈앞에 먼저 어른거린 것 같다. 나는 함석헌이 왜 옥중에서 이 시를 쓸 수밖에 없었는지 그리고 해방 직후 정치·사회적으로 극도로 불안정했던 한반도의 상황을 설명해 주었다. 그때 한 영국인이 불현듯 이런 이야기를 했다. "극도로 불안정하게 쉴 새 없이 변하는 현실 속에서 함석헌은 불변하는 절대자의 모습을 '산'이라는 우뚝 솟은 모습으로 표현한 것 같군요!"

그때 그 영국인의 담담한 '논평'이 내 뒤통수를 힘껏 때렸다. "아, 그동안 별생각 없이 보았던 함석헌의 「산」이라는 시가 그런 의미가 있었구나!" 정말 함석헌이 그런 마음으로 이 시를 썼을 것 같다는 생각이 확신에 가깝게 느껴졌다. 아마 그랬을 것이다. 움직이지 않은 거대한 산의 모습을 통해 함석헌은 절대자 하느님의 존재를 흔들리지 않는 확고부동의 존재로 파악한 것 같다. 해방의 기쁨이 가시기도 전에 좁고 어두운 감옥에 갇힌 채 낙담하고 있던 함석헌에게 절대자 하느님은 소련군과 인민군을 시원하게 물리치는 복수와 분노의 모습으로 다가오기보다는 오히려 묵묵히고 초연한, 그러나 흔들리지 않는 거대한 모습으로 나타났던 것 같다. 그리고 그런 거대한 산과 그 위에 펼쳐진 무한한 하늘을 우러러보고, 함석헌은 복잡다단한 인간사의 문제로부터 초월해 있는 절대자를 느꼈을 것이다. "당신은 왜 불의한 인민군, 소련군을 물리쳐 주시지 않으십니까?"라고 그는 하느님을 나무라고, 비웃고, 원망하고 심지어 절대자의 존재 여부를 한때는 의심했을 것이다. 그러다가 한순간 함석헌은 "그분께선 악인에게나 선인에게나 당신의 해가 떠오르게 하시고, 의로운 이에게나 불의한 이에게나 비를 내려 주신다"[15]는 깨달음이 불현듯 머리를 스쳐갔을 것이다. 그리고 그런 절대자의 본성을 인간사에 대해 중립적이고 편파, 편견이 없는 존재로 느꼈을 것이다. 그의 시 「산」을 직접 살펴보자.

나는 그대를 나무랐소이다
물어도 대답도 않는다 나무랐소이다
그대껜 묵묵히 서 있음이 도리어 대답인 걸
나는 모르고 나무랐소이다

나는 그대를 비웃었소이다
끄들어도 꼼짝도 못한다 비웃었소이다
그대껜 죽은 듯이 앉았음이 도리어 표정인 걸
나는 모르고 비웃었소이다

나는 그대를 의심했소이다
무릎에 올라가도 안아도 안 준다 의심했소이다
그대껜 내버려 둠이 도리어 감춰 줌인 걸
나는 모르고 의심했소이다

크신 그대
높으신 그대
무거운 그대
은근한 그대

나를 그대처럼 만드소서!

그대와 마주앉게 하소서!

그대 속에 눕게 하소서![16]

　묵묵하고 초연한 하늘과 산을 우러르며 함석헌은 복잡하고 다난한 인간 세상의 문제로부터 초월해 있는 절대자를 떠올렸던 것 같다. 하느님이 선인에게나 악인에게나 빛과 비를 공평히 내려 주듯이 이 시가 그려 보이는 절대자는 중립적이고 편견이 없으며 헤아리지 못할 만큼 넉넉한 품을 지닌 존재로 표현된다. 그런 절대자의 모습은 해방된 조국에서 또 다른 점령군의 감옥에 갇혀 있어야 하는 이의 참담한 심경에 적잖은 위안이 되었을 것이다.

　그로부터 50일이 지나서야 함석헌은 소련군 사령부 감옥을 나왔다. 1946년 1월 11일, 살을 에는 듯 추운 겨울이었다. 조사를 맡은 소련 군인은 함석헌을 시위를 일으킨 주범으로 몰아붙였다. 어이가 없었다. 아니라고 해도 믿지 않았다. 어떤 날은 똑같은 질문에 똑같은 대답으로 밤을 새웠다. 바른대로 말하고 싶어도 더는 말할 것이 없어서 답답했다. 말이 안 통하는 소련 군인과 이야기하는 것에도 한계가 있었다. 역사 교사가 무엇인지 그리고 '역사'라는 단어도 모르는 한 일본 창녀가 통역을 한답시고 와 있었지만, 거기다 목숨을 맡기고 조사받는 자신의 운명이 한심하다는 생각이 들 만큼 나라꼴이 엉망이었다. 결국 소련군은 증거를 못 찾고 함석헌을 풀어 주었다. 그리고 문교부장이라는 자리에서도 파면되었다.

그는 집에 돌아와서도 잠을 이룰 수 없었다. 나라의 앞날이 불안했고, 자기 자신은 물론 가족의 앞날도 바람 앞에 놓인 촛불 같기만 했다. 일본의 총칼 아래에서 생각조차 하기 싫은 36년을 보냈지만, 어느새 또 다른 불안과 공포가 엄습해 들어오고 있었다. 성탄절을 며칠 앞두고 그해 첫눈이 내렸다. 12월 23일, 큰딸이 손녀를 낳아 신의주에 다녀온 것 말고는 거의 집에만 있었다. 불안하고 어수선한 가운데서도 성탄 종은 울렸고, 함석헌은 가족들하고 교회에 나가 찬송가를 불렀다. 12월 26일 새벽이었다. 그날도 잠이 오지 않아 함석헌은 밤새 뒤척였다. 어슴푸레 동이 터올 무렵, 밖에서 문 두드리는 소리가 요란하게 울렸다. 잠을 설친 함석헌은 가슴이 쿵, 내려앉는 것 같았다. "빨리 문 여시오, 문!" 누가 문을 열었는지 어깨에 총을 멘 사람 셋이 벌써 들어서고 있었다. 그들은 군화를 신은 채로 뚜벅뚜벅 집 안으로 들어왔다. "함 선생 여기 있지요?" "예, 난데 어디서 오신 분들이오?" "공산군 보안대에서 나왔소. 좀 갑시다." 그때 어쩔 줄 모르고 서 있던 아내 황득순이 다급하게 나섰다. "왜들 이러시우. 뭣 때문에?" "가 보면 알아요. 물어볼 게 있어서 그러니까 너무 걱정 마시오." "가자면 가야지." 함석헌은 묵묵히 두루마기를 입었다. 보안대원들은 함석헌을 앞세우고 밖으로 나갔다.

이렇게 해서 함석헌은 또 감옥에 들어갔다. 걱정 말라더니 도착하자마자 말도 없이 매질부터 시작했다. 그러고는 오산학교 출신인 걸 다 알고 있으니 솔직히 말하라고 윽박질렀다. "당신이 학생들한테 전단지 뿌리라고 시켰지? 신의주에서 말이야!" 함석헌은 이게 또 무슨 말인가 싶어 황당했다. 그런 일 없다고 해도 믿지 않을 것을, 그들은 셀 수 없이 되풀이하면서 묻고 또 물었다. 함석헌은 알 턱이 없었지만, 사실 신의주에서 오산학교 학생들은 맨 앞에 나서서 공산당에 반대했다. 오산학교를 공산주의 학교로 바꾸려는 공산당의 속셈을 눈치 챘기 때문이었다. 학생들에게도 오산학교는 민족의 자존심이었으므로 분한 마음들이 모여 거리로 나섰고, 결국 신의주 학생 의거가 일어나게 된 불씨로 자란 것이었다.

1947년 1월 찬바람이 몰아치던 추운 겨울, 함석헌은 이번에도 증거가 없다며 풀려 나왔다. 한 달 만에 나오긴 했지만, 이제 함석헌은 공산당 눈에 찍힌 사람이 되었다. 얼마나 맞았는지 검붉은 멍이 든 욱신거리는 몸을 끌다시피 하면서 집으로 향했다. 감옥에는 붙잡혀 들어온 사람이 헤아릴 수 없이 많았다. 다들 굶주림에 지쳐, 누가 김치 조각이라도 흘리면 먼저 주워 먹으려고 야단이었다. 그런데 집에 돌아오니 또 생각지도 못한 일이 기다리고 있었다. 이번에는 돌아가신 아버지가 사 놓은 땅이 문제였다. 그때 함석헌에게는 아버지에게 물려받은 땅이 약 5정보 있었다. 1정보가 15마지기이고 1마지기가 200평이니, 모두 1만 5,000평인 셈이었다. 마을 인민위원회에서는 법이 새로 정해졌다며 가진 땅을 모두 내놓아야 한다고 했다. 그러자 의견이 둘로 나뉘었다. "함석헌은 일제 때 독립 운동을 하다 고생을 많이 했는데, 농사 지어 먹고살 땅은 줘야 하지 않겠소?" "그런 말 하지 마시오. 아무리 그렇더라도 그는 우리 당에 반대하는 사람이 아닙니까. 절대 그럴 수는 없소이다." 결국 이 문제는 평안도 최고인민회의로 넘어갔고, 곧 판결이 나왔다. "그가 애국자라고는 하지만, 참된 애국자라면 어찌 그만한 땅을 가질 수 있겠는가. 전부 몰수하라!" 함석헌은 판결을 전해 듣고 두말없이 받아들였다. 그러고는 속으로 이런 생각이 들었다. "예, 하나님, 옳습니다. 제가 정말 애국자라면 어떻게 그런 땅이 있으며, 또 어떻게 목숨이 아직껏 붙어 있겠습니까."

1947년 봄, 함석헌에게는 이제 농사지을 땅 한 뼘 남아 있지 않았다. 그건 함석헌뿐만이 아니었다. 마을 인민위원회의 등쌀에 밀려 집과 땅을 빼앗기고 쫓겨난 사람이 한둘이 아니었다. 게다가 공산당은 마을에서 가장 가난하고 못 배운 사람에게 인민위원장을 맡겼다. 인민위원장이 가장 미워한 사람은 땅이 있거나 공부한 사람이었으며, 그 다음이 기독교인이었으니 함석헌은 이 세 가지 조건을 다 갖춘 사람이었던 것이다.

함석헌은 살 길이 막막해 앞이 캄캄해졌다. 가족을 데리고 어디로 갈 데도 없었다. 그때 평안도 최고인민회의 교육부에서 함석헌을 불렀다. 그러고는 얼마 전에 생긴 김일성대학 사회학부를 맡아 달라고 했다. "고맙지만……, 나는 우리 역사나 세계사 그리고 동양 철학은 좀 알아도 공산주의에 대해서는 모르니 맡을 수 없습니다." 함석헌은 아슬아슬하게 거절하고 교육부를 나왔다. 1 나는 함석헌의 사상이 우보다는 좌에 가깝고, 그가 자본주의자는 아니지만 공산주의자도 아니었다고 평가한다. 그 이유로는 함석헌이 "국가주의 없애자고 나온 사회주의인데 공산 독재에 떨어졌다"고 비판하는 면에서 볼 수 있다.[17]

하여간 함석헌이 김일성대학 사회학부 강의를 거절하고 난 며칠 뒤에 조선인민위원회 정치보안국에서 그를 다시 불렀다. "함석헌 씨, 한 가지 부탁이 있어서 불렀소. 남조선으로 가서 이승만과 김구가 무슨 생각을 하고 있는지 조사해 줄 수 있겠소? 할 수 있겠지요?" 함석헌은 깜짝 놀라 식은땀이 났다. "나는 그런 일 못 하오. 내가 무슨 특별한 훈련을 받은 사람도 아닌데 어떻게 그런 일을 할 수 있겠소." 보안국 사람 얼굴이 무섭게 일그러졌다. 그러고는 침을 뱉듯 소리를 질렀다. "나가!" 그게 다가 아니었다. 얼마 뒤 견딜 수 없는 일이 하나 더 생겼다. 소련군 장교라는 사람이 기독교 민족주의자들의 동향을 살펴 보고하라며 명령하듯 말했다. 스파이 노릇을 하라는 뜻이었다.

1946년 초 소련 군정은 벌써 한국인 2만여 명으로 북한 지역에 전투경찰대를 편성했고, 1946년 8월에 이르러서는 공식적으로 군대를 창설했다. 이처럼 군경을 확보했음에도 소련 군정과 북한 공산주의자들은 반공 진영의 반란을 염려하고 있었다. 실제로 1946년 3월 13일에는 함흥에서 공산 정권에 반대한 학생 시위가 벌어지기도 했다. 그래서 소련 군정은 반대 진영의 반발과 불만을 사전에 탐지하려고 첩자들을 이용하려 했던 것이다. 그런 상황에서 함석헌에게 첩자 노릇을 요구하니 그 마음이 심히 괴로웠다. 그런 일을 할 바에는 차라리 목숨을 버리는 게 낫겠다 싶었다. 소련군과 공산당은 어떻게든 그를 이용하려고 가만히 두지 않았다. 하루라도 마음 편할 날이 없었다. 앞날에 대한 불안함이 밤낮을 가리지 않고 그를 짓눌렀다. 그러더니 함석헌이 아무런 정보도 제공하지 않자, 소련 군정은 1946년 12월 24일 다시 감옥에 집어넣었다가 한 달 후인 1947년 1월에 석방시키면서 똑같은 요구를 했다. 이 당시 함석헌은 감옥에서 뒤로 누울 수 없을 정도로 모진 매를 맞았다. 그러나 자신의 목숨을 구하기 위해서 친구나 동료들을 배신할 수는 도저히 없었다.[18] 그 길을 피하는 길은 북한 땅을 떠나는 것밖에 없었다. 그러고는 자식들에게는 알리지 않고 어머니와 아내에게만 뜻을 밝혔다. 어떻게 될지 아무도 모를 만큼 위험했으므로, 여차 하면 김일성대학에 취직하러 간다고 둘러대려고 미리 이력서를 써 주머니에 넣어 두었다. 1947년 2월 26일 새벽, 함석헌은 늙은 어머니께 큰절을 드렸다. 언제 다시 만날지 기약도 없는데, 온 가족을 두고 떠나려니 마음이 아팠다. 추운 겨울 새벽 찬 공기를 맞으며 대문을 나서는데 어머니가 밖에까지 따라 나왔다. 그리고 아들의 손을 꼭 쥐었다. "내 걱정은 말고 어서 가거라. 어서." "⋯⋯." 함석헌은 말을 잇지 못했다. 어머니 눈에 가득 고인 눈물을 보고는 가슴이 천 갈래 만 갈래로 찢어지는 것 같아 속으로 눈물을 삼켰다. 그렇게 함석헌은 노모와 가족을 뒤로하고 언제 다시 돌아올지 모른 채 고향을 떠났다. 그는 1년 뒤에야 나중에 월남한 아내와 자녀들과 남한에서 가까스로 재회하는 데 성공한다. 그러나 노모와 장남, 장녀는 월남에 실패했다. 그 세 사람을 함석헌은 세상을 떠나는 날까지 만날 수 없었다.

북한을 떠난 지 20일이 지난 3월 17일 새벽, 함석헌은 무사히 남한 땅을 밟았다. 그러나 책 한 권 없이 맨몸으로 온데다가 어디로 가야 할지 몰라 막막했다. 다행히 동경고등사범학교 동창생인 송두용을 만났다. 송두용은 서울 오류동에 사는 노연태를 소개해 주었고, 그날부터 함석헌은 노연태의 집에 묵게 되었다. 내려온 첫날부터 두고 온 가족 생각에 마음이 아렸다. 누가 아프지는 않은지, 끼니를 거르지는 않는지, 공산당으로부터 무슨 해코지라도 당하지 않았는지 걱정스럽기만 했다. 함석헌이 북한을 떠날 무렵, 김일성은 북조선인민위원회를 만들고 위원장에 올랐다.

그렇게 며칠이 지났다. 하루 종일 그가 할 수 있는 일이라고는 성경을 읽는 것, 그리고 기도하는 것이 전부였다. 그러던 함석헌에게 노연태가 제안했다. "주일날 뜻있는 사람들에게 성경 강의를 해 주시면 어떨까요? 비좁긴 하지만 우선 저희 집에서 시작해 보시지요." 이렇게 해서 함석헌은 일요일마다 작은 성경 공부 모임을 열게 되었다. 얼마 뒤부터는 서울 YMCA 강당에서도 성경을 강의하며 사람들을 만났다. 모이는 사람이 점점 많아지자 매일 새벽 기도회도 열었고, 강연 요청이 있으면 부산이건 마산이건 가리지 않았다.

1947년은 비단 함석헌 일가에게 뿐 아니라 북한의 기독교인에게도 비극의 해였다. 평양신학교 교장 김인준과 저명한 북한의 교회 지도자 이정심은 소련군에 의해 모진 고문을 받은 다음 감옥 안에서 순교했다.[19] 평양에는 한때 100여 개 이상의 교회가 있었고, 아시아에서 가장 많은 개신교 선교사들이 집결해 있었다.[20] 그러나 소련 군정 아래서 기독교인들은 무조건 복종하거나 감옥에서 순교하거나 남한으로 내려가거나 해야 하는 갈림길에 서 있었다. 이들 기독교인을 포함한 많은 이들이 월남하는 길을 택했다. 그리고 월북하는 사람들도 많았다.[21] 이처럼 불가불 삶의 터전을 통째로 옮겨야 했던 무수한 한국인들의 고달픈 발걸음은 처절한 동족상잔의 전쟁을 향하고 있었다.

해방된 남한에서 광야의 소리로

남한의 사회·정치적 상황

함석헌이 남한 땅에 도착한 것은 1947년 3월 17일 새벽이었다.[22] 월남하고 막 남한 사회에 정착을 시작하면서 북한에서 겪은 파란만장한 자신의 삶을 회고하면서 함석헌은 또 한 편의 시,「그 사람을 가졌는가?」를 쓰는데 어쩌면 이 시는 함석헌의 대표 시인 것 같다. 서울 대학로 혜화역 근처에 함석헌의 시비가 있는데 그 시비에 바로 이 시가 새겨져 있다. 이 시는 더욱이 지난번 용산 참사에도 눈 하나 깜짝하지 않는 이명박 대통령도 가장 애송[23]하는 것으로 유명하다. 과연 이 대통령의 '그 사람'은 누구일까? 라는 의문이 드는 것은 나만일까? 여하간 대통령의 깊은 심중에 대한 궁금증은 일단 뒤로 하고 이 시를 살펴보자. 내가 한국인으로서 느끼는 이 시에 대한 감동이 비한국인, 특히 서구인들에게도 그대로 전달되는지를 한번 시험해 보기 위해 이 시를 아래와 같이 영어로 번역해 보았다.

그 사람을 가졌는가?

Do you have this person in your life?

만리 길 나서는 길
처자를 내맡기며
맘 놓고 갈 만한 사람
그 사람을 그대는 가졌는가?

Before you leave for a long journey

Without any worry

Can you ask this person

To look after your family?

온 세상 다 나를 버려
마음이 외로울 때에도
'저 맘이야' 하고 믿어지는
그 사람을 그대는 가졌는가?

Even when you are cast out from the whole world

And are in deepest sorrow

Do you have someone

Who will welcome you warmly and freely?

탔던 배 꺼지는 시간

구명대 서로 사양하며

'너만은 제발 살아다오' 할

그 사람을 그대는 가졌는가?

In the dire moment when your vessel has sunk

Is there someone

Who will give you their life belt and say

"You must live before me"?

불의의 사형장에서

'다 죽여도 너희 세상 빛을 위해

저만은 살려 두거라' 일러줄

그 사람을 그대는 가졌는가?

At the execution ground

Is there someone

Who will exclaim for you

"Let him live, even if you kill the rest of us!"

잊지 못할 이 세상을 놓고 떠나려 할 때
'저 하나 있으니' 하며
빙긋이 웃고 눈을 감을
그 사람을 그대는 가졌는가?
In the last moment of your life
When you think of this person
Can you leave this world smiling broadly
And feeling at peace?

온 세상의 찬성보다도
'아니' 하고 가만히 머리 흔들 그 한 얼굴 생각에
알뜰한 유혹을 물리치게 되는
그 사람을 그대는 가졌는가?
Even if the entire world is against you
When you think of this person
Can you stand alone for what you believe?
Do you have this person in your life?

나의 영국인 아내도 영역된 이 시를 읽고 한동안 깊은 생각에 잠겼다. 그리고 "참 아름답고 삶의 의미를 다시 한 번 생각하게 해 주는 시"라며 그 감동을 토로했다. 나는 영역한 이 시를 영국 브루더호프 공동체에 있는 친구에게도 보낸 바 있다. 그곳에서 아침 식사 중 모두 모인 자리에서 이 시를 읽었는데 아주 숙연한 분위기였고 잔잔한 감동을 일으켰다는 답장을 받기도 했다. 이런 면에서 이 시는 함석헌이 1947년 쓴 시지만, 그로부터 60여 년이 지난 오늘에 와서도 우리와는 문화와 역사가 다른 영국인들의 가슴도 뭉클하게 만드는, 시공을 넘어선 보편적 공감대를 불러일으키는 시라는 확신이 든다.

이 시의 다음 구절을 다시 보자.

"만리 길 나서는 길 처자를 내맡기며 맘 놓고 갈 만한 사람 그 사람을 그대는 가졌는가?"

함석헌은 1947년 2월 26일, 앞서 본 것처럼 노모와 처자를 소련군 치하의 북한에 남겨 두고 홀로 남한을 향해 출발했다. 그 겨울이 다 끝나지도 않은 평안도의 추운 새벽에 문간에 기대서 "내 생각 말고 어서 가거라!" 하는 어머니의 목소리와 처자식을 뒤에 두고 떠나서 영 돌아갈 수 없는 길인 줄도 모르고 월남하는 그의 심정이 어떠하였겠는가? 함석헌이 그 가족 일부와 남한에서 재회를 하게 된 것은 그 다음해인 1948년이니 이 시를 쓰고 있을 당시의 그는 북한에 남아 있는 처자와 노모의 생사를 알 수 없고, 그 생생한 모습이 항상 눈앞에 어른거렸을 것이다.

자신이 떠나면서 그나마 "처자를 내맡기며 맘 놓고 갈 만한 (그) 사람"을 가졌기에 또, '그 사람'의 후원과 도움으로 다음에 무사히 남한에서 가족들의 일부와 재회할 수 있었기에 함석헌은 북한에 남아 있는 자기 가족을 친 가족처럼 돌보아 준, 지금은 우리가 이름도 모르는 '그 사람'을 생각하며 이 시를 썼을 것이라 생각한다. 그리고 함석헌은 우리에게도 이야기한다. 당신도 '그 사람'을 갖고 또 남을 위해 '그 사람'이 되라고.

"온 세상 다 나를 버려 마음이 외로울 때에도 '저 맘이야' 하고 믿어지는 그 사람을 그대는 가졌는가?"

해방 전까지 함석헌은 북한에서 수시로 감옥에 수감되었다. 그렇게 감옥 문을 들락날락 하는 사이 "집과 나라 형편이 다 말이 아니었다."[24] 더구나 그에게 어려웠던 일은 감옥에 있을 때만이 아니라 석방되어서였다. 생계가 막막한 상태에서 그는 그저 농사꾼으로 자처하고 동네 농사꾼들과 가까운 벗이 되려고 애를 썼다. 그러나 동네 농사꾼들을 그를 벗으로 알아주려 하지 않았다. 함석헌은 "지식의 죄가 그렇게 큰 줄은 그때까지 몰랐다"[25]고 탄식하기까지 한다.

늘 마을 손님이 끊이지 않았던 한의사였던 돌아가신 부친의 사랑방을 이웃에게 개방했지만 요주의 인물에다가 '전과자'인 그의 집을 "누구 하나 오려하지 않았"다. 그래서 그는 감옥에서는 석방이 되었지만 찾아오는 벗 하나 없는 동네에서 마음이 한없이 외로웠다. "사랑을 하고 싶은데 사랑이 받아지지 않은 사람의 외로움"[26]을 그는 절절히 느꼈다. 그래서 그런 함석헌에게는 "온 세상다 나를 버려 마음이 외로울 때에도 '저 맘이야' 하고 믿어지는 그 사람"이 꼭 절대로 필요했던 것이다. '그 사람'은 이미 돌아가신 자신의 마음을 알아주던 남강 선생이 될 수도 있었고 그를 한없이 아껴 주던 최초의 스승 숙부 함일형이 될 수도 있을 것이다. "사랑을 하고 싶은데 사랑이 받아지지 않은 사람의 외로움"을 지닌 그였기에 '저 맘이야' 하고 믿어지는 그 사람이 그토록 그리웠을 것이다.

스승은 제자에 의해 역사의 위인이 된다고 생각한다. 플라톤이 없이는 소크라테스의 위대함이 서양사에 남기는 어려웠을 것이고 사도 바울이 없이는 예수의 훌륭한 인격이 기독교 문명에 자리매

김하지 못했을 것이다. 스승 남강 이승훈도 그래서 일제 강점하의 어두운 시절이지만 제자 함석헌을 두고 가서 그래도 편안히 눈을 감았을 것이라는 생각이 아래 시 구절을 보면 든다.

"잊지 못할 이 세상을 놓고 떠나려 할 때 '저 하나 있으니' 하며 빙긋이 웃고 눈을 감을 그 사람을 그대는 가졌는가?"

남강이 함석헌에게 끼친 영향은 거의 절대적이다. 남강을 통해 함석헌은 젊은 시절부터 "공(公)을 위하는 마음"과 "조선 독립의 중요성"을 배웠다. 1930년 5월 9일 남강이 임종한 후 함석헌은 그를 회상하며 자신의 심정을 "하나 남은 촛불이 꺼진 뒤의 적막함"에 비유하며 『성서조선』에 이렇게 썼다. "이때껏 저만큼 광휘 있게, 저만큼 뜨겁게, 저만큼 기운차게, 저만큼 참되게 산 이를 보지 못했다."[27]

남강의 죽음은 함석헌에게 마치 "외로운 촛불의 꺼져 버림"과 같았다. 젊은 시절 남강에게서 받은 절대적 영향 때문인지 그의 노후인 1984년 11월 함석헌은 남강문화재단을 설립했다. 말년에는 자신의 유일한 재산인 서울 원효로 집을 남강문화재단에 기부하기도 했다. 아마도 남강은 1930년 5월 9일 아침 음울한 조국의 현실에도 불구하고 젊은 제자 함석헌을 생각하며 "'저 하나 있으니' 하며 빙긋이 웃고 눈을 감"지 않았을까 짐작해 본다. 그래서 그런 무조건적인 애정과 신뢰를 보여준 스승 남강을 생각하며 함석헌은 위 시구를 쓰지 않았을까?

아래 시구는 함석헌이 북한 소련 군정 하에서 고당 조만식의 삶을 생각하고 썼다는 확신이 든다.

"온 세상의 찬성보다도 '아니' 하고 가만히 머리 흔들 그 한 얼굴 생가에 알뜰한 유혹을 물리치게 되는 그 사람을 그대는 가졌는가?"

북한이 일제의 손아귀에서 해방되었을 때, 북한에서 가장 영향력 있는 조직과 인물들은 기독교계 민족주의자들이었고, 이들 중 가장 영향력 있는 민족 지도자는 고당 조만식이었다. 그런 연유로 해방 직후 고당은 북한의 정치 중심지인 평양에서 평남건국준비위원회 위원장으로 선임되었는데, 함석헌은 "해방 후 이북엔 정치적 인물은 조만식 단 하나였다"[28]고 말할 정도다. 당시 북한에서 고당은 이렇게 압도적인 민중의 지지를 받고 있었던 것이다.

그러나 이 상황은 소련의 붉은군대가 평양에 입성하자마자 돌변하기 시작했다. 하루아침에, 소련의 후원과 지지를 받은 공산주의 세력이 기독교 세력을 제치고 무력으로 북한 사회의 전반적

주도권을 장악해 나갔다. 그럼에도 소련 군정은 "원활한 국정의 운영을 위하여" 민족주의 세력의 협조가 절실하였다. 고당의 영향력을 잘 알고 있었던 소련 군정은 고당에게 새로 수립될 정부의 대통령직을 제안하며 모스크바 삼상회의에서 결정한 신탁통치를 지지해 줄 것을 요청하였다. 그러나 고당은 이것을 단호히 거부하였다.

신탁통치 문제로 당시 북쪽에서 김일성 다음 가는 세력가이자 고당의 제자 최용건이 19번이나 그를 설득하러 왔다. 고당의 협조를 얻기 위하여 소련 군정은 때로는 그를 공격하고 달래고 설명하고 공감을 해도 고당은 가만 앉아 듣기만 했다. 그리고 그의 최후의 대답은 언제나 가만히 '아니!'였다. '아니'라고 하는 것이 옳은 줄 분명히 알았다 하더라도, 당시 하늘을 찌르는 막강한 권력인 소련 군정의 총칼 앞에 '아니'라고 하면 칼이 목에 들어올지도 모르는 문제인데, 그런데도 고당은 그저 조용히 '아니'라고 했다. 소련 군정에 순순히 협조하면 그의 나머지 생애는 물질적 풍요와 세속적 권력이 탄탄하게 보장되어 있었다. 하지만 그런 '젖과 꿀이 흐르는 풍요의 길'을 고당은 한 치의 흔들림도 없이 '아니' 하고 부드럽지만 단호하게 거절한 것이다.

함석헌은 그래서 "이보다 더 무서운 영웅이 어디 있나. …… 그 '아니' 한마디를 생각할 때 그것은 벼락보다 무서운 한마디다.

…… 그 조그만 몸속에 그렇게 큰 것이 있었던가!"[29] 라며 고당에 대한 감탄을 금치 못한다. 이런 고당의 모습을 떠올리며 함석헌은, "온 세상의 찬성보다도 '아니' 하고 가만히 머리 흔들 그 한 얼굴 생각에 알뜰한 유혹을 물리치게 되는 그 사람을 그대는 가졌는가?"라고 이 시를 온몸으로 썼을 것이라는 확신이 든다. 그러나 소련 군정에 대해 비협조적인 인사들은 혹독한 '죗값'을 치르게 된다. 결국 고당뿐 아니라, 함석헌 자신을 포함한, 북한의 기독교 지도자들은 1940년 말에 이르러 소련의 지지를 받은 공산주의 세력에 의해 철저히 숙청, 제거되었던 것이다.[30]

하여간 월남 후 서울 오류동에 자리 잡은 함석헌은 나중에 월남한 가족과 지인들의 도움으로 근근이 생계를 이어 나간다. 그는 월남할 당시 남한 사정에 대한 상세한 정보를 갖고 있지는 않았던 듯하다. 1947년의 남한의 사회·정치적 상황 또한 어지럽기는 북한과 마찬가지였다.

당시 남한은 여전히 준봉건 사회였다. 조선 시대 이래 한반도의 영향력 있는 지주들은 대부분 남한에 있었다. 서울은 보수화된 유교의 중심지였을 뿐 아니라 당파 싸움과 권력 추구의 각축장이었다. 또 일제 식민 정권에 우호적이던 지주들 중에는 해방 후에도 친일파 행세를 계속하는 사람들이 있었다. 이들이 일본 식민지 정권에 대해 특별한 애착을 가졌다고는 볼 수 없지만, 적어도 일본

식민 정권의 힘을 빌리거나 친일 행각을 통해 기득권을 유지하고 개인적인 이득을 챙길 수가 있었다.[31]

북한의 소련 군정과 비교하면 남한의 미군정은 남한을 임시로나마 통치할 최소한의 준비조차 갖추지 않았다. 하지 장군을 비롯한 미군정 관계자들은 남한에 들어오기 전까지 한국의 역사, 언어, 문화 등에 대해 아무런 사전 지식이 없었다.[32] 미군정 요원 중 한국말을 할 수 있는 사람이 한 명도 없었다는 것 또한 주목할 만한 사실이다.[33] 이것은 전후 미군정이 일본이나 독일을 통치하는 방식과는 매우 대조되는 지점이다.

미군은 1945년 9월 8일 인천항에 도착했다. 이 자리에서 미군을 환영하러 나간 한국인들에게 일본군이 총을 난사하는 사태가 벌어진다. 5명의 한국인이 즉사했고 9명은 중상을 입었다. 이 사태 앞에서 하지 장군이 한 일이란, 비무장의 민간인 한국인 환영단을 무단 사격한 군인들을 칭찬하고 일본군 장교를 즉석에서 진급시키는 것이었다. 반면 한국인 환영단은 그 자리에서 총칼을 앞세운 일본군에 의해 쫓겨났고, 하지는 한국인들이 없는 가운데 일본인들하고만 환영 행사를 가졌다.[34] 인천항에 상륙한 하지는 『뉴욕타임즈』 기자와 회견하면서 이렇게 말했다. "한국인들과 일본인들 사이에 조그만 사고가 있었습니다. 일본군이 한국인 환영단에 사격을 가했습니다. 본인은 한국인들에게 미군의 상륙을 방해

하지 말고 멀리 떨어져 있으라고 지시했습니다."35) 하지는 이어 이전의 일본 행정부는 계속해서 남한에 주둔하며 질서 유지를 책임질 것이라고 발표했다. 이 성명서를 들은 한국인들 사이에 하지와 미군정에 대한 비판이 확산되기 시작한다. 마침내는 남한의 반미 감정 확산을 두려워한 트루먼 대통령이 하지에게 일본인들을 조속한 시일 내에 해임시키고 한국인들로 대체하라는 지시를 내리기에 이른다.36)

미군정은 이렇게 불길한 조짐 아래 남한을 통치하기 시작했다. 미군정과 밀착되어 있는 것은 친일파들과 지주를 중심으로 한 소수의 극우 세력들뿐이었다. 그리고 이들을 이념적으로 묶어 준 것은 오직 반공주의였다. 미군정의 입장에서는 공산주의에 맞설 수 있다면 친일파라도 얼마든지 이용할 가치가 있었다. 그래서 심지어 스스로 친일파이면서도 친일파를 향한 미군정의 '관대한' 정책이 지나치다고 말하는 이도 있었다. 예를 들어 일제 시대 한국인 순사였던 이형군은 미군 장교 리머 아고(Reamer Argo)한테서 남한의 경찰 창립을 위해 적극적으로 일해 달라는 부탁을 수차례 받았다. "일본 제국주의를 위해 순사 노릇을 했던 본인이 어떻게 해방된 한국의 경찰로 일할 수 있겠습니까. 안 됩니다." 이형군의 대답을 들은 아고는 "당신처럼 일제 시대에 경험 있는 사람이 참가하지 않는다면 누가 하겠소?"37)라고 일축했다. 그런가 하면

1946년에 하지는 또 다른 친일파 군인이었던 김석원에게 "남한 경찰은 잘되어 갑니다. 남한의 경찰은 또한 남한의 군대가 될 것입니다. 당신이 일본 군대에서 일하던 경험을 살려서 남한의 군 창건을 위해 일해 주시오"[38]라고 부탁한다.

이런 과정을 거쳐 1948년 8월 15일 이승만을 초대 대통령으로 하는 남한만의 단독 국가 대한민국이 수립되었다. 같은 해 가을에 이승만은 중국 국민당 장개석의 지지를 받는 김구 세력을 견제하고 그해 9월에 세워진 북한의 인민공화국에 대항한다면서 예의 김석원에게 남한 군대의 총사령관이 되어 달라고 부탁한다. 또 미군정이 그러했듯이 공산주의에 맞선다는 명분으로 수많은 친일파 경찰들을 군과 경찰의 요직에 다시 임명했다. 결과적으로 남한의 군과 경찰뿐 아니라 제1공화국 정부 각처의 요직이 친일파들로 채워지는 결과가 벌어졌다.[39]

1940년대 후반에 이르러 남한 사회는 더 위태로운 상황에 처하게 되었다. 좌우익 테러와 암살이 끊이지 않았다. 한민당의 송진우(1890~1945)와 장덕수(1895~1947), 근로인민당의 여운형(1885~1947), 한국독립당의 김구(1876~1949)는 모두 1945년부터 1949년 사이에 암살을 당했다. 그러나 안두희를 포함한 암살범들은 이승만에 의해 몇 달 뒤 사면되는가 하면 심지어 진급·포상 등 융숭한 대접을 받았다.

이승만은 미국의 자유와 민주주의 상징인 프린스턴대학에서 박사 학위를 취득한 최초의 한국인이었지만, 그의 통치 방식은 중세 전제 군주와 별로 다르지 않았다. 그는 목적을 위해서 폭력을 포함한 온갖 수단과 방법을 다 동원했다. 가령 국회의원 총선거가 있던 1948년에는 이승만이 동원한 정치 깡패에 의해 147명의 정치 운동원들이 맞아 죽었고, 600명 이상이 중상을 입었다.[40] 남한의 시민들은 이승만이 동원한 경찰과 정치 깡패의 테러로 공포에 떨어야 했다. 정적을 가차없이 제거해 버린다는 점에서 이승만은 김일성과 별로 다른 점이 없었다. 1948년 9월과 1949년 5월 사이에 그는 자신의 정책에 비판적인 남한의 주요 신문사 8개를 폐쇄해 버렸다. 1948년 11월에는 국가보안법을 제정하여 민주주의를 열망하던 남한 시민들의 기대를 좌절시켰다. 『서울신문』의 언론인 하경덕을 포함해 많은 언론인들이 국가보안법에 의해서 해직·구금되거나 체포되었다. 1949년 한 해에만 국회의원 16명을 포함해서 무려 11만 8,621명이 국가보안법으로 체포되었다.[41]

성경 공부 모임

양심을 지킬 최소한의 자유를 기대하고 월남한 함석헌이 이승만의 폭력 정치를 목격하고 크게 실망한 것은 당연했다. 그러나 그는 이내 남한 땅에서 할 일을 찾아냈다. 우선 그는 서울대학과 연희전문 학생들을 대상으로 성경 공부 모임을 만들었다. 1948년에는 남한의 전체 씨알을 위해 서울 YMCA와 충정장로교회를 비롯해 부산, 마산, 원주 등 주요 도시를 다니며 정기적으로 일요 종교 강의 모임을 열었다.[42]

함석헌의 성경 공부 모임에 참석한 사람들은 남한의 총체적 부패와 혼란에 실망한 한편 사회 문제에 무관심하거나 냉담한 보수적 교회에 대해 염증을 느낀 씨알들이었다. 공개 강의를 통해 함석헌은 기독교의 사회적 역할을 강조했고, 동시에 이러한 생각을 글로 발표하기도 했다. 말이든 글이든 함석헌의 발언에는 종교적 이해 관계에 얽힌 당파심이 없었다. 그는 열린 마음으로 기독교뿐 아니라 다른 종교도 받아들였다. 그는 성경을 제대로 이해하려면 노자, 공자, 불경도 보아야 한다는 말을 자주 했다. 함석헌이 말하는 종교는 제도로서의 종교가 아니라 삶으로 체현되는 종교였다. 따라서 그는 조직과 외양을 불리고 가꾸는 데 치중하는 기독교계에 대해 비판적인 입장을 취했다.

함석헌은 이런 활동을 펴 나가는 동안 자신의 생각에 동의하는 많은 사람들을 만날 수 있었고, 어느새 남한의 지식 사회에 '함석헌 선생님'으로 이름이 알려지기 시작했다. 안병무, 김용준, 김동길 등이 당시 대학생으로 함석헌을 만나 이후에도 함석헌의 사상적 영향권 안에 들게 되는 사람들이다.

이즈음 함석헌의 스승 유영모도 노장 사상을 포함한 여러 동양 고전 철학을 가르치는 공개 강연을 열었다는 사실을 언급해 두자. 함석헌도 유영모의 강연에 배우는 입장으로 참석했다. 오산학교 시절인 1921년 이래로 함석헌의 스승이었던 유영모는 은둔적인 사상가였다. 일제 시대에나 나중에나 그가 사회·정치 문제에 직접 관여하거나 언급하는 경우는 극히 드물었다. 그 역시 기독교인이었지만 어느 교회 교단에도 속하지 않았고 독학으로 성경과 동양 고전을 공부했다. 그의 이름은 남한 사회에 거의 알려져 있지 않았고, 함석헌을 따라다니는 소수의 그룹이 '함석헌의 스승 유영모' 정도로만 알고 있는 형편이었다.[43]

한편 미군정과 소련 군정은 한반도의 남북한에 각각 3년 정도 머무른 후 이승만과 김일성에게 정권을 양도하고 철수했다. 시간이 흐를수록 남북 간의 갈등은 커졌고 이념 논쟁도 악화되어 갔다. 긴장이 고조될 무렵, 1950년 6월 25일에 전쟁이 시작되었다. 6·25 한국전쟁. 같은 민족끼리 총부리를 겨눈 채 형이 아우를, 아우가 형을 죽여야 했던 비극이 시작되었다. 함께 수도 서울을 지키자던 대통령은 가장 먼저 도망친 뒤 한강 다리를 끊었고, 가엾은 백성들은 끊겨 버린 한강 다리 앞에 주저앉아 목 놓아 울었다. 일본이 떠난 자리에 미국과 소련이 들어오더니, 그들이 떠나자 이번에는 더 많은 나라의 군대들이 들어와 한반도는 전쟁의 불도가

니가 되었다. 서울에서 부산까지 떠밀리는 동안, 함석헌의 눈에 들어온 것은 하나같이 굶주림에 지친 피난민들뿐이었다. 전쟁은 그들에게서 나고 자란 고향을 앗아 갔고, 가족을 앗아 갔으며, 마침내 살아갈 희망까지 모질게 앗아 갔다.

그뿐이 아니었다. 국민의 생명과 재산을 보호하고 지켜 주어야 할 정부가 국민을 학살한 엄청난 사건이 일어났다. 한국전쟁 초기 일어난 국민보도연맹 사건으로 희생된 약 10만 명의 민간인들이 한국 정부의 군경에 의해 학살된 것이다. 보도연맹은 이승만 정권이 좌익 사상에 물든 사람들을 전향시켜 보호하고 인도한다는 명분으로 강제적으로 가입시키는 등 30만 명에 이르렀고 일부는 식량 배급을 타기 위해 가입시켰다. 당시 한국 정부는 북한군의 남침이 시작되면서 보도연맹원들이 북한을 도울 것을 우려해 곳곳에서 학살 행위를 자행하였다. 보도연맹원이었던 김기반(88세)은 "당국이 가입을 강요했지만 우리는 죽음으로 내몰리는 것을 알지 못했다"고 말했다. 충북 청원군에 살았던 그는 전쟁 발발 두 달 만에 보도연맹원 60명이 창고에 갇혀 떼죽음을 당했고 자신은 가까스로 탈출했다고 증언했다. 그러나 이렇게 정부가 주도한 집단 학살을 얘기하는 것은 전쟁 후에도 수십 년간 금기시됐다. 김동춘은 "보도연맹 사건은 20세기 한국의 가장 큰 비극이었다"고 지적할 정도였다. 한국전쟁은 남한에 '반공'을 국시로 하는 정권을, 북한에 반미와 반일을 내세운 전제적인 국가를 남기고 3년 만에 끝이 났다.

함석헌의 성경 공부 모임은 한국전쟁 중에도 전시 수도인 부산에서 이어진다. 1951년 8월 6일부터 11일에는 광주에서 '고난의 극복'과 '예수의 생애'라는 주제로 공개 강연을 열었는데, 그는 이런 자리를 통해 전쟁에 상처를 받고 신음하는 씨알들을 격려하고 위로했다. 이러한 함석헌의 노력은 전후 한국 YMCA 재건 운동에 밑받침이 되었다는 평가를 받고 있다.[44] 다른 한편 함석헌은 틈틈이 힌두교 경전인 『바가바드기타』를 독학으로 연구했다. 전쟁 후 함석헌은 그 연구의 결실을 보아 『바가바드기타』 영문판을 번역, 출판하기까지 했다.[45] 그는 『바가바드기타』를 번역하면서 다른 주요 종교의 경전을 주석에서 폭넓게 다루었다. 이 책에 그가 부가한 주해는 『성경』, 『도덕경』, 『장자』, 『열자』, 『논어』, 『중용』, 『왕양명』, 『대학』, 『맹자』, 『역경』, 『법구경』, 『코란』, 조지 폭스의 『일지』 등의 저작을 망라한다.[46]

400만 명이 죽고 남한에서만 370만 명이 집을 잃었으며 10만 명의 고아를 생겨나게 한 전쟁이 끝난 후 함석헌은 여러 씨알들의 도움으로 가족과 함께 서울로 돌아온다. 비록 가난의 연속이었으나 함석헌의 가족은 최태사를 비롯한 여러 씨알들로부터 도움을 받으며 그런대로 연명해 나갔다. 암담하기로는 전후의 사회 상황이 더했다. 전쟁을 치른 남한 사회는 역설적으로 인권이나 민주주의가 아니라 반공, 안보, 복종 같은 가치들을 맹목적으로 숭배하는 방향으로 나아가고 있었기 때문이다.

이단자

이승만은 정동감리교회의 장로로서 그 나름대로는 열성적인 기독교인이었다. 부통령 이기붕을 비롯한 자유당의 고위 간부들도 거의 대부분이 기독교인이었다. 국회의장도 권사였다. 게다가 장관과 국회의원의 기독교인 비율이 제일 높았다. 당시 국회의원, 고위 관료 중 기독교인의 비율이 각각 21퍼센트, 38퍼센트였다는 수치를 보면 이승만 정권의 부정부패에 기독교인들의 책임이 상당했다는 것을 알 수 있다.[47] 실로 자유당 정권은 부정부패를 강물처럼 넘치게 했고 정치 깡패를 동원한 폭력 정치는 극치를 이루어 결국 4·19를 불러들였다. 이들 이른바 기독교인 지도자들은 비기독교인과 기독교인을 차별하는 정책을 폈다. 예를 들면 이승만은 신학생들에게만 군 복무를 면제시켜 주었다.[48] 또한 국가의 중요 직책에도 기독교인들이 많이 중용됐다. 기독교인의 정부 요직 기용은 미군정 때부터 시작되었지만, 이승만 역시 다수의 기독교인들을 권력 구조에 충원했다. 제1공화국의 19개 부처 장·차관 242명 중 개신교인의 비율은 38퍼센트였으며, 이 가운데 각 부처의 장관 135명만을 대상으로 할 경우 개신교인의 비율은 무려 47.7퍼센트였다. 또 자신의 정권을 강화하는 데 한국 교회 조직의 협조와 지지를 구했고, 자유당을 위해 많은 재정적 후원을 받았다. 자유당은 전쟁 중이던 1951년에 이승만이 만든 정당이었고, 이승만을 위한 정당이었다.

한국 교회 지도자들과 신자들 대다수도 기독교인들에게 특권을 제공해 주는 자유당을 열렬히 지지하는 편에 섰다. 이승만이 정권을 유지해 가는 동안 대부분의 한국 교회는 가장 친정부적인 조직체로서 자유당의 하수인 노릇을 서슴없이 했다. '기독교인 대통령 아래 전국민의 기독교인화'라는 순진한 꿈에 젖은 한국 교회는 부패한 이승만 정권의 가장 강력한 정치적 동맹자였다. 그래서 비기독교인들은 한국 교회를 이승만 정권 혹은 자유당과 동일한 집단으로 보는 경우가 많았다.[49] 이승만 정권을 내놓고 비판하는 기독교인은 아주 드물었다. 함석헌은 그 몇 안 되는 기독교인 중 한 사람이었는데, 그의 직설적인 말과 글은 양심적 지식인들과 대학생들로부터 뜨거운 지지를 받았다. 예컨대 그는 『사상계』 등의 지면을 통해 "종교로써 구원 얻는 것은 신자가 아니요 그 전체요, 종교로써 망하는 것도 교회가 아니요, 그 전체다"[50]라며 한국 교회의 어리석음을 가차없이 비판하고 질책했다.

월남하여 전쟁을 겪는 동안 함석헌은 이승만 정권의 횡포를 질리도록 목격할 수 있었고, 자유당을 등에 업은 기독교인들의 오만 역시 거듭 체험한 바 있었다. 이를테면 자유당 간부들이 기독교인들을 우선적으로 선별해서 미군 구호품을 분배해 주는 것 따위가 그랬다. 사회가 처한 어려움이나 문제점에는 냉담하고 교회의 일과 이익에만 관심을 쏟는 복음주의적이고 '근본주의'적인 한국 교회에 대해 그가 강한 비판 의식을 갖게 되는 것은 자연스러운 결과였다.[51] 동시에 복음주의적이거나 이른바 근본주의적인 기독교인들도 함석헌을 이단시하거나 멀리하기 시작했다. 마침내 1952년 크리스마스, 함석헌은 「흰 손」이라는 시를 발표한다. 이 시에서 함석헌은 예수가 십자가에서 흘린 피가 사람의 죄를 대신 씻어 준다는 정통 교리에 대해 이의를 제기했다. 이 시는 그의 신앙 고백으로 여기서 십자가의 공로로 죄 대속함을 받는다는 교리를 믿기만 하면 된다는 사상에 반대한다. 그리고 그리스도와 인격적으로 하나되는 체험이 있어야 하며 또 그러기 위해선 인격의 자주성을 가지고 스스로 십자가를 져야 한다고 역설한다.[52] 또한 1953년 7월 4일, 함석헌은 시 「대선언」을 발표함으로써 한국 교회에 대해 기꺼이 '이단자'가 될 것을 선언한다.[53] 「대선언」은 함석헌이 기독교를 포함한 어떤 종교 종파에도 속하지 않을 것이라는 종교적 입장을 공식적으로 밝힌 것이다. 그 내용의 일부를 보자.

"내 기독교에 이단자가 되리라. 참에야 어디 딴 끝 있으리오.

그것은 교회주의의 안경에 비치는 허깨비뿐이니라.

……

기독교는 위대하다. 그러나 참은 보다 더 위대하다.

참을 위해 교회에 죽으리라. 교회당 탑 밑에 내 뼈다귀는 혹 있

으리라.

그러나 내 영은 결단코 거기 갇힐 수 없느니라."[54]

　함석헌은 제도화된 기성 교회의 간섭이 없이 진리를 각자의 직
관만으로도 터득할 수 있다고 보았다. 그러나 교회주의나 교회
제도 안에서만 자기 만족을 느끼는 교인들은 「흰 손」이나 「대선
언」에 나타난 그의 종교적 시각을 이해하거나 관용으로 대할 수
도 없었다.

　대부분의 한국 교회 지도자들은 여기에 그치지 않고 이승만이 3
선 개헌을 통해 대통령직을 연장하려 하자 선거위원회를 조직해
이를 거드는 전국적인 캠페인을 벌였다. 이 캠페인에 협조하지 않
거나 참여하지 않은 기독교인들은 이승만 지지파에 의해 '이단
자'로 몰렸다. 이런 면에서도 함석헌은 '이단자'였다. 그러므로 한
국 기독교사 입장에서 제1공화국 시대는 정치·종교적 주도권을
장악한 '기독교 정권' 이승만 일당과 '이단자' 함석헌과의 끊임없

는 대립의 시대로 요약될 수 있을 것이다.

또 한국 교회는 이승만과 자유당으로부터 최대한의 편의와 이득을 얻기 위해 그들끼리도 추잡한 싸움을 그치지 않아 사회 전반에 지울 수 없는 오점을 남겼다.[55] 그런 한편 이승만 정권 아래에서 전국적 규모의 기형적인 부흥회 운동이 파상적으로 일어났다. 기독교적 성분을 혼합한 250여 개의 이른바 '새종교'가 번창하기 시작한 것도 1950년대의 일이었다. 그 가운데 특히 주목할 만한 것으로는 박태선의 전도관 운동, 기복 신앙을 중심으로 한 기도원 운동, 그리고 문선명이 주도하는 통일교 운동 등이 있다.[56] 전도관 운동은 1955년 박태선에 의해 시작되었다. 1950년대와 1960년대를 거치며 전도관 운동은 급속하게 전국적으로 확산되었으며, 이는 기독교의 기도에 의한 소위 신앙 치료법을 종래의 의학적 치료법보다 강조하면서 번지기 시작했다. 1960년대 후반에 이르러 세를 늘린 전도관 운동 세력은 기존 교회들을 추월하거나 심지어 대신할 것처럼 보일 정도였다. 그러나 1970년대에 접어들어 박태선과 그의 가족들이 갖가지 도덕적 스캔들을 일으키면서 교세가 급격하게 감소한다. 헌금의 횡령과 오용, 신앙촌 노동자들에 대한 부당한 대우 등이 그들을 둘러싼 추문이었다.

통일교의 역사는 1940년대 초반 문선명의 고향인 북한에서부터 시작되지만, 공식적으로 뿌리를 내린 것은 1954년 서울에서였

다. 1940년대 북한에서 문선명은 이스라엘교회라 칭하는 자신의
종파를 세웠다. 김일성이 주도권을 장악해 가던 1948년과 1949
년의 정치적 사회적 소용돌이에 문선명은 간통과 간음죄로 각각
수감된 적도 있었다.[57] 1950년 한국전쟁 중 그는 유엔군에 의해
석방된 후 월남해서 서울에 정착했는데, 1955년도 공금 횡령과
성추문 사건으로 투옥되었다. 1970년대 초반에 그는 통일교 본부
를 서울에서 미국으로 옮기면서 반공을 중요한 교리 중의 하나로
강조했다. 그러나 미국에서도 1983년에 탈세 혐의로 청문회를 거
친 뒤 수감된 바가 있었다.[58]

기도원 운동에서는 이른바 기형적인 '병 고치는 은사'를 강조하
는 경우가 많았다. 큰 기도원의 경우는 종합병원처럼 병의 유형에
따라 '전문적'으로 다루는 '전문 기도자'도 있었다. 기도원 측에서
는 치료를 목적으로 찾아온 환자들에게 많은 액수의 헌금을 기대
하기 마련이었고, 기도원의 규모는 점점 커져 갔다.

부흥회 운동은 기도원 운동과 유사성이 많았는데, 본래 부흥회
운동은 복음적인 설교를 통해 한국 기독교를 부흥시키자는 것에
목적이 있었다. 그러나 점차 기도원 운동처럼 '병 고치는 은사'를
강조하는 방향으로 그 성격과 목적이 변질되어 갔다. 부흥회에서
는 최면술 따위를 구사하는 방법으로 환자의 몸에 손을 얹거나 심
할 경우 환자의 몸을 반복적으로 구타해서 치료를 한다고 주장했

는데, 이런 행위는 무당의 행위와 많은 유사성이 있다.[59]

기독교 정권인 자유당 밑에서 전도관, 통일교, 기도원, 부흥회 운동 등의 확산을 목격한 함석헌의 입장은 "예수께서 약속하신 성령은 그 성격이 윤리적인 데 있지 결코 마술적인 능력에 있지 않다"[60]는 말에 잘 드러나 있다. 어찌되었든 1950년대에 기독교 교회와 신자가 눈에 띄게 증가한 것은 사실이다. 그러나 함석헌은 이러한 움직임들을 종교적 부흥 운동이라기보다는 분파적 집단주의 현상으로 보았다. 이런 맥락에서 그는 불교와 유교의 사례를 들어 양적인 면에 치중하는 기독교인들을 따끔하게 경고하는 글을 발표했다.

"교회당 탑이 삼대같이 자꾸만 일어서는 것은 반드시 좋은 현상이 아니다. 그것은 궁핍에 우는 농민과는 아무 관계가 없다. 그들의 가슴 속에 양심의 수준을 높여 주어야 정말 종교인데 이 교회는 그와는 반대다. 교회당 탑이 하나 일어설 때 민중의 양심에는 어두운 그림자가 한 치 깊어 간다. 그렇기에 '예수 믿으시오' 하면 '예수도 돈 있어야 믿겠습니다' 한다. 이것은 악한 자의 말일까? 하나님의 음성 아닐까? 석조전을 지을수록 거지는 도망하게 생기지 않았나?…… 예수가 오늘 오신다면 그 성당, 예배당을 보고 '이 성전을 헐라!' 하지 않을까? 본래 어느 종교나 전당을 짓는 것은 그 역사의 마지막 계단이다.…… 내부에 생명이 있어 솟는 때에 종교는 성전의 필요를 느끼지 않는다. 신라 말에 절이 성하여 불교가 망했고, 고려 시대에 송도 안에 절이 수백을 셌는데 그 후 불교도 나라도 망했고, 이조 때 서원을 골짜기마다, 향교를 고을마다 지었는데 유교와 나라가 또 같이 망했다. …… 그럼 교회당이 늘어가면 망할 것은 누구인가?"[61]

함석헌에게 조직화된 힘이나 권력은 잠재적인 폭력의 근원이었다. 그는 일제 시대와 소련 군정 아래서 직접적인 경험을 통해 맹목적으로 조직화된 힘과 권력이 얼마만한 폭력을 구사하는가를 똑똑히 알고 있었다. 그 폭력에 직접 저항하지는 않더라도 그것을 반성하고 성찰해야 할 종교가 오히려 그런 폭력의 주체를 닮아 가는 것은 참으로 괴롭고 답답한 노릇이었다. 그러나 안팎으로 답답한 가운데에서도 함석헌의 숨을 틔워 준 영적 생활의 동반자가 있기는 있었다. 그 하나는 노장 사상이었다.

"이 몇 십 년의 더러운 정치 속에서도 내가 살아올 수 있는 것은 날마다 노자 · 장자와 대화를 할 수 있었기 때문이다. 내가 만일, '썩 잘함은 물과 같다. 물은 모든 것에 좋게 잘 해주면서도 다투지 않고 누구나 싫어하는 (낮은) 곳에 있으려 한다. 그러므로 거의 도에 가깝다' (上善若水 水善利萬物而不爭 處衆人之所惡 故幾于道. 『도덕경』8장) 하는 노자의 말을 듣지 못했던들 씨알을 잊어버리고 낙심을 했을지도 모르고, 아침저녁으로 장자를 따라 무용(無用)의 대수(大樹)를 아무도 없는 동리나 넓은 광야 (無何有之鄕 廣漠之野)에 심어 놓고 그 옆에 한가히 서성이며 그 밑에 거닐며 누워 잘 줄을 몰랐던들(『장자』, 「소요유(逍遙 遊)」), 이 약육강식과 물량 퇴폐의 독한 공기 속에서 벌써 질식 이 되어 죽었을지도 모른다."[62]

다른 하나는 1955년에 그가 창간한 잡지 『말씀』이었다. 함석헌 은 이 잡지를 통해 자신의 한국 종교와 사회 정치적 문제에 대한 생각을 명쾌하게 밝힐 수 있었고,[63] 그럼으로써 씨알의 자유 의식 과 정의 감각을 일깨우려 했다. 그러한 함석헌의 의도는 다음과 같은 구절에 인상 깊게 나타나 있다.

"자유하지 못하는 사람은 복종할 수 없다. 자유를 알기 전에 한 복종은 짐승의 길듦이지 인격의 순종이 아니다.…… 그렇다, 원수를 사랑해야 한다. 그러나 그것은 자유하는 인격만이 할 수 있다. 노예에게는 도덕이 없다. 자아를 가지지 못한 물건이 어떻 게 누구를 사랑할 수 있겠느냐?[64] 모든 도덕은 자유로운 정신이 있고서 말이지 그것 없으면 도덕이 아니다. 양이 순하기로서니, 강아지가 꼬리를 치고 핥기로서니, 원숭이가 흉내를 내기로서니 어디 거기 인격이 있을 수 있느냐?"[65]

함석헌에게 자유와 정의 없는 사랑이나 복종은 비굴함과 위선에 불과했다. 그는 자유당 정권 아래에서 '사랑과 복종'을 강조하던 한국 교회에 대해 '자유와 정의'의 가치를 강조하는 것으로 맞섰다. 그에게 사랑과 정의, 종교와 정치의 문제는 떼어놓고 생각할 수 없는 관계였다. 그것은 바로 간디의 입장이기도 했다. 함석헌이 '한국의 간디'로 알려진 것은 행적의 유사함뿐 아니라 근본적으로는 이러한 입장의 일치에서 말미암은 것이었다.

실패자

함석헌은 오랫동안 간디를 존경해 왔다. 일찍이 오산학교 학생으로 있을 때 간디가 주관하던 잡지 『젊은 인도(Young India)』를 정기적으로 읽은 바 있을 정도였다. 또한 1924년 로맹 롤랑의 『간디전』을 읽은 이후 평생 간디가 추구한 비폭력 무저항의 길을 따라가고자 노력했다. 그가 간디를 그토록 존경한 이유 중의 하나는 아마도 간디가 대영제국의 조직적인 악을 조직적인 사랑과 비폭력의 힘으로 저항했고 그렇게 해서 인도가 영국에 대항해 바늘 하나 들지 않고 독립을 얻어 낸 예를 보였기 때문일 것이다. 또한 함석헌은 간디가 걸었던 길이 한국인들에게도 들어맞는 길이라고 믿었다.[66] 1948년 간디가 과격파 힌두교인에 의해 암살당한 뒤에는 간디의 글을 더 열심히 읽었고, 1958년에는 간디 공부 모임을 만들기도 했다.[67] 1964년에는 영어판 『간디 자서전』[68]을 한국말로 번역했고, 1981년에는 퀘이커 진영상과 함께 간디의 일기 『날마다 한 생각』[69]을 번역했다. 이처럼 그가 간디에 열중하게 된 까닭은 1969년에 쓴 열렬한 헌사 속에 나타나 있다.

"간디는 현대 역사에 있어서 하나의 조명탄입니다. 캄캄한 밤에 적진 상륙을 하려는 군대가 강한 빛의 조명탄을 쏘아올리고 공중에서 타는 그 빛의 비쳐 줌을 이용하여 공격 목표를 확인하여 대적을 부수고 방향을 가려 행진을 할 수 있듯이 20세기의 인류는 자기네 속에서 간디라는 하나의 위대한 혼을 쏘아올리고, 지금 그 타서 비치고 있는 빛 속에서 새 시대의 길을 더듬고 있습니다. 그는 분명히 인류가 인류 속에서 쏘아올린 혼이었습니다. 그가 있기 위해서는 인도 5천 년의 종교 문명과 유럽 5백 년의 과학 발달과 아시아 아프리카의 짓눌려 고민하는 20억 넘는 유색 인종이 필요했습니다. 그러나 모든 위대하고 아름다운 혼이 그랬듯이, 그도 고통과 시련 없이는 되어 나올 수 없었습니다.

그는 폭발하는 혼이었습니다. 누르면 누를수록 더 일어섰습니다. 그는 비겁을 가장 큰 죄로 알았습니다. 뺏으면 뺏을수록 커졌습니다. 그는 사랑을 모든 선의 근본으로 여겼습니다. 민족주의가 박해하면 민족을 초월해 인도주의에 오르고 인종 차별의 업신여김을 당하면, 모든 종교를 초월해 우주에 섰습니다. 크다 크다 못해 다시 더 용납될 수가 없이 됐을 때 그는 폭발하는 조명탄이 되어 공중에서 타올라, 그 빛 속에 내 편과 대적을 다 비치게 됐습니다."[70]

특히 함석헌은 사회적 불의에 평화적인 방법으로 맞선 간디의 비폭력주의 정신에 매료되었다.[71] 1970년 월간지 『씨알의 소리』를 창간했을 때나 박정희에서 전두환으로 이어지는 군사 독재에 맞서 민주화 운동과 인권 운동을 펼칠 때, 함석헌은 그를 따르는 씨알들에게 항상 비폭력 원칙을 강조했다. 그 결과 과격한 재야 인권 운동가 중에는 함석헌의 비폭력 원칙을 "너무 온건한 방법"이라고 비판하는 경우도 있었다.

함석헌은 간디가 한때 아슈람 공동체(Ashram Community)[72]를 만들어 생활했던 것을 두고 그런 공동체 살림을 부러워했다. 그러던 중 씨알 정만수가 천안의 땅 10만 평을 그에게 기증했고, 함석헌은 1957년 3월 마침내 신학생 홍명순과 함께 씨알농장이라는 이름의 공동체를 거기에 설립하게 된다.[73] 함석헌은 간디가 톨스토이 농장을 설립하여 후진들을 가르치는 한편 인쇄기를 손수 돌려 『인디언 오피니언』을 발행하면서 인도의 독립을 위해 힘쓰던 것을 상기했다. 자신도 씨알농장을 통해 늘 꿈꾸어 오던 대로 종교, 교육, 농사를 묶어 물질 만능의 세태를 벗어난 새로운 삶의 방식을 찾아보겠다고 다짐한다.

> "믿음과 교육과 농사를 하나로 껴붙이어 돈 아니고 사는 세상을 만들어 봤으면 하는 꿈은 언제나 놓지 못하고 가지고 온다. 일제 시대엔 그걸로 싸우려 해 봤고 오늘은 또 그걸로 오늘의 대적과 싸우련다. 오산을 그만둔 것도 그 때문, 송산을 간 것도 그 때문, 인생 대학 이후 용천서 농사를 시작한 것도 그 때문이었다."[74]

씨알농장에서 함석헌의 생활은 아주 검소했고 단순했다. 함석헌과 일꾼들은 매일 새벽 여섯 시에 일어났다. 아침마다 그들은 30분 정도 침묵 명상의 시간을 가졌고, 그런 다음 함석헌이 한 시간쯤 성경 공부를 인도했다. 아침 후에는 농사일을 했는데 쌀, 사과, 고구마, 포도, 배를 키우고 토끼와 닭을 길렀다. 수확물을 시장에 판매하여 한동안은 자급 자족할 수 있었다. 함석헌은 씨알농장에 일주일에 3~4일간 머물고 나머지 시간에는 전국 각지로 공개 강연을 다니는 한편 『사상계』를 포함한 여러 잡지나 신문에 글을 썼다. 1958년 5월 함석헌이 『사상계』에 기고하여 고초를 겪은 「생각하는 백성이라야 산다」라는 명문의 글도 그가 씨알농장에서 농사를 지어가면서 틈틈이 썼던 글이었다.[75] 함석헌은 사람이 "생각을 아니 하는 것이 버릇이 되면 생활이 침체되고 무의한 것이 돼 버린다"[76]고 확신했기 때문에 "생각해야 하는 백성"은 함석헌 그렇게 중요한 화두였던 것 같다. 그 당시 함석헌의 아내와 자녀들은 서울에 거주하고 있었다.

1년에 두 번쯤 농한기인 겨울이나 아주 무더운 여름에는 안병무, 김동길 등을 농장으로 초청해 '씨알농장 수련회'를 개최하기도 했다. 70~80명에 이르는 청년이나 대학생들이 수련회에 참석하려고 전국에서 모여들었다. 특히 씨알농장 일꾼인 홍명순은 함석헌의 평화주의에 영향을 받아 한국 최초의 '양심적 병역 거부자'가 되었다. 그는 "함 선생님은 늘 말씀하셨습니다. '6·25전쟁을 치르고 나서도 나는 한 명의 목사도 전쟁의 잔인함을 비판하는 것을 들어 보지 못했다.' 이런 선생님의 말씀을 들었을 때 나는 징병에 응하기보다는 평화의 길을 택해야겠다고 다짐했습니다"[77]라고 말했다. 결국 홍명순은 양심에 따른 병역 거부로 1년 4개월의 옥고를 치렀다.[78]

공개 강연과 글을 통해 함석헌의 이름이 전국적으로 알려지기 시작하면서 공동체 생활을 희망하는 청년들도 점점 많아졌다. 씨알농장의 전성기에는 50명 정도의 공동체 회원들이 함석헌과 함께 농장에 거주했다.[79] 그런데 점차 문제가 발생하기 시작했다. 씨알농장을 찾은 청년 학생들은 농사일보다는 함석헌 개인에 대한 존경심 때문에 온 경우가 많았다. 그들은 사회·정치·종교 문제에 대한 함석헌의 생각과 의견을 알고 싶어했다. 이들의 대부분은 실제 농사에는 초심자였고 야외에서 흙을 만지기보다는 앉아서 함석헌의 사상을 듣는 데 더 열중했다. 결과적으로 농사를 통해서는 씨알농장의 생활을 지탱할 만큼 수확을 거둘 수가 없게 되었다.

이러한 씨알농장 공동체의 쇠퇴를 미국 뉴욕 주 북부의 이상향적 공동체였던 오나이더 공동체(Oneida Community)의 쇠퇴와 비교해 보는 것도 의미가 있을 것이다. 오나이더는 1848년부터 1870년까지 22년 동안 유지된 공동체였다. 보다 나은 삶을 추구한다는 것이 오나이더 공동체의 이상이었지만, 그 이상의 실현을 위해서는 모든 구성원에게 극도의 심리적 헌신이 요구되었다. 이러한 요구를 충족시키지 못한 채 극단적인 선택의 갈림길에 놓인 공동체 회원들의 삶은 결국 비참한 상태로 전락하였다.[80] 마렌 카든(Maren Carden)의 지적처럼 완전주의자나 이상주의자가 제시한 목표나 이상을 현실에 적용하려 분투하는 일이 반드시 행복한 삶이나 이상적 사회의 실현을 보장해 주지는 않는 것이다.[81] 더구나 1970년대 들어서는 씨알농장에 대한 박정희 군사 정권의 박해가 한층 심해졌다. 군사 정권의 정당성에 대해 거침없는 비판을 가하는 함석헌을 박정희는 달가워하지 않았다. 중앙정보부를 창설한 김종필은 함석헌을 "정신분열증에 걸린 노인네"라고 악평하기까지 했다.[82] 박정희의 하수인들은 씨알농장의 거주자들에게 농장을 떠나라는 협박과 회유를 일삼았다.[83] 만약 박정희 정권이 이런 식으로 탄압하지 않고 그대로 두었더라면 씨알농장은 나중에 대단한 성공을 거두었으리라고 홍명순은 확신한다.[84] 그러나 비효율적인 운영 탓이든 외부의 탄압에 의해서든 간에, 1973년 씨알농장은 빚더미에 올라앉아 문을 닫을 수밖에 없었다.[85] 함석헌은 이로써 한 의미 있는 실험의 '실패'와 더불어 조직가로서 스스로의 한계를 씁쓸하게 체험한 셈이었다.

환영받지 못한 예언자

1950년대 한국 사회에서 가장 영향력 있는 잡지는 월간 『사상계』였다. 지식인과 대학생 계층에 많은 독자를 확보하고 있었던 이 잡지의 발행인 장준하는 광복군 출신으로 상해 임시정부 김구 주석의 비서를 지내기도 했다.[86] 1945년 김구가 중국에서 귀국할 때 수행원 겸 비서로 조국에 돌아온 그는 한국전쟁이 막바지로 치닫던 1953년 4월 부산에서 『사상계』를 창간했다. 『사상계』는 남한 지식인 사회에 커다란 자극과 영향을 미친 반면 이승만과 박정희 정권으로부터는 끊임없는 탄압과 고난을 받았다. 박정희 정권은 『사상계』를 '반품 작전'으로 되돌리는가 하면, 1965년에는 두 차례에 걸쳐 물샐 틈 없는 세무 사찰을 자행해 『사상계』를 고사 상태로 몰아갔다. 급기야 박정희는 1966년에 『사상계』를 영원히 폐간시켜 버렸다. 장준하는 남한 사회의 민주화와 언론 자유를 위한 노력을 인정한 필리핀 정부로부터 한국인으로는 최초로 1962년 8월 막사이사이 언론상을 받기도 했다.

장준하는 함석헌이란 이름을 어린 시절부터 들어 왔다고 한다. 하지만 함석헌을 직접 만난 것은 1950년대 중반에 들어서였다. 『사상계』 발행인으로서 장준하는 함석헌에게 끈질기게 원고 청탁을 했고,[87] 몇 달째 원고를 미루어 오던 함석헌은 1956년 1월에 풍자적인 비평의 글 「한국의 기독교는 무엇을 하고 있는가?」를 기고했다. 그 내용의 일부를 살펴보자.

"한국의 기독교는 무엇을 하고 있는가? 지금 한국 교회는 고혈압이라고 진단할 수밖에 없다. 그렇기에 이런 혼란한 사회를 보고도 아무런 용기도 내지 못한다. 선거 때가 되면 누구를 대통령으로 찍으라, 누구를 부통령으로 찍으라 한다. 참다운 기독교인의 생각으로 이 역사를 바르게 세우려는 노력도 없으며, 기울어

가는 집을 한 손으로 막아 보려는 비장한 결의도 없다. 그러니 힘 있게 할 수 있는 것이 도대체 무엇인가? 지금, 한국의 기독교 는 무엇을 하고 있는가?"

이때는 기독교 정당이라 불리던 자유당의 부패가 극에 달하던 무렵이었고, 전도관과 통일교, 기도원 운동, 부흥회 운동이 기승을 부리던 시점이었다. 함석헌은 이 글에서 점점 기형화하고 교조 적으로 변질되는 한국 교회의 전반적인 문제점에 대해 통렬한 비 판을 가하면서 기독교가 제사적 · '마술적'인 면에서 벗어나 한국 사회의 도덕과 정의를 위해 앞장서야 한다고 역설했다. 종교는 물 론 윤리나 사회 정의 이상의 세계이지만, 윤리 의식이나 현실 감 각이 없는 종교는 미신적이고 편협한 신앙으로 전락하고 만다는 것이 그의 주장이었다. 그러면서 함석헌은 기독교인들에게 도덕 적이고 합리적인 신앙인이 될 것을 권고했다.[88]

이 글로 인해 『사상계』는 하루아침에 10만 부 이상이 팔렸고, 베스트셀러 잡지가 되었다.[89] 장준하는 말한다. "첫눈에 함 선생님 은 부끄러움을 많이 타는 시골 할아버지 같은 모습이었다. 그러나 참 잘생기고 멋있는 노인이었다. 나는 이렇게 온건해 보이고 수줍 어 보이는 시골 촌색시 같은 분이 그렇게 폭풍우같이, 활력 있고 힘찬 글을 쓰셨는지 놀라울 뿐이었다."[90]

『사상계』에 글을 발표하고 약 4개월 뒤인 1956년 5월에 함석헌은 친구들의 도움으로 조그마한 집을 장만할 수 있었다. 이 집은 건평 12평의 원효로 4가에 있던 희망주택으로 무주택자 함석헌의 처지를 안타깝게 여긴 지인들이 지어 주었다. 1980년 4월 최일남은 당시 함석헌의 집을 이렇게 묘사한다. "대지는 넓으나 담도 헐어빠지고, 손질 한 번 안 했는지 일정 때의 구식 기옥처럼 초라하다."[91] 하여간 55세의 나이에 처음으로 마련한 자기 집이었다.

이승만 정권과 한국 교회에 대한 풍자적 비판의 글은 함석헌을 일약 전국적으로 유명한 언론인으로 만들었다. 한완상은 당시 함석헌의 글을 읽지 않은 대학생이 없었을 정도였다고 전한다. 어두울 때, 세상이 캄캄하고 빛을 던지는 이야기를 하는 사람이 없을 때, 무시무시할 때, 그때는 조그마한 빛을 던지는 이야기들이 굉장히 효과가 있었고 그 빛을 던지는 이야기를 한 씨알이 함석헌이었다. 반면에 보수적인 교인들과 자유당 인사들은 함석헌을 비난하기에 여념이 없었다. 그들은 함석헌에게 독설가, 친공주의자, 빨갱이라는 딱지를 서슴없이 붙였고, 함석헌의 말과 글이 대학생들과 진보적 지식층의 호응을 얻을수록 기득권에 위협을 느낀 그들의 적개심은 커져 갔다. 그래도 『사상계』를 통한 함석헌의 발언은 줄기차게 이어진다. 그것은 고난의 역사 속에서 말을 잃어버린 씨알들의 입장을 대변하는 일이었다. 그럼으로써 함석헌은 '벙어리'가 된 씨알들의 입을 열고 그들의 닫힌 영혼을 일깨우려 하였다. 1957년 3월 『사상계』에 실린 「할 말이 있다」라는 제목의 글은 이렇다.

> "우리나라 역사는 벙어리 역사다. 무언극(無言劇)이다. 이 민중은 입이 없다. 표정이 없다. 사람인 이상 입이 없으리만, 있고도 말을 아니하고 자라온 민중이다. 사람인 담에야 속이 없으리만 그 속을 나타내지 않고 온 사람들이다. 할 말이 없어서일까? 아니 있다면 세계 어느 나라의 민중보다 할 말이 많을 것이다. 입으로는 할 수 없는 말을 가슴에 사무치게 가진 사람들이다. 그러면서도 발표할 생각을 하지 않았다. 오천 년 역사라면서 민중의 글자가 생긴 것은 겨우 오백 년 전이요, 순수한 민중 문학이 없는 민족, 민권(民權)의 발달은 전혀 보지 못한 나라……."[92]

민중의 침묵은 험난한 역사 속에서 주눅들고 얼이 빠져 버린 탓인지도 모른다. 동시에 힘없는 민중이 말문을 닫고 속을 감추는 것은 생존에 필요한 최소한의 기술일지도 모른다. 어느 편이든, 침묵은 남에게 자기를 지배할 권한을 양도하는 것을 뜻할 따름이다. 침묵의 역사는 복종의 역사와 궤를 같이한다. 따라서 노예의 역사를 끝내는 일이 저 오래고 무거운 침묵을 깨고 잃어버린 말을 되찾는 일에서 시작되어야 함은 당연하다. 말의 회복은 얼의 복원이고 노예의 자리에서 남과 대등하게 서는 주체로 거듭나는 징표이다. 이런 맥락에서 함석헌은 동시대인들에게 언론과 표현의 자유를 양도할 수 없는 권리로서 지킬 것을 촉구한 것이다. 그것이 고난과 억압의 역사를 민중 스스로의 힘으로 바꾸어 나가기 위한 조건이자 바탕이기 때문이다. 함석헌은 썩은 정권에 빌붙지 말고, 깊은 잠에서 깨어나라고 교회를 나무랐다. 그리고 부패한 정권에 짓눌려 힘겨워하는 씨알들에게는 하늘의 생명을 받은 존재답게 당당하고 떳떳하게 살라며 당부했다. 함석헌은 자기 역사를 스스로 만들어 갈 힘과 슬기를 갖추지 못하는 한 남과 북의 백성들은 해방이 되었어도 여전히 '나라 없는 백성'의 처지를 벗어날 수 없다고 보았다. 1958년 8월 『사상계』에 기고한 유명한 글 「생각하는 백성이라야 산다」가 담고 있는 생각이 바로 그것이다. 「생각하는 백성이라야 산다」에서 함석헌은 한국전쟁에 대해 처음으로 꼬집었다. 이 글이 나오기 전까지는 누구도 한국전쟁의 비극에 대해 이야기해 본 적이 없었다. 반공 교육이 그 어느 때보다 심하고 요란하던 시절, 함석헌은 이렇게 말하며 호되게 야단쳤다.

"한국 민족은 이성을 회복하라. 한국전쟁에서 형제를 죽이고 받은 훈장이 무슨 훈장이냐! 전쟁이 끝난 뒤 서로 이겼다고 하지만, 형제 싸움에 무슨 승리가 있단 말이냐. 우리 민족의 비극에서 사람들은 눈을 떠라. 우리가 일본으로부터 해방이 됐다 할 수있으나 참 해방은 조금도 된 것 없다. 도리어 전보다 더 참혹한것은 전에 상전이 하나였던 대신 지금은 둘 셋이다. 일본 시대에는 종살이라도 부모형제가 한 집에 살 수 있고 동포가 서로 교통할 수는 있지 않나? 지금 그것도 못해 부모 처자가 남북으로헤어져 헤매는 나라가 자유는 무슨 자유, 해방은 무슨 해방인가? 남한은 북한을 소련, 중공의 꼭두각시라 하고, 북한은 남한을 미국의 꼭두각시라 하니 남이 볼 때 있는 것은 꼭두각시뿐이지 나라가 아니다. 우리는 나라 없는 백성이다."[93]

이뿐만이 아니었다. 함석헌은 전쟁이 났을 때 서울 시민을 버리고 도망간 이승만 정권을 정면으로 나무랐다. 얼마나 부끄러운 일인지 스스로 반성하라며 거침없이 비판했다. 결국 이승만 정권은함석헌을 그냥 두지 않았다. 특별히 "우리는 나라 없는 백성"이라고 말하는 함석헌의 글을 이승만과 자유당 정권은 용납할 수 없었다. 그는 국가보안법 위반으로 체포되어 일제 시대 순사를 하던경찰에게 뺨을 맞고 몸이 밧줄에 묶힌 채 거꾸로 매달려 매를 맞는 고초를 견뎌야 했다.[94] 일제 강점기 그리고 북한의 공산당 치하에서 감옥살이를 하던 그가 이제 '자유 대한'이라는 곳에서도 감옥살이를 하게 된 것이다. 그러나 그를 잡아 가둔 사람들은 공산주의와 관련된 혐의를 찾으려고 혈안이 되었지만, 함석헌은 20일 뒤 석방된다.

함석헌은 이렇게 현실에 대한 비판을 멈추지 않으면서 한편으로 종교적 사유를 정련시키는 데에도 게으르지 않았다. 이승만 정권 아래서 함석헌의 기독교 중심주의적 혹은 성경 중심적 사고가 보편적이며 다른 종교에 대해 관용적인 경향으로 변모하게 되었음을 살핀 바 있다. 함석헌에게는 이제 기독교만이 유일한 참 신앙이 아니고 성경만이 진리를 대표하는 유일한 경전이 아니었다. 이러한 변모는 과거에 펴낸 책 『성서적 입장에서 본 조선 역사』를 1961년에 대폭 개정하는 데서도 나타난다. 책의 제목부터 『뜻으로 본 한국 역사』로 바꾸는 개정 작업에 임하던 심경을 함석헌은 이렇게 밝혔다.

"1961년에 그 셋째 판을 내려 할 때에 나는 크게 수정을 하기로 하였다. 고난의 역사라는 근본 생각은 변할 리가 없지만 내게는 이제는 기독교가 유일의 참 종교도 아니요, 성경만 완전한 진리도 아니다. 모든 종교는 따지고 들어가면 결국 하나요, 역사 철학은 성경에만 있는 것이 아니다. 나타나는 그 형식은 그 민족을 따라 그 시대를 따라 가지가지요, 그 밝히는 정도의 차이는 있으나, 그 알짬되는 참에 있어서는 다름이 없다는 것이다. 여기 곁들여서 내 태도를 결정하게 한 것이 세계주의와 과학주의다.…… 모든 교파주의적인 것, 독단적인 것을 없애 버리고 책이름도『뜻으로 본 한국 역사』라고 고쳤다. '성서적 입장'이라는 대신 '뜻으로 본'이라고 붙일 때에 나는 여러 가지로 생각하였다. 많은 기독교인 더구나 무교회 신자들을 섭섭하게 할 것과 심하면 거침돌이 될 것까지 생각하였다. 그러나 나는 이제 기독교인만 생각하고 있을 수 없다 그들이 불신자라는 사람도 꼭 같이 생각하지 않으면 안 된다."[95]

1930년대『성서적 입장에서 본 조선 역사』를 쓸 때의 함석헌은 민족주의자였지만 그 후 태평양전쟁과 한국전쟁을 체험한 함석헌은 탈국가주의, 탈민족주의자로서 성숙된 세계 평화의 길을 왜 인류가 택해야 하는지 그 이유를 역설한다. "국가주의·민족주의는 인간이 아직 어린 시절 한때 우리를 이끄는 선생이었다. 그러나 이제 인류는 그 정도를 지나쳐 자랐다. 그러므로 이제는 이것이 죄악이다. 청산해 버려야 한다."[96] 그래서 함석헌은 이제 민족주의 시대가 지나갔음으로 인류가 유아기 시절의 민족관을 버리고 민족을 넘어서서 세계를 포용하는 세계와 우주 전체관을 가져야 할 것을 선포한다.[97] 그리고 그 전체는 곧 함석헌에게 기독교

인들만이 아니라 인류 사회 전체이자 절대자 하느님 자신이었던 것이다.[98]

형제가 서로 죽이는 한국전쟁과 기독교 정권이랄 수 있는 이승만 정권을 겪고, 함석헌은 『성서적 입장에서 본 조선 역사』의 "성서적 입장"을 『뜻으로 본 한국 역사』에서는 "뜻으로 본"으로 가차 없이 바꾸어 버린다. 이런 함석헌의 '바꿔' 사건을 놓고 함석헌이 외로워서 인기영합주의(Populism)에 편승한 것이라는 지적도 있다. 한 양심적 지성인의 발언이 한때는 대중으로부터 뜨거운 열광과 지지를 받을 수도 있다. 하지만 또 때로는, 똑같은 발언이, 대중으로부터 철저한 냉대, 냉소, 소외와 질책을 받을 수도 있다. 그래도 그 지성인이 정말 '양심적' 인물이라면, 그는 대중의 반응에 연연하지 않고 그저 해야 할 말을 하고 써야 할 글을 쓸 것이다.

예수의 나귀 탄 예루살렘 입성을 놓고도 여러 반응이 있었다. 초라한 입성에 실망한 시각, 마침내 '해방자 예수'의 도래를 믿고 승리의 감격에 열광하는 시각, 새로운 권력 쟁탈자의 등장으로 보고 경계하는 시각 등등. 그러나 어쩌면 이런 시각들은 예수 자신과는 아무 상관이 없다. 인간은 한 사건에 대해 여러 해석을 내릴 수 있고 그래서 또한 해석은 자유의 영역이다. 그러나 최소한 내가 아는 예수는, 그저 "아버지의 뜻"이라서 "그 뜻을 이루고자" 예루살렘 입성을 한 것뿐이다. 내가 아는 함석헌도 마찬가지다. 내가 아는 함석헌은, 자신의 말과 글이 씨알의 찬사를 받건 비웃음을 받건, 권력자가 좋아하건 저주하건, 그는 단지 "하나님의 발길에 채여서", "공(公)을 위하는 마음으로" 말을 하고 글을 쓸 뿐이다. 1960년대의 함석헌은, "이제 기독교인만 생각하고 있을 수 없고 그들이 불신자라는 사람도 꼭 같이 생각하지 않으면 안 되는", 편애를 벗어나야 하는 단계에 오게 된 것이다.

함석헌이 『성서적 입장에서 본 조선 역사』를 『뜻으로 본 한국 역사』로 고쳐 쓰던 1961년 겨울, 기독교 사상가 함석헌이 서울 근교에 흔한 개신교 기도원이나 서울 시내 지인 사무실보다는, 고려의 문화유산 〈팔만대장경〉이 보존되어 있는 합천 해인사를, '바꿔 사건'의 산실(産室)로 선정한 것도 그저 우연은 아닐 것이다. 해인사 경내를 거닐며 그는 불교와 기독교, 동양과 서양, 도시와 산골 등의 주제를 놓고 여러 생각의 나래를 펼쳤을 것이다. 그러다가 때는 겨울이니 한나절 눈이 내렸을 것이다. 그때 경내 구석구석 조용히 떨어지던 눈을 가만히 응시하며 통찰력과 감수성이 남다른 함석헌이 갑자기 이런 영감을 받지 않았을까? "눈은 어디든지 내린다. 더러운 곳이라고 피하지도 않고 깨끗한 곳이라고 더 내리지도 않는다." 마찬가지로 "하느님은 해가 악인과 선인에게 다 같이 비치게 하시고 의인과 불의한 인간에게 똑같이 비를 내려주신다."[99] 이런 단순하고 평범한 자연 현상의 원리에서, 함석헌은 편파적보다는 보편적, 배타적보다는 포용적 사랑의 원리, 우주 근본의 원리를 깨달았을 것이다.

그런 사색과 깨달음을 겪은 후에 함석헌은, 기독교 색채가 강하긴 하지만 그래도 기독교적 입장을 떠나 우리 역사를 되돌아보게 하는 『뜻으로 본 한국 역사』를 생산해 냈다. 1930년대, 나라가 일본의 총칼 아래 있을 때는 기독교도로서 민족의 앞날이 무엇보다 중요했다. 그러나 1940년대, 1950년대를 거치면서 일본과 독일이 멸망하는 것과 민족상잔인 한국전쟁을 겪고는 함석헌의 생각이 바뀌었다. 제 나라, 제 민족만 앞세우다가는 전쟁밖에는 일어날 게 없었다. 게다가 기독교를 편들던 자유당 정권이 썩어 가는 것을 보고도 생각이 바뀌었다. 이제 함석헌은 모든 종교를 동등하게 대접하지 않고 어떤 특정 종교, 이를테면 기독교만 특별하게 여기는 것에도 찬성할 수 없었다. 그래서 함석헌이 대폭 수정한 『뜻으로 본 한국 역사』는 『성서적 입장에서 본 조선 역사』에 비해 기독교의 보편성을 강화해 나간 함석헌의 사상적 흐름을 엿볼 수 있다. 『뜻으로 본 한국 역사』는 그래서 비록 함석헌의 사관이 기독교 역사관에서 출발했지만 궁극에는 어느 한 종교의 한계를 극복하고 보편-총체적 사유의 지평선에 다다른 그의 정신 여정을 보여준다.

1930년대 일본 군국주의가 팽창해 가는 시기에 자아발견, 민족 정체성 붕괴 위협을 느낀 함석헌은 민족주의를 강조할 수밖에 없었다. 그러나 제2차 세계대전에서 국가지상주의, 국익이라는 대명제하에 전쟁을 불사하는, 제국주의 국가들의 모습을 보고 함석헌은 민족주의와 국가지상주의의 모순을 발견한다. 그래서 "나는 민족주의는 아닙니다. 세계주의입니다. 하지만 아무리 세계라도 인격 없는 역사, 문화는 없을 것입니다. 그리고 인격은 특정적이지 일반적이 아닙니다. 세계의 일원이 되기 위해 나는 나여야 할 것입니다"[100]는 고백을 선포한다. 나와 내 가족, 내 문화, 내 문명이 귀한 것처럼 남과 남의 가족, 문화, 문명이 동등하게 귀하다. 한국인에게 김치가 소중하듯이, 영국인에게 치즈가 소중하다. 내 종교, 나라, 민족이 소중한 것처럼, 남의 종교, 나라, 민족이 똑같이 소중하다는 깨달음을 함석헌이 『뜻으로 본 한국 역사』를 통해 오늘 우리들에게 제시해 주었다. 이렇게 함석헌은 식민 사관과 민족주의 사관을 보편주의 사관으로 극복하였던 것이다.

지구 공동체로서 타문화와 이웃처럼 더불어 살 수밖에 없는 좁아지는 세계 속에서 이제 나 혼자만이 잘살 수는 없고 타문화권 사람들에게 내 문화와 가치관만 강요할 수는 없다. 이타주의, 포용주의가 어쩔 수 없이 이 시대의 갈등과 문명 충돌을 풀 수 있는 최대의 열쇠다. 그래서 함석헌은 일찍이 '같이살기운동'을 펼치며, "공동 훈련 안 하면 씨알 노릇 못한다"고 역설하고 한때는 씨알 공동체를 세우기도 한다. 노자가 "도가 어디 있는가? 전체에 있다" 한 것처럼 함석헌은 "모든 것은 전체의 제단에 바쳐서만 보존 될 수 있다"[101]고 역설한다. 그렇기에 노자의 '도'는 또한 함석헌의 같이살기운동과 맥을 같이한다. 이렇게 함석헌은 몇몇 집단이나 사람만을 위한 특별한 가치보다, 수많은 씨알이 공감할 수 있는 보편적 가치가 더 중요하다도 느꼈기에, 다른 종교와 이념을 가진 사람들도 기꺼이 포용하고 그들과 가까이 대화했다.

함석헌은 근본적 기독교인들이 선민(選民) 의식에 사로잡혀 자신이 믿는 종교만이 최고라 여기며 타종교를 이단, 사탄시하는 일을 제국주의 종교 형태라고 역설하며, 편협한 종교관에서 벗어나야 할 것을 강조하였다. 끊임없는 자기반성과 성찰이 없는 편파적인 종교는 궁극적으로는 보편주의라는 역사의 용광로에 녹아 없어지고야 말 것이기 때문이다. 함석헌은 말한다. "사회 구원 없이 개인 구원 없다. 다 같이 가는 데가 어디일까? 의인, 죄인, 문명인, 야만인을 다 같이 구원하는 것이 무엇일까? 유신론자, 무신론자가 다 같이 믿으며 살고 있는 종교는 무엇일까? 그래서 한 소리가 '뜻'이다"[102] 라고.

또, "성당·법당 안에서만 경건하고 눈물 나고, 나오면 곧 말라버리는 그런 믿음, 우주 하나를 찢어 열 개 스무 개로 만드는 종교, 몇 사람을 행복하게 하기 위하여 대부분의 불쌍한 사람을 영원히 가두어 두려고 지옥을 마련하는 종교, 그런 따위 귀족주의 종교는 이 앞으로는 사라져야 한다"고 역설한다.[103] 부분보다는 전체를 바탕으로 한 통합적 사고와 포괄적 전망, 기독교를 바탕으로 하고 있지만 편협하거나 독선적이기보다는 다름을 아우르는 관대함을 『뜻으로 본 한국 역사』는 강조하고 있다.

함석헌은 다양한 종교를 보편적 시각에서 포용하려는 노력으로 기독교의 아가페(인간에 대한 신의 사랑)나 로고스(하느님의 말씀)를 노자의 도(道), 공자의 인(仁), 석가의 무한(無限) 개념과 동일시했다.[104] "하나님의 영(靈)을 공자의 인(仁), 노자의 도(道), 힌두교의 브라만(범〔梵〕 – 우주의 근본 원리) 등 탈인격적 개념으로 생각할 수도 있다"[105]는 발언 역시 같은 맥락에 있다. 함석헌은 또 말한다. "너도 나도 기독교도도 이교도도 다 같이 더듬어 가는 이 길이지, 찾아가는 아버지지 나만 아들이란 게 어디 있어요? 그것은 우리가 어릴 때 어린 소견에 열심히 하라고 내가 너만을 아들이라 했습니다만, 장성한 담에는 나만이 아들이 아닌 줄을 알아야 아들 노릇을 할 것입니다."[106] 함석헌은 신을 인격적인 개념으로 생각하는 고대인들의 영향이 오늘날에도 잔존하지만 미래에는 그런 경향이 달라질 것이라고 보았다. 그러면서 탈인격적이고 초월적인 하느님의 존재는 여러 형태로, 다시 말해 신앙심이나 삶의 활력, 의지(意志), 본디 그대로의 오염되지 않은 자연, 영화(靈化),

완전하기를 갈망하는 인간의 욕구, 영원성을 추구하는 마음 등으로 현실 속에 표현될 수 있다고 생각했다.[107] 함석헌의 이런 하느님관에서 우리가 엿볼 수 있는 것은 노자의 영향이다. 노자는 최고의 궁극적인 것(하느님)은 탈인격적 존재이고, 이러한 궁극적인 존재는 인간에 의해 관찰되거나 규정될 수 없다고 보았다. 중국인 노자와 유대인 예수의 가르침 사이에는 시공간의 차이만큼이나 많은 공통점과 유사성이 있다. 두 인물의 시대 사이에는 500년 이상의 시대 차이가 있었고, 중국 황하(黃河) 문명과 중동 히브리(Hebrew) 문명 사이에는 문화의 차이도 컸었다. 그럼에도 노자와 예수의 가르침 사이에는 놀랍게도 많은 공통점과 유사성이 있다. 함석헌이 기독교인으로서 노장 사상에 심취된 것을 이해하기 위해서도, 시대와 문화의 차이를 넘어선 궁극적인 진리를 이해하기 위해서 노자와 예수 사이에 가르침의 유사성을 함께 살펴볼 필요가 있다. 몇 대목만 예를 들어 보자.

> **노자** "힘을 하나로 집중해서 유연함의 덕목을 성취한 자는 어린아이와 같이 되지 않을까?"(『도덕경』 10장)
> **예수** "너희가 변화되어 어린아이와 같이 되지 않으면 결코 하늘나라에 들어가지 못할 것이다."(「마태복음」 18: 3)[108]

노자 "선한 이들을 나는 선하게 대해 준다. 선하지 않은 이들은 어떻게 하냐고, 역시 선하게 대해 주지."(『도덕경』 49장)

예수 "원수를 사랑하고 너희를 핍박하는 사람들을 위해 기도하라."(「마태복음」 5 : 44)[109]

노자 "크고 강한 것은 낮은 데 처하게 될 것이다. 부드럽고 약한 것은 높은 데로 올리울 것이다."(『도덕경』 76장)

예수 "누구든지 자기를 높이는 사람은 낮아지고 자기를 낮추는 사람은 높아질 것이다."(「누가복음」 18 : 14)

노자 "현명한 이는 자신을 뒤에 놓지만, 앞에 처하게 됨을 발견한다."(『도덕경』 7장)

예수 "누구든지 으뜸이 되고 싶은 사람은 모든 사람의 끝이 되고 모든 사람의 종이 되어야 한다."(「마가복음」 9:35)

노자 "부유하고 높은 자리 에 있는 이가 교만하면 불행을 자초한다."(『도덕경』 9장)

예수 "재산이 많은 사람은 하나님의 나라에 들어가기가 정말 어렵다."(「누가복음」 18:24)

노자 "자신을 정당화하지 않는 이는 탁월한 이다."(『도덕경』 22
  장)

예수 "너희는 사람들 앞에서 곧잘 옳은 체한다. 그러나 하나님께
  서는 너희 마음을 아신다."(「누가복음」 16:15)

노자 "폭력을 쓰는 이는 화를 당해 괴롭게 죽을 것이다."(『도덕
  경』 42장)

예수 "칼을 쓰는 사람은 다 칼로 망한다."(「마태복음」 26:52)

노자 "하늘이 구하고자 하는 이는 사랑으로 보호받는다."(『도덕
  경』 67장)

예수 "남에게 자비를 베푸는 이들은 행복하다. 하나님도 그들에
  게 자비를 베풀 것이다."(「마태복음」 5:7)

노자 "내 말은 아주 이해하기 쉽고, 실행하기도 쉽다."(『도덕경』
  70장)

예수 "내 멍에는 메기 쉽고 내 짐은 가볍다."(「마태복음」 11:30)

이렇게 노자와 예수 가르침 사이의 다양한 공통점과 유사성을
고려하면, 함석헌이 왜 동서양 종교의 본질을 같은 것으로 이해했

고 보편적 시각에서 포용하려고 했는지 이해할 만도 하다. 함석헌은 이러한 연관에 근거하여 자신의 글에 『성경』과 『도덕경』을 나란히 인용하기도 했다. 그럼으로써 그가 강조하려던 것은 기독교뿐 아니라 다른 종교를 통해서도 진리에 이를 수 있다는 관점이었다. 진리는 끊임없이 변하는 것, 그래서 시간이나 공간의 벽 속에 가두어 둘 수 없는 것이다. 그러므로 진리를 포착하기 위해서는 고정 관념을 깨는 탄력적인 사고가 요구된다. 그러나 대부분의 사람들은 남이 이미 만들어 놓은 방법이나 고정되고 교조적으로 변해 버린 교리를 통해서 진리에 접근하려 한다. 기성 교회의 교리는 수직적 서열에 바탕을 둔 중세 신분 사회의 유산이다. 현대 사회의 종교는 이런 유산을 비판적으로 성찰하면서 자유, 평등 같은 동시대적 가치를 호흡해야 하는 것이 당연하다.

그러나 기독교 중심주의로부터 이탈하여 노장 사상이나 동양 철학을 통해서 기독교의 본질과 하나님의 개념을 재조명하려는 함석헌의 시도는 대부분의 교회 지도자들에게 환영받지 못했고, 때로는 심한 경멸과 비방을 감수해야 했다. 그들이 보기에 기독교인에게는 응당 기독교가 중심이어야 하고 인간의 영혼은 오직 기독교의 하느님에 의해서만 구원받는 것이었다. 그런 생각을 가진 이들에게 함석헌은 타락한 인간, "십자가를 버린 이단자, 기도하지 않는 이단자, 너무 동양적인 이단자"라는 낙인이 찍혀 마땅한 존재였다.[110] 이러한 맥락에서 『사상계』 1957년 3월호, 5월호, 6월호, 7월호에 걸쳐 함석헌과 가톨릭 신부 윤형중 사이에 이른바 '종교관 논쟁'이 벌어지기도 했다. 함석헌은 자신에게 주어진 비판과 몰이해, 근거 없는 비방에 대해서 이렇게 항변한다.

> "나는 십자가를 부정하지 않는다. 단지 십자가는 멀리서 단순히 우러러 보는 것만이 아니라, 우리 삶 속에서 져야 한다는 것이다. 나는 기도를 게을리하지 않는다. 나는 단지 남 앞에서 공식적으로 하는 기도는 텅 빈 형식이 되기 쉽다는 것이다. 그러므로 남 앞에서 보란 듯이 하는 기도는 가능한 피하자는 말이다.…… 나는 소위 동양적인 것을 거부하는 교회와 대항해 싸울 각오가 돼 있다. 유교와 불교에 대한 거의 모든 반대는, 그 종교에 대한 깊은 이해에서보다는 얕은 교단주의에서 비롯되었다는 것이다."[111]

함석헌에게 십자가는 단순히 기독교를 통한 구원을 나타내는 외면적인 표상이 아니라 내재적인 가치에 결부되어 있는 것이었다. 삶 속에서 십자가를 진다는 말은 하느님의 가르침을 삶 속에서 실천한다는 것을 뜻했다. 또 기도는 말이나 입술로 하는 것이 아니라 몸과 살림으로 하는 것이었다.[112] 따라서 함석헌에게는 공개 석상에서 소리를 내어 하는 제사적 기도나 십자가의 외면적 가치를 강조하는 것이 겉치레의 형식주의에 지나지 않았다.

형식주의에 대한 반대는, 앞서 인용한 글에도 표명된 바 있는 함석헌의 과학주의와 맥이 통한다. 기독교를 과학적 입장에서 보려는 함석헌의 시각은 초기에는 웰스의 『세계사』에 영향을 받았지만, 1960년에 샤르댕(Teilhard de Chardin)의 『인간현상(The Phenomenon of Man)』을 읽고 공감하는 가운데 더욱 정비되었다.[113] 함석헌도 이성과 신앙, 과학과 종교의 통합을 추구하였다. 함석헌이 이해하는 신앙과 종교의 세계는 비이성적이거나 몰상식한 어떤 것이 아니라 오히려 이성과 과학의 끝에서 시작하는 세계였다. 그래서 종교가 과학을 억압하지 않고 자유롭게 해야 하며 그래서 종교와 신앙은 이성과 과학의 영역을 넘어서 존재하는 것이라 보았다. 레이저(laser)의 발명자이며 2005년 노벨상 수상자인 찰스 타운스(Charles H. Townes)도 과학과 종교는 상호 대립하는 것이 아니라 대부분의 사람들이 생각하는 것보다 훨씬 더 비슷하며, 상당히 평행한 것처럼 보이지만, 결국 과학과 종교는 하나로 모아질 것이라고 보았다.

독일의 칸트나 스코틀랜드의 경험주의자 흄, 프랑스 계몽주의자 디드로, 플로렌스의 철학자 베카리아(Cesare Beccaria) 등은 과학이 진보하면 종교는 후퇴할 것이라고 믿었던 사람들이다.[114]

반면 샤르댕은 종교와 과학, 자신의 기독교적 비전과 과학의 진화론적 입장을 철학적으로 종합하려고 했다. 샤르댕에게 진화란 인간이 육체뿐 아니라 영적으로 발달하는 과정을 의미하는 것이었다. 이러한 인간 진화의 최극점 상태를 샤르댕은 끝점(Omega Point)이라고 불렀는데, 이 끝점은 끊임없이 창조자(하느님)를 향해 움직이는 것이었다. 이처럼 과학적인 동시에 신학적인 비전을 가진 샤르댕은 현실의 교회에 대해서는 비판적이었다. 교회의 교리가 지닌 정체성, 인간의 역사, 우주, 인류의 구원과 창조자의 초자연적 은혜와의 상호 연관성을 교회의 교리를 통해서는 이해하기 힘들다는 것이 그의 생각이었다.[115] 이러한 샤르댕의 사상은 제도 교회를 비판하면서 기독교와 다른 종교들의 화해 혹은 융합에 골몰하던 함석헌에게 시사하는 바가 적지 않았을 것이다. 샤르댕이 자신이 신부(神父)로 있던 가톨릭 교회와 예수회로부터 비난과 질책을 받았다는 사실도 함석헌의 공감을 더해 주는 요소였는지 모른다.

"종교도 살아 있는 역사의 짐, 인류의 짐을 지지 않는 한 무익한 것"[116]이라는 믿음과 함께 서로 다른 종교들 사이에 길을 트려고 한 이 시기 함석헌의 노력은 대부분의 한국 기독교인들에게 최소한 10년 동안은 받아들여지지 않았다. 함석헌의 사상이 민중신학의 등장과 더불어 내용적으로 구체화되면서 대중에게도 서서히

이해되기 시작하는 것은 1970년대 초반에 이르러서야 가능한 일이었다.[117]

'죄인'이 되어

여기서 잠시 짚고 넘어갈 사항이 있다. 그것은 함석헌 자신이 1960년에 저질렀다고 고백한 바 있는 '죄'에 관한 것이다. "나는 전혀 변명의 여지가 없는 죄를 범했습니다.…… 내게 잘못이 있습니다.…… 여성 문제에서 잘못한 것입니다."[118] 군사 정권의 사주를 받아 쓰였다고 믿어지는 『함석헌 이럴 수가!: 거짓 예언자 함석헌』에 의하면, 그가 여성들과 정사를 가진 것으로 묘사되어 있다. 당사자들이 침묵했기 때문에 그 정확한 내용은 알 수 없지만, 어떻든 이 문제로 함석헌은 무수한 질타를 받았다. 오랜 스승이었던 유영모는 함석헌을 이 문제로 공개 석상에서까지 거침없이 비판하기도 했다. 1981년에 운명하기까지 유영모는 함석헌을 결코 용서하지 않은 것으로 알려져 있다. 이것은 함석헌에게 큰 충격이었다. 더욱이 함석헌을 따르던 사람들 중에서도 그의 이성 스캔들에 많은 충격을 받았고 그로 인한 실망감, 분노 그리고 비애감에 그를 멀리하기도 했다.

함석헌은 유영모를 그냥 선생님이라고 할 정도였고, 유영모도 함석헌을 제일 아끼고 사랑하는 제자로 기대를 걸었다. 그렇게 가깝던 두 사람 사이에 금이 가고 멀어지는 사건이 생겼던 것은 함석헌이 젊은 여성을 사랑한 연애 사건 때문이었다. 시기는 1960년대 초였다. 함석헌은 깊은 기독교 신앙과 높은 지조를 지키려고 노력하며 강한 정신력과 섬세한 시적 정서를 가진 사람이어서 강연과 문장이 사람의 혼을 일깨우고 매료시키는 힘을 가졌다. 그런 점 때문에 이 여성은 한 세대가 넘는 나이 차이에도 불구하고 함석헌을 크게 존경하고 애정을 느꼈던 것 같다. 서영훈은 함석헌에게 이러한 이면이 있는 것을 안 장준하를 비롯한 지인들이 "함 선생과 그 여인을 떼어 놓기 위해 많은 애를 썼다"고 한다. 그러나 그 여인의 증언은 다르다. 그 여인은 장준하 선생이 오히려 자신을 "깍듯하고 예의바르게" 대해 주었다고 이야기한다.[119]

하여간 이러저러한 전후 사정을 듣게 된 유영모는 매우 분노하고 세상에 대해서까지 비관하게 된다. 서영훈은 유영모가 자주 '함석헌이 이럴 수 있는가'라고 한탄하는 것을 여러 번 보고 위로의 말을 한 적이 있다. 유영모를 따른 많은 제자들 사이에는 이 일로 함석헌을 비난한 사람도 적지 않았다. 서영훈이 '다석 류영모 사상연구회' 회장으로 있을 때인 1984년 흥사단 강당에서 유영모 추모 모임을 가졌을 때 함석헌이 와서 추모사를 한 적이 있다. 그때 함석헌은 "스승에게 죄지은 것이 많다"면서 많이 청중 앞에서 눈물을 보이기도 했다. 그리고 그 자리에 있던 일부 청중들은 함석헌을 비판하기도 했다. 서영훈은 말한다. "인간은 누구나 100퍼센트 완전할 수 없다. 어떤 위대한 인간도 잘못을 할 수 있고, 뜻밖의 실족을 하여 흠이 갈 수 있는 것이다. 함 선생이 톨스토이나 어거스틴처럼 말년에 참회록을 썼으면 명저가 되었을 것이라는 생각이 든다."[120]

함석헌은 이렇게 분명히 이성 문제가 있었다. 그리고 그는 그 문제 때문에 고통도 받고, 고뇌했으며 존경하는 스승과 가까운 사람들로부터 버림을 받았다. 어찌 보면 자업자득이고 뿌린 대로 거둔 당연한 결과였다. 때로 함석헌은 이성 문제에 대해서 갈팡질팡하고 어쩔 줄 모르는 미숙한 태도를 보이기도 했다. 언젠가 한 강연회에서 나는 청중으로부터 이런 질문을 받았다. "김 박사님은 왜 함석헌의 여성 문제에 대해서 비판을 하지 않습니까?"

나는 이러한 질문에 대해 『신약성경』에서 간음하다 현장에서 잡힌 막달라 마리아 이야기를 하였다. "예수는 간음하다 잡힌 여인을 앞에 놓고 그녀를 죽일 듯이 덤벼드는 무리를 향해, '너희 중에 죄 없는 자가 먼저 이 여인을 돌로 치라!'고 하셨습니다. 그리고 예수는 또 '여인을 보고 마음에 음욕을 품는 자마다 이미 간음하였느니라'라고 하셨습니다. 그래서 저는 함석헌에게 감히 돌을 던질 자격이 없습니다." 당시에 이렇게 대답하는 것이 내가 할 수 있는 전부였다.

나는 어떠한 기회에 그 여성과 인터뷰할 기회가 있었다. 그리고 그 여성으로부터 몇 시간에 걸쳐 도란도란 함석헌과의 사랑 이야기를 들었다. 그 이야기를 다 듣고 나서도 나는 함석헌과 그 여성에게 돌을 던질 수 없는 자신을 발견했다. 아래 인용문은 그 여인에 내게 당시 해 준 이야기와 보내 준 글의 일부분을 요약한 것이다.

"사랑하는 사람에게는 마음이 제일 좋은 집입니다. 자유롭고 해방된 공간이니까요. 누구를 사랑한다는 것, 아니 선생님을 사랑한 것에 대해 저는 두려움도 부끄럼도 없었습니다. 더구나 남몰래 만난다는 마음도 없었습니다. 이 말은 언젠가 선생님이 제게 하신 말씀이기도 하지만 저도 그랬습니다. 하나님이 주신 자유, 의지로 진실한 내 속마음이었습니다. 정말 하늘을 우러러 부끄러움 한 점 없었습니다. 선생님은 제게 하늘이요 그 사랑은 믿음이었습니다. 그것은 내 존재의 의미와 내 존재에 대한 확인이었습니다. 내 영혼의 깊은 곳에 평안과 기쁨이었습니다.
선생님과의 특별한 사랑의 관계는 영원한 생명의 경탄이었습니다. 세상에 많은 다양한 사랑의 형태와 방법이 있지 않을까요? 선생님과 저와의 사랑도 또 다른 모양, 형태의 사랑과 방법이 아닐까요? 사랑하지만 기존의 관습은 따를 수 없는…….

선생님과의 관계는 기존의 질서나 관습에 의존하지 않았지요. 그 진정성과 신실한 사랑의 관계가 세상의 잣대로, 시각으로 왜곡된 관점으로 해석되는 것이 두렵기 때문에 오랜 침묵을 지킬 수밖에 없었습니다. 그러면서 저는 세상에 하나의 물음과 문제 제기를 현실에 던지고 싶었죠.

'두 인간 사이의 애정이나 사랑이 꼭 법적으로 인정되어야 하는가?'
아니 두 인간 사이의 애정이 꼭 법률과 계약에 의한 관계가 되어야 하는가?
그래서 사랑하는 사람에게는 마음이 제일 좋은 집이구나 하는 고백이 나옵니다.
내 가슴 밑바닥에는 외로움과 슬픔이 늘 흐르고 때로는 고여 있습니다.
선생님도 그랬을 것이라 생각합니다.

"세상의 모든 찬성보다도 '아니' 하고 머리 흔들 그 한 얼굴 생각에 알뜰한 유혹을 물리칠 그 사람을 그대는 가졌는가?"

바로 그런 사람이 되고 싶었습니다. 그때의 선생님 마음을 알 것

같습니다."[121]

　모든 인간은, 함석헌을 통렬하게 정죄한 유영모를 포함해서, 예외 없이 다 죄인이다. 바울은 자신을 "죄인의 괴수"라고 하지 않았나! 해가 밝을수록 그림자가 진한 것이다. 예수도 창기와 가까웠고 창기가 머리카락으로 그의 발을 값비싼 향유로 씻었다. "이 향유를 팔아 가난한 자들을 도와주어야 하지 않겠소!"라고 격렬하게 예수의 '사치'를 비판한 '정의의 사도' 유다가 결국 예수를 판 사실을 떠올리면 지나친 비약일까? 그리고 타인의 질문 혹은 비방에 대답을 하지 않는 것에는 긍정의 의미와 질문 자체에 대한 문제 제기가 함께 있을 것이다. 예수는 자신을 십자가에 못 박는 빌라도나 로마 군인을 향해서 "왜 그러십니까? 나는 억울합니다"라고 자신의 '결백'을 주장하지 않았다. 오히려 예수는 "하느님 저들의 죄를 용서해 주십시오. 저들은 지금 자기들이 무슨 일을 하는지 알지 못합니다"라고 기도했다.

　여기서 우리는 함석헌과 셸리의 생애 사이에 어떤 연관성을 찾아볼 수 있을지 모른다. 셸리는 아내를 버리고 메리 고드윈(『프랑켄슈타인』 저자)이라는 여성과 사랑에 빠짐으로써 가족과 친구는 물론 스승이자 메리의 아버지인 윌리엄 고드윈 등에게서 공개적인 비난을 받았다. 또 셸리의 아내는 이 일로 자살한다. 셸리는 이러한 행적에다 급진적인 사상과 행동 때문에 이단자, 혁명론자, 부도덕한 자 등으로 단죄를 받았다. 함석헌의 경우도 비슷했다. 셸리와 다른 점이 있다면 함석헌의 아내와 가족들은 이 문제를 공개적으로 확대시키지 않았다는 점이다. 그러한 반응의 차이는 유교 문화의 관습에 따른 것일 수도 있고, 독재 정권의 흑색 선전에 악용될 것을 우려한 가족들의 보호 본능의 결과일 수도 있을 것이다.

어쨌든 1960년 당시에 함석헌은 그 '죄'로 인해 외롭고 괴로운 상태에서 헤어나지 못하고 있었다. "내가 죄인이 되고 나서야 비로소 나는 죄를 용서한다는 것이 얼마나 한 인간에게 중요한 것인가를 깨달았습니다."[122] 장준하, 안병무, 김동길 등이 어려움을 함께 나누었을 뿐, 함석헌은 '죄인' 한 사람이 사회 전체로부터 얼마나 철저히 고립될 수 있는가를 절실히 체험하고 있었다. 동시에 우리는 죄와 용서의 문제를 놓고 번민하는 함석헌의 태도를 통해서, 스스로 탈기독교를 선언했음에도 여전히 전통적인 기독교 신앙의 자취를 간직하고 있음을 볼 수 있다. 이 시절 그가 느낀 고통이 어느 정도였는지는 안병무에게 보낸 편지의 절박한 어조로 미루어 짐작할 만하다. "친구들도 나 용서 아니 하나 봐요. 그래서 맘을 걷어 잡을 수 없어요. 죽겠어요!…… 친구, 친구! 없어요. 죄를 사하고 나를 일으켜 주는 사람만이 친구인데 없나 봐요. 나는

한 사람이 필요해요. 내 맘을 알아 줄, 붙들어 줄 한 사람!—1960
년 10월 9일."[123]

이러한 절박한 고립의 경험이 부정적이었다고만은 보기 어렵
다. 철저한 고독 속에서 괴로움을 감내한 경험이야말로 또 다른
삶의 영역을 개척할 힘의 원천이 되지는 않을까. 함석헌의 경우가
그러했다.

죽을 때까지 이 걸음으로

1961~1989

이 시기에 그는 한국의 정치·사회적 민주화와 씨알들의 인권 향상을 위해 활동한다. '낙심에 빠진 죄인' 함석헌이 '지칠 줄 모르는 자유의 투사'가 된 것이다. 1970년에는 『씨알의 소리』를 창간한다.

***

군사 정변과 퀘이커리즘

나그네 함석헌

1960년대 들어 함석헌의 삶은 크게 세 가지 관계를 축으로 펼쳐진다. 서구의 퀘이커리즘, 민중신학자 안병무, 『사상계』의 장준하와의 관계가 그것이다.

함석헌이 퀘이커리즘을 처음 접하게 된 것은 오산학교에서 면학에 힘쓸 때인 1921년으로 거슬러 올라간다. 앞서 이야기했듯이 그때 그는 칼라일의 『의상철학』과 초창기 퀘이커 운동 지도자 조지 폭스의 『일지』를 읽었던 것이다.[1] 그리고 동경 유학 시절(1923~1928)에 우치무라 간조, 니토베 이나조와 함께 일본 퀘이커 모임에 출석한 적이 있다는 점도 이미 말했다.[2] 그러나 이때 그가 일본 퀘이커들로부터 별로 큰 영향을 받은 것 같지는 않다. 그 것은 아마도 함석헌이 니토베로부터 별 감동을 못 받은 때문인 것으로 추측된다. 니토베는 젊은 시절 독일과 미국에서 공부했고 미국에 갔을 때 일본의 첫 퀘이커 교도가 되었다. 니토베는 훗날 만주사변 후 일본의 침략 전쟁을 비판하기보다는 오히려 미국을 방문해 만주 침략의 정당성을 국제 사회에 강변했다. 아마 니토베의 이런 행동 양식이 함석헌에게 별 감동을 못 준 것으로 짐작된다. 그래서 그런지 그 후 20여 년 동안 함석헌의 퀘이커리즘에 대한 관심은 잠적한 상태에 있었다. 그러다가 1947년, 북한에서 막 내려온 시점에 함석헌은 YMCA 총무 현동완에게서 서구 퀘이커들의 양심적 병역 거부 운동에 대해 듣게 되었다.[3] 현동완은 막 미국 여행에서 돌아온 상태였다. 함석헌은 그때를 이렇게 회상한다.

"미국 퀘이커들의 평화 운동…… 나는 그 말을 듣고 많이 놀랐습니다. 수많은 젊은이들이 사람 죽이기를 목적으로 하는 전쟁에는 같이 곁들어 할 수 없다는 생각에 징병령을 반대하고 나서서 즐겨 감옥에 들어가고 남아 있는 교도들은 책임을 지고 그들의 뒤를 돌봐 주며 운동을 전개해 나간다는 것이었습니다."[4]

태평양전쟁을 겪으면서 함석헌은 민족주의를 앞세운 국가 폭력으로부터 세계 평화가 얼마나 절실한지 그 중요성을 실감했다. 더구나 북한에서 맞은 해방의 감격이 채 가시기도 전에 그가 소련 군정하에서 겪은 야만적 폭력과 수감 생활은 그에게 평화의 중요성을 몸으로 깨우쳐 주었다. 더구나 그 후 함석헌은 국가 폭력의 절정인 한국전쟁을 체험했다. 전쟁 중 여기저기 피난 생활을 하며 그는 온 세계와 민족이 이념을 넘어서 서로 다름을 인정해 주며 평화롭게 공존하는 것이 얼마나 필요한지 절박하게 느꼈을 것이다. 그래서 6·25를 겪은 그는 "이제 일을 결정하는 것은 국민도 아니요, 민족도 아니요, 계급도 아니다. 세계다"[5]라고 탈민족주의, 세계주의를 선언한다. 이런 와중에 함석헌이 처음으로 서양 퀘이커 교도들을 직접 만난 것은 한국전쟁이 끝난 직후의 일이다. 피난민들을 위한 의료 봉사팀으로 전북 군산병원에 파견을 나온 영국과 미국의 퀘이커들을 만날 기회가 있었다. 영국인 퀘이커 의사 잉글 라이트(Ingle Wright) 박사[6]를 포함한 미국인 퀘이커 봉사자들이 한국인 이윤구와 함께 퀘이커 예배 모임을 갖기 시작할 무렵이었다.[7] 이로써 이윤구는 한국의 첫 퀘이커 교도가 되었다. 1958년 2월 15일은 한국 퀘이커 역사에서 기록될 날짜이다. 한국에 있는 미국인 퀘이커 아서 미첼의 집에서 처음 한국인들을 위한 퀘이커 예배 모임이 시작되었다.[8] 1959년 8월부터는 세계 최초로 한글 타자기를 발명한 공병우가 자신의 집을 퀘이커 예배 모임 장소로 제공해 주고 참여했다. 함석헌은 군산병원에서 서구 퀘이커들의 인도주의적인 활동에 좋은 인상을 받았다.

"6·25 직후 우리나라 복구 사업을 하는데 퀘이커교에서 영·미

합작으로 수십여 명의 사람을 보내왔었지요. 그들이 군산에서 파괴된 도립병원 복구 공사를 했는데 거기 우리나라 젊은이들이 참가해 처음으로 퀘이커를 알게 되었었지요. 나는 그 사람들을 만나게 되었고 그들의 신앙에 참 감동했어요. 그들로 인해서 나는 퀘이커리즘에 흥미를 느끼기 시작했어요."[9]

함석헌이 이처럼 퀘이커리즘에 흥미를 갖기 시작한 시점에서 스스로 퀘이커 교도가 되기에 이른 1967년 사이에는 상당한 시차가 있다. 이 짧지 않은 시간은 함석헌이 '이단자 기독교인'으로 고립과 외로움을 겪었던 시기였다. 보수적인 한국 교회의 격렬한 배척을 받았을 뿐 아니라 1960년 이후에는 사생활 문제로 스승인 유영모에게서도 내침을 당한 상황이었다. 이러한 고립과 외로움이 그가 퀘이커리즘과 맺어지게 된 가장 직접적인 동기였다. "내가 퀘이커리즘을 공부한 후 퀘이커가 되기로 결심했던 것이 아닙니다. 물에 빠진 사람이 지푸라기라도 잡는 심정으로 오갈 데가 없게 된 나는 퀘이커 모임에 나갔습니다."[10] 이때가 1961년 1월이었다. 함석헌이 나간 모임이란 1958년 2월 이래 미국 및 영국의 퀘이커 교도들이 이윤구를 비롯한 소수의 한국인들과 함께 서울에서 열고 있었던 퀘이커 예배 모임이었다.[11] 퀘이커들은 개인적으로 절박한 상황에 있는 함석헌을 따뜻하게 맞아 주었고, 기꺼이 영적인 친구가 되어 주었다. 당시 함석헌의 심정은 공자(孔子)의 말 한마디로 적절히 요약할 수 있을 것이다. "친구가 있어 멀리로부터 찾아오면 어찌 즐겁지 아니한가!"[12]

미국의 저명한 퀘이커 역사가 하워드 브린톤(1884~1973)은 그의 저서 『퀘이커 300년』에서 "퀘이커 신앙은 영국 종교개혁의 극좌익을 대표하는 것"[13]이라고 정의하였다. 이 말은 퀘이커 교도는 최소한 "파이 키우기"를 옹호하는 우파보다는 "부의 재분배"를 강조하는 좌파에 가깝다는 말이다. 이 말은 또한 퀘이커 교도는 천박한 시장 경제와 자본주의적 가치를 내세우는 이명박 정권이나 일방주의를 내세우던 미국의 부시 정권보다는 평등과 사회적 약자에 대한 배려를 힘쓰던 노무현 정부나 미국의 오바마 정부에 가까워야 한다는 뜻이다. 한국 퀘이커 모임에 종종 나오는 사람들이나 함석헌 주변을 맴도는 사람들 중엔 함석헌은 좌우 어느 쪽에도 치우치지 않았고 중립적 인물이었거나 좌우를 초월했고 차라리 우파에 가까웠다고 평하는 사람들도 있다. 그러나 나는 이런 함석헌에 대한 평가에 전혀 동의하지 않는다. 인간사를 초월할 수 있는 사람은 아무도 없다. 함석헌을 '초월자'로 만드는 것은 인간 함석헌에 대한 몽매한 우상화 작업일 뿐이다. 약자가 강자의 폭압에 의해 수탈당하고 고통을 겪고 있는데 '중립'은 곧 강자에 기생한 자신의 처지를 합리화하는 비겁한 기회주의적 변명에 불과하다.

예수도 "네 재산을 모두 팔아 가난한 사람들에게 나누어 주어라. 그리고 나서 나를 따르라",[14] "가난한 사람에게 복이 있다. 하늘나라가 저희 것이다",[15] "부자가 하늘나라 들어가기는 약대가 바늘구멍으로 나가기보다 어렵다"[16]고 목숨을 걸고 가르쳤고 결국 정치 권력의 손에 정치범으로 몰려 생명을 잃었다. 이런 예수의 삶과 말은 좌파의 전형이고 그런 예수와 퀘이커 신앙을 따르던 함석헌도 당연히 좌파에 가까운 인물이었다. 일찍이 오산학교 시절인 1936년 함석헌은 이렇게 역설한 바 있다. "우리가 정치가를 생각한다면 어떤 것을 참말 위대한 정치가라 하겠나? 내 생각으로는 사회의 억눌린 계급의 민중을 살 길로 지도하는 사람이라고 한다. 상류 사회를 위한 시설을 아무리 잘하고라도 하층에 짓밟히고 억눌린 민중이 있으면 국가는 위협을 느낀다. 국가의 운명은 하층민의 손에 달린 것이지 결코 상층민에게 있는 것이 아니다. 위정자의 재능의 척도는 하층 사회에 대한 시설에 있다."[17] 이런 함석헌의 글은 마치 내가 『자본론』을 읽는 것이 아닌가 하는 착각을 불러일으킬 정도다.

하여간 기존의 교회 조직이나 제도에 회의적이던 함석헌이 300년이 넘는 역사를 가진 또 다른 종교 조직 퀘이커회의 신자가 되기로 결심한 배경에는 더 많은 이유들이 있을 것이다. 우선 함석헌은 퀘이커들의 관심이 죽은 후에 하늘나라에 가는 것이 아니라 지금 이곳 세상의 평화와 사회 정의를 이루는 일에 모아지고 있는데 공감하였다. 분류적으로나 역사적으로 퀘이커리즘은 개신교 신앙에 속한다. 서구의 경우에 각 퀘이커들은 대체적으로 기독교 교리를 믿는 편이다. 퀘이커교도 물론 기독교의 한 파이지만 다른 기독교 교단에 비해 다른 종교에 대해 열린 자세와 포용성을 갖고 있다. 그렇다고 퀘이커가 기독교가 아닌 것은 아니다. 이 점, 즉 기독교로서의 퀘이커의 정체성을 종종 혼동하는 퀘이커들도 한국에 있는데 그것은 퀘이커리즘에 대해 제대로 이해하지 못하는 연유 때문이다. 역사적으로 퀘이커들도 신학적인 생각을 무시하지는 않았다. 그러나 신학적 생각이 체험과 연결되지 않는 한 그것은 '텅 빈 생각(airy notion)'일 뿐이라고 퀘이커들은 책망했다. 다만 퀘이커는 크리스천이 아니라고 논박하는 반대자들에게 말할 때 퀘이커들은 신학적인 논문을 썼다.[18]

현재 영국 퀘이커회는 세계교회연합회와 영국교회연합회의 회원이다. 1997년 영국교회연합회는 '삼위일체론'에 반대하는 유니테리언회는 회원으로 받아들이지 않는 반면 삼위일체론에 대한 입장 밝히기를 꺼려하는 퀘이커회는 기꺼이 회원으로 받아들였다. 1994년을 기준으로 세계에는 약 30만 3,858명의 퀘이커들이 있다. 그 가운데 아메리카 대륙(미국 10만 3,379명)에 약 15만 5,000명, 아프리카 대륙(케냐 10만 4,500명)에 약 12만 2,000명,

유럽(영국 1만 7,934명)에 약 2만 500명, 아시아 대륙(한국 10여명)에 약 4,592명, 오세아니아에 약 1,766명 정도가 있다.[19] 2009년을 기준으로는 전 세계에 35만 8,923 명의 퀘이커들이 있다. 그중 아프리카 43퍼센트, 북미 30퍼센트, 중남미 17퍼센트, 유럽과 중동 6퍼센트, 아시아서태평양 지역 4퍼센트가 있다.[20] 숫자 면에서는 퀘이커교가 단연 소수 종파임을 알 수 있다.

평등 사상의 강조로 인해 목회자의 지도 없이 혼자서 성경 공부나 기타 연구를 해야 하는 현대 퀘이커는 다수를 위한 종교보다는 소수 엘리트 종파로 변화하고 있는 양상을 보이기도 한다.[21] 이렇게 양적 성장과 질적 향상의 문제는 앞으로도 퀘이커들이 계속 고민해야 할 주제 중의 하나라고 판단된다. 한국 퀘이커는 1958년 처음 예배 모임을 가진 이래 반세기가 넘는 역사에도 불구하고 회원이 약 20여 명에 불과하고 아직 한국교회연합회의 회원이 아니다. 아울러 아직 한국 사회와 종교계에 널리 알려져 있지도 못하는 실정이다. 함석헌에 대해서도 몇몇 학자들은 개인적으로 호의적인 관심을 표명하고 있지만, 대부분의 한국 기독교계와 사학계로부터 함석헌은 아직 냉대를 받고 있는 형편이다.[22]

퀘이커교는 영국이 청교도혁명(1640~1660)에 휩싸여 있었을 때 서서히 그 빛을 발하기 시작했다. 조지 폭스의 사상은 영국에서 종교친우회(즉 퀘이커회) 창설에 결정적 영향을 미쳤다. 폭스는 영국에서 직공(weaver)의 아들로 태어났다. 그는 엄격하고 철저한 청교도적 가정에서 자랐고 어린 시절부터 매우 종교적이었다. 그의 『일지』는 1694년 처음 영국에서 출판되었고, 이 책이 퀘이커리즘이 무엇인지를 가장 잘 설명해 준다고 볼 수 있다. 그의 『일지』를 통해서 폭스는 각 개인은 하느님과 직접 교감할 능력이 있다고 주장했다. 모든 인간 안에는 여러 용어로 표현될 수 있는 속생명, 내면의 빛(inner light, inspiration 혹은 holy spirit), 내적 그리스도, 하느님의 씨앗 등이 있고 이것은 직접 하느님의 영성과 교통할 수 있다.

퀘이커들은 『성경』을 존재하게 한 절대자의 성령이 지금도 계속해서 인간 속에서 일하고 있다고 믿는다. 그래서 절대자가 몇 세기 전에 보여준 『성경』의 기록보다는 '지금 여기서' 절대자가 직접 말씀하고 있는 것을 경청하는 것이 더 중요하다고 여긴다. 그러나 17세기 영국에서 내면의 빛(성령)이 『성경』보다 더 근본적이라는 주장은 매우 위험한 생각으로 간주되었고, 그래서 집권 세력으로부터 퀘이커들은 극심한 탄압을 받았다. 이런 외적인 탄압에도 불구하고, 가톨릭이 교회의 권위를 강조하고, 개신교가 성서의 권위를 중요시한 반면, 퀘이커는 성령의 권위를 역설했다.[23] 이 '내면의 빛'의 신앙은 『신약성경』 「요한복음」에 그 뿌리를 두고 있다. "생명이 그리스도 안에 있었고 그리고 그 생명은 사람들의 빛이었다."[24] "참 빛은 이 세상에 오는 모든 인간에게 빛을 준다."[25] "나(그리스도)는 세상의 빛이다. 나를 따라오는 자는 누구나 어둠 속을 걷지 않고 생명의 빛을 가질 수 있을 것이다."[26]

퀘이커리즘에서 생명과 진리의 원천은 각 사람의 내면의 빛, 즉 마음속 그리스도다. 17세기 영국 퀘이커들은 종교가 설교나 교리, 의식에 의한 제도라기보다는 내면의 빛을 따르는 것이라고 믿었다. 그리고 모든 인간에게 내면의 빛이 있으므로, 폭스는 각 개인이 침묵 예배를 통해서 절대자와 교감하는 합일의 경지에 이를 수 있다고 느꼈다. 이 내면의 빛은 시대와 장소에 따라 다르게 표현될 수 있다. 그것은 종교적인 어떠한 형상에만 국한된 것이 아니라 진실한 마음을 가진 사람이면 누구에게나 다 있는 것이다. 이 내면의 빛은 각 개인을 통해서만 나타나는 것이 아니라 신앙인들의 단체 모임을 통해서도 발현된다.

종교에는 영구불변한 종교와 늘 새롭게 변하는 종교가 있고 이 둘 모두를 필요로 하는 것이 퀘이커리즘이다. 퀘이커들은 성경과 그 밖의 다른 종교의 경전들을 존중한다. 그 이유는 하느님에 대해 열려 있고 책임적일 수 있는 능력이 각 사람 안에 존재한다는 신념에서 나온 것이다. 종종 퀘이커들은 성경에 쓰인 문자를 그대로 믿기보다는 그 내용을 통해서 어떤 교훈을 얻을 수 있을 것인가를 생각한다. 초창기 퀘이커들이 정규 교육과 성직자 계급을 경시한 결과, 종종 신학적으로는 성공적이지 못했다. 그래서 '퀘이커 신학'은 존재하지 않는다고도 표현할 수 있다. 초창기 퀘이커들에게 대학 진학의 길이 제약된 것도[27] 퀘이커들이 대학교에서 '퀘이커 신학'을 학문적으로 체계화시키는 것보다는 '삶 속에서 퀘이커리즘을 체현화'시키는 데에 더욱 중점을 둔 계기가 되었다고 판단된다. 퀘이커 신학의 부재 탓이건 혹은 퀘이커리즘에 대한 정의 내리기를 꺼려하는 연유에서인지는 모르지만, 하여간 누구도 '퀘이커리즘이 무엇인가?'에 대한 퀘이커교의 공식 대변자가 될 수 없다.[28] 그래서 퀘이커 교도인 필자를 포함한 각 퀘이커는 단지 자신이 이해하는 퀘이커리즘이 무엇인가를 개인적으로 표현하는 것뿐이다.

퀘이커들은 인간사의 모든 일에는 성속에 관계없이 절대자의 숨결이 서려 있다고 믿는다. 그러므로 퀘이커리즘을 이해하는 중요한 개념 가운데 하나는 전체성이다. 모든 것은 상호 유기적으로 연결되어서 어떤 것도 전체라는 영역에서 따로 존재할 수 없다. 그래서 퀘이커들에겐 성속의 구별이 별로 중요하지 않다. "땅에서 매이면 하늘에서도 매인다." 그래서 사회 문제는 종교 문제와 동등하게 중요하다. 인간 본성에 대한 낙관적 시각 때문에 퀘이커들이 기도, 묵상, 혹은 절대자에게 예배할 때, 장황한 말이나 예식보다는 좀 더 침묵에 중점을 둔다. 이 점이 퀘이커가, 비록 역사적으

로는 기독교에 그 뿌리를 두고 있지만, 인간 본성에 대해 '성악설'
이나 '원죄론' 보다는 '성선설'이나 '낙관론' 적 태도를 지니고 있
다는 점에서 기존 기독교의 시각과 다른 면이다.

초창기 조지 폭스를 비롯한 영국 퀘이커들은 한 개인의 영적 통
찰도 깊은 사회적 의미를 갖고 있다는 사실을 감지했다. 퀘이커들
의 증언(testimonies)[29]은 타인의 내면의 빛을 발견하고 존중하는
것을 그 기초로 한다. 그래서 퀘이커는 그 역사를 통해 성경과 기
독교의 정통 교리에 대한 믿음만큼 현실 문제에 대한 관심, 사회
정의 그리고 인도주의적인 활동도 동등하게 중요하다고 여겨 왔
다. 그런 전통 속에서 배출된 열렬한 퀘이커 신자들이 인종 차별
반대 운동가이며 정치가인 윌리엄 펜, 노예 제도 반대 운동가 존
울먼(John Woolman), 최초의 여성 참정권 주창자인 수전 앤서
니(Susan Anthony), 사회 개혁가 엘리자베스 프라이(Elizabeth
Fry) 같은 사람들이다. 특별히 엘리자베스 프라이(1780~1845)는
영국의 열악한 교도소 시설을 개선하기 위한 입법 활동에 전 생
애를 바친 박애주의자로 영국 정부도 그러한 그녀의 인도주의적
공헌을 기념하여 2002년부터 영국 화폐 5파운드에 그녀의 영정
을 넣었다. 이렇게 퀘이커들은 수감자들을 위한 교도소 및 정신
병원 시설 개선, 여성 참정권, 노예 제도 반대, 노동자들을 위한
공정한 임금과 근로 조건 개선, 정직한 상거래 확립(정찰제 소개),

교육 및 구호 사업, 세계 평화 운동 등을 위해 역사를 통해 부단히 힘써왔다.

또한 초창기부터 퀘이커들은 남녀 평등을 중요시했다.[30] 그것은 예배뿐 아니라 공개 연설, 교육, 그리고 사무 관계를 논의할 때도 마찬가지였다. 그 결과 퀘이커 모임에서 양성 평등의 훈련을 통해서 여성들은 자신들의 지도력과 능력을 유감없이 발휘할 수 있는 기회를 가졌다. 사회의 소외된 계급인 여성과 중하층 계급의 주목을 받았다는 면에서 17세기 중반 영국 퀘이커교와 19세기 후반 한국 개신교는 많은 공통점이 있다. 함석헌이 유교 중심지인 서울이 아닌 멸시받던 '평안도 상놈' 출신이고 19세기 후반 상공업자가 많은 평안도에서 태어난 것도, 그가 훗날 퀘이커리즘으로부터 더욱 사상적 친근감을 갖게 되는 이유 가운데 하나가 아닌가 짐작된다.

절대계의 진리와 상대계의 진리를 함께 추구하려는 퀘이커들의 열정은 또한 서구 역사를 통해 과학의 발달, 그리고 과학과 종교 사이의 접목에 중요한 공헌을 해 왔다. 특히 영국의 경우 뛰어난 퀘이커 과학·기술자들이 영국 사회에 준 영향을 살펴볼 수 있다. 세계 최초로 무쇠 교량을 설계 건축한 건축설계가 에이브러햄 다비(Abraham Darby)와 에이브러햄 다비 3세, 천체물리학자 아서 에딩턴(Arthur Eddington), 유전공학자 프랜시스 골턴(Francis

Galton), 화학자 존 돌턴(John Dalton), 소독약과 방부제를 발명한 조지프 리스터(Joseph Lister) 등이다. 특별히 에딩턴은 제1차 세계대전 중 적국인 독일의 과학자 아인슈타인이 주장한 상대성 이론을 실험을 통해 전 세계에 증명해 보임으로써 영국인으로서 적국 독일에 대한 '이적 행위'를 범하지만 과학자가 추구하는 진리는 국가, 민족, 이념을 뛰어넘을 만큼 소중하다는 교훈을 일깨워 주기도 한다.

이렇게 퀘이커 과학자들이 가진 종교적 신앙심은 그들에게 자연과학을 연구하는 가치에 대한 더욱 큰 확신을 가져다 주었던 것이다. 특히 퀘이커리즘의 원산지인 영국의 경우 1851년부터 1900년 사이에 퀘이커 교도가 영국 왕립과학회의 회원으로 추천되는 확률이 퀘이커가 아닌 다른 학자들보다 50배나 더 많았다.[31] 이렇게 종교적 신비주의와 과학적 합리주의를 결합한 퀘이커들이 과학과 신앙의 갈등으로부터 대체로 자유롭게 되었고, 그 대신 그 점에서 상생의 길을 발견한 것이 퀘이커들이 과학과 종교 사이의 자연스러운 접목을 시도할 수 있었던 이유일 것이다.[32]

함석헌은 진리를 추구한다는 점에서 종교와 과학은 뗄 수 없이 연관되어 서로를 보완하는 관계에 있다고 보았다. 1970년대에 함석헌이 만든 잡지 『씨알의 소리』 편집위원으로 활약하는 화학자 김용준과 그가 마음을 통할 수 있었던 것도 이런 맥락에서 이해될 만하다. 함석헌은 종교적 관점은 세속적 관점에 의해 영향을 받을 수밖에 없고, 세속적 관점은 과학의 진보에 의해 형성되어 가는 것이라고 보았다. 따라서 그는 비과학적인 종교는 받아들이지 않을 것임을 선언했고, 신학과 과학 중 하나만 선택해야 한다면 차라리 신학을 버리겠다고 말하기까지 했다.[33] 그러나 그에게 진정으로 과학적인 태도는 과학 이상의 세계를 인정하는 것이었다.[34] 말하자면 그는 현상 세계, 물질 세계를 이해하는 최선의 길은 과학의 길이고, 영적 세계, 정신 세계를 이해하는 최선의 길은 종교의 길이라고 믿었다.[35] 그리고 그 두 길은 서로 만날 것이라고 보았다.

> "앞으로 종교와 과학은 자꾸 접근할 것이다. 마치 한 산을 반대 방향에서 서로 뚫고 들어간 셈이어서 양자는 이날까지 서로 저쪽을 아니라 했다. 방향이야 물론 반대지만 그 겨눈 것은 다를 리가 없다. 그러므로 서로 제 믿는 바대로 뚫은 것이 결국에 맞구멍이 뚫리게 된 셈이다. 이제 두고 보라. 심리학, 사회학, 생물학, 물리학, 화학에서 연구한 세계가, 종교가 수천 년 두고 제 가슴속에서 뚫으려던 것과 딴 것이 아님이 증명되는 날이 올 것이다."[36]

이런 의미에서 종교의 신비주의적 요소와 상식적·과학적 측면을 다같이 중시한 함석헌에게 퀘이커는 '이성적 신앙'의 좋은 예였다. 함석헌은 진리를 추구하는 종교인에게 있어서 상식의 중요성을 이렇게 이야기한다. "상식적인 것이 좋은 것은 그것이 참(진리)이기 때문이다. 떳떳한 것〔常〕이 늘 있는 것〔恒〕이요, 그러기 때문에 올바른 것〔正〕이요, 또 그러기 때문에 참〔眞〕이다."[37] 한국 기독교인의 맹목적이고 광신적인 신앙 태도에 비판적이었던 함석헌이 퀘이커의 합리적 과학 정신과 '이성적 신앙'에 매료된 것은 '과학적 종교인'으로서 자연스러운 귀결일 것이다. 함석헌은 미래의 종교가 광신적이기보다는 과학적·합리적이어야 하고, 감정적이기보다는 현실 감각을 지니면서 영적이어야 한다고 믿었다. 그래서 이런 함석헌에게서 합리적 이성을 결핍한 종교는 맹목적 광신과 다를 바 없었다.

종종 퀘이커들의 내면의 빛은 타인들의 고난에 외부적 행동으로 참여함으로써 드러났다. 미국이 영국과 독립전쟁을 벌였을 때, 퀘이커들은 피난민과 부상자들을 돌보는 데 앞장섰다. 1847년 아일랜드 대기근 당시 퀘이커들은 세계 최초로 무료 식당 운동을 전개했다. 더불어 미국의 청년, 흑인, 인디언, 새 이민자들의 고충과 어려움을 덜어 주고자 노력했다. 이러한 민족주의를 넘어선 퀘이커들의 범세계적 활동들이 세계주의자 함석헌에게 공감을 준 것은 놀랄 일이 아니다.

일반적으로 퀘이커들은 평화주의자로 잘 알려져 있다. 그러나 퀘이커들을 절대 평화주의자들로 구분하기엔 무리가 있다. 실제 생활에서 각 퀘이커는 각자의 내면의 빛이나 통찰력에 따라 각자 믿음대로 결정한다. 예를 들면 미국 독립전쟁 당시 평화주의를 내세우며 집총을 거부한 퀘이커들이 있는 반면, 애국심의 가치를 평화주의보다 앞세워 전쟁에 참여한 퀘이커들도 많았다. 또한 남북전쟁 중 많은 퀘이커들은 노예 제도 폐지를 무력을 통해서라도 실현할 수밖에 없다는 불가피론을 택하기도 했다.[38]

사회 정의 없는 평화는 불가능하다고 믿었기에 퀘이커들은 사회 정의, 빈곤 및 문맹 퇴치, 반전 운동 등에도 적극적으로 참여했다. 영·미 퀘이커회는 제 1·2차 세계대전에서 난민 및 그 유가족들을 도와준 활동에 대한 감사와 국제적 평화주의의 중요성을 행동으로서 고취시켰던 공헌에 대한 인정의 표시로 1947년 노벨평화상을 받기도 했다. 제2차 세계대전 후에 퀘이커들은 국제적 원조, 구제, 재건 활동을 지원했다. 특별히 1953년부터 1955년까지, 영·미 퀘이커 의료봉사단은 한국에서 대대적인 의료 봉사 활동을 벌였다. 약 2만여 명의 한국전쟁 난민은 영·미 퀘이커 의료봉사단의 도움 아래 군산병원에서 무료 진료를 받았다.[39] 1970년대는 남한의 민주화 운동을 여러모로 도와주었고 1990년대는 영국 대학원에서 '함석헌 연구'를 위한 물심양면의 지원을 필자에게 해 주었다.

쿼이커들은 실천적인 면과 신비적인 면, 상대적 사회 현실과 절대적 가치인 하느님, 자신들이 역사적으로 속한 구체적 한 시대와 영원의 세계, 일치와 다양성, 그리고 최소한의 형식과 무제한적인 생명 등의 문제를 고민해 왔다. 영국 쿼이커 교도 잉글 라이트 (1923~1997)는 그러한 상대 세계와 절대 세계의 밀접한 연관성을 이렇게 표현했다. "세속의 진리를 추구하는 것과 쿼이커들의 침묵 예배는 상호 긴밀히 연관되어 있는데 그것은 인류 복지와 행복을 위해 일하는 것이다."[40]

이렇게 역사 의식을 중요시했던 함석헌과 쿼이커리즘의 지향도 일치하는 바가 있었다. 함석헌은 쿼이커리즘의 '속의 빛'을 '속의 소리' 즉 '양심의 소리'로 해석했고, 이 양심의 소리는 함석헌에게 곧 '하느님의 소리'이자 '역사의 소리'였다. 함석헌은 쿼이커리즘의 어떤 요소가 자신을 이끌었는지에 대해서 이렇게 증언한다.

"쿼이커들의 역사를 대하는 태도입니다. 누구나 현대 사람인 담에는 역사적인 입장에 서지 않을 수 없지만 쿼이커처럼 역사 더구나도 미래에 대해 진지하고 용감한 태도를 가지는 사람은 없습니다.…… 자기 걱정이 아니라 세계 걱정을 하기에 힘을 다

하고 있습니다."[41]

    서구 퀘이커들과 접촉하게 되면서 함석헌은 동서 문화의 차이
와 역사적 이질성에도 불구하고 퀘이커들의 신앙관과 자신의 그
것 사이에 많은 공통점이 있음을 깨닫는다. 예컨대 함석헌은 1955
년에 쓴 글에서 하느님의 씨앗이 각 씨알들 속에 내재해 있다는
주장을 한다. "나는 하느님은 아니요 하느님의 모습을 가진 자, 자
라 하느님에게까지 갈 하느님의 씨를 가진 자다."[42] 이것은 성속의
구별 없이 "모든 삶은 신성하다(All life is sacramental)"는 퀘이
커들의 신앙관과 깊은 유사성이 있다. 퀘이커들이 강조하는 '속
생명(Inward Life)'과 '속의 빛(Inner Light)'이라는 개념도 함석
헌이 말하는 존심양성(存心養成)의 논리, 그리고 낱낱의 개인이
인격을 이루고 혼을 기른다는 의미로 사용한 '속알 밝힘'이라는
용어에 각각 대응한다고 볼 수 있다.

> "모든 종교 도덕은 어쩔 수 없이 '나'에서 시작하는 것이니 물론
> 다시 말할 것 없다. 모든 것의 터는 날사랑에 있다. 그러나 내 속
> 알 밝힘이 산골짜기나 골방 속에서 되느냐 하면 절대 아니다.
> …… 속알 밝힘은 반드시 그 어두워진 역사적 사회적 사회 살
> 림 속에서 해야만 할 것이다."[43]

최초 퀘이커 조지 폭스가 17세기 영국 장인 계층의 가문에서 태어나 엄격하고 근엄한 청교도적 분위기에서 성장했지만 그러한 종교적 분위기가 그의 영적 갈증을 해소해 주지 못한 것처럼, 함석헌도 20세기 상공업이 발달한 평안도 지역에서 엄격하고 청교도적인 장로교인으로 성장했지만, 결국 그는 3·1운동이라는 정치·사회 변혁을 체험하고 경직된 장로교로부터 영적 만족을 못 느끼게 되는 것도 폭스의 영적 행로와 유사성이 있다. 고난의 삶을 살다간 조지 폭스와 마찬가지로 고난의 아들 함석헌도 아무런 세속의 매개 없이 절대자와 직접 대면하려던 사람이었다.

　함석헌의 종교적 편력이 개혁적 성향이 강했던 것을 고려한다면, 17세기 영국 교회의 세속적 권위에 대항해서 폭스가 주장한 '내면의 빛' 개념이 20세기 국가 폭력의 시대를 살았던 함석헌에게 영감을 제공해 주었을 것이라 짐작된다. 함석헌은 퀘이커리즘의 내면의 빛을 통해 내적 힘을 기르고 사회 개혁을 추구하는 정신을, 한국 민족이 그 의지를 기르고 일으켜 세우는 한 방법으로 배우기를 원했던 것 같다. 동시에 그도 폭스처럼 기성 교회의 무조건적 권위에 대해 질문을 던질 수 있도록 탈권위적 성향의 퀘이커리즘으로부터 고무되었을 가능성이 크다고 판단된다. 또한 서구 퀘이커들이 고정된 교리나 신경(信經)보다는 다양하게 변해가는 '속의 빛'에 충실할 것을 강조했듯이, 함석헌에게도 중요한 것은 교회의 교리에 대한 복종이 아니라 변화하는 삶을 주체적으로 받아들이는 일이었다.

> "동양의 맘이 본 생명의 근본 모양도 역(易)아닙니까? 역이란 변이란 말입니다. 인생은 변합니다. 인생이 변하는 것이라면 불변하는 교리란 있을 수 없습니다."[44]

함석헌은 서구 퀘이커리즘이 얼마나 동양적인 종교인가를 강조한 바도 있다. "서양 사람에게서 나온 종교 중에서 동양 사람에게 제일 가까운 사상이 바로 퀘이커리즘이라고 할 수 있어요."[45] "하워드 브린튼이 퀘이커리즘을 서양에서 난 종교 중에서 가장 동양적인 것을 가진 종교다 그랬는데…… 하여간 비슷하게 동양적인 그런 게 있는 것은 사실이오. 신비를 인정하는 거지요."[46] 함석헌의 서구 퀘이커에 대한 관심은 그만의 짝사랑이 아니었다. 서구 퀘이커들도 흰 수염, 흰 두루마기, 흰 고무신을 신은 '신비한 동양의 현인'[47] 같은 함석헌의 모습에 깊이 끌려들었다. 그들은 아마도 한국전쟁 후 누더기가 되다시피 한 나라에서 해맑은 영혼의 소유자를 만나며 무더운 사막 한가운데서 시원한 오아시스를 만난 것 같은 환희를 느꼈을 것이다. 그래서 동아시아의 함석헌과 서구의 퀘이커들이 왜 그리도 급속한 '열애'에 빠졌는지를 이해할 만하다. 특히 함석헌은 퀘이커들이 하느님의 말씀을 듣기 위해 드리는 침묵 예배와 불교 신자의 참선, 그리고 노자가 강조한 명상을 모두 본질에서 비슷한 종교적 행위로 보았다.[48] 이런 면에서도 '궁극적으로 모든 종교는 하나'라는 종교적 보편주의는 함석헌에게 자연스러운 결론이었다.

함석헌은 퀘이커리즘을 '새로운 종교'라고 생각하지는 않았다. 나 역시 한국과 영국 퀘이커회의 회원으로서 퀘이커리즘이 근본적으로 기독교와 크게 다르지 않다는 결론을 내린다. 분류상으로 퀘이커리즘은 비국교도 전통에 속하는 기독교의 한 종파이다.[49] 비국교와 국가 종교는 성격을 상당히 달리한다. 국가 종교는 국가의 통치 이데올로기와 화합을 도모하고 국가의 정책에 보조를 맞추려는 경향이 강할 수밖에 없다. 일찍이 기독교가 국가 종교의 위치에 오른 것은 313년 로마의 콘스탄틴 대제가 통치권을 강화하는 방편으로 기독교를 로마제국의 공식 종교로 채택하면서였다. 함석헌은 박해받던 자, 즉 씨알의 종교였던 기독교가 이때부터 통치자, 박해하는 자의 종교로 변질되었다고 보았다.[50] 영의 종교였던 기독교는 교리의 종교, 서구 제국주의의 침략 정책을 선도하거나 묵인하는 종교가 되었다. 그러므로 함석헌에게 교회가 세속 권력의 공인을 얻어 국가 교회가 된다는 것은 자체의 정신적 통솔력을 잃었다는 증거에 지나지 않았다.[51] 함석헌이 국가 종교 대신에 영국의 비국교 퀘이커리즘에 귀의한 데는 나름의 필연성이 있었던 셈이다. 그는 비록 퀘이커리즘이 그가 희망하는 이상적인 의미의 새 종교는 아닐지라도 새 종교의 탄생을 위한 태아의 구실을 하리라고 보았다. "퀘이커리즘은 내가 생각하는 새 종교는 아닙니다. 그러나 미래의 새 종교는 퀘이커리즘과 비슷한 형태의 종교가 아닐까 생각합니다. 그러한 가능성의 씨앗이 퀘이커리즘 안에 있습니다."[52] 가령 함석헌은 퀘이커들의 단체 명상에서 중요한 가능성을 보았다.

> "퀘이커의 명상은 동양의 참선과는 다릅니다. 퀘이커의 명상은 동양의 참선처럼 개인적인 명상이 아니라 단체적인 명상입니다. 퀘이커들은 그들이 단체로 명상할 때 하느님이 그들 중에 함께 임재한다고 믿습니다. 동양의 참선은 비록 열 사람이 한 방에서 명상하더라도 개인주의적입니다. 나는 내 참선이고, 저 사람은 저 사람 참선이기 때문에 모래알처럼 되는 것입니다."[53]

이와 마찬가지 맥락에서 함석헌은 하워드 브린튼의 『퀘이커 300년』을 읽으며 퀘이커들의 공동체 정신에 깊은 인상을 받았다.

> "내가 『퀘이커 300년』을 읽는 동안에 새로 얻은 것 중의 가장 큰

것은 공동체 정신입니다. 나는 이날까지 대체로 자유주의 속에서 살았으니만큼, 개인주의적인 생각을 면치 못했습니다. 그래서 어리석고 교만하게도 세상이 다 없어져도 나 혼자만으로도 기독교는 있을 수 있다 했습니다. 못할 말이었습니다. 이제 전체를 떠난 개인이란 있을 수 없습니다."[54]

퀘이커 교도로서 나는 다른 여러 종교 또한 내 종교를 깊게 이해할 수 있도록 도움을 주고, 다른 사람의 다양한 사상을 접하면서 나의 생각의 폭이 조금이라도 넓어져 간다고 느낀다. 인간 정신은 획일적인 데서보다는 다양성 속에서 최고 가치를 발휘한다. 절대자는 문자 그대로 어디서나 존재한다. 퀘이커들은 이것을 "신적인 어떤 요소는 모든 인간 속에 내재해 있다"고 표현한다.

함석헌은 퀘이커리즘과 비교할 때 동양 전통에서는 전체를 위한 주체적 참여의 정신이 부족하다고 보았다. 그것은 역사적으로 강력한 동아시아의 전제 군주들이 씨알들의 독창성이나 주체 의식을 고무하는 대신 무조건적인 복종심과 숙명주의 인생관을 불어넣어 온 탓이 클 것이다. 함석헌이 심취해 있었던 노장 사상의 경우에도 그것이 지닌 초월 지향이 주어진 운명을 묵묵히 받아들이는 가운데 현실 문제의 해결을 회피하는 구실로 이용될 소지가 다분히 있다. 함석헌은 어떤 종교나 사상도 사회나 역사를 움직이는 힘이 되려면 공적인 증언으로 나타나야 한다고 믿었다. 그리고 이 공적인 증언은 산골짜기 속에서의 조용한 명상이 아닌 세속에서의 직접적인 행동으로 표출되어야 했다.[55] 1960년대 이후 함석헌의 삶과 사상이 바로 그런 방향으로 진행되고 있었다.

전환점

1953년의 「대선언」 이후 함석헌은 공식적으로 어떤 특정 종교의 조직에도 속하지 않고 있었다. 그의 '조직 기피증'은 퀘이커회의 경우에도 예외가 아니었다. 함석헌은 그런 자신을 외딴 들판의 고독한 방랑자로 묘사했다.

> "나는 소속된 집이 없는 승려처럼, 밤에는 시원한 뽕나무 아래서 한숨 자고, 다음 날 아침 유랑(流浪)을 계속하는 나그네 같은 삶을 살았습니다."[56]

그러나 이 나그네에게 서구의 퀘이커들이 보낸 관심은 남다른데가 있었다. 가령 1962년에 함석헌은 미국의 퀘이커들에 의해 필라델피아에 있는 펜들힐 퀘이커 연구원으로 10개월간 초대받는다. 다음해인 1963년 봄에는 영국 퀘이커들이 그를 버밍엄에 있는 우드브룩 퀘이커 연구원으로 불러들였다.[57] 우드브룩에 머물면서 함석헌은 영국 퀘이커들에게 한국사에 대한 강의를 영어로 한 적이 한 번 있는데, 그 자신은 영어 발음 때문에 고민을 많이 했지만 영국인 퀘이커들에게 충분한 감동을 준 것으로 보인다. 한 영국인 퀘이커는 함석헌의 강의가 "언어의 장벽을 무너뜨리는 감동을 전했다"[58]고 기록하고 있다.

1965년에는 미국 퀘이커들의 잡지인 『프렌즈 저널(Friends Journal)』이 "한국의 간디 퀘이커 함석헌"이라는 제목으로 그에 대한 기사와 사진을 싣는다. 이어 1967년에 함석헌은 태평양 퀘이커연합회의 초청으로 미국 북 캐롤라이나에서 열린 세계퀘이커대회에 참석하게 된다. 함석헌이 퀘이커회의의 공식 회원이 되기로 결심한 것은 이 모임에서의 일이었다. 무엇이 '종파 기피증'을 지녔던 함석헌의 심경을 변화시킨 것인가?

"나는 퀘이커들의 우의(friendship)에 대해 책임감을 느꼈습니다. 나 자신으로 하면 새삼 교파에 들어가는 것도 아니요, 회원이 되고 아니 된 것을 따라 다름이 조금도 있을 것 없이 나는 나지만 그들이 나를 대해 주기를 아주 두텁게 대해 주는데 내가 언제까지나 옆에서 보는 사람으로 있는 것은 너무도 의리상 용납될 수 없는 일, 너무도 무책임하고 잔혹한 일이라 생각됐습니다.…… 퀘이커리즘은 신비파 운동에서 일어났지만 다른 모든 신비파들이 빠지는 극단의 주관주의에 빠지지도 않고, 그렇다고 다른 모든 큰 교파들이 하는 것처럼 권위주의에 되돌아가지도 않습니다.…… 퀘이커가 완전한 종교란 말은 아닙니다. 가장 훌륭한 종교란 말도 아닙니다. 내가 지금 나가는 방향에 있어서 그렇게 하는 것이 마땅하다, 그다음은 모릅니다. 적어도 지금은 마땅하다 생각하기 때문입니다."[59]

함석헌이 이전에 심취했던 무교회 운동은 "오직 성서만으로"의 사상에 입각해 있었고 사제지간의 수직적 관계를 강조했다고 우리는 앞에서 말한 바 있다. 따라서 무교회 운동에 결여되어 있던 수평적 인간 관계나 평등주의가 퀘이커리즘에서는 넘쳐나고 있었다.

"나는 갈수록 퀘이커가 좋습니다. 좋은 이유는 그들은 형식을 차리지 않기 때문이요 교리나 신학 토론에 열중하지 않기 때문입니다. 목사도 없고 신부도 없고 아무 차별이 없습니다. 모든 사람이 꼭 같은 자격으로 앉아 누가 누구를 가르치겠다는 것도 누가 뉘게 배우겠다는 것도 없이 둘러앉아, 그저 하나님께서 그 가운데 나타나 계시기를 기다리는 것뿐입니다. 그리고 '우리 교회에 오셔요', '이것 아니고는 구원 없습니다' 식의 전도가 없고, 있다면 그저 밭고랑에 입 다물고 일하는 농부처럼 잘됐거나 못됐거나, 살림을 통해서 하는 전도가 있을 뿐입니다. 그리고 무엇보다도 마음에 드는 것은 종교 냄새가 별로 나지 않는 것입니다. 그들은 자연스럽고, 속이 넓으면서도 정성스럽습니다. 누가 와도, 불교도가 오거나, 유니테리언이 오거나, 무신론자가 온다 해도, 찾는 마음에서 오기만 하면 환영입니다. 그러니 참 좋지 않습니까?"[60]

그러나 실제 한국 퀘이커 모임에서 함석헌의 위치가 일본 무교회 모임에서 우치무라의 위치와 별로 다를 것이 없었다는 점을 여기 지적해 두어야 할 것이다. 대부분의 한국 퀘이커들은 함석헌의 이야기를 듣기 위해서, 혹은 예배 모임 후에 함석헌이 이끄는 성경 공부 모임에 참석하기 위해서 퀘이커 모임에 출석했다고 볼 수 있다. 달리 말하면 한국 퀘이커들의 초점은 퀘이커리즘 자체였기보다는 함석헌이었다. 모임에서 함석헌의 역할은 전형적인 동아시아의 '스승'의 그것이었다. 함석헌과 다른 한국 퀘이커들과의 관계는 공자와 그 제자들과의 관계를 연상시켰다. 그들에게 함석헌은 어려운 존재이자 특별한 존경심의 대상이었지 동등한 만남의 상대가 아니었다. 요컨대 한국 퀘이커 모임에는 진정한 평등사상이 부족했다. 함석헌이 세상을 떠난 뒤 한국 퀘이커 모임이 한때 침체의 길로 접어든 것은 그 점에서 자연스러운 현상이다.

한국인 퀘이커 모임의 문제와는 별개로, 퀘이커리즘은 전체적으로 함석헌의 삶과 사상의 새로운 전개에 든든한 후원자가 되어 주었다. 이후 민주화 운동을 벌이는 과정에서도 함석헌은 서구의 퀘이커들에게 적잖은 지원을 받았다. 특히 미국과 영국의 퀘이커들은 함석헌에 대한 정치 권력의 탄압에 항의하고 국제 여론을 환기하는 데 많은 역할을 했다. 가령 1976년 이른바 '명동 사건'으로 함석헌이 구금을 당했을 때, 영국의 퀘이커 주간지 『프렌드(The Friend)』는 다음과 같이 보도했다.

함석헌 감금되다
함석헌이 '3·1 구국 선언'에 이어 다른 8명의 한국 기독교인들과 함께 체포되었다. 함석헌이 박정희 정권에 의해 체포된 것은 이번이 처음이 아니다.…… 세계퀘이커협의회(Friends World Committee for Consultation)는 박 대통령에게 함석헌을 비롯한 다른 구금자들을 조속히 석방시켜 줄 것을 항의했다. 더불어 우리 영국 퀘이커회는 국제 평화 관계 위원회 간사들과 합동으로 재영 한국 대사관에 같은 종류의 항의문을 보냈다. 이 항의문을 통해서 우리는 함석헌의 종교적 원칙에 입각한 비폭력주의와 그의 인도주의를 위한 전적인 헌신을 언급했다. 미국 퀘이커회(American Friends Service Committee) 또한 박 대통령에게 항의문을 보냄과 동시에, 포드 대통령에게 서면을 보내 남한의 인권이 극악하게 무시되는 상황에서는 미국이 박 대통령에 대한 경제 원조를 중지해야 한다고 촉구했다.[61]

퀘이커리즘은 함석헌 생애 후반기인 1960년대 이후 그의 종교·사상관 그리고 행동 양식에 영향을 미쳤다. 동아시아의 무소속 구도자와 종교적 '이단자'로서 함석헌이 궁지에 몰렸을 때 서구의 퀘이커들은 그에게 심적·물적 지원을 아낌없이 해 주었다. 그래서 그런지 결국 그는 퀘이커로서 삶을 마감했다. 그럼에도 그는 어쩌면 항시 추구하는 '영원한 미완성'의 구도자였다고 느껴진다.

함석헌이 살던 20세기 한반도는 국가(폭력)주의라는 가치가 전지전능한 가치였고 국가라는 이름으로 한 존재의 생사를 너끈히 위협할 수 있는 시대였다. 이런 시대 속에서 작은 한 개인과 거대한 국가의 대립이라는 개념은 지나가던 소가 웃을 생각이었다. 그러므로 그런 절대적 국가 권력에 대해 한 개인이 스스로 세워 놓은 이상적 원칙에 따라 저항한다는 것은, 곧 그 개인과 가족의 필연적 희생을 의미했다. 기꺼이 고난의 길을 선택한 함석헌은 그래서 '바보새'일 수밖에 없었다. 종교적 편협성과 정치·사회적 압제가 팽배했던 지극히 제한된 한국 역사의 한 시대를 살았던 함석헌이 최소한의 조직을 갖춘 퀘이커교의 교도가 된 것은 그런 열악한 외부적 역경에도 불구하고 내적으로 최소한의 진리를 추구하기 위한 염원이었을 것이다.

이런 점을 염두에 두면서 한국 기독교사에서 퀘이커 함석헌의 위치와 의미를 나는 크게 세 가지로 정리해 둔다. 첫째, 퀘이커 함석헌은 '내면의 빛'을 추구하며 혼란의 시대 '한국의 양심'으로 일어설 수 있었다. 난세에 종교인으로서 사회 참여를 통해 그는 한국 기독교의 영성을 더욱 심화시켰고, 복음의 사회적 의미를 새롭게 펼쳐 보였던 것이다. 둘째, 이제 한국 교회도 교회 성장주의와 물량주의를 극복해야 한다. 양적인 규모에 걸맞는 질적인 성숙함을 한국 기독교계가 갖추어야만 한다는 본을, 퀘이커리즘과 함석헌이 보여주었다고 평가한다. 셋째, 한국 교회 평신도들이 목회자에 대한 의존도를 지양하면서, 평신도가 스스로 이끄는 신앙 생활을 지향하는 데, 퀘이커리즘과 함석헌이 새로운 자리매김을 해 주었다고 생각한다.

이렇게 퀘이커리즘은 함석헌에게 종교인으로서의 사회적 책임감과 타종교인에 대한 종교적 관용성을 더욱 일깨워 주었다. 아마도 진리란 하느님과 인간 사이의 올바른 관계 정립뿐만 아니라 인종, 성, 문화, 국가, 이념, 생각, 얼굴, 모든 것이 다른 한 인간과 다른 인간 사이의 올바른 관계의 정립에 있지 않을까. "길은 인간 관계에 있습니다. 눈은 별을 보지만 가는 것은 땅을 디디는 발입니다"[62]는 그의 고백처럼 결국 모든 인간의 문제는 '발과 별', 즉 현실과 이상의 조화에 있다. 아무리 훌륭한 이상도 현실적 뒷받침을 받지 못하면 빛을 보지 못하고, 원대한 이상이 없는 근시안적인 현실은 인간 정신을 메마르게 할 뿐이다.

한국 기독교인의 종교관도 외골수적이거나 편집광적인 획일성에서 벗어나 폭넓은 보편적 안목을 가져야 한다. 오늘날 세계는 인터넷의 영향 등으로 경제적 단위는 물론이고 문화·정신적으로 더욱 좁아지고 있다. 그래서 각 국가, 문화 간의 긴밀한 접촉은 불가피하다. 세계 공동체의 사회 구조 또한 민족이나 국가의 단위를 넘어서 점점 더 보편적으로 변화되어 간다. 자기 민족, 자기 종교, 자기 문화 중심주의는 이제 인류가 청산해야 할 과제다. 이러한 오늘날의 세계에서 한 민족의 미래는 인종·문화·종교적 다양성과 여러 집단 간의 상호 존중에 있다. 내가 남의 다름을 인정하지 않으면서 남이 나의 다름을 인정해 주기를 바라는 것은 곧 독선이고 아집일 뿐이다. 함석헌과 퀘이커리즘은 한국 기독교의 배타주의와 선민의식을 극복하고 다른 종교나 이념에 대해 관용을 갖고 편견 없이 받아들이는 데 도움을 주었다.

편식이 몸의 건강에 안 좋듯이 균형을 잃은 편향된 사상이나 종파심은 인류의 건강한 정신 발달에 안 좋다. 함석헌이 그랬듯이 인간은 자신을 객관적으로 볼 수 있어야 한다. 나에게는 내가 가진 이념이나 신앙이 최고 불변의 가치이고 생명보다 소중할 수도 있지만, 타인에게는 전혀 그렇지 않을 수가 있다. 그리고 타인의 그런 관점과 자유를 존중해 주지 않고서는 인류가 영원히 흑백논리와 독선, 그리고 끝없는 죽음의 분쟁에서 벗어날 수 없다. 내 이웃을 내 몸과 같이 사랑할 수는 없겠지만, 타인, 타민족, 타국가의 신앙과 이념을 서로가 이해하고 포용하려고 노력하는 데서 하느님 나라는 인류에게 한 발짝이라도 더 가까이 다가오리라 확신한다.

행동가의 길

1960년대 이전 함석헌은 한국의 현실에 대해 줄기차게 발언해 왔고 그 때문에 권력의 탄압을 받았다. 그러나 아직 직접 행동의 방식으로 사회 모순을 해결하기 위해 나선 상태는 아니었다. 그가 그런 의미의 행동가로 나선 것은 1961년의 군사 정변이 일어난 뒤의 일이다. 1960년대 이후 본격화된 그의 현실 참여에 결정적인 동기를 준 사람은 바로 안병무였다고 함석헌은 기록한다.[63] 그 첫 매듭을 이루는 것이 1963년 독일에서 있었던 안병무의 '우정 어린 설득'이다.

이해 여름, 미국의 펜들힐과 영국의 우드브룩 연구소에서 퀘이커리즘을 공부한 함석헌은 1956년부터 하이델베르크대학에 유학하며 신학을 공부하던 안병무를 만나러 독일에 들렀다. 오랜만에 만난 두 사람은 안병무가 운전하는 "씨알의 수레(Volkswagen)"를 타고 북유럽을 한 달간 여행했다. 이때가 생애에서 가장 행복한 때였다고 함석헌은 나중에 회고한다. 여행 도중에 두 사람은 한국 현실을 놓고 많은 이야기와 토론을 나누었다. 당시 그들의 조국에서는 1961년 군사 정변으로 권력을 장악한 박정희가 공화당을 만들어 대통령이 될 준비를 착착 진행시키고 있었다. 안병무는 함석헌에게 박정희의 이런 움직임에 대항하는 직접적인 행동에 나설 것을 끈질기게 촉구했다. 당시 상황을 함석헌은 이렇게 이야기한다. "그 친구(안병무)가 제가 떠나는 날 하는 말이 '선생님, 이번에 가시면 가만히 계시면 안 돼요' 하기에 왜 그러냐 했더니 '선생님도 4·19에 책임이 있어요'라는 거예요. 저는 솔직히 그때까지 그런 생각을 한 일이 없었어요. 그 말을 듣자 책임감이 느껴지기도 하고, 나도 잘못한 것을(여성 문제) 사면받으려면 스스로 자신을 벌해야겠다고 생각했어요. 벌을 받으려면 일선에 나서야 하지 않겠어요. …… 제게는 맞지 않는 줄 알면서도 일선에 나섰던 겁니다."[64]

1992년 7월 13일에 필자와 가진 인터뷰에서 안병무는 그때의 정경을 이렇게 떠올렸다.

"나는 함 선생님의 모습에서 광야를 헤매는 이스라엘 민족 지도
자 모세를 떠올렸습니다. 함 선생님은 그때 당신이 나서서 뭔가
를 해야 한다고는 생각하지 않으셨지요. 겸손한 면이 있어서
'나 같은 게 뭐', '나 같은 게 감히', 그런 말씀만 하시는 겁니다.
그래서 내가 강하게 말씀드렸지요. 빨리 한국으로 돌아가시라
고, 가서 대중 집회나 강연회도 열고 하시라고. 그래도 함 선생
님은 계속 '내가 어떻게' 하시는 거예요. 결국 내가 함 선생님을
울렸습니다. 식사하시다 말고 눈물을 흘리셨어요. 그러고는 즉
시 귀국하셨지요."

안병무에게서 박정희에 관한 기사가 실린 신문을 받아 읽던 함
석헌은 흐르는 눈물을 주체할 수 없었다. 4월혁명으로 이승만 독
재를 물리치고 모처럼 자유를 맛보았던 그의 나라는 또 다른 독재
자의 억압에 짓눌려야 할 운명에 있었다. 이 민족의 고통은 대체
언제 끝날 것인지, 함석헌은 참담하고 가슴이 아팠을 것이다. 누
군가 형제들의 고통을 더는 일에 앞장서야 한다면, 그것이 바로
함석헌 자신에게 주어지는 양심의 요청이라면 더는 망설이지 않
으리라 마음을 굳혔을 것이다. 그래서 그는 인도와 아프리카 여행

계획을 취소하고 곧장 귀국길에 올랐다. 귀국해서 안병무에게 보낸 편지를 보면 그가 얼마나 비장한 각오를 했는지 알 수 있다.

> "일은 드디어 벌어지고 말았습니다. …… 나는 이제 결심했습니다. 극한 투쟁을 하기로. 비폭력의 국민 운동을 일으켜 민정(民政)을 수립하도록 하자는 것입니다. 물론 나야 정치가는 아니지만 여론을 일으키도록 하렵니다. 지방 순회도 생각하고 …… 요새 안 형 생각을 자꾸 합니다. ― 1963년 7월 24일"[65]

이러한 다짐에 따라 함석헌은 서울시민회관, 오산고교, 대광고교 등에서 5·16군사 쿠데타와 박정희 정권의 부당성을 정면으로 지적하는 대중 강연회를 잇달아 열었다. 서울 시민회관 강연회에서 함석헌이 말했다. "내 진단에 의하면 국민은 군정을 원하지 않으며, 군정의 업적이 있다면 비싼 물가로 국민을 허덕이게 한 것뿐입니다. 나라가 잘되려면 군인이나 정치인에게 기대하지 말고 할 말을 바로 하여 고쳐 나가는 수밖에 없는데, 말하는 사람이 없어서 대신 내가 하는 것입니다." 청중들은 함석헌의 말 한마디, 한마디가 끝날 때마다 천둥과 같은 박수를 보냈다. 함석헌은 독재 정권에게 민주주의를 구걸하지 않았다. 역사의 주인은 민중이므로, 당당하고 떳떳하게 잃어버린 민중의 권리를 요구할 뿐이었다.

그는 폭력을 쓰는 사람이 오히려 약하고 비겁한 사람이라는 것도 역설했다. 총칼의 위협 앞에서도 비굴해지지 말고 당당히 역사의 주인이 되어야 한다는 함석헌의 가르침에 청중들은 뜨거운 감동을 받았다. 이런 함석헌의 공개 강연은 열렬한 호응을 받아 매번 8만에서 9만 명에 이르는 씨알들이 모여들 정도였다.[66] 동시에 함석헌은 "불의에 대해 침묵을 지키는 것은 결국 그 불의에 대한 공범자"(『동아일보』 1963년 10월 14일)라고 주장하며 일간지와 잡지에 부지런히 글을 썼다. 다음은 그가 『사상계』 1963년 8월호에 기고한 「3천만 앞에 울음으로 부르짖는다」라는 글의 일부이다.

"박정희 님, 내가 당신을 국가재건최고회의 의장이라고도, 육군 대장이라고도 부르지 않는 것을 용서하십시오. 나는 당신을 양심을 가지고 이성을 가지는 인간 박정희 님으로 알고 대하고 싶습니다.…… 여러분은 여러 가지 잘못을 범했습니다. 첫째 군사 쿠데타를 한 것이 잘못입니다. 나라를 바로잡잔 목적은 좋았으나, 수단이 틀렸습니다. 그리고 수단이 잘못될 때 목적은 그 의미를 잃어버립니다.…… 여러분은 아무 혁명 이론이 없었습니다. 단지 손에 든 칼만을 믿고 나섰습니다. 그러나 민중은 무력만으로는 얻지 못합니다.…… 큰 잘못은 혁명 공약을 아니 지킨 것입니다.…… 군정을 2년간 하겠다는 말을 듣고 〔민중은〕 깜짝 놀랐습니다.⋯⋯ 그러나 2년이 다 되어도 당신들이 물러갈 생각은 아니하고 미리 정당 조직을 하는 등 박정희 님이 출마한다 했다 아니한다 했다 하는 데 아주 실망을 해 버렸습니다."[67]

박정희는 일본 군대가 길러 낸 인물이었다. 일본 제국주의가 세운 만주군관학교와 동경의 일본군관학교를 다니는 동안 박정희는 일제에 대한 열렬한 충성심으로 급우들에게 '특등 일본인(tokuto Nipponjin)'이라는 별명을 얻었다.[68] 박정희는 일본군관학교 시절 다카키 마사오라는 일본 이름을 사용했는데, 나중에 만주에서 일본군 신분으로 쓰던 이름은 오카모토 미노루였다. 일본군에서 이중 이름을 사용했다는 것은 박정희가 한국인 독립군을 토벌하는 일에 정보대 요원으로 활약했음을 암시한다. 이러한 경력을 염두에 두면 박정희가 1965년 7월 전국적인 반대 여론과 군중 시위에도 불구하고 한국과 일본의 국교 정상화를 강행한 것도 전혀 무리가 아닐 것이다. 박정희는 전국의 대학에 휴교령을 선포하고 반대 시위를 하는 시민들과 학생들을 가차없이 체포, 구속했다. 이때 함석헌은 한일 국교 정상화에 반대하여 삭발을 하고 2주일 넘게 단식 투쟁을 벌인다.

이렇게 박정희 정권의 억압에 맞서면서 함석헌은 절망에 빠진 이상주의자 혹은 동서양의 여러 종교와 철학을 섭렵하던 '종교적 방랑자'에서 자신이 처한 사회적 상황을 투철하게 인식하고 정면으로 대응하는 현실주의자로 변모하고 있었다.[69] 안병무의 말이 아니더라도 이러한 모습은 40년 동안 광야에서 방황하던 시절을 거친 다음 이스라엘의 지도자로 공적 생애를 열어 나간 모세의 삶을 연상시키는 바 있다. 그러나 함석헌에게 사회적 정의를 향한 강렬한 지향을 현실적 힘으로 키울 만한 조직력과 정치력은 부족했던 것이 사실이다. 그런 면에서 크게 의지가 된 사람은 바로 『사상계』 발행인 장준하였다. 1956년 『사상계』에 「한국의 기독교는 무엇을 하고 있는가?」를 기고하면서 급속히 가까워진 장준하로부터 함석헌은 자신의 생각을 사회·정치 현실에 적용하는 데 필요한 구체적인 방법들을 배웠다.[70] 이치석은 함석헌과 장준하의 이러한 상호 의존을 제갈량과 유비의 관계로 묘사한 적이 있다. 한 사람이 현인(賢人)이자 깊이 있는 사상가였다면, 다른 한 사람은 뛰어난 조직력을 갖춘 왕성한 행동가였다.[71] 김삼웅은 장준하가 함석헌을 필자로 '발굴'한 것이 『사상계』가 성공한 요인 중의 하나였다고 평가한다. 장준하와 함석헌은 『사상계』를 통해 만나게 되고, 한국 사상계와 정신계에 커다란 발자국을 남긴다. 둘은 그렇게 해서 한국 언론사(言論史)와 반독재 민권 운동사에 있어서도 크나큰 업적을 남겼다. "장준하가 존재하므로 『사상계』가 있었고, 함석헌의 존재로 인해 『사상계』는 그 존재의 빛을 발휘할 수가 있었다. 『사상계』를 매체로 하여 함석헌과 장준하의 가치와 역량은 상승적 효과를 나타내게 되었다."[72] 이렇게 『사상계』를 통하여 함석헌이 사회 비평적인 글을 쓸 수 있는 마당을 장준하가 마련해 준 셈이다.

장준하에 대한 함석헌의 배려는 각별했다. 1967년, 장준하가 감옥에 갇혀 있을 때 함석헌은 주변의 강력한 반대에도 불구하고 그를 국회의원으로 당선시키려는 대대적인 캠페인을 벌였다. 특별히 동대문 운동장 선거 유세 연설 중 함석헌은 두루마기 호주머니에서 손수건을 꺼내 흐르는 눈물을 닦아 내면서 외쳤다. "여러분, 장준하를 살려 주십시오. 장준하 『사상계』 사장을 국회로 보내 주셔야 합니다. 그렇지 않으면 장준하 이 사람 감옥에서 죽습니다. 자살할지도 모른단 말입니다."[73] 이렇게 열렬하고 헌신적인 함석헌의 분투 덕분에 결국 장준하는 한국 역사상 처음으로 국회의원에 옥중 당선하는 영광을 누린다. 함석헌의 뜻하지 않은 '정치적 역량'에 놀란 야당 정치계에서는 함석헌을 아예 당수로 모시려 한다. 박정희 군사 독재 정권에 정면으로 당당히 맞설 인물은 함석헌밖에 없다는 결론 때문이었으리라고 추정된다. 그러나 함석헌은 이런 야당의 정치 입문 제의를 냉정하고 단호하게 고사한다. 함석헌은 정치인으로는 유일하게 장준하만을 믿었다. 함석헌의 장준하에 대한 인물평을 보자. "장준하의 사람됨을 보면 구약의 야곱 같은 데가 있습니다. 참사람이 되는 데 없어서는 안 되는 무외(無畏)의 덕을 그는 풍부히 가지고 있습니다. 겁이 없습니다. 무서운 것이 없습니다."74) 더욱이 장준하는 감옥에 갇혀 있을 때도 면회를 온 함석헌에게 『사상계』에 계속해서 글을 써 달라고 채근하곤 했다. 함석헌도 감옥 창살 너머로 건네 오는 장준하의 부탁을 개인적인 호소라기보다 역사의 명령, 하느님의 명령으로 여겼다.75)

『씨알의 소리』와 '죽을 때까지 이 걸음으로'

강(强)을 약(弱)으로 제(制)함

한국 사회는 박정희 한 사람에게 절대적인 권력을 집중시키면서 1970년대를 맞았다. 민주주의를 열망하는 수많은 한국인에게 또 하나의 암울한 연대의 시작이었다. 반공을 국가 이념으로 삼은 박정희의 바람과는 달리, 1970년대 초엽의 세계는 미국과 공산 중국이 국교 수립을 모색하는 등 점차 이데올로기적 화해(데탕트) 분위기를 만들어 나가고 있었다. 또 1971년에 실시된 대통령 선거에서 박정희는 갖은 부정을 저지르고도 김대중에게 간신히 이겼을 뿐이다. 이러한 나라 안팎의 정황에 위협을 느낀 박정희는

1972년 10월 계엄령을 선포하여 국회를 해산시키고 유례 없는 1인 독재 체제를 완성하기에 이른다. 이른바 유신 체제의 시작이었다. 박정희는 유신 헌법에 그치지 않고 이후 여러 번에 걸친 '긴급조치'를 통해 자신에 대한 그 어떤 비판이나 반대도 금지했다. 자기를 반대하는 시위에 참여하는 학생은 사형시켜 버린다는 협박을 서슴지 않았고 실제로 '민청학련' 사건을 계기로 8명의 청년들을 처형하였다. 이런 식으로 펼쳐진 박정희의 공포 정치는 1979년 그기 심복의 총에 죽음을 당할 때까지 계속된다.

씨알들은 두려움과 불안함 가운데 매일매일을 보내야 했다. 나날이 무자비해지는 박정희 정권 아래 침체와 패배주의에 빠진 씨알들에게 절실하게 필요한 것은 희망과 격려였다. 그렇게 생각한 함석헌은 4·19혁명 열 돌인 1970년 4월 19일, 한국의 민주화와 언론의 자유를 증진시킬 방안의 하나로 월간지 『씨알의 소리』를 창간한다. 함석헌은 언론의 자유를 인간이 추구해야 할 절대적 가치로 보았다. 그는 한국에서 가장 문제가 되는 것은 사상의 빈곤으로 진단했고 그 사상 빈곤의 원인으로는 한국인의 지능지수가 부족해서가 아니라 "생각을 말로써 표현하지 못해 온 역사적 풍토 때문"이라고 지적했다.[76]

'씨알'은 '민중'을 뜻하는 순 우리말이다. 이 잡지를 빌려 함석헌은 소외되고 억눌린 사람들의 목소리를 담고 싶었다. 채 100쪽

이 되지 않았지만, 어두운 시대를 밝혀 줄 등불이 되었으면 하고 진심으로 바랐다. 그런 까닭에 누구나 쉽게 읽을 수 있도록 한글 가로쓰기를 했고, 말하듯 글을 썼다. 『씨알의 소리』 첫 호에서 함석헌은 이렇게 말했다. "신문이 씨알에게 마땅히 알아야 할 것을 보여주지 않고 있다. 뿐만 아니라 씨알이 하고 싶어서 못 견디는 말을 입을 막고 못하게 한다. 그래서 『씨알의 소리』는 민중이 알아야 할 것이라면 무엇이든 숨기지 않고 보여주려 한다."

당시만 해도 서슬 퍼런 독재 정권에 바른 말과 글로 맞선 사람은 별로 없었다. 그랬다가는 쥐도 새도 모르게 잡혀가 고문당할 게 뻔했으므로 대부분 꿀 먹은 벙어리처럼 입을 다물고 있었다. 장준하가 만든 잡지 『사상계』가 그랬던 것처럼, 그런 시대에 뜻있는 잡지를 만들기란 쉬운 일이 아니었다. 게다가 어디를 가든 중앙정보부 사람들이 뒤따라 다녔기 때문에 모이는 일조차 쉽지 않았다. 회의는 대개 면목동에 있던 장준하의 전셋집에서 했지만, 감시가 심해지면 신촌 김동길 박사 집, 법정 스님이 있던 봉은사로까지 옮겨 다녀야 했다. 이처럼 『씨알의 소리』는 마치 만주 벌판을 헤매며 독립 운동을 하듯 갖은 고난과 싸워 가며 해야 할 일이었다. 함석헌은 문어체가 아닌 구어체, '함석헌체'라고 알려진 그만의 독특한 문체로 이루어진 글들을 이 잡지에 실어 한국의 정치와 사회에 대한 생각을 직접 씨알들에게 전하는 데 힘썼다. 함석헌은 박 정권에 대해서만이 아니라 무력하고 겁많은 지식인들, 특히 언론인들을 거침없이 비판했다. 안병무, 김동길, 법정 같은 이들도 이 잡지를 통해 활약하게 된다. 이러한 잡지의 발행이 순탄했을 리 없다. 박정희 정권은『씨알의 소리』2호가 출판되자 당장 폐간 조치를 내렸다. 그러나 국가를 상대로 한 항소에서 승리함으로써『씨알의 소리』는 부활한다. 1970년대를 통해서『씨알의 소리』는 박정희 정권에 직설적으로 대항하는 극히 드문 매체였다.

박정희 정권은 집권 당시부터 반공과 국가 안보, 그리고 경제 성장의 논리를 스스로를 정당화하는 이데올로기로 동원하고 있었다. 1970년대에 들어오자 박정희 정권은 터져 나오는 민주화 요구를 제압하기 위해 새로운 이념적 장치를 개발할 필요가 있었다. 그에 따라 편의적으로 차용된 것이 유교 전래의 '충효 사상'이었다.[77]

대체로 유교에서 개인은 소아(小我)로서 보조적인 존재인 반면, 통치자는 최고의 주권을 가진 대아(大我)적인 존재이다. 따라서 소아나 개인을 강조하는 것은 유교에서 종종 비난의 대상이 돼왔다. 소아의 문제에 집착하는 것은 대아 즉 주권자에 대한 의무를 게을리하는 것으로 이해되었다. 반면에 대아는 막대한 특권을 누릴 수 있었고, 주권자로서 비행(非行)이나 악행도 특별한 면죄부를 받을 수 있었다.

흥미로운 것은 중국인들이 개인주의라는 것을 "각자가 각자를 위하여"라는 부정적인 의미로 이해했고, 자유 역시 "조절되지 않은 충동"으로 통치자의 입장에서 보면 부정적인 개념이었다는 점이다.[78] 그러므로 중국의 사상가 옌푸(嚴復, 1854~1921)가 존 밀의 유명한 저서인 『자유론(On Liberty)』을 『권계론(權界論)』으로 번역한 것은 주목할 만한 일이다. 중국의 옌푸는 서구의 자유라는 개념을 '권력에 한계와 제한을 가하는' 개념으로밖에는 이해할 수 없었다. 더욱이 옌푸는 자신이 번역한 『권계론』 서문을 통해 프랑스 사상가 루소의 천부인권론을 노골적으로 비판했고 정치적 자유를 노골적으로 반대했다.[79] 아울러 옌푸는 유교에는 아예 자유에 해당하는 개념이 없다고까지 했다.[80] 이런 점을 고려할 때도 중국인 옌푸가 지니고 있던 가치관이나 신념이 영국인 존 밀의 자유엔 대한 사상과 개념을 제대로 이해했다고 보기는 어렵다고 판단된다. 개인의 권리와 자유, 그리고 법 앞에서 통치자나 통치를 받는 자가 모두 동등하다는 개념은 유교의 입장에서는 낯선 개념이었다. 공자에게 정치인은 아버지와 같은 존재였고, 강력한 가부장적 정권을 그는 이상적으로 보았다. 이러한 공자의 사상은 유교의 역사를 통하여 변하지 않는 근본적 교리로 남았던 것이다.[81]

그러나 여기서 우리가 짚고 넘어갈 것은, 공자 자신은 위대한 인본주의자였으며 유교 역시 동아시아 역사에 큰 공헌을 했다는 것이다. 공자의 의도는 전제 군주의 독재 정치에 이념적 정당성을 마련해 주자는 것이 아니었다. 정치·사회적 소용돌이 속에 휩싸인 춘추전국시대의 중국이라는 구체적인 조건 속에서 사회적 질서와 정치의 도덕률을 강조했던 것이다. 그러나 전제적인 왕조는 공자의 사상을 자신들의 정권을 합리화하는 도구로 이용했고 박정희 역시 공자의 가부장적 교리를 국민들에게 침묵과 복종을 강요하는 이념적 무기로 활용했다. 김영명은 박정희가 유교의 이념을 선별적으로 강조함으로써 한국 노동 운동에 고삐를 조이려 했다고 말한다.[82]

전통적으로 유교는 통치자의 지배 이념이나 상류 계층의 철학으로 받아들여졌다. 반면에 통치권을 장악한 유학자들에 의해 이단, 심지어 위험한 사상으로 치부된 것이 노장 사상이었다.[83] 특히 성리학(신유학)이 조선 왕조의 통치 이념으로 채택되면서 유학자들은 노장 사상을 이단적인 사상으로 배척했다.[84] 그럼에도 노장 사상은 서민층에게는 민속적인 종교의 형태로 환영받았다.[85] 노장 사상이 한국에 남긴 독특한 민속 유산으로는 신선 사상을 들 수 있다. 중국과 한국은 모두 권위주의적인 역사를 가졌다. 유교의 권위주의를 정(正)의 개념으로 볼 때, 신선 사상은 이 권위주의에 대한 반(反)의 개념으로 이해할 수 있다. 신선 사상에 등장하는 신선은 초역사적이고 초자연적인 능력을 가지고 기존의 제도와 권위주의적 속박에 저항하는 존재다.[86] 그는 비판 의식과 저항 의식을 옹호하고 기존의 고정된 세속적 가치 체계에 정면으로 도전하며 거꾸로 된 역(逆)가치를 추구한다.[87]

유교에는 계급적 의식과 숙명론(宿命論)적 개념이 강하고, 이런 특성에 따라 개인의 모험심이나 도전 정신을 부정적인 것으로 취급한다. 전통적인 유교 개념에서 이름이나 칭호를 부여하는 것은 어떤 개인이 통치자(皇帝) 아래 하나의 계급적 위치에 귀속되어 있다는 것을 표시한다.[88] 그러나 노자가 이야기하는 도(道)는 이런 계급적 관계, 통치자 아래 속하는 것을 거부한다. 그래서 노자는 도에 이름 부여하기를 거부하는 것이고, 도에는 이름이 없는 것이다(道可道 非常道, 名可名 非常名). 노자의 도는 통치자(皇帝)가 속해 있는 시공조차 초월해 있다. 도가에서는 왕권신수의 개념 혹은 도를 억압하거나 등급을 매기는 어떤 종류의 정치 권력도 거부하고 차라리 아나키즘의 경향을 띠는 것이다.

유교는 본래 중국 황실의 관료 제도와 사회를 이끌기 위한 도덕 및 정치적 규범을 형성하려는 데 그 이념적 목적을 두었다. 이와 대조적으로 노장 사상은 인위적 구성이나 인습적인 속박에 반대하여 자연주의적 철학과 자유 정신을 제안했다. 유교는 또한 각자 자기 자신과 가정을 다스린 후에야 국가의 문제를 다룰 수 있다고 믿는데(修身齊家後 治國平天下), 실제로 수신을 완벽하게 할 수 있는 개인은 없으므로 유교의 이념대로라면 씨알들의 사회적·정치적 참여는 있을 수 없는 일이다. 또 유교에서 황제와 씨알 사이의 불평등한 관계는 정치에 꼭 필요한 요소이다. 공자는 인간 관계는 불평등해야 된다고 보았고, 불평등한 인간 관계를 없애 버리는 것은 곧 문명을 혼돈과 파멸 상태로 이끌 것이라고 믿었다. 공자에게는 개인이 사회 속에서 불만 없이 정해진 위치에 속해 있으면서 위로 통치자(황제)를 섬기는 것이 유일하게 문명을 유지할 수 있는 길이었다.[89]

공자가 예(禮)와 도덕적 행실을 강조한 데 반해, 노장은 인위적이지 않은 도의 길을 따름으로서 내적인 조화와 평온을 양성(養成)할 것을 권장하였다. 『도덕경』에 따르면, 가장 이상적인 통치자는 씨알들의 생활에 최소한의 간섭만 하기 때문에 씨알들이 그 존재를 전혀 인식하지 못한다. 이러한 통치자를 노자는 무위(無爲)의 도를 실천하는 참된 지도자로 보았다.

그러나 노장의 무위는 완전한 무활동이나 게으름을 뜻하는 개념이 아니다. 노장의 무위란 조용하고 생색내지 않는 행동이다. 정치가가 무위를 통해 실천한 정책은 자연스럽게 조화되고 흡수되기 때문에 씨알들은 지도자의 영향력과 공헌을 느끼지 못한다. 노자는 이러한 지도자를 이렇게 표현한다. "공적을 세운 지도자는 그가 공을 세운 곳에 머무르지 않는다(功成以不居)."[90] 이것은 마치 최고의 숙련공이 거친 흔적 하나 없이 말끔하고 깨끗하게 다듬은 옥을 보여주는 것과 같다. 이러한 노장의 무위는 기독교식으로 이야기하면 "오른손이 하는 것을 왼손이 모르게 하여 너의 착한 행실이 남의 눈에 띄지 않게 하라"[91]는 것과 같다. 노장 사상의 이러한 교훈을 현대식으로 표현하면 "최소한의 정부가 최고의 정부다(the least government is the best form of government)", 종교에 빗대면 "최소의 조직을 가진 종교가 최고의 종교다(the religion with the least institution is the best form of religion)"라고 말할 수 있다. 이것은 "좋은 산수가(算數家)는 주판을 필요로 하지 않는다"[92]는 노자의 다른 비유와 의미를 나누고 있고, "편안한 신발을 신고 걸으면 발을 잊는다. 허리띠가 편안하게 잘 맞으면 허리를 잊는다"[93]는 장자의 이야기와도 맥이 이어진다.

　박정희 정권이 유교를 정권 유지의 도구로 악용하고 함석헌이 여기에 맞서 노장 사상을 강조한 것은 대체로 이러한 심층의 맥락을 갖는 것이었다. 함석헌은 1971년 7월부터 1988년 5월까지 오랜 기간에 걸쳐 『노자』와 『장자』를 주제로 공개 강좌를 진행했다. 이 강좌를 통해 함석헌은 박정희가 유교의 충효를 강조한 데 반해 노장의 자유 정신과 초월 사상을 강조했다. 박정희가 주창한 경제 제일주의에 반대해 사회적 신분이나 종교적 지향에 관계없는 인간의 존엄과 도덕성의 원칙을 내세웠다. 함석헌에게 민주주의란 '최대 다수의 최대 행복'만이 아니었다. 그에게는 소외된 소수의 존엄성을 다수의 횡포로부터 보호하는 것도 중요한 민주주의의 원칙이었다.[94] 만약 오른손잡이가 다 모여서 "왼손잡이를 위한 시설을 다 없앰으로써 효율성과 생산성을 높일 수 있다"라고 다수결로 주장하고 자유롭게 결정해 버린다면 그것이 올바른 자유민주주의일까? 그것은 마치 비유대계 독일인들이 유대계 독일인들을 차별하고 박멸하도록 다수결로 히틀러 정권을 지원해 준 것과 같다. 그런 기형적인 '자유민주주의'는 결국 600만 유태인을 학살하는 반인륜적 참극을 초래했다. 그리고 이런 다수의 횡포는 국회 다수당인 한나라당이 국회에서 '미디어 법'이나 사회복지비를 대량 삭감한 '새해예산안'을 편법으로 통과시키고 "민주당은 다수결의 원칙에 따라야 한다"고 떠드는 것과 같다. 약자의 권익을 돌보지 않고 소수자에 대한 배려가 없는 다수결은 독재의 표면적 정당성을 마련해 주고 자유민주주의 이름을 가장한 반인륜적 집단 이기주의일 뿐이다. 앞서 우리는 이승만 정권 시절 노장 사상에서 큰 정신적 위안을 받았다는 함석헌의 말을 인용했다. 노장 사상은 정치적 차원 밖에서도 큰 사상적 의의를 가진 것이었지만, 정치적으로도 박정희 정권 아래의 함석헌에게 지배자들의 이념적 토대를 근본적으로 허무는 사상적 무기라는 의미를 가지고 있었던 셈이다.

자유를 위한 행진

민주화 운동에 대한 박정희의 보복은 시간이 흐를수록 포악해졌다. 1973년 8월, 박정희의 지시에 의해 야당의 대통령 후보였던 김대중이 동경에서 납치되어 죽을 고비를 넘긴 후 중앙정보부 지하실로 끌려오는 일까지 벌어진다. 그런 한편 민주화 운동도 탄압이 가해지면 잠시 주춤했다가 이내 다시 모이는 식으로 끈질기게 대항하기를 멈추지 않았다.

함석헌은 1973년 11월, 기존의 노장 강좌에 더하여 퀘이커리즘과 성경을 공부하는 모임을 만들어 씨알들을 교육하는 한편 12월에는 유신 헌법을 겨냥한 '현 시국 상황에 대한 공개 토론회'를 여는 등 다발적인 활동을 펼쳐 나가고 있었다. 유신 헌법에 반대하는 움직임은 이어 장준하에 의해 '유신 헌법의 민주적 개정을 위한 100만인 서명 운동'으로 이어졌고 불과 열흘 만에 40만 명의 씨알들이 지지 서명을 했다. 이에 위협을 느낀 박정희는 바로 다음 날 장준하를 구속시켰다.[95]

1974년 11월, 함석헌은 윤보선, 김대중과 공동으로 민주회복국민협의회(이하 '민협')를 설립하고 공동 의장이 되었다.[96] 유신 헌법 선포 후에 야당이 무력화된 상태에서 민협은 집권당인 공화당의 독주에 대항하여 재야에서 사실상 야당의 역할을 철저히 수행했다.[97] 민협은 또한 도와 시를 포함한 전국적인 규모의 조직망을 갖추고 있었는데, 1975년 3월 시점에서 50여 개의 지방 본부를 두었다.[98] 아울러 민협은 '민주 시민을 위한 헌장'을 발표하여 민주주의를 가로막는 모든 법적·제도적인 장치에 맞선 시민들의 저항을 촉구했다. 이 헌장이 제시한 민주적 저항 운동의 세 가지 원칙은 폭력을 사용하지 않는 비폭력 저항, 둘째 시민 불복종 운동, 셋째 민주 세력 간의 총단결이었다.[99]

1974년 한 해 동안 1,000명 이상의 시민과 학생들이 정치적 이유로 체포되었다. 그중 180여 명은 장단기간에 걸쳐 투옥되었고, 몇 명은 교수형에 처해지기도 했다.[100] 당시에 수감되어 있던 장준하는 "거꾸로 매달린 채 몸의 여러 군데에 화상을 입었고", 민간인 신분임에도 군사 재판에 회부되어 15년 징역을 선고받았다.[101] 장준하는 몇 달 뒤 석방되었지만 곧 산에서 변사체로 발견되기에 이른다. 장준하의 죽음은 오늘날까지 의문사로 남아 있다.

1975년 4월 8일, 박정희는 대통령 긴급 조치 7호를 발령하여 대학생들의 시위를 전면 금지시켰고, '대통령 모욕죄'를 제정해 자신에 대한 어떠한 비판도 불법화했다. 더불어 고려대학교 내에 군대를 진입시켰다. 한 달 후에는 긴급 조치 9호를 발령하여 민주화 운동의 자리를 더욱 좁혔다. 이후 약 1년간의 침묵 끝에 함석헌, 김대중, 윤보선, 안병무, 이문영, 이태영, 이우정, 서남동, 문익환, 문동환, 윤반웅, 정일형 등은 1976년 3월 1일 박정희 정권과 유신 체제에 정면으로 도전장을 내밀었다. 그것이 '3·1구국 선언'이었고 이른바 '명동 사건'이었다. 함석헌 등은 선언문을 통해 목숨을 걸고 이렇게 말했다. "지금 국민들은 독재 정권의 쇠사슬에 묶여 있다. 국가 안보가 위태롭다는 구실로 마음껏 생각하고 꿈꿀 자유가 억눌려 있으며, 말하고 표현할 자유조차 존중받지 못하고 있다. 또한 우리 경제를 일본 경제의 들러리인 것처럼 만들고 있으며, 그런 까닭에 우리나라는 국제 고아처럼 되어 버림 받고 있다." 그럼에도 불구하고 박정희 정권은 눈 하나 깜짝하지 않았다. 선언문이 발표된 날부터 줄줄이 잡아가기 시작하더니 정부를 뒤집어엎으려 했다며 12명 모두를 감옥으로 보냈다. 『뉴욕타임즈』는 이를 아래와 같이 보도했다.

서울의 반체제 인사들 박 대통령 사임 요구. 서울, 남한, 3월 2일 남한의 재야 지도자들은 성명서를 발표해 박 정권이 긴급 조치를 철폐할 것과 동시에 1972년 유신 헌법으로 인해 제약받는 모든 정치적 자유를 회복시킬 것을 요구하였다. 이 성명서는 12명의 주요 정치 및 종교 지도자들에 의해 서명되고 배부되었다. 이 성명서에서 반체제 인사들은 박정희 대통령을 독재자로 표현했고 대통령직에서 책임을 지고 사임할 것을 요구했다. 이 성명서에 서명한 주요 인사들은 전 대통령 윤보선, 1971년 대통령 선

거 후보자 김대중, 인권 운동 지도자 함석헌 등이다.[102]

3·1구국 선언 후 함석헌은 곧장 경찰에 의해 연행되지만 동시에 국제적 주목과 지지를 받는다. 영국의 주간지 『프렌드』는 함석헌의 공판 과정을 다음과 같이 보도했다.

한국인 퀘이커 함석헌은 다른 17명의 기독교인들과 함께 금년 5월 이래 서울에서 열린 공판에 회부되었다. 8월 29일, 모든 피고인들은 징역을 선고받았고, 함석헌은 8년형의 징역을 선고받았다. 유죄를 선고받은 18명의 남녀 기결수들은 한국에선 저명 인사들이다. 함석헌 자신은 75세의 나이이고, 그는 종종 '한국의 간디'로 불렸다. 다른 인사들 중에는 한국의 전 대통령, 전 외무부 장관, 1971년 대통령 선거 후보자, 두 명의 신학 교수, 다섯 명의 신부와 목사들이다. 이들 중 12명은 '3·1구국 선언서'에 서명을 한 이유로 기소되었다.(3월 1일은 한국인들이 일본 식민지 정책에 반대해 1919년 3·1운동을 일으킨 기념일로 중요한 날이다.) 이 선언서를 통해서 서명자들은 인간의 자유를 억압하는 긴급 조치를 폐기하고, 국회를 복원시킬 것과 사법부의 독립을 요구했다. 또한 이 선언서는 박 정권이 권력을 포기하거나 아니면 한국의 경제 구조를 철저히 재검토할 것을 촉구했다.[103]

재판장은 판결문에서 함석헌을 포함한 피고인들이 "유신 헌법을 모욕"했다고 선언했으나, 검찰 측에서 주장한 "국민 봉기를 시도"했다는 혐의에 대해서는 언급하지 않았다.[104] 그래도 성명서 한 장 발표했다고 75세의 노인에게 징역 8년을 선고하는 나라가 박정희 시대의 대한민국이었다. 함석헌은 법정에 서서 마지막으로 말했다. "내가 오늘 이 자리에 선 것은 나 자신의 뜻이라기보다 하나님의 발길에 채여 가지고 밀려 나온 것입니다. 나는 한 사람의 기독교인으로서 진실히 예수님을 따르려면, 이와 같은 일에 참여하지 않을 수 없습니다. 물론 내가 이렇게 참여하면 박해가 있을 줄은 알았지만, 내가 예수님을 버리지 않고, 예수님의 뜻에 따라 행동하는 한 이렇게 법정에 서지 않을 수 없다고 생각합니다." 함석헌은 구류 상태에 있으면서 영국의 퀘이커들에게 편지를 보냈다.

　　"1976년 8월 9일 새벽 4시…… 지난주 금요일 기도 예배를 드리던 중 나는 오는 8월 11일 나의 법정 최후 진술에서 무슨 이야기를 할까 깊이 생각했습니다. 그때 나는 나의 마음이 열어지는 체험을 했습니다. 나는 우리를 기소한 검찰 측 사람들과 악수를 나누고 그들을 위로할 생각입니다. 이번 일은 (민주주의를 위한) 우리 투쟁의 끝이 아닙니다. 나는 내 자신이 옳다는 것을 확신하기에 우리를 심판하는 판사들과 검사들을 용서하고 그들을 위해 기도합니다. 하느님이 새로 오는 세상을 맞이할 자격을 우리에게 주시고자 저희들을 훈련시키시고, 길고 긴 고난과 시험을 우리 씨알들에게 허락하셨다고 느낍니다. 지금까지 우리들이 여러 가지 값진 고난과 시험을 견딜 수 있게 된 것에 하느님께 깊은 감사를 드립니다. 하느님은 살아 계십니다! 나는 여러분 모두가 건강하시고 진리 안에서 생활하시기를 기도합니다."[105]

이 편지는 함석헌이 구류 상태에서 재판을 앞둔 상태에서도 마음의 평정을 유지하였고, 심지어 자신을 심판, 박해하는 자들까지도 따뜻한 인간애를 가지고 바라보았다는 것을 잘 보여준다. 함석헌의 무죄 판결을 위한 서구 퀘이커들의 로비 활동이 그쪽의 정치인들에게 얼마나 영향을 끼쳤는지는 평가하기 어렵다. 어떻든 이 편지를 쓴 다음 그는 수감되지 않고 재판을 받았으며, 8년형이 확정된 다음 바로 '형집행 정지' 처분을 받았다.

1970년대 함석헌의 행동이 유신 체제를 반대하는 정치적 투쟁에만 집중되어 있었던 것은 아니다. 사회적 약자들의 고통에도 함석헌의 눈과 귀는 열려 있었다. 특히 1970년대는 박정희에 의해 위로부터 강요된 근대화·산업화의 물결을 타고 노동 계층이 급증했고, 그들이 일하는 현장에서 수많은 문제들이 터져 나오던 시기였다. 농촌에서 도시로 떠밀려 나온 노동자들에게는 오직 일할 자유만 있을 뿐 인간다운 삶을 지키기 위한 아무런 권리도 보호 장치도 없었다. 노동조합은 감히 입밖에도 낼 수 없는 금기의 이름이었고, 노동조합 활동을 하려면 언제 끝날지도 모를 고난을 각오해야만 했다. 그래서 돈벌이에만 눈이 어두운 고용주들 아래 대다수 노동자들은 인간 이하의 기계로 대우받는 것을 묵묵히 감수할 수밖에 없었다. 이러한 조건에서 터져 나온 것이 1970년 11월 13일, "우리는 기계가 아니다"라고 외치며 노동자에게 가해지는 억압에 항거한 전태일의 죽음이었다.

『씨알의 소리』를 창간하고 얼마 안 된 1970년 11월, 전태일이라는 한 청년의 죽음이 함석헌의 가슴을 뒤흔들었다. 이제 22살 된 평화시장의 재단사, 초등학교도 졸업하지 못한 채 여섯 식구의 생계를 책임지기 위해 구두닦이, 신문팔이를 하면서도 희망의 끈을 놓지 않았던 청년 전태일. 열두세 살 여린 여공들이 일당 70원을 받고 점심도 못 먹으며 일하는 것을 보고 전태일은 말 못할 고통을 느꼈다. 마치 닭장 같은 일터에 구겨지듯 들어앉아, 하루 14시간 넘게 피를 쏟으며 일하는 것을 보고는 피가 끓었다. 전태일은 우리도 사람 취급을 해 달라며 외치기 시작했다. '근로기준법'에 나와 있는 대로 노동자의 권리를 인정해 달라며 애타게 매달렸다. 대통령이라는 박정희에게도 편지를 써 우리들은 기계가 아니라며 울부짖었다.

그러나 귀를 기울여 주는 사람이 아무도 없었다. 함께 나서 주는 사람도 찾아볼 수 없었다. 마침내 11월 13일, 전태일은 온몸에 휘발유를 붓고 불을 붙였다. 그리고 근로기준법을 지키라며, "내 죽음을 헛되이 말라"며 거리를 내달렸다. 함석헌은 전태일의 죽음에 큰 충격을 받았다. 전태일의 마지막 외침이 귓가에 울려 좀처럼 사라지지 않았다. 경제 발전이라는 허울 아래 짓밟히고 있던 노동자들을 위해 전태일은 제 한 몸을 기꺼이 불사른 것이었다. 함석헌에게 있어 청년 전태일의 죽음은, 십자가에 못 박힌 예수의 거룩한 희생과 결코 다른 것이 아니었다.

함석헌은 『씨알의 소리』에 전태일이 쓴 일기를 실었다. 그리고 안타깝게 세상을 등진 그의 넋을 기렸다. "인간은 인간으로서 인간답게 살아야 한다. 나는 그동안 얼마나 망설이고 괴로워했던가? 지금 이 시간, 완전에 가까운 결단을 내렸다. 나는 돌아가야 한다. 꼭 돌아가야 한다. 불쌍한 내 형제의 곁으로……. 나를 버리고, 나를 죽이고 가마. 너희들의 곁을 떠나지 않기 위하여 나약한 나를 다 바치마." 함석헌은 이런 전태일을 이야기할 때마다 반드시 '전태일 선생'이라고 했다. 누가 그 까닭을 물으면 이렇게 말했다. "전태일 군은 나이로 보면 손자뻘이 됩니다. 그러나 22살 짧은 삶을 살았어도 그는 제 할 일을 다 하고 간 사람이 아니겠소. 나이는 많지만 나는 아직 해야 할 일을 다 못했기 때문에 그는 나한테 선생일 수밖에 없습니다. 사람은 나이를 얼마나 먹었는지가 중요한 것이 아니라, 제 할 일을 다 했느냐 아니냐가 중요한 것이지요."

전태일의 분신 자살 당시 노동자들이 어떤 상태에 있었는지는 함석헌도 사태의 해결을 위해 동참한 방림방직 임금 체납 사건의 사례를 통해 엿볼 수 있다. 당시 방림방직 공장에서 일하던 여성 노동자들의 탄원서에 따르면, 그들은 매일 새벽 1시간씩 무임금으로 초과 근무를 해야 했고, 1년에 5일에서 15일의 휴가(일요일 포함)만을 허락받았으며, 근무 시간에 상관없이 주문받은 양만큼 공정을 끝내지 못하면 퇴근할 수가 없었다. 따라서 새벽 1시나 2시까지 퇴근하지 못하고 일하는 날이 비일비재했다. 방림방직 노동자들의 호소는 그러나 공장주와 박정희 정권에게 아무런 응답도 얻어 내지 못했고, 이에 따라 1977년 8월 함석헌을 고문으로 '방림방직 임금 체납 문제에 관한 대책위원회'가 103명의 시민들에 의해 만들어졌다. 대책위원회는 시민들을 상대로 한 지지 서명, 포스터와 전단을 통한 가두 홍보, 방림방직 노동자들을 위한 기도 모임과 항의 시위, 공장에서 쫓겨난 여성 노동자들의 생계를 뒷받침하기 위한 후원금 모금 등의 활동을 활발히 펼쳤다.

방림방직의 사례는 이렇게 여론의 지원을 받아 문제가 공개된 경우였지만, 이 공장 노동자들보다도 열악한 여건에서 호소할 대상조차 찾지 못하는 경우가 당시 남한 사회 노동 현장의 보편적 현실이었다. 이는 모든 법과 제도가 힘 있는 자들의 이익에 봉사하고 있었던 데다, 노동자들을 돕기 위해 만들어진 개신교의 '도시산업선교회'를 비롯해 민주화 운동 세력을 불순 분자, '빨갱이'로 몰아붙인 박정희 정권의 악선전이 노동자들의 귀를 가리고 있었기 때문이기도 했다.

방림방직 대책위에 이어 함석헌은 1977년 10월에는 다른 재야 인사들과 더불어 '평화시장 노동자들의 인권을 위한 협의회'를 만들었다. 평화시장은 전태일이 노동 조건 개선과 노동 3권 보장을 요구하며 죽어 간 현장이었지만 상황은 거의 나아지지 않고 있었다. 당시 평화시장에는 약 2만 7,000명의 노동자가 대략 900개의 중소 의류 공장에 소속되어 1인당 평균 0.25평의 공간에서 하루 15~16시간을 쉴새없이 일해야 했다.[106] 함석헌이 다른 재야의 지도자들과 함께 '한국의 노동자들을 위한 인권 헌장'을 발표해 노동자들의 비참한 생활과는 거리가 먼 박정희의 '특권층만을 위한 경제 성장과 억압, 은폐 정치'를 가차 없이 비판하기에 이른 것은 노동자들을 지원하는 활동에서 목격한 진실을 그대로 옮겨 놓은 결과일 뿐이었다.

민족과 가정 사이에서

어떤 이들은 함석헌이 가족사에 무관심했다고 비난한다. 불의의 시대를 살면서도 자신의 올바른 꿈을 실현하며 돈도 많이 벌고 그래서 가족의 삶도 정신뿐 아니라 물질적으로도 풍요로워질 수 있다면 얼마나 이상적일까? 그러나 현실은 그러기가 너무 어렵다. 불의가 강물처럼 흐르는 시대에 올바름만을 추구하는 의인들이 경제적으로 잘 먹고 잘살기는 아마 낙타가 바늘귀로 들어가는 것만큼 어려울 것이다. 함석헌이 자아를 실현하기 위해, 좀 더 구체적으로 말해, 조선의 독립, 조국의 민주화, 언론의 자유 등을 실현하기 위해 뛰어다니는 동안 그는 그와 가족들에게 좀 더 다급하게 필요한 요구들, 이를 테면, 재테크, 주식 투자, 부동산 투기 등을 통한 가계 소득 올리기 등을 게을리했다. 그리고 그 '게으름' 탓으로 그는 경제적으로 "무능하고 대책 없는 가장"이라는 질타와 비난을 많이 받아 왔다. 이러한 수없는 함석헌에 대한 질타와 비난을 떠올리면서 이런 생각이 떠오른다. 그럼 의인과 그의 가족이 불의가 하늘을 찌르는 난세에도 호의호식해야 된다는 것인가?

함석헌을 포함 한국 현대사에서 올바름을 추구한 인물들의 공통점을 보면 김구, 고당, 남강, 김교신, 장준하, 계훈제 같은 분들이 나라와 씨알을 위해 자신의 삶을 바친 만큼, 그분들의 가족들은 관심 대상에서 철저히 외면되어 너무나 고난에 찬 삶을 살았다. 나라의 긴박한 현실이 그분들이 두 가지 토끼, 즉 자아실현과 가족의 물질적 평안함을 함께 실현할 수 있는 여건을 조성해 줄 수 없었던 것이다.

난세를 살았던 함석헌의 경우도 그의 가족사는 철저히 파괴되었다 해도 과언이 아니다. 아우 함석창(咸錫昌)은 일본 구주대학(九州大學) 영문과를 졸업한 당시에 보기 드문 지식인이었으나, 형과는 달리 오하라(大原)라고 창씨를 하고[107] 일본에 협력하며 후에 일본 점령하의 만주 안동성의 부성장까지 역임하였다. "먹고살기 위해" 그리고 자녀의 앞날을 위해, 일제 강점기 80퍼센트의 조선인이 창씨개명을 하고 일본 제국주의에 어떤 방식으로든지 협조하였다. 반면에 함석헌이 선택한 길은 누구에게나 강요하기엔 너무 고되고, 전적인 가족의 희생을 요구하는 험난한 길이었다. 그러나 함석헌은 기꺼이 그 길을 택했고, 그래서 그런 함석헌과 그의 가족은 일제로부터 톡톡한 '죗값'을 치를 수밖에 없었다. 아래 시는 아마 그런 그의 마음의 갈등, 고민을 표현한 시가 아닐까 생각한다.

나라

나라일 걱정인데 나란 생각 겹쳐 놓으니

나란히 선 두 나라 나갈 길 났었구나!

두 나래 탁탁 쳐 날아 하늘나라 솟을까!

  불의의 시대를 살면서도 자아실현도 하고 물질적 풍부함도 함께 누리면 얼마나 좋을까? 그러나 현실은 그렇게 녹녹하지 않다. "불의와 편법이 강물처럼" 융성했고, 국가 폭력이 난무했던 20세기 한국 역사는 한국인들을 허무주의나 기회주의로 젖어 들게 한 면이 강하다. 한평생 옳은 일을 추구한 의인의 끝은 결국 자기 희생과, 풍비박산(風飛雹散)이라는 냉소주의적 풍토를 초래한 경우가 대부분이라 해도 과언이 아니다. 반면 합천 '일해공원'이나 '박정희기념관' 소동에서 볼 수 있는 것처럼, 수단 방법을 가리지 않고 사람의 생명을 지렁이처럼 밟아 버리는 독재자들을 여전히 수용하고 향수에 그리워하는, 병에 걸린 닭 같은 감상주의가 이 땅을 지금도 휩쓸고 있다.

  역사를 움직이는 세력은 문자 그대로 걸음을 앞으로 나아가게 하는 '진보(進步)' 세력이다. 그러나 인간은 본능적으로 보수적이다. 아니 모든 생물은 자기 몸을 보존, 유지하고자 하는 자기 보존의 보수성을 가지고 있고, 이 보수성은 모든 살아 있는 생물의 원초적 본능일 것이다. 자기가 없는 상황에서, 즉 자기를 보전하지 못한 상태에서는 금수강산, 삼라만상, 온 우주의 존재가 무의미하기 때문이다. 그래서 예수도 "사람이 온 천하를 얻고도 그 생명을 잃으면 무엇이 유익하겠느냐"고 선언한 바 있다. 그럼 그렇게 한 생명의 가치를 온 우주보다 소중하다고 선언한 예수의 삶과 죽음은 '안전제일주의자', '몸보신자'이었나? 아니다! 그는 인간의 자기 보존적, 보수적 본능을 극복하고 인류가 한 발짝 앞으로 나아가기 위해 우주보다 소중하다는 자기 생명까지 바친 자기 희생적 '진보주의자'였다. 그런 면에선 함석헌도 마찬가지였다. 자기와 가족의 안녕과 행복을 뒤로 놓아 둔 '원초적 본능'을 무시한 함석헌의 가족사는 그래서 한마디로 수난사였다. 나의 삶, 나의 가족만을 챙기고 남의 불행과 고통에 쉽게 눈감는 이기적인 오늘의 세태에서 함석헌의 철저히 자기 희생적이었던 고난에 찬 삶은 그래서, 그의 사상의 체계성, 그의 말의 논리성, 그의 글의 학문적 검증 유무를 떠나서, 우리 모두를 숙연하게 만드는 것이 아닐까.

1969년 이래 함석헌의 아내 황득순은 중풍으로 종종 몸이 마비되었고 그래서 병상에 눕는 경우가 많았다. 1938년 이후 함석헌의 파란만장한 생애를 생각해 보면, 그 아내의 건강이 악화된 사정을 납득할 만도 하다. 함석헌은 30년 동안 정권이 바뀔 적마다 감옥을 들락거리는 가운데 고정된 직장이나 수입이 없었다. 이 말은 가족의 생계를 책임지고 어린 자녀들을 부양할 재정적인 부담이 아내 황득순에게 지워졌다는 의미가 된다. 사회 복지 시설이

전무한 시대를 살아온 황득순은 남편이 감옥에 있는 동안 옥바라지는 물론 자녀들을 부양하기 위해서 하지 않은 잡일이 없었을 것이다. 함석헌은 자신이 감옥을 들락거리는 사이에 때로 아내가 광주리를 이고 행상으로 식구들의 생계를 꾸려 나갔다고 술회하고 있기도 하다.

황득순은 다섯 자녀의 어머니였고 재정적으로는 거의 무능력한 남편의 아내였다. 함석헌은 영적으로나 내면적으로는 풍성한 삶을 살았다고 짐작되지만, 현실적인 경제 생활은 빈곤의 악순환에 시달렸을 것이다.

황득순은 함석헌의 표현대로 그녀의 이름처럼 남편이 내린 어떤 결정이든 불평 한마디 없이 순종하고 받아들이는 전통적인 '한국의 아내'였다. 그러나 말 못할 심리적 고민과 갈등은 오죽했으랴. 결국 1978년 황득순은 생활고로 인한 신경성 파킨슨병을 얻게 되었고, 그것으로 삶을 마감하기에 이른다. 자신의 몸은 전혀 돌보지 않고 평생을 오직 남편과 자녀들을 위해서만 살아온 황득순의 별명은 '나야 뭐'였다.[108] 신랑 얼굴도 못 보고 시집왔던 한 살 어린 신부, 굴곡 많은 우리 역사의 틈바구니에서 남편 옥바라지에 한평생을 온갖 고생으로 다 보낸 아내에게 함석헌은 미안했다. 그리고 밖으로만 떠도느라 마지막 가는 길조차 함께하지 못한 부끄러운 남편으로 스스로를 자책하며 눈물지었다. 함석헌과 황득순을 보면서 우리는 간디와 그의 아내 카스투르바(Kasturba)를 연상하게 된다. 영국 언론인 패트릭 프렌치는 간디와 카스투르바 사이를 이렇게 요약했다. "카스투르바는 그녀의 거의 모든 생애를 통해서 간디와 그 아들 사이에 원만하고 행복한 가족 관계를 유지하려 애썼다. 카스투르바는 네 명의 아들들을 아버지 간디의 '엉뚱하고 들뜬 공상적인 계획'으로부터 보호하기 위해 전력을 다했다."[109]

함석헌은 종교 사상가로서 동시대의 정치·사회적 문제를 늘 투철하게 인식하고 해결하려고 노력하였다. 그러나 한 가정의 가장, 한 여인의 남편으로서는 무책임하고 심지어 이기적인 모습을 보여준다. 함석헌한테는 사회와 조국의 요구에 응할 것이냐 아니면 가족에 헌신할 것이냐 하는 것이 큰 딜레마였을 것이다. 여러 경우에 그는 그 두 가치 중 하나를 선택해야 했다. 함석헌은 가정을 위해 무조건적 헌신과 희생을 바치는 아내를 뚜렷이 의식했고 동시에 가장으로서 자신의 무책임함도 깨닫고 있었던 것으로 보인다.

"그(아내)는 그렇게 순종, 봉사를 했는데 나는 그에 대해서 성실을 지키지 못했습니다. 그런데 하나님은 나를 치시지 않고 그를 치셨습니다.…… 나의 가장 큰 잘못은 그를 내 믿음의 친구로

생각하지 못한 점입니다."¹¹⁰⁾

    한국의 거의 모든 가장들은 30여 년 동안 군사 정권 아래서 자신에게 의지하는 가족의 안정된 생활을 위해 (혹은 자신의 실질적 이득을 위해) 독재자인 박정희, 전두환에게 아예 적극적으로 아니면 최소한 소극적인 침묵으로 협조했다. 함석헌은 이런 면에서 군사 정권과 어떤 종류의 타협이나 양보도 철저하게 거부한 소수의 인물 중의 하나이다. 비록 그는 자기가 속해 있던 사회의 개혁을 위해 온몸과 전 생활로 헌신했지만, 아이러닉하게도 자기 가족들의 삶의 향상을 위해서는 속수무책인 가운데 그들로부터 점차 멀어진 존재가 되었다. 함석헌이 만일 독신자였다면 가정 생활의 곤경에서 벗어날 수 있었을 것이고, 한 가정의 가장으로서의 책임을 면할 수도 있었을 것이다. 실제로 그는 결혼 생활을 후회한 적도 있었다. 나는 함석헌이 이렇게 말하는 것을 들은 적이 있다. "내가 이 세상에 다시 태어날 수 있었다면 결혼을 안 했을 것입니다."¹¹¹⁾ 그러나 함석헌 세대의 한국인에게 결혼은 선택의 여지가 없는 의무였다. 앞서 함석헌이 1917년 신부 얼굴도 모르는 상태에서 부모가 정해 준 동네 처녀 황득순과 결혼했음을 이야기했다. 그리고 결혼할 때 함석헌은 지식 청년이었지만 황득순은 문맹자였음을 우리는 안다. 훗날 지식 청년들 사이에 부모가 맺어 준 아내와 이

혼하는 것이 유행했을 때인데도, 단 그런 시도를 하지 않고 살았던 함석헌. 그래서 그런 그가 차라리 결혼 후회에 대한 감회를 밝히지 않았을까 추측해 본다.

1978년 5월 8일, 함석헌이 전라도 광주에서 민주화를 위한 공개 강연에 열중해 있을 때, 아내 황득순은 숨을 거두었다.[112] 그러니까 함석헌은 아내의 죽음의 자리에도 함께할 수 없었던 셈이다. 공개 강연이 끝난 다음 날 새벽에야 그는 집에 돌아와 61년 동안 자신의 아내였던 황득순의 시신을 마주했다. 함석헌은 일찍이 부친이 운명했을 때도 일본 헌병에 의해 감옥에 갇혀 있느라 임종을 볼 수 없었다. 북한에 남겨진 모친과 두 자녀는 소식을 알 수 없었고 아내마저 군사 독재의 암울한 나날 속에서 고된 삶을 마친 것이다. 이 점에서 함석헌의 개인사는 상처와 불행에 친숙한 것이었다. 그것은 민족사의 고난을 그대로 집약하고 있었다.

한국의 급박한 정치 상황은 아내의 죽음을 슬퍼하고 애도할 시간도 없이 함석헌을 다시 한번 민주화 운동의 선봉에 세웠다. 1978년 6월, 그는 씨알들의 손에 의해 한국인권운동연합회 의장으로 추대되었고 1979년 3월에는 민주통일전국연합회를 창립, 네 번 연속 대통령이 될 준비를 하고 있던 박정희에 맞선다. 박정희는 자신의 손발이나 다름없는 통일주체국민회의라는 단체의 형식적인 선거만 거치면 대통령이 될 수 있었다. 그의 이 끝없는 욕심은 야당 총재인 김영삼을 하루아침에 국회의원에서 제명하는 것으로도 나타나고, 이어 부산, 마산 지역에서 대대적으로 벌어진 유신 체제 반대 시위에 대한 강경한 진압으로도 나타난다. "필요하다면 일백만에서 이백만의 시민을 탱크에 깔아 죽이고서라도 정권을 유지해야 한다"[113]는 경호실장 차지철의 주장이 적나라하게 웅변하는 박정희 정권의 무도함과 탐욕은 그러나 1979년 10월 26일 박정희가 중앙정보부장 김재규의 총에 맞아 즉사함으로써 허망하게 사라지고 만다. 이것이 18년간 유지되었던 박정희 독재의 종말이었다. 동시에 그것은 더욱 포악한 군사 독재의 시작이었다.

박정희가 죽었어도 대한민국이 그가 만들어 놓은 틀에서 한 치도 달라지지 않았다는 것은, 그로부터 한 달 뒤 계엄령 해제를 요구하고 대통령 간접 선거에 반대하는 평화 시위에 참여한 함석헌 등 120여 명의 인사들에게 육군보안사령부가 잔혹한 고문을 가한 데서 여지없이 증명된다. 그 보안사의 우두머리가 바로 전두환이었다. 전두환은 이어 이른바 12·12쿠데타로 군의 실권을 장악한 다음 1980년 5월 군사 독재의 연장에 반대하는 광주 시민들을 무참히 학살하고 정권을 찬탈한다. 함석헌은 5월 17일 제주도에서 계엄 소식을 들었다. 『씨알의 소리』 창간 10주년을 맞아 강연을 하러 내려간 참이었다. 교통과 통신이 모두 끊겨, 광주에서 지금 무슨 일이 벌어지고 있는지 아무도 모른다는 말에 함석헌은 머리를 숙인 채 입술을 떨었다.

앞서 말한 1979년 말의 시위로 징역 1년을 선고받고 몇 달 뒤 집행유예로 풀려난 함석헌 앞에는 월간 『씨알의 소리』를 없애 버린다는 통고가 기다리고 있었다. 1980년 7월 전두환 일당이 『씨알의 소리』, 안병무가 발행하는 『현존』 등을 포함한 170여 개의 잡지에 대해 폐간 조치를 한 것이다. 같은 해 11월 14일에는 '언론 학살'을 위한 언론통폐합법이 허문도에 의해 만들어져 신문과 방송에도 재갈이 물려졌다.

1980년대 초반의 한국은 이로써 완전히 얼어붙은 침묵의 공화국이 되었다. 이 시절을 통해서도 함석헌이 공개 강연 등을 통한 활동을 멈춘 것은 아니었다. 그러나 함석헌은 이제 80대의 고령이었고 전두환 정권의 폭압에 정면으로 맞서는 일도 그의 몫은 아니었다. 함석헌을 비롯한 1970년대 민주화 운동 인사들보다 젊고 더욱 조직적이며 전투적인 세대가 광주 학살의 충격을 딛고 사회의 전면에 나서고 있었다. 잔인 무도한 전두환 정권을 무너뜨리기 위해서는 폭력적인 방법도 불사해야 한다는 입장이 이들 속에서 설득력을 얻어 가고 있었다. 이것은 어떤 종류의 폭력 행사에도 동의할 수 없었던 함석헌의 신념에 배치되는 것이었다. 그러나 급진적인 주장들이 힘을 얻어 감에 따라 함석헌의 목소리가 상대적으로 들리지 않게 되는 것은 어쩌면 피할 수 없는 결과였다. 함석헌은 다시 한 번 '본향에서 환영받지 못하는 예언자'의 처지가 된 셈이었다.

함석헌은 어디를 가든 자유와 평화, 그리고 민주주의를 이야기했다. 그러나 폭력만은 무슨 일이 있어도 안 된다며 힘주어 말했다. 누가 폭력으로써 자유를 억압하면 그들과 맞서 싸워야 하겠지만, 똑같이 폭력을 쓰면 평화가 아니라 전쟁이 온다고 굳게 믿었다. 되돌아 보면 일제의 서슬 퍼런 총칼 아래에서도, 온 세계가 전쟁의 소용돌이 속으로 휘말려 들어갔을 때도 그건 마찬가지였다. 하지만 누구나 '비폭력 평화주의'를 바라는 건 아니었다. 옛날 동경 유학 시절, 무력으로 맞서지 않으면 이 나라가 독립이 되겠느냐고 하던 유학생들처럼, 함석헌은 군사 정권에 맞서 민주주의를 이루려면 무력으로 싸워야 한다는 사람들로부터 강한 비판을 받았던 것이다.

제멋대로 폭력을 휘두르던 전두환 정권의 종말은 1987년 6월 항쟁으로 앞당겨졌고, 이해 12월 16일에는 마침내 1970년대 이래 수많은 사람들이 염원하던 대통령 직접 선거가 실시되었다. 그러나 민주 세력의 간절한 바람과는 달리 야당 후보인 김대중, 김영삼의 분열과 함께 전두환의 후계자인 노태우가 35.9퍼센트의 표를 얻어 대통령에 당선되었다. 함석헌은 이때 야당 후보들의 분열에 커다란 환멸과 회의를 느꼈던 것으로 보인다. 그는 김대중과 김영삼 어느 후보에게도 표를 던지지 않았고 아예 투표를 포기했다. 그리고 이때쯤 그는 악화된 직장암으로 서울대학병원에 입원하게 된다. 함석헌은 이제 기뻐하기도 힘겨울 만큼 몸이 쇠약해져 있었다. 서울대학병원에서 암 절제 수술을 받은 뒤부터는 더욱 자주 병원 신세를 지게 되었다.

눈을 감으면 살아온 지난날들이 바로 엊그제 일인 듯 되살아났다. 감옥살이 하느라 늙으신 아버지의 임종도 지키지 못했다. 홍역으로 귀엽던 두 아이를 잃었고, 북한에 두고 온 어머니와 큰아들, 큰딸을 생각하면 눈물이 났다. 한평생 조국의 평화를 기다리며 살았건만, 고생만 하던 아내마저 먼저 하늘나라로 보내고 이제 혼자 남아 병상에 누워 있는 자신이 쓸쓸하기만 했다. 언젠가 법정 스님이 머물던 불일암에 갔던 기억도 새로웠다. "마침 쌀이 떨어지는 바람에 하루에 한 끼만 먹는 내게 스님이 어쩔 수 없이 삶은 감자를 내미셨지. 그 일을 두고두고 미안해 하셨는데……. 그래도 얼마나 행복했던가. 뜻을 모아 『씨알의 소리』를 냈고, 독재정권과 싸우며 밤을 새워 토론하고 공부했으니……. 그러고 보니 그때 스님이 만든 연등이 참 예뻤어. 예쁘다는 말에 스님이 선뜻 떼어 내게 주셨지. 집에 가면 그 연등을 볼 수 있을 텐데……. 다시 일어나 『씨알의 소리』를 낼 수 있을까?"

그러나 현저한 육체적 쇠퇴에도 불구하고, 비정치인 겸 평신도 종교 사상가로서 좌우익 이념의 벽을 넘어, 함석헌은 국무위원들에 의해 한국을 대표하는 민족의 지도자로 선정되었다. 1988년 10월 서울에서 올림픽이 개최되기 직전, 함석헌은 서울평화올림픽의 위원장으로 추대되었다. 함석헌이 그의 전 생애를 통해 항상 평화주의를 추구한 것을 고려할 때 그가 평화올림픽 위원장으로 선정된 것은 조금도 놀랄 일이 아닐 것이다. 그의 육체적 상태가 아주 쇠약했음에도 불구하고, 함석헌은 평화올림픽을 위한 서울올림픽준비위원회의에 참석하기 위해 그의 병실 침대를 박차고 나왔다. 서울평화올림픽 선언문은 올림픽을 통한 세계의 평화를 선언했고 함석헌을 포함 600명의 전 세계 주요 민간 지도자, 세계 정치 지도자, 노벨평화상 수상자들이 함께 이 선언서에 서명했다. 서울올림픽은 늘 맞서기만 했던 미국과 소련이 함께 참가해 세계 평화를 기리는 최초의 올림픽이었다.

그러나 이러한 함석헌의 평화를 위한 시도도 재야 인사들과 과격한 운동권으로부터 "노태우 정권에 협조하는 행위"로 비판을 받기 시작했다. 심지어 함석헌과 아주 친밀한 인사들 중에도 이러한 그의 행동을 그가 노태우에 의해 정치적으로 이용당하는 것으로 본 이들이 있다. 아끼던 제자인 안병무까지도 함석헌을 강력하게 말렸다. "선생님! 안 됩니다. 입으로만 평화를 외치는 거짓 평

화주의자들과 노태우 정권에게 이용만 당합니다!" 이런 안병무의
강경한 만류에 대해 함석헌은 "그래도 평화는……" 하고 말을 이
어 가고자 했지만 안병무는 "글쎄 선생님 안 됩니다" 하고 단호하
게 말을 끊었다.[114] 아마 함석헌은 이렇게 말을 하고 싶어 하지 않
았을까. "내게는 노태우 정권보다 더 소중한 것이 내 조국이고, 그
보다 더 소중한 것이 평화로운 세계이지요. 1980년 모스크바올림
픽은 공산주의 나라들만 참가했고, 지난 1984년 LA올림픽은 자
본주의 국가만 참가하지 않았어요. 그러니 이번 서울올림픽은 모
두가 함께하는 평화올림픽이 아니겠어요. 이게 어찌 반가운 일이
아닐 수 있겠어요? 안 형, 평화를 바란다면서 내게 반대하는 사람
하고는 손도 잡지 말라는 얘긴가요?"

함석헌에게 평화는 "하느님의 절대 명령"이었다. 서울올림픽
은 공산 진영과 자유 진영이 함께 참여한 문자 그대로 평화올림
픽이었다. 서울올림픽에는 소련을 비롯한 동구권 국가들이 다수
참가하였고, 이 제전은 한국이 사회주의 국가들과 평화스런 관계
를 개선해 나가는 데 주요한 디딤돌이 되었다.

동서 양 진영의 국가들이 모두 참가한 서울올림픽을 통해 한국
과 동구권 나라들은 자연스럽게 접촉할 수 있는 기회를 갖게 되었
던 것이다. 1988년 서울올림픽에 소련과 동구권을 포함함 공산국
들 대부분이 참가함으로써 동서 화합을 이루게 되었다. 특별히 동

서 진영의 선수와 관람객들은 실로 제 21회 올림픽 대회가 1976년 몬트리올에서 열린 지 12년 만에 처음으로 스포츠를 통한 화합의 대축제를 벌였던 것이다. 88서울평화올림픽의 영향은 세기적인 대변혁을 불러왔다. 냉전으로 한국과 왕래가 없었던 중국과 구소련 등 동구권 국가들에게 한국이라는 이미지는 한국전쟁이었고 한국인은 비참하게 가난한 나라의 사람들로 새겨지고 있었다. 그러나 비행기로 서울시를 내려다 본 소련과 동구권 사람들은 눈을 의심했다. 서울 밤하늘이 휘황찬란한 각종 네온사인으로 빛났기 때문이다.

더구나 동구권 사람들이 서울에 체류하는 동안 방문해 본 한국 선수들의 가정은 그들의 눈으로 볼 때 화려한 아파트, 자동차, 텔레비전, 냉장고, 세탁기 등 여러 가지 가전 생활 제품을 갖추고 있었다. 동구권 사람들의 눈에 보인 한국은 6·25의 빈곤보다는 현대적 생활 기기들을 갖추고 마냥 안락한 생활을 하고 있는 것으로 보였기 때문이다. 이런 면에서 노태우 정권의 전시 행정은 국제적으로 '성공'을 거둔 셈이다.(물론 이것이 서울의 전모는 아니었음을 우리는 기억해야 할 것이다.)[115]

하여간 동구권 사람들은 서울올림픽 기간 동안 한국의 자유와 번영, 풍요한 듯해 보이는 모습을 목격하고 자기들의 가난한 조국과 억압 일변도의 동구권 체제에 회의를 느꼈고 이것이 그들의 마음에 동요를 일으키는 결정적 계기가 되었다. 결국 동구권 사람들의 생생한 서울 방문 경험과 목격담이 동구권 국가들의 민주화 혁명과 몰락을 유발한 중요한 동기가 되었다는 것이 대체로 국제정치학자들의 공통된 평가다. 하여간 자신도 예측하지 못했지만 서울평화올림픽위원장으로서 함석헌은 자신도 모르게 비폭력을 바탕으로 한 좌우익을 넘어선 세계 평화에 일조하는 결과를 초래했던 것이다.

함석헌은 이렇게 올림픽 조직위원회의 요청을 기꺼이 받아들였다. 몸이 몹시 안 좋았지만, 함석헌은 이 나라와 씨알들을 위해 마지막으로 할 수 있는 봉사라고 생각했을 것이다. 아마도 그는 1945년 해방 직후 주위 권유에 밀려 평안북도 문교부장을 맡았을 때 그랬던 것처럼, "전체를 위해서는 이용당해도 좋다"고 여겼을 것이다. 그리고 무거운 몸을 이끌고 병실을 나와 서울평화올림픽 선언문을 읽고 평화의 불꽃에 불을 붙였다. 행사가 채 끝나지 않았지만, 함석헌은 다시 차에 올랐다. 곁에서 돕던 이태영 변호사가 울고 있는 그를 보고는 깜짝 놀랐다. "선생님, 우시는 거예요?", "……나는 더 있고 싶은데, 나더러 자꾸 가라고 하지 않아?"[116] 병원으로 돌아가는 동안에도 함석헌은 자꾸 눈물이 났다. 아직 해야 할 일이 많은데, 못다 마치고 가는 것 같아 많이 아쉬웠다. 그리고 지금 가는 길이 다시는 돌아올 수 없는 길인 것만 같아

마음이 아팠다. 등잔 밑이 어둡다는 것과, 큰 인물의 덕은 그가 속한 시대로부터는 이해받지 못한다는 속담이 사실일 것이다. 기독교 사상가로서 타종교를 향한 함석헌의 인도적 관용성과 사상적 포용성은 그와 동시대를 살았던 대부분의 한국 기독교인들로부터는 환영받지 못했다. 오늘날에서조차 어떤 한국의 기독교인들은 함석헌의 종교적 관용성을 '이상한' 시각으로 보는 경향이 있고 여전히 그를 이단자로 인식한다. 그의 마지막 사랑의 봉사로부터 약 넉 달 뒤인 1989년 2월 4일, 함석헌은 그의 고난에 찼던 삶의 여정을 서울대학병원에서 끝마쳤다.

"마음이 깨끗한 사람은 복이 있다. 그들이 하나님을 볼 것이다. 평화를 위해 일하는 사람은 복이 있다. 그들이 하나님의 아들이라고 불릴 것이다. 의롭게 살려고 하다가, 박해를 받는 사람은 복이 있다. 하늘나라가 그들의 것이다."[117]

함석헌이 남긴 것

"인간의 과거는 결코 사라지지 않는다"는 말이 있다. 함석헌은 문자 그대로 '씨알의 소리'를 자신의 유산으로 남겼다. 그리고 서구의 기독교와 동아시아의 사상을 융합한 종교·철학을 남기고 떠났다.

***

한국 민주주의와 함석헌

함석헌의 생애는 한국적 근대의 모순을 바로잡고 더 나은 세상을 실현하는 데 헌신한 양심적 행동가의 삶이면서 종교적 보편주의, 다원주의를 바탕으로 동시대에 바람직한 사상적 좌표를 찾아나선 구도자의 생애였다. 자신의 보편적 종교관을 함석헌은 이렇게 표현하기도 했다. "자기 종교를 절대화하려는 것은 잘못입니다. 종교란 겉으로 드러나는 것보다는 내 속에 있는 종교적인 것이 참 종교입니다. 그것이 나타나서 교리도 되고 교회도 되는 것인 만큼 그에 집착해서는 안 되는데, 사람들은 대개 집착을 하는 것 같습니다. 제도화된 것을 종교로 알고 절대화하려는 논리를 저는 인정할 수 없습니다."[1] 남의 종교를 폄하하고 내 종교만 절대화하려는 독선적 태도를 가진 일부 종교인들의 편파적 성향에 대해 함석헌이 주는 경종이라 할 수 있다. 20세기의 모든 문제들을 집약하고 있었다고 해도 좋을 한반도의 현실에 함석헌은 그의 동시대인들과 함께 온몸으로 부딪쳐 한 가닥 희망의 빛을 찾아냈다.

그 희망의 빛을 우리는 '민주주의'라고도 부르고 '자유'라고도 부른다. 이제는 거의 상투어가 되다시피 한 이 추상 명사들이 오늘 아무렇지 않게 통용되기까지 얼마나 많은 사람들의 혼신을 다한 고통과 열망이 있었는가를 우리는 자주 잊는다. 혹은 아직 알지 못한다. 그러나 우리가 그 고통과 열망을 기억해야 한다면 그것은 그 주인공들의 이름을 높이기 위해서가 아니다. 그들이 간난신고 속에서도 그것을 향한 발돋움을 멈추지 않은 가치들을 손상과 상실의 위험에서 지켜 내기 위해서이다. 함석헌의 생애가 무엇을 남겼는지를 물어보는 일도 그의 생애를 영광으로 채색하기 위해서가 아니라 오늘 우리가 근거하고 지향해야 할 바를 그의 유산을 통해 감별하기 위해서이다.

필자는 함석헌이 세 가지 주요한 유산을 남겼다고 본다. 첫째로, 한국의 씨알들이 권리와 존엄성을 잃고 제 목소리를 빼앗겼을 때 함석헌은 씨알의 입장을 대변하는 역할을 떠맡았다. 나아가 씨알들이 자신의 입장과 권리를 스스로 이야기할 수 있도록 그들의 말문을 터놓았다. 이런 면에서 함석헌은 문자 그대로 '씨알의 소리'를 자신의 유산으로 남긴 것이다. 둘째로, 종교적 다원주의 입장에서 함석헌은 서구의 기독교와 동아시아의 사상을 융합한 종교·철학적 유산을 남겼다. 그리고 그와 같은 꿈을 꾸었던 사람들을 남겼다. 이러한 점들을 좀 더 자세히 살펴보자.

비판적 기독교 정신의 회복자

오랜 세월 외적의 침입과 내부로부터의 억압에 시달린 탓인지 한국인들은 숙명론이나 체념 의식과 친숙하다. 체념적 숙명론은 유교적 전통의 낡은 사고 방식과 함께 한국인들의 의식 속에 깊이 뿌리를 박은 느낌이 있다. "송충이는 솔잎을 먹어야 한다"는 속담이나 "뱁새가 황새 따라가려다 가랑이 찢어진다"는 속담이 이런 면을 나타낸다. 모든 사안에 대해서 편안하게 현상 유지만 바라고 진취적인 문제 의식을 느끼지 못한다거나 현실 도피 수단으로 점쟁이나 기형적 종교 집단을 찾는 것도 숙명론의 병든 심리 상태를 보여주는 예이다.

필자가 명동 노장 사상 공부 모임이나 서울 퀘이커 모임을 다닐 때 주변에서는 "자네는 왜 감옥에만 들락날락하는 뻐딱한 함석헌 같은 사람을 그렇게 쫓아다니나?"라는 핀잔조의 질문을 던지곤 했다. 청량리 다일교회를 다닐 때에는 "교회를 다녀도 보통 교회를 다니지, 총각이 사창가에 있는 교회는 왜 다녀?" 하는 야단을 들었다. 10년 내로 함석헌에 대한 박사 논문을 쓰겠다며 나이 서른에 '맨발의 청춘'으로 영국 유학을 결심했을 때도 "송충이는 솔잎을 먹어야 돼!"라는 지청구를 들었다. 바울은 감옥을 들락날락했고, 예수도 창녀를 내치지 않았으며 나이 서른에 공적 생애를 시작한 것을 생각하면, 필자는 이러한 질문이나 핀잔이 한국 교회와 사회의 수구적 지향과 진취성 결핍을 그대로 반영하는 것이라고 본다.

함석헌은 수많은 강연과 다작(多作)의 글을 통해서 한국인의 숙명론과 체념 의식, 수구적 지향을 깨뜨리려 했다. 그리고 보수적인 한국 종교계에 진취적인 기상과 역사 의식을 심어 주려 했다. 함석헌에게 이상적인 종교인이란 그가 속한 시대의 사회·정치적인 상황과 고민을 민감하게 인식하는 존재였다. 그런 맥락에서 그는 한국의 기독교인이 성서 근본주의 노선을 택하고 세속에 대해 은둔, 도피적인 자세를 취하는 대신 사회 문제에 책임 의식과 적극적인 현실 참여 정신을 가질 것을 촉구했다.

한국의 기독교인은 크게 세 부류로 나눌 수 있다. 첫 번째 부류는 근본주의자(fundamentalist)이고, 두 번째는 그보다 더한 근본주의자(more fundamentalist)이며, 마지막 세 번째는 최고의 근본주의자(most fundamentalist)이다. 이처럼 한국의 기독교인들이 압도적으로 근본주의 경향을 갖게 된 데는 초기 서양 선교사의 영향이 크다. 19세기 후반과 20세기 초반 한반도에 상륙한 서양 선교사들의 한반도 복음화를 향한 열정은 의심할 여지없이 뜨거웠다. 초기 서양 선교사는 하나같이 20대였는데, 예를 들면 언더우드는 26세, 아펜젤러와 알렌은 27세, 스크랜튼은 29세였다.[2] 이 젊은 서양 선교사들의 헌신적 자세와 정열은 대단한 것이었지만,

다른 한편 그들에게는 사회 경험이 부족했고, 한 인간으로서 충분히 성숙했다고 보기 어려울 뿐더러 어떤 면에서는 순진한 청년에 불과했다.[3] 한국 기독교는 이들 선교사들로부터 복음에 대한 순진한 열정과 더불어 인간적 미숙함과 무경험을 신앙적 유산으로 물려받은 셈이다. 그리하여 오늘날 한국 기독교인들은 종교가 하느님과 인간 사이의 관계 정립이라는 것은 의식하되, 종교가 자기 이외의 다른 영역, 문화적이고 사회적이며 정치적인 환경과 깊은 상관 관계에 있다는 한결 성숙한 의식에는 도달하지 못하는 경향이 있다.

초기의 서양 선교사들은 또 일본 식민 정권과 충돌을 최대한 피하려고 기독교의 현실 관련성이나 정치적인 면은 설교에서 철저하게 배제했다. 그런 맥락에서 한국의 기독교는 정치에 무관심한 종교로 변형되었던 것이다. 교리적인 면에서는 극단 보수적으로 되었고, 사회 개혁보다는 각 개인의 '인품 완성'에 더 초점을 맞추게 되었다. 그리하여 '세속 사회'보다는 '성스러운 교회'의 일에만 정열과 주의를 기울이는 기형적인 종교로 전락한 것이다. 이원규의 연구에 따르면, 한국에서 종교관이 보수적인 집단은 정치·사회·경제 문제 또한 보수적으로 인식한다. 다시 말하면 보수적 성향이 강한 종교인일수록 제도권의 정치 구조에 대하여, 비록 그것이 군사 독재 체제라 할지라도, 긍정적이다.[4] 기독교의 경우에도 보수적인 교단일수록 '성속'의 구별이 강하고, 기득권을 지키는 데에는 관심이 높되 사회·정치의 모순이나 부정부패 같은 문제에는 무감각하다.

부패한 권력의 입장에서 이러한 기독교의 모습은 적극 장려할 만한 것이 아닐 수 없었다. 사회 모순에 침묵한 대가로 교회가 얻어낸 것은 양적인 성장이었다. 가령 박정희가 철권을 휘두르던 1970년대에 교회 다수파인 '성령파'는 '유신'이니 '국가 비상 사태'니 '대통령 긴급 조치'니 하는 것에 아랑곳없이 교회의 양적 성장에 총력을 기울였다. 1974년에는 미국 침례교 목사인 빌리 그레이엄을 초대하여 여의도광장에서 대대적인 부흥 집회를 열기도 했다.[5] 그 결과 1970년대에 한국 개신교인의 수는 두 배로 늘어났다.[6] 함석헌을 비롯한 수많은 인사들이 고난을 겪던 이 시기에 한국 교회는 '주의 복음', '주께 영광', '주 찬양' 등 이른바 '삼주' 혹은 '삼박자 구원'을 열심히 되뇌고 있었다. 미국인 선교학자 그레이슨(J. Grayson)이 지적했듯이 한국의 교회 성장 운동은 서구에서도 주목할 만한 업적으로 여겨지지만, 동시에 그것은 한국 기독교와 기독교인의 질적인 저하에 큰 원인이 되었던 것을 부인할 수 없다.

기독교인으로서 함석헌의 공헌은 이러한 한국 교회의 주된 흐름 속에서 상실되어 가던 기독교 본연의 힘, 사회적이고 정치적인 상상력과 현실 비판의 정신을 복원시켰다는 점이다. 그의 삶 자체가 그것의 증거이다. 아울러 함석헌의 사상적 영향을 받은 장준하, 안병무, 김동길, 한완상, 이태영, 문동환, 문익환, 김찬국, 이문영 등의 진보적 기독교인들이 무력한 야당을 대신해 1970년대와 1980년대 민주화 운동의 지도자로 활약한 것도 함석헌의 이러한 공헌을 입증한다. 전통적으로 한국의 기독교인들은 친미적 성향이 강했고 반공 이념에 투철했기 때문에, 반공을 국시로 삼은 박정희 정권조차 이들 진보적 평신도 기독교 지도자들을 '빨갱이'로 몰기란 그리 쉽지 않았다. 이 점에서 기독교계 재야 인사들은 비기독교계 재야 인사들보다 이념 논쟁에서 유리한 위치에 서 있었다. 가톨릭 교도인 김지하와 김대중이 '빨갱이'로 몰려 사형 선고를 받고도 형을 면제받을 수 있었던 것은 이런 맥락에서 이해할 만한 면이 있다. 1970~80년대를 통해 정부에 비판적인 진보적 기독교인은 한국 전체 기독교계에서는 소수 그룹에 속했다.[7] 그러나 당시 중요한 시국 성명서 서명자 가운데 평균 69퍼센트가 이들 진보적 기독교인이었다. 그들은 또 인권 운동 참가자 중 평균 44.5퍼센트를 점유하고 있었다.[8]

또 하나 함석헌의 공헌으로 꼽힐 만한 것은 안병무의 민중신학에 끼친 영향이다. 민중신학적 주제를 다룬 안병무의 첫 글은 1975년 『기독교 사상』 4월호에 발표된 「민족, 민중, 교회」였다.[9]

원래 이 글은 안병무가 1975년 2월 김동길과 김찬국의 석방을 환영하는 강연 모임(새문안교회)에서 처음 발표한 것이었다. 예수를 민중의 하나로 규정한 이 논문이 발표되기 3년 전인 1972년 1월에 함석헌이 예수를 씨알로 표현한 것은 주목할 만한 일이다.[10] 이 점에서 안병무의 시각에 끼친 함석헌의 영향을 말할 수 있다. 그러나 씨알과 민중이 같은 개념은 아니다. 서남동은 민중을 정치·사회적인 의미의 인간으로, 씨알을 우주론적·존재론적 차원의 인간으로 정의했다.[11] 그렇게 볼 때 안병무는 예수와 민중의 관계에 대한 함석헌의 생각을 사회적·정치적인 맥락에서 더욱 발전, 체계화시켰다고 볼 수 있다.

민중신학은 1970년대 남한의 사회·경제·정치 환경 속에서 잉태된 일종의 상황 신학이다. 민중신학자 안병무와 서남동은 불의한 권력의 손에 의해 형언할 수 없는 고난을 직접 체험했다. 동시에 그들은 무력한 한국의 씨알들이 독재 권력에 의해 정치적으로는 억압당하고 경제적으로는 착취당하는 현장을 목격했다. 그들은 이처럼 고난에 처한 씨알의 아우성을 하느님의 절규와 동일시했다. 민중신학에는 크게 두 가지의 중요한 개념이 있다. 첫째는 민중이고 둘째는 한(恨)이다.[12] 민중신학에서는 민중의 고통과 한에 직접 응답하는 것이 곧 하느님의 부름에 응답하는 것이다. 따라서 민중신학에서는 신학의 주제가 현학적이고 추상적인 '하늘에 계신' 신이 아니라 실존적이고 구체적인 민중(씨알)이다. 안병무는 신경(信經)적인 '말씀의 신학'이 아니라 '사건의 신학'을 강조했다. 신을 주제로 삼지 않고도 신학이 가능할까? 신의 본성이 민중, 씨알 속에 내재해 있다고 믿으면 가능하다.

안병무의 민중신학은 1970년대 민주화 운동에 신학적인 정당성을 마련해 주었고, 근본주의와 복음주의에 치우친 한국 교회에 급진주의적인 신학으로서 이념적 자극제가 될 수 있었다. 또한 민중신학을 통해서 안병무는 한국의 신학계뿐만 아니라 구미 신학계, 그리고 제3세계 인권 운동가들에게도 이념적 영향을 미쳤다. 안병무의 민중신학은 유럽과 미국의 신학교에서 정규 강의 과목에 포함되었고, 1990년 독일 신학자 안드레아스 호프만-리히터(Andreas Hoffmann-Richter)는 하이델베르크대학에서 「안병무와 민중신학」이란 논문으로 박사 학위를 받기도 했다.[13]

필자와 인터뷰를 하면서 안병무는 함석헌이 그에게 미친 영향을 이렇게 말했다.

"함 선생님으로 인해서 나는 기독교를 탈기독교적 입장에서 볼 수 있었어요. 그리고 내가 사상적으로 얼마나 좁은 틀 속에서 살고 있었나 깨우쳐 주셨지요. 함 선생님의 씨알 사상은 내가 민중과 민중신학을 발견하는 과정에 어떤 눈을 뜨게 해 줬어요. 함 선생님은 통찰력이 뛰어난 분입니다. 지금도 함 선생님의 영향이 내게 끊임없이 작용해요."[14]

함석헌의 씨알 사상은 이처럼 민중신학의 뿌리가 되었을 뿐 아니라 안병무가 남한의 민주화를 위해 몸소 행동하는 데에도 결정적인 영감을 주었다. 그 점에서 나는 안병무의 민중신학을 함석헌이 한국에 남긴 사상적 유산의 맥락 안에서 이해할 수 있다고 본다.

함석헌의 민주화 운동과 성서적 연관성

『신약성경』의 '공관 복음'을 살펴볼 때 예수에게는 성속, 즉 종교적인 일과 사회·정치적인 일의 구분이 없었다는 것을 알 수 있다. 그러므로 함석헌이 종교적인 일과 사회·정치적인 일을 구별하지 않은 것은 지극히 성서적이라 할 수 있다. 함석헌은 종교인의 사회적 책임을 이렇게 역설한다. "남들은 지금 죽어 가고 있는데도 불구하고 자신들은 '우리는 하나님의 은혜 받아서 감사하다' 하는 거, 이건 '아편'이지요. 하나님은 '내가 고아와 과부(사회적 약자)를 불쌍히 여기는 하나님이다.' '네가 정의를 강물같이 흐르게 할 때까지는 이 땅을 그대로는 용서하지 않는다'는 걸 안다면 사회 한구석에서 그러고 있을 때 어떻게 편안히 그럴 수가 있어요?"[15) 결국 함석헌의 논리는 사회적 약자의 아픔과 권력자의 불의를 외면한 종교는 '아편'과 같이 오히려 인간에게 해로울 뿐이라고 지적한다. 그는 더 나아가 기독교에서 이야기하는 성령을 "사회 악과 싸워서 세상을 건질 생각을 하는 것"으로 해석하기도 했다.[16) 함석헌은 조국이 사회·정치적 악에 의해 전복당하는 것을 원하지 않았고, 그래서 비폭력적인 방법으로 그 악을 소멸시키려고 힘썼다. 그의 이런 기독교관 혹은 종교관을 한국의 극우 보수 기독교인은 지나치게 정치적인 것으로 보았다. 그러나 함석헌에게 종교의 세계와 정치의 세계는 근본적으로 분리될 수 없었다. 그는 종교를 인간의 내적 생활의 상징으로 보았고, 정치를 인간의 외적 생활의 상징으로 파악했다.[17) 그러므로 그는 종교적 경외심을 결핍한 정치나 정치 문제에 무관심한 종교를 생각할 수 없었다. 여기서 우리는 민주화를 위한 함석헌의 활동을 성서적 맥락에서 이해하기 위해 복음서에 나타난 예수의 언행과 당시 사회 환경과의 관련에 대하여 잠시 생각해 볼 필요가 있다. 예수는 과연 정치와 무관한 존재였던가?

예수의 사회적 지위와 목수라는 직업은 세속적인 기준으로는 보잘것없었지만, 그럼에도 그는 로마제국의 식민지 청년으로서 당시의 사회·정치·종교(유대교)에 관해 해박한 지식을 습득했던 것으로 보인다. 복음서를 통해 주목할 만한 것은 당시 사회적 신분이 높았던 지식인인 사두개인은 물론이고, 종교 지도자 바리새인, 법률가, 장로, 심지어 약삭빠른 첩자들조차 목수 출신의 예수를 논쟁에서 누를 수 없었다는 것이다. 예수와 이들이 벌인 논쟁의 주제는 당시의 종교적 문제에서부터 정치적·역사적·법률적·도덕적인 문제 등 인간사의 거의 모든 사안을 망라했다.[18] 인텔리 정치인 니고데모 같은 이는 시골뜨기 '괴짜' 예수에게 비밀리에 찾아와 진지한 질문을 퍼붓기도 했다.[19] 당시 기득권층은 이러한 예수의 언행에 대해 일종의 위협과 두려움을 느꼈고, 박정희가 장준하를 죽였듯이 기회가 되면 예수를 아예 잡아 죽일 방법을 찾았다. 그런 한편 예수를 죽일 경우 민중의 봉기가 일어날 것을 염려하여 살해 계획을 보류하기도 했다.[20]

　예수 자신의 의중이 어떠했든, 그는 무력이나 유혈 사태를 통해서라도 로마 식민 통치로부터 이스라엘의 독립을 쟁취하려 했던 과격한 유대 민족주의 진영으로부터 이스라엘 민족의 지도자, 잠재적 메시아로 열렬한 주목과 기대를 받고 있었다. 이들과 예수 사이에 유다가 있었다. 일반적으로, 성서 역사가들은 유다가 로마 식민 정권에 무력으로 대항하는 유대인 독립 운동 단체인 열심당(Zealots)의 열광적인 구성원이었거나 최소한 이들과 깊은 관계를 유지하고 있었다고 추정한다.[21] 열심당은 유대 민족애와 로마 식민 정권에 저항하는 무장 독립 운동을 통해 이스라엘의 하느님이 역사(役事)할 것으로 믿었다. 즉 유대인 민족주의에 유대교의 신앙이 합쳐진 과격한 정치·종교적 지하 조직이 열심당이다. 유다는 과격한 행동주의자로서 비폭력을 주장하는 예수와는 달리 수단과 방법을 가리지 않고 불의한 로마 정권으로부터 이스라엘을 독립시키려는 야심에 차 있었다.

눈길을 끄는 사실은 열두 제자 가운데 유다만이 갈릴리인이 아니었는데도 예수가 그를 회계로 임명한 점이다. 어느 경우에나 돈 관리의 책임을 맡은 사람은 그 집단의 신뢰를 받고 능력을 인정받은 사람이다. 만약 회계라는 직책이 금전적 유혹을 불러올 수 있다고 생각했다면 예수는 그 자리에 유다를 임명하지 않았을 것이다. 또한 유다 자신도 좀도둑 근성이 있었다면 물질적으로 가난한 전도자인 예수를 쫓아다니지는 않았을 것이다.[22] 식민지 이스라엘의 빈곤에 예민했던 유다는 마리아가 값비싼 향유를 예수의 발에 부었을 때 당당히 일어나 스승 예수를 향해 "왜 이 향유를 팔아 가난한 사람들에게 주지 않았소?"[23]라며 비판했다. 여기서 우리가 추정할 수 있는 것은 유다가 예수를 따라다닌 동기는 종교적이거나 금전적인 것이 아니라 민족주의적이고 사회·정치적인 것이었다는 것이다.

말하자면 유다는 로마의 지배에서 조국 이스라엘의 정치적 독립을 쟁취하고 사회 정의를 실현한다는 목표를 위해 민중 봉기를 일으킬 잠재적 영향력이 있는 예수의 도움이 필요했던 것이다. 유다와 예수는 오랜 기간 동안 주야를 가리지 않고 시간을 함께 보냈다. 둘은 다른 제자들과 더불어 숙식을 함께했을 것이고, 성경에는 기록되지 않았지만 여러 주제를 놓고 토론, 대화, 심지어 논쟁을 벌였을 것이다. 유다는 예수를 따라다니며 그의 정치·사회적 메시아로서의 잠재력에 대해 확고한 신념을 가졌을 것이다.[24] 유다는 예수의 제자 중 가장 열렬한 민족주의자였고, 순진하고 단순 소박한 갈릴리 출신의 다른 제자들에 비해 현실 감각이 날카롭고 기민했다. 그는 냉철한 행동가로서 예수의 정치적 잠재력을 용의주도하게 꿰뚫어 보았다.[25]

유다가 예수의 '정치적 잠재성'을 파악하지 않았더라면 순전히 '종교적이고 복음적인' 예수 곁에 그렇게 오래 머무르지 않았을 것이다. 유다는 실제로 예수가 정치적 의미의 통치자, 즉 로마제국에 대항해 이스라엘의 정치적 왕이 될 수 있다고 믿었던 것 같다. 유다는 적절한 시기가 되면 예수가 열심당과 힘을 연합해 이스라엘을 억압자 로마 정권으로부터 해방시키는 물리적 전투도 불사할 것으로 믿었다.[26] 대부분의 유대인들도 예수가 메시아로서 자기들을 예속되고 속박을 당하는 위치에서 물리적으로 해방시켜 주리라 기대했다. 기득권층과 로마 권력층은 예수를 위험한 선동가로 인식했고, 그런 예수의 언행을 항상 주시했다. 결국 예수가 종교적 의미의 죄인 취급을 받아 유대법에 의해 돌에 맞아 죽기보다는[27] 군사·정치적 범죄인으로서 침략자 로마의 법에 따라 십자가형에 처해진 것 또한 예수의 침략 정권에 대한 '정치성'을 반영하는 간접적인 증거다.[28] 한편, 예수 자신이 의식한 메시아관은 열렬한 유대인 민족주의자나 당시의 그 어떤 묵시적(默示的) 종교 집단과도 구별되는 독특한 것이었다. 의심의 여지없이 예수는 정치인이 아니었고, 그의 목적도 유대 사회의 정치적 주도권을 장악하는 것이 아니었다. 그러나 동시에 예수는 자신이 속한 시대의 사회·정치적 문제에 냉담하고 무관심한 사람이 아니었다. 오히려 그는 이스라엘과 유대인의 문제에 깊은 관심과 우려를 품고 있었다. 결과적으로 예수는 기존의 정치 질서와 종교적 규율을 위협한다는 혐의로 정치 권력의 손에 의해 사형에 처해진 것이다.[29] 만약 예수가 '순전한 복음주의자'였고 '정치와는 아무 상관이 없는' 존재였다면, 왜 정치 권력과 종교 기득권층이 끊임없이 감시와 경계를 했을까? 그리고 왜 정치와는 무관한 예수가 '군중에게 난동을 야기시킬지도 모른다'는 우려의 대상이 될 수밖에 없었을까?

유다와 예수의 이 미묘한 관계와, 1970년대와 1980년대 한국의 군부 독재 체제 아래에서 함석헌이 이른바 운동권 대학생들과 맺고 있었던 관계 사이에 흥미로운 대응을 발견할 수 있을지 모른다. 당시 민주화 운동에 참여한 급진적 청년 학생들 속에는 재야 지도자인 함석헌이나 문익환 등을 내세우고 민중 봉기를 통해 군부 독재 정권을 전복하려는 흐름이 있었다.(실제로 장준하는 박정희 정권에 대항한 무장 게릴라전을 구상하기도 했다. 이부영은 "장준하 선생이 75년 7월 말부터 8월 초까지 전국을 다니며 지역 인사를 만나고 전국적인 봉기를 준비했다는 이야기를 들었다. 안 되면 지리산에 혼자라도 들어가 무장 투쟁을 하겠다는 말씀까지 하셨다"고 말하기도 했다.[30]) 비폭력을 삶의 원칙으로 삼았던 함석헌은 무장 폭력 노선에 동의하지 않았을 것이고 그것을 통해 정권을 잡는다거나 할 생각은 더더욱 없었을 것이다. 그러나 예수 당시의 로마 식민 정권이 예수의 언행을 항시 주목하고 경계했던 것처럼, 박정희 군사 정권은 재야의 함석헌 그룹이 행여 정권 타도나 정부 전복을 계획하지 않을까 끊임없이 신경을 곤두세웠다. 실제로 김종필은 함석헌이 대통령을 꿈꾼다고 비방하기도 했다. 이에 대해 함석헌은 『장자』를 인용하여 썩은 쥐(대통령직)를 파먹는 솔개(김종필)가 어떻게 우주 천지를 나는 봉황의 마음을 이해하겠느냐며 탄식했고, 자신은 "대통령 자리쯤을 욕심을 내기에는 내가 들은 것이 너무 큽니다"라고 조용히 응수하기도 했다.[31]

함석헌은 탈정치적이고 근본주의적인 기독교인 집단에 동의하지 않았지만 그렇다고 정치적 해방에만 관심이 있었던 것도 아니었다. 예수 역시 순전한 복음주의자도, 로마 식민 정권의 체제 전복에 열중한 인물도 아니었다. 이런 점에서 민주화를 위한 함석헌의 입장과 행동은 지극히 성서적이었고 예수적이었다. "예수는 정치하잔 목적은 아니었고 '내 나라는 이땅에 있지 않다'고 분명히 말했지만, 그럼 사회에 대해 무관심했나 하면 그렇지 않다. 그와 정반대로 애끊는 관심을 가지고 있었다. 그가 가장 걱정한 것은 민중의 양심이 썩어 버리는 일이었다"[32]는 함석헌의 말은 그 자신에게도 해당하는 것이었다.

함석헌에게 민주주의와 자유를 향한 길과 궁극적 절대자를 향한 사랑의 길은 동전의 양면을 이루고 있었다. 민주주의의 필수적 요소 가운데 하나는 언론의 자유이다. 반면 함석헌이 생애 전체를 통해 한국 사회는 언론의 자유를 누려 본 적이 없다. 특히 유신 체제 아래서는 이른바 '국가 원수 모독죄'가 있었고, 따라서 박정희에 대한 어떤 비판도 범죄 행위로 간주되었다. 이런 상황에 그는 두려움 없이 맞섰다. 한겨레신문사 전 대표인 송건호는 회상한다. "그 당시 어떤 언론인, 대학 교수, 지식인도 감히 박정희 정권의 부당성을 지적하는 사람이 없었어요. 함석헌 선생만이 유신 정권의 불법성과 부도덕성을 두려움 없이 당당히 비판했지요. 지금도 나는 함 선생이 어디서 그런 용기가 나왔는지 알 수가 없어요."[33] 세속적인 정권에 대한 함석헌의 담대한 태도는 절대자와의 밀접한 영적 교섭에서 연유한 것이 아니었을까. 함석헌은 말 그대로 가진 것이 없는 사람이었다. 그는 재산, 고정된 수입이 없었고, 사회적인 지위에 대해서는 말할 필요도 없었다. 그는 어느 정치 집단과도 아무런 이해 관계가 없는 하나의 자유로운 씨알이었다. 그러나 그렇기 때문에 그는 공공의 이익을 위해 자신을 내던질 수 있었다. 노자가 표현했듯이 "남을 위해 더 행하는 사람은 더 소유한 사람과 같다. 남에게 더 주는 사람은 더 가진 사람과 같다."[34] 공동의 대의를 향한 함석헌의 헌신은 또 그가 속한 사회와 그 안에서 고통받는 이들에 대한 사랑이 없었다면 불가능했을 것이다. 그리고 그 사랑이 독재 정권에 맞서 언론의 자유를 실천하는 일에 따르는 두려움을 없애 주었을 것이다. 예수도 "사랑 안에는 두려움이 없다. 진정한 사랑은 두려움을 내어 쫓는다"라고 하지 않았던가.

함석헌은 1963년에 사상계사가 주는 '월남 언론상'을 받았다. 그리고 1979년과 1985년에는 미국 퀘이커회가 그를 노벨평화상 후보로 추천하기도 했다. 또한 1987년에 동아일보사는 제1회 '인촌 언론상'을 그에게 헌정했다. 이것은 30여 년의 군사 독재 기간을 통하여 『씨알의 소리』가 한국의 언론 자유를 위해 끼친 영향과 공적을 평가했기 때문이다. 정진석은 언론인 아닌 언론인으로서 함석헌의 업적을 두고 "비록 함석헌은 전문적이고 직업적인 언론인이 아니었지만, 군부 독재 기간을 통하여, 그는 무소속 언론인으로서 한국의 언론 자유를 적극적으로 증진시킨 주인공이었다"[35] 고 평가했다.

30여 년 동안 지속된 군사 독재 아래서 한국의 씨알들은 자유와 민주주의를 누릴 만한 자격이 없는 존재들이라는 허위 의식을 되풀이하여 주입받았다. 그러나 오랜 민주화 운동의 결실로 남한의 군부 독재는 종적을 감추었고 군사 정권의 유산도 점차 사라져 가고 있다. 한국은 이제 그 역사를 통하여 어느 때보다도 더 이상적인 민주주의 체제에 접근하고 있다. 탄압과 인권 유린으로 점철된 긴 세월 속에 남한이 눈부신 경제 성장을 이룬 것도 사실이다. 그러나 이 '눈부신' 경제 성장을 위해서 수많은 씨알들이 희생당했음을 간과할 수 없다. 급속한 경제 성장은 또 한국 사회에 황금 숭배의 흐름, 목적 달성만을 중시할 뿐 일의 기초와 수단과 과정은 소홀히 하는 관행 따위의 부정적인 유산을 대거 남겨 놓았다. 순전히 경제 성장의 성과만 거론하자면, 1930년대의 세계 공황을 극복하는 데 히틀러나 스탈린의 경제 정책이 미국의 루스벨트의 경제 정책보다 훨씬 '효율적'이었고 '생산적'이었다. 그러나 인간사에는 과정이 결과보다 중요하고, 수단이 목적보다 중요하며, 도덕률이 효율보다 중요하다. 이런 점에서 한국의 민주화는 결국 함석헌의 도덕률의 승리라고 할 수 있다. 그것은 또한 군사 독재에 맨몸으로 대항한 씨알들의 승리이며, 물질주의와 효율 숭배에 대한 인간 존엄성의 승리이다.

서구 기독교와 동양 철학의 융합

함석헌은 한국인의 시각 혹은 동아시아인의 입장에서 서구 기독교의 의미를 되살리고 해석하려 했다. 그는 서구 기독교와 동양 철학을 사상적으로 융화시켜 나갔다. 함석헌에게 다원주의는 이념적·정치적 차원뿐 아니라 철학적이고 종교적인 측면에서도 민주주의의 원칙이자 기준으로 중요한 것이었다. 그래서 그의 다원적이고 보편적 시각을 이렇게 표현한다. "아프리카 흑인이 죽은 제 부모의 살을 뜯어먹으며 찾는 하나님은 또, '이것이 내 살이요 내 피다' 하고 주는 것을 먹는다고 성찬을 행하며 기독교도가 섬기는 하나님이지 딴 하나님이 있을 리 없다. …… 이사야를 일으킨 성령이 또 맹자를 일으키고 희랍의 성인을 일으켰겠지 누가 했을까? 동양도 사람으로 길렀겠지. 그랬기에 기독교 진리를 들을 수 있지. 유대인만이 홀로 하나님을 알았고 그 외 모든 이방은 몰랐다면 설혹 기독교가 유일의 종교라 하더라도 받아들일 수가 없었을 것이다."[36] 기독교인으로서 그의 다원적 종교관은 타종교에 대해서는 종교적인 관용을 보였고, 복잡하고 광범위한 인간사에 대해서는 폭넓은 인도주의적 관심을 갖게 했다. 필자는 이런 점을 염두에 두고 함석헌이 서구 기독교와 동양 철학을 유교적 한국 문화 안에서 어떻게 사상적으로 융합해 나갔는지 살펴볼 것이다.

한국의 종교적 특성과 기독교

어떤 기독교인은 함석헌을 두고 "그는 기독교인이 아니라 종교 사상가"라고 말한다. 함석헌의 종교적 보편주의에 입각한 기독교관은 정통 보수적인 색채가 짙은 기독교의 입장과 분명 충돌의 요소가 있는 것이 사실이다.[37] 이런 면에서 근본주의적 한국 기독교인들 중에서 함석헌을 '비기독교인'으로 단정하는 경향마저 있는 것 같다. 그들은 아마 "나는 진리가 기독교에만 있다고는 믿지 않습니다. 진리는 어느 한 개인이나 한 집단에 의해서만 절대적으로 독점될 수 있는 것이 아닙니다"[38]와 같은 함석헌의 발언이 이러한 단정의 증거가 된다고 생각할지 모른다. 그러나 그렇다 해서 함석헌을 비기독교인으로 규정할 수 있을까? 그는 1988년 미수(米壽)를 맞아 생일상을 받은 자리에서 "내 주님이라면 예수님밖에 더 있나요······"[39]라며 공개적으로 자신이 기독교인임을 고백한 바 있다. "내 주님이라 한다면야 예수가 내 주님이지 노자, 장자겠어요? 사상으로 한다면 거기 좋은 점이 있으니까 그러지만"[40] 같은 말도 마찬가지이다.

　필자 또한 함석헌을 기독교인으로 본다. 필자는 기독교인을 삼위일체론이나 속죄론, 육체 부활론 등의 교리를 타인에게 주장하는 사람이라기보다는 예수의 정신을 이어 '지금 여기서' 예수가 그랬던 것처럼 사회 정의나 이타주의에 입각한 삶을 사는 사람으로 규정한다. 또한 기존의 기독교 교회만이 예수의 정신을 인류에게 드러내 보이는 매개체가 아니라고 본다. 어떤 사람들에게는 예수의 정신이 대자연이나 위대한 예술품, 혹은 사회 정의를 위한 투쟁을 통해서 드러날 수도 있을 것이다. 구소련의 서기장 고르바초프가 자연에 대해 진술한 것은 그 좋은 예가 될 것이다.

　"자연과의 강렬한 일체감은 어떨 때는 우리가 전혀 다른 세계에
　살고 있는 듯한 느낌을 준다. 이러한 나의 느낌을 어떤 단어로도
　표현할 수는 없다. 아마도 참된 신앙인들은 내가 체험한 솟구치
　는 듯한 영(靈)의 감각을 교회를 통해서 체험할 것이다. 그러나
　내게는, 대자연이 또한 하나의 교회와 같다.…… 나는 대자연과
　아주 가깝게 유기적으로 일치된 듯한 느낌을 갖는다. 그리고 이
　러한 대자연과의 유기적으로 일치된 느낌은 나와 다른 사람, 나
　와 내가 속한 사회와의 관계 발달에 커다란 영향을 미쳐 왔다. 대
　자연은 나의 성격, 나의 세계관 형성에 근본적 영향을 미쳤다. 대

자연을 통해서 나는 내가 존재한다는 것을 인식한다. 동시에 나는 대자연이 또한 내 마음 안에 나와 함께 살아 있다고 느낀다."[41]

비록 정통적인 의미에서 고르바초프는 기독교인이라고 볼 수 없지만, 그는 대자연과의 친밀한 접촉을 통해서 예수의 영(靈)을 체험한 듯하다. 여기서 우리가 또한 생각해 볼 수 있는 것은 예수 자신조차도 기독교인이었다기보다는 유대교인이었다는 것이다. 그가 다닌 곳도 기독교 교회가 아니라 유대교 회당이었다. 예수가 활동하던 당시에는 기독교라는 신흥 종교가 아예 존재하지 않았고 교회가 없었기 때문이다. 그리고 그런 예수가 강조한 것은 외적인 성전이나 성지(聖地)가 아니라 내적인 영(靈)과 진실이었다.[42]

함석헌이 자신을 기독교인으로 고백했음에도 불구하고, 그는 여전히 대부분의 한국 기독교인들에게는 논의를 불러일으키는 인물이다. 왜 그럴까? 왜 함석헌이 가진 기독교관은 전통적인 종래의 기독교관과 다르게 보이는 것일까? 아마도 기독교인이 된다는 것은 함석헌에게 그렇게 어려운 결심이 아니었을 것이다. 더 어려운 결심은 그가 과연 한국이란 풍토 속에서 어떤 종류의 기독교인이 되어야 할 것인가가 아니었을까? 함석헌은 서구와 일본 제국주의의 힘의 논리, 약육강식의 논리가 압도적으로 지배하던 시대의 사회·정치적 혼란기에 동아시아의 미약한 나라 한반도에서 살았다. 이러한 시대 상황이 그의 서구 기독교에 대한 이해를 전통적인 서구 중심적 시각과는 다르게 인식하게 만드는 한 주요 요소가 되었던 것이 아닐까? 이런 면을 염두에 두고 다중 문화와 다원화가 특징인 현대 세계에서는 기독교 유일신의 의미를 재규정할 필요가 있다. 그리고 함석헌의 종교적 보편주의 입장에 비추어, 과연 한국인으로 기독교인이 된다는 것이 어떠한 의미를 갖는지 생각해 볼 필요가 있다. 그 점들을 염두에 두고 몇 가지 의문을 제기할 수 있을 것이다. 예수의 교회관은 무엇이었는가? 그가 십자가에 매달려 운명한 이래 지금까지 인간이 조직적으로 형성한 교회가 과연 예수가 생각했던 대로의 모습일까? 기독교가 반드시 일신교적인 종교이어야 할 까닭은 무엇인가? 왜 함석헌의 종교적 다원주의와 보편적 기독교관을 현대 기독교인은 물론 비기독교인도 주목해야 하는가?

　한국은 종교적 다원주의의 나라다.[43] 서구 선교사들의 열렬한 전도 역사에도 불구하고 일반적으로 아시아 국가들에서는 신도(神道), 불교, 회교, 힌두교 같은 동양 전래의 종교들이 여전히 국가적 종교로 자리 잡고 있다. 또 서구 나라들은 기독교를 압도적으로 국가적 종교로 고수하고 있다. 한국은 이런 면에서 좀 특이한 경우이다. 불교, 유교, 기독교, 토속 샤머니즘이 두루 공존하는 가운데 어느 하나가 배타적으로 독점권을 누리고 있지 않기 때문이다.

서구 학자인 그레고리 헨더슨(Gregory Henderson)은 한국을 "동양 종교와 서양 종교가 동시에 병행 공존하는 나라"라고 표현했다.[44] 세계의 많은 나라들이 전쟁에까지 이르는 심각한 종교 분쟁으로 사회·정치 발전에 큰 저해를 받았다. 반면 한국은 "상대적으로 그 역사를 통하여 다른 종교 간의 조화 관계를 이상적으로 이룬 나라"라고 헨더슨은 본다. 한국 민족의 종교 조화 능력을 긍정적으로 평가한 헨더슨의 논지에 대한 반증으로 우리는 조선 시대의 숭유억불(崇儒抑佛) 정책과 대원군의 천주교 탄압 정책을 제시할 수 있을 것이다. 그러나 그와 같은 탄압의 역사에도 불구하고 오늘날 한국에서 불교와 천주교는 강력한 세력으로 살아 남았다.

한국에서 병행 공존하는 종교 가운데 기독교는 현대사의 형성에 결정적인 역할을 해 왔다. 기독교가 선교사들을 통해 중국과 일본을 비롯한 다른 아시아 국가들에 전해질 때는 상업 자본주의와 군사 제국주의가 함께 들어왔다. 이에 반해 일제 시대 한반도에는 기독교가 순전한 '복음'과 '기쁜 소식'으로 소개되었고, 신속하게 한반도의 씨알들 속에 자리 잡았다. 당시 서구 선교사들이 한국을 "동양에서 가장 기독교적인 나라"라고 묘사할 정도였다.[45]

지난 100년간 아시아에서 기독교를 전통적인 민족 문화와 더불어 확고히 일으킨 나라는 한국이 유일하다.

한국의 현대화나 근대화는 교회 성장, 교회 교육 기관의 확장에 따라서 이루어졌다고 해도 과언이 아니다. 기독교가 서구 문명을 한반도에 소개한 가장 중추적 통로였다는 점은 아무도 부인하지 못할 것이다. 한국인이 중국 중심의 세계관을 벗어날 수 있게 된 저변에는 기독교의 역할이 크다. 자유나 평등 같은 개념도 기독교를 통해서 처음 접하게 되었다. 교회에서는 양반과 상민, 남녀노소가 함께 앉아서 예배를 드렸고 이야기를 나누었다. 봉건적인 조선 왕조에서 이것은 혁명적인 사건에 비견할 만하다. 이후 한국의 정치 사회적 흐름에 기독교가 미친 영향은 한국의 현대 정치인들 가운데 기독교인이 압도적으로 많았다는 사실로도 가늠할 수 있다. 제1공화국 대통령 이승만, 제2공화국 대통령 윤보선, 제2공화국 국무총리 장면, 문민정부 대통령 김영삼, 국민의 정부 대통령 김대중 등이 대표적이다. 이는 남한의 정치가 군사 독재 기간을 제외하고는 거의 기독교인의 손에 좌우됐다는 것을 보여준다.

그리하여 오늘날 한국 기독교는 무수히 많은 교회와 더불어 번성하고 있다. 세계에서 가장 규모가 큰 50대 교회 중 23개가 한국에 있다.[46] 특히 순복음교회는 규모 순위에서 1, 2위를 석권했다. 한국의 일요일은 매우 바쁘다. 교인들은 새벽 예배뿐 아니라 아침, 오후, 저녁 예배에 참가하느라 분주하다. 서광선의 지적처럼 남한을 처음 방문하는 외국인들은 상가나 지하실을 비롯해 큰 주택가나 좁은 골목길 어느 곳에나 산재한 교회 첨탑이나 십자가를 보고 놀라움을 금치 못할 것이다. 밤이 되면 수많은 교회들의 빨간 네온사인으로 서울을 아예 붉게 물들일 정도다. 한국의 거의 모든 동네에는 최소한 한 개 이상의 크고 작은 교회가 있다.[47] 일반적으로 교회의 수는 커피숍의 수를 능가한다.

기독교는 이처럼 화려한 성장을 이루었지만 그에 걸맞는 종교적·사상적·문화적 심화를 이룩하지 못했다. 특히 한국의 기독교는 강력한 전통을 지닌 유교의 권위주의와 계급 조직적인 요소를 벗어나지 못했다. 유교에서 수신(修身)을 강조하는 것과 초기 서양 선교사들이 엄격하고 청교도적인 요소를 강조한 것에는 흥미로운 일치점이 있다. 둘 다 체제 순응적이었고 교리적인 면에 있어서는 보수적인 입장을 취했다. 유교에서는 통치 기구(기독교인에게는 교회로 볼 수 있다)를 법에 근거한 조직이라기보다 도덕에 근거한 조직으로 보았다. "덕으로 본을 보이고 예(禮)를 갖춰라. 그러면 부끄러움을 느끼고 스스로 개심할 것이다"[48] 같은 것이 그예다. 그러므로 다스린다는 것은, 피치자(평신도)를 모범적 행위(교리)로서 바로잡는다는 의미이다. 가령 "다스린다(政)는 것은 올바름(正)을 보여주는 것이다. 올바름으로 본을 보이면, 누가 감히 온당치 않은 채로 남을까?"⁴⁹⁾ 같은 언급이 있다. 이렇게 위로부터의 권위를 중시하는 유교의 가부장적 전통은 한국 기독교에서 그대로 재현되었다.

대부분의 한국 기독교인들은 기독교를 한국 문화, 크게는 동아시아의 문화와 배치되는 것으로만 받아들이는 경향이 강하다. 우스꽝스러운 일은 대부분의 한국 교회가 미국의 추수감사절은 축하하는 반면 한국 전통 명절인 추석은 등한히 한다는 점이다. 이는 유럽의 교회가 미국식 추수감사절에 전혀 관심이 없는 것과 대조적이며, 한국의 기독교인이 얼마나 전통 문화에 대한 주체 의식, 주체성을 결여하고 있는지를 증명한다. 한국의 기독교인은 기독교의 본질과는 무관한 미국식 기독교 문화를 기독교의 전부인 듯 모방하고 열렬히 받아들인 반면, 동아시아인으로서 기독교에 창조적인 공헌을 하는 일은 소홀히 했다고 볼 수 있다.

또 한국 기독교에 강력한 것은 기복주의적 경향이다. 전래의 샤머니즘이 그러했듯이 기복 신앙은 오직 나와 내 가족의 안녕과 복리만이 관심사이다. 그 안에 남의 행복, 너와 나의 공동의 행복은 설 자리가 없다. 그래서 한국 기독교는 그 형식과 외양에서는 서구적일지 모르지만 의식 구조와 내용상으로는 대단히 샤머니즘적이다. 한국의 샤머니즘 전통은 역사와 사회 정의에 대한 의식을 결핍하고 있다. 이러한 한국적 샤머니즘이 유대 기독교의 하느님관과 결합하여 낳은 것이 교리 면에서는 극도로 보수적이고 사회 역사적 문제에 대해서는 냉담한 기독교라는 양상이다.[50] 그리고 그 냉담함의 다른 편에는 이상한 열광이 자리 잡고 있다. 한국 기독교인들은 세속적인 축복, 즉 물질적 부유함이나 신체의 건강을 얻고 지키는 데에는 지나치게 민감하고 열성적인 것이다. 오늘의 한국에서 기독교인은 부와 물질적 번영의 가장 열렬한 옹호자라고 말할 수 있지 않을까?

> "오늘의 기독교는 결코 가난한 자의 종교가 아니다. 하늘나라 문을 교회당이 막았다! 예수는 분명히 가난한 자에게 복음을 전한다고 했는데, 어떻게 된 걸까? 예수의 종교는 빈자, 무소유자의 종교였다. 그야말로 살기 위한 필사의 투쟁이었다. 그러므로 막 돌격이었다. 혁명이었다. 그러나 오늘의 기독교는 재산 보호 운동, 고리대금 운동, 보수 운동, 외교 운동의 선구자다."[51]

함석헌에게 한국 기독교의 이러한 면모들은 기독교의 본질이 아니라 서구적 외양을 무비판적으로 추종한 결과였다. 무비판적인 것은 기독교인 자신에게도 마찬가지여서, 많은 기독교인들이 자기의 기독교 신앙만이 진리라는 생각 위에 다른 종교들에 대한 배타성의 담을 쌓아 올렸다. 이렇듯 한국 기독교가 화려한 성장의 그늘에 감추어 가진 내면의 빈곤, 주체성의 결핍, 극단의 이기주의와 편협함을 바로잡고, 더 나아가 한국적이고 동아시아적인 기독교의 상을 창조하려는 의지가 함석헌에게서 동양 사상을 통해 기독교를 재해석하고 서로 다른 종교들 사이에 길을 내려는 노력으로 나타났던 것이다.

기독교의 동양적 해석

영국의 작가 키플링(Rudyard Kipling)은 "동양은 동양이고 서양은 서양이다. 그리고 이 동서양의 두 쌍둥이는 결코 만날 수 없을 것이다"라고 말했다. 함석헌의 생각은 달랐다. 함석헌 자신은 기독교를 믿었지만 동양 사상에 대해서도 동등한 애착과 존중심을 가지고 있었고, 이 둘은 서로 만나야 하고 만날 수 있다고 보았다.

함석헌은 어릴 때부터 여러 가지 사상, 종교와 접할 기회가 많았다. 그는 유교, 불교, 노장 사상, 그리고 전통 한국의 무속 신앙과 친숙했다. 더욱이 소용돌이치는 인생 여정을 통해 다양한 이념들을 직접 체험할 기회가 많았다. 함석헌에게 일본 식민주의는 평화주의에 반대되는 제국주의의 상징이었다. 북한의 공산주의는 무신론적 물질주의였고, 그것은 그의 기독교 신앙과 조화될 수 없는 것이었다. 이승만 정권의 중요한 토대가 된 것은 함석헌의 종교적 보편주의에 대치되는 기독교 편애주의였다. 유교 사상의 가부장주의를 편의에 맞추어 재강조한 박정희의 충효 이념은 함석헌의 자유·초월 사상과 결코 양립할 수 없는 것이었다.

이러한 기조 위에서 함석헌은 동양의 고전 사상을 서구 기독교와의 관련 속에서 재조명했고, 현대를 사는 한국인들에게 맞도록 재해석했다. 특히 개인 각자의 종교적 책임 의식을 강조하며 기독교의 전통 개념인 대속론을 가차없이 깨뜨렸고, 권위에 맹목적으로 순종하는 유교적 가치관을 거침없이 파괴했다. 그는 종교적 관용주의 입장을 취한 퀘이커 교도로서 엄격하고 경직된 한국의 종교적 풍토를 탄력 있고 유연한 것으로 변화시키고자 힘썼다.

더 나아가 그는 서구 기독교에 상대적으로 우세한 사회 정의, 인권, 저항 의식 등의 요소를 동양 사상이 강조하는 초월 의식과 관용성, 포괄성과 결합시키려 했다. 구리와 아연으로 황동을 만들 듯이, 함석헌은 동서의 장점을 융합한 사상이 문명에 새로운 길을 제시하고 장차 인류가 한층 더 높은 영적 단계에 도달하도록 이끌 것이라고 생각했다. 마치 인간의 두 다리나 남녀, 혹은 음양의 원리처럼 분리되고 반대되는 것들이 서로 협동하는 것처럼, 이 융합된 사상이 인류를 앞으로 밀고 나가는 근원적이고도 역동적인 힘이 된다고 믿었던 것이다.[52]

기독교는 하느님을 인격적인 존재로 파악하며 유일신의 개념이 강한 까닭에 기독교 문화권에서는 인격 개념과 인권 의식이 큰 발달을 볼 수 있었다. 반면에 동아시아의 종교나 사상, 특히 노자의 도(道)라는 개념은 형상에 어떤 인위적 규정을 짓는 것을 거부한다. 노자로 인해 비로소 종교적 인격 개념에 대한 거부의 움직임이 최초로 시작되었던 것이다.[53] 노장 사상은 기독교에 비해 신 혹은 절대자의 개념이 직관적이고 탈인격적이다. 동아시아의 퀘이커 교도로서 함석헌도 하느님이나 절대자를 인격적인 존재일 뿐만 아니라 인격을 훨씬 넘어서는 탈인격적인 개념으로도 보았다. 기독교적 사고 구조에 익숙한 서구인들에게 탈인격적인 신이나 절대자의 개념은 이해하기 힘든 것이다. 그렇다면 탈인격적인 절대자의 개념이 기독교 안에 존재하기란 불가능한 것인가? 그렇지 않다. 그리스도란 인격적인 개념으로 뿐 아니라 초월적이고도 내재적인 존재로 해석될 수도 있는 것이다.

오늘날 남아 있는 세계의 주요 종교는 모두 인류의 영적 성숙에 필요한 정신적 자원이라고 필자는 생각한다. 나는 기독교인으로서 다른 종교 또한 내가 가진 종교를 깊이 이해할 수 있도록 도움을 주기 때문에 중요하다고 느낀다. 인간의 정신은 획일적이거나 일률적인 데서보다는 다양성 안에서 최고의 가치를 발휘한다. 그래서 함석헌은 말한다. "한 종교의 절대를 주장하는 것은 제국주의다. 한 종교에 이르는 것은 모든 종교로서만 될 일이다."[54] 또한 하느님 혹은 절대자는 문자 그대로 어디서나 보편적으로 존재한다. 그리고 모든 인간에게는 신성(神性) 혹은 불성(佛性)이 있다. 퀘이커들은 이것을 "신적인 어떤 요소는 모든 인간 속에 내재해 있다"고 표현한다. 불교의 『화엄경(華嚴經)』은 모든 존재가 불성을 가지고 있다는 입장[55] 아래 보편적 구제설, 즉 악인이나 선인이나 모두 구원받는다는 원칙을 가르친다.[56] 『열반경(涅槃經)』은 불멸하는 불성을 모든 사람들 속에서 발견할 수 있다고 이야기한다. 『구약성경』의 「창세기」처럼, 『열반경』 또한 이 사바 세계의 모든 존재는 태초부터 불성을 갖고 있었기 때문에 부처의 자손이라고 언급한다.[57] 이렇듯 종교들 사이에는 본질에서 공통되는 사유 방식이 있다. 그래서 함석헌은 "기독교의 하느님이나 노장 사상의 도는 개념적으로는 다르겠지만, 궁극적으로 참 믿음의 표현이라는 데서는 같은 것이지 않을까?"[58]하고 물었던 것이다.

이런 점을 고려하면, 기독교인의 종교관도 외곬의 아집과 획일성에서 벗어나 보편적 안목을 가져야 한다. 이러한 보편적 안목과 정신을 함석헌은 이렇게 표현한다. "성한 배에 모든 음식은 다 먹을 거다. 성한 마음에 모든 사람은 다 사람이다. 성한 혼에 모든 종교는 다 하나님 말씀이다."[59] 오늘의 세계는 경제적 단위에서는 물론이고 문화적으로나 정신적으로 더욱 서로 가까워지고 있다. 각 나라 문화의 세계화는 불가피한 추세이다. 사회 구조 또한 민족이나 국가의 단위를 넘어서 점점 더 테두리를 넓혀 간다. 그러므로 함석헌이 일찍부터 지적했듯이, 인간의 영적 활동이나 사상, 종교적 믿음은 독특함과 개성을 유지하면서 하나가 될 때가 되었다.[60] 그는 제2차 세계대전이 한창이던 1940년대 초에 벌써 세계는 하나가 될 것이라고 내다보았다. 그리고 그렇게 하나된 세계에서 인간의 생각은 더욱 넓어지며 종합적으로 성장할 것이라고 보았다.[61] 함석헌은 인류의 문명이 어떤 길을 잡을 것이며 어떤 방향이 바람직한가를 수고하였다. 그 방향이 곧 종교적·사상적·문화적 다원주의다. 함석헌에게 참된 종교는 이러한 다원주의를 스스로 체현함으로써, 문명에 끌려다니는 것이 아니라 새 문명의 길잡이가 되어야 했다.

종교적 다원주의

일반적으로 자연은 단순하고 간단한 형태에서 복잡하고 다양한 형태로 진보하였다. 그러므로 우주는 영원한 변화, 변천의 체험을 끊임없이 계속하는 과정에 있다고 할 수 있다. 함석헌에 따르면, 삶은 단순한 세포의 활동에 기원을 두는 것이지만 여러 번에 걸친 진화의 과정을 거쳐 마침내 복잡하고 다차원적인 다원화된 과정에 이르렀다.[62] 그러므로 진보나 발전이란 결국 단순 간단화에서 복잡 복합화의 과정이라고 정의할 수 있다.

그러므로 그는 가장 높은 수준의 삶에서는 다양성이 풍부하게 넘쳐흐르고, 반면 지극히 낮은 수준의 삶에서는 규격화와 획일화가 판을 친다고 생각했다.[63] 모든 종교의 교리는 종종 근본주의적인 경향을 갖는다. 그러나 자신과 다른 믿음을 가진 종교인들에게도 관용적인 태도를 보이는 것은 현대 종교인들에게 필수적이고 어쩌면 가장 중요한 일이다. 함석헌은 그 까닭을 이렇게 말한다.

"우리의 생각이 좁아서는 안 되겠지요. 우주의 법칙, 생명의 법칙이 다원적이기 때문에 나와 달라도 하나로 되어야지요. 사람 얼굴도 똑같은 것은 없지 않아요? 생명이 본래 그런 건데, 종교와 사상에서만은 왜 나와 똑같아야 된다고 하느냐 말이야요. 생각이 좁아서 그렇지요. 다양한 생명이 자라나야겠는데……."[64]

함석헌은 기독교 문화뿐 아니라 다른 문화에 속한 사람들 또한 하느님의 부름을 받은 예언자라고 여겼다. 구약 시대의 유대인인 사무엘, 이사야, 예레미야, 아모스, 호세아뿐만 아니라 석가, 공자, 노자, 맹자, 소크라테스도 동등하게 하느님의 말씀을 인류에게 전해 주는 예언자라고 믿었다. 그는 이러한 예언자들을 통해서 인류가 시대를 초월하여 하느님의 어떤 면을 볼 수 있다고 믿었다.[65] 하느님은 하나일지도 모른다. 그러나 동시에 하느님은 민족과 문화에 따라 여러 모습을 인류에게 드러낼 수 있지 않을까. 왜 무한한 하느님의 영감이 오직 성경과 교회를 통해서만 나타나야 하는가? 힌두교도인 마하트마 간디는 묻는다. 힌두교의 경전인 『베다』가 신의 영감을 받아서 쓰였다고 말하는 것이 무슨 의미가 있는가? 『베다』가 신에 의해 영감을 받아 쓰였다면 『성경』과 『코란』역시 신의 영감을 받아 쓰이면 안 된다는 말인가?" 『베다』와 『코란』이 그런 것처럼, 『성경』과 교회는 단지 절대자의 한 부분만을 드러낼 뿐이다. 모든 위대한 종교의 경전은 단지 신의 어떤 면만을 나타내는 것이다.

함석헌의 종교관과 세계관은 시대의 변동에 따라 민감하게 반응하고 변화했다. 그런 맥락에서 그는 인간사의 모든 것은 영원히 미완성이며 끊임없이 변해 간다고 보았으며, 사회 제도 또한 쉴새 없이 고쳐져야 한다고 믿었다.[66] 그것은 말할 나위 없이 인간이 불완전한 존재이기 때문이다. 불완전하기에 인간은 아무도 완벽한 하느님이나 절대적인 진리를 온전하게 표현하지 못한다. 그는 어쩔 수 없이 전체적인 진리가 아닌 부분적인 진리와 부분적인 절대자의 모습을 볼 뿐이다.[67] "진리란 다이아몬드의 표면처럼 수많은 면을 가지고 있다. 인간은 오직 그 중의 몇 면만을 흘끗 볼 뿐이다"[68]라는 간디의 말도 이 점을 지적한 것이다. 이것은 종교의 믿음이 한 가지 방법이나 스타일만이 아닌 여러 다양한 양태로 표현될 수 있음을 뜻한다. 함석헌은 절대적 존재와 상대적인 종교와의 관계를 이렇게 이야기했다.

"하느님의 품에는 나만이 아닙니다. 나만이 전부를 다 안 것이 아닙니다. 절대의 자리에서 하면 길은 유일의 길입니다. 하지만 상대의 자리에서 하면 무한한 길입니다. '종교'란 것은 상대계의 일이지 절대가 아닙니다. 소위 종교란 것이 없이 사람을 가르칠 수는 없는 것입니다. 그러나 그것이 영원한 집은 될 수 없습니다. 아무리 위대한 종교라도 거기 하느님을 가두어 둘 만큼 클 수는 없습니다. 하느님은 무한하신 분이기 때문에 그에게 나가는 길이 무한히 있을 것입니다. 무한을 어떤 길로만 간다는 그런 모순이 어디 있어요?"[69]

유한한 존재는 오직 유한하게만 무한한 존재를 이해할 뿐이다. 그러니 그 이해는 전부가 아니며 정답도 아니다. 유한한 존재가 무한한 존재에 관하여 어떤 정의를 내리려고 하는 것 자체가 모순이다. 그것은 단지 무한한 존재에 대한 유한적 정의일 뿐이다. 노자는 말한다.

"큰 도는 차고 넘쳐흐르는 것이다. 그것은 좌도 될 수 있고 우도 될 수 있다. 도는 모든 존재의 근원이다. 그러므로 도는 모든 것을 받아들인다. 일이 성취됐을 때 도는 그것의 소유를 주장하지 않는다. 도는 모든 것을 입히고 모든 것을 키운다. 그럼에도 모든 것의 주인 되기를 거부한다. 도는 언제나 조용하니 지극히 작은 것이라 부를 수도 있다. 모든 것이 도에 의지하나 그것을 느끼지 못하니 도는 또한 이루 말할 수 없이 큰 것이라 부를 수도 있다. 결코 큰 티를 내지 않으므로 큰 일을 성취한다."[70]

결국 도나 하느님이나 진리는 모든 창조물 가운데 있고, 그것을 깨달은 인간은 모든 것을 경외심을 갖고 대할 것이다. 하느님은 보편적으로 어느 곳에나 있다. 만일 이 세상이 한 가지 종교나 관점에 의해서만 독점된다면 얼마나 지루하고 단조로운 곳일까. 진리도 기독교에 의해서만 독점될 수 있는 것이라면 더 이상 진리가 아닐 것이다. 영국 성공회 신부이며 동시에 퀘이커 교도인 폴 오스트리처(Paul Oestreicher)는 "선한 것이건 사악한 것이건 한 사람이나 한 집단에 의해 독점돼선 안 된다"[71]라고 말한다. 기독교 교회를 포함한 모든 종교 조직과 제도는 하느님이 창조한 세상의 현상에 불과하다. 그러므로 현상적인 교회가 본질적인 하느님을 독점할 수는 없는 것이다. "가장 큰 것, 즉 도는 가두어질 수 없는 것"[72]이라는 장자의 말처럼, 하느님을 교회나 성경에만 가두어 둘

수는 없다.

함석헌에게 진리는 모든 사람을 위해, 그 사람이 어떤 종교를 가졌는가를 막론하고 보편적인 것이어야 했다.[73] 모든 종교는 이런 면에서 서로 보완적일 수 있다. 함석헌은 서구 기독교가 사랑의 복음을 선포한 반면 동시에 역사상 가장 잔혹한 전쟁을 일으켰으며 악랄한 제국주의를 행했다고 보았고, 아트만(小我)이 브라만(大我)이라고 믿는 힌두교는 불평등한 카스트(계급) 제도를 유지해 왔다고 지적했다.[74] 성숙하다는 것은 결국 다른 믿음이나 사상을 편견 없이 포용할 수 있다는 것이 아닐까. 인종과 문화에는 각기 고유한 입장과 견해가 있기 때문에 아무도 진리는 독점할 수 없고, 함석헌의 표현대로, 독점될 수 있는 것은 진리가 아니다. 모든 인간은 빈부귀천을 떠나 동등한 존엄성을 가지고 있고 나름대로 독특한 진리를 표현하고 선언할 권리가 있다. 이런 관점에서 함석헌은 교회에 대한 기독교인의 집착을 비판한다.

"교회만을 알고 사람을 불쌍히 여길 줄 모르니 하는 말 아니오? 그 잘못은 다른 데서 온 것 아니고 다만 교회라는 한 점만을 확대경으로 들여다보아 그것을 온 세계인 것처럼 보았기 때문이오. 안식일을 거룩하게 지키기 위하여, 그날에 죽을 병든 사람을 살렸다고 예수를 비난하던 사람들도 교회라는 거룩한 옷을 입고 나오는 사탄에 홀렸기 때문이었지요."[75]

함석헌에게 교회나 기독교인보다 더 중요한 것은 그것들이 속한 사회였고, 인류 전체였다. 그는 성인(聖人)조차 그가 속한 역사와 사회를 떠나서는 존재할 수 없다고 믿었다. 그러므로 내세를 믿는 것보다 중요한 것은 자신이 살고 있는 지금 이곳의 역사적 상황 안에서, 개인적 구원이 아닌 전체를 위한 구원을 추구하는 일이었다.[76] 혼자만 안락한 삶을 사는 것보다 다 같이 고난 받는 삶이 더욱 의미가 있다고 보았고, 세계가 구원되지 않은 내 구원이란 없다고 그는 믿었다.[77] 함석헌은 전체가 구원 받는 곳이 곧 하늘나라라고 보았다. 그는 자신의 구원관을 이렇게 말했다.

"나만 들어가면 된다는 신앙은 낡은 신앙입니다. 나는 그것은 싫습니다. 그것은 신앙이 아니고 욕심이요 교만입니다. 자기 의를 주장하는 귀족주의는 하늘나라에는 못 들어갑니다. 이 세계가 온통 들어가야 할 것입니다. 공산주의자도 무신론자도 그 나라에는 다 들어가야 합니다. 이리 말하는 나나, 반대하는 복음주의자나, 무신론자나, 광신자나 다 들어가야 합니다. 내가 반드시 들어갈 수 있어야 믿는 신앙, 신자는 특별히 뺀 자라는 데 어깨가 으쓱해서 믿는 신앙, 그런 따위 현금주의는 신앙이 아닙니다."[78]

　그는 "전체(whole)만이 거룩(holy)한 것"이며 인간을 살게 하는 것도 개인에 있지 않고 전체에 있다고 보았다.[79] "완전한 전체가 하나로 있으면 그것이 깨끗한 것, 거룩한 것이요, 전체에서 떨어지면 더러운 것이다. 때는 몸에서 떠난 살이요, 속(俗)은 하나님에게서 떠난 인간이다"[80]라고 했다. 또한 식물이나 하등동물은 전체에서 떨어져도 살 수도 있지만, 인간과 같은 고등동물은 전체에서 떨어져 사는 것이 거의 불가능하다. 마찬가지로 현대 사회는 어쩔 수 없이 유기적 사회이기 때문에 민족, 국가, 계급, 종파 등으로 서로간의 사이를 분리하면 전체 곧 인류가 망하게 된다. 그래서 함석헌은 이제 인류가 개인으로 분리해서 문제를 생각하기보다는 전체로서 공동체 의식을 갖고 함께 생각하는 단계에 들어가야 한다고 생각했다.[81] 이렇게 자기 존재를 전체와 분리해서 생각할 수 없었던 함석헌은 그 자신을 전체 사회에 빚진 자로 여겼다. 그는 한 씨알의 어려움을, 그 씨알이 기독교인이든 아니든, 자신의 어려움으로 알았다. 그런 그가 종교적 배타주의나 독점주의를 싫어한 것은 지극히 당연한 것이었다. 불교도가 오직 불교 신자들이 잘되는 것만 생각하고 회교도는 회교도의 이익만 챙긴다면, 세계는 순전히 이기적 파벌 집단의 모임으로서 종교적 제국주의와 패거리들 간의 충돌만 남게 될 것이다. 함석헌 역시 한 종교의 절대를 주장하는 것은 제국주의로 여겼고 한 종교에 이르는 것은 모든 종교로서만 될 일이라고 믿었다.[82]

한 종교가 다른 종교의 언어와 표현으로도 해석과 설명이 가능해질 때 비로소 그 종교는 보편적인 종교, 세계적인 종교가 될 수 있을 것이다. 사회·문화적 토양이 다른 나라들 사이의 외래 종교 토착화 작업은 이러한 종교적 재해석 작업에 의해서만 가능하다. 함석헌은 그 종교적 재해석 작업의 주요한 공헌자였다. 그래서 김경재는 함석헌을 일컬어 "한국 종교적 다원주의의 선구자"라고 말한다.[83] 그러나 종교적 다원주의의 선구자로서 그가 걸었던 길은 평탄하지만은 않았다. 외부의 몰이해는 물론이고 함석헌 자신의 내면에도 갈등과 고뇌가 있었다. "나는 사마리아 여인입니다. 내 임이 다섯입니다. 고유 종교, 유교, 불교, 장로교, 또 무교회교. 그러나 그 어느 것도 내 영혼의 주인일 수는 없습니다. 지금 내가 같이 있는 퀘이커도 내 영혼의 주는 아닙니다. 나는 현장에서 잡힌 갈보입니다"[84]라는 처절한 고백은 그래서 나온다.

함석헌은 인간이 종교적 교리의 장벽이 없이도 살아갈 수 있다고 보았다. 그는 예수의 정신대로 살고자 노력하는 한편, 기독교 교리의 벽을 자유롭게 뛰어넘었다. 교리나 신조는 시대와 장소에 따라 다른 의미와 다른 뜻을 지닐 수 있다. 단어나 교리는 진리의 본질이나 개념을 표현하는 수단으로 쓰일 뿐이다. 그러나 진리의 본질적 개념을 파악한 사람에게 단어나 교리는 별 의미가 없다. 선불교(禪佛敎)에서 교리나 경전 대신 묵상과 영감을 중시하는 것도 같은 맥락에서 이해할 수 있다.[85] 하느님이나 진리를 의식과 느낌을 통해서 깨달을 수 있는 사람에게 교리나 단어는 문제가 되지 않는다. 반면 그렇지 않은 사람에게 진리를 교리나 단어로 아무리 장황하게 설명한다 한들 부질없는 짓이다.

역사적 그리고 사회·문화적 종교

함석헌에 대해서 잘 모르지만 글은 몇 번 읽어 본 적이 있다는, 한국 개신교의 보수적 목사인 Y와 대화를 나눈 경험이 있다. Y목사는 군사 독재 시절 함석헌의 민주화 운동과 인권 운동에 대해서는 대체로 긍정적인 인상을 갖고 있었다. 나는 Y에게 "개신교 목사의 입장에서 함석헌을 기독교인이라 생각하십니까?"라는 질문을 던졌다. 그는 주저 없이 말했다. "기독교 교리적인 입장에서 함 선생을 기독교인이라 볼 수는 없습니다. 함 선생은 삼위일체나, 속죄론이나 예수님의 십자가에 대해서 회의적이었다고 봅니다." 그러나 나는 Y목사의 주장에도 불구하고 함석헌을 기독교인으로 평가한다. 왜냐하면 어떤 사람이 기독교인이냐 아니냐의 문제는 교리의 준수 여부에 달린 것이 아니고, 그 사람의 전체적인 삶의 모습이 어떠한가에 달려 있기 때문이다. 예수의 주요 관심사는 『구약』의 율법주의에 매달리는 것이 아니었고, 율법학자 바리새 인들이 제정한 종교 제도나 계율을 지키는 것은 더욱 아니었다. 예수의 주요 관심사는 그가 속한 역사적 상황 속에서 영적으로, 도덕적으로, 가치 있는 삶을 살고 죽는 것이었다. 함석헌 역시 예수의 정신을 본받고 그 정신대로 살다 가고자 했을 뿐 기독교의 교리를 준수하는 데는 별 관심이 없었다.

예수와 바리새인은 모두 똑같은 경전인 『토라』를 읽었다. 그러나 "다 같이 모세와 예언자에게서 받은 성경이지만 바리새 교인의 성경과 예수의 성경과는 같은 성경이 아니었던 것을 우리는 너무도 잘 알고 있다"[86]는 함석헌의 지적처럼, 경전에 대한 그들의 해석은 정반대였다. 예수는 성경을 인간을 자유롭게 하고 해방시키기 위해 읽은 반면, 바리새인은 자신이 만들어 놓은 규정과 교리를 씨알들에게 강요하기 위해 읽었던 것이다.

신앙의 본질과 종교 제도 혹은 교리는 언제나 확실하게 구분되어야 한다. 교회나 교리는 하느님과 진리를 이해하기 위한 하나의 방편, 도구에 불과하다. 비본질적인 교회나 교리가 본질적인 하느님이나 진리보다 부각될 때 그것은 곧 우상에 불과한 것이 되고만다. 종교는 이른바 믿는 사람이 안 믿는 사람에게 교리를 입으로 전달하는 것이 아니라, 삶 전체로 진리와 함께 산다는 것을 보여주는 것이다. 종교의 교리는 그 종교의 진리를 설명하기 위해 일시적으로는 필요한 것이 될 수 있다. 그러나 종교의 교리에 집착하는 것은 더 근본적이고 중요한 진리를 보지 못하게 하는 결과를 초래할 수 있다. 함석헌의 궁극적 관심은 '진리와 더불어 사는 삶'이었지 교리에 집착하는 것이 아니었다. 중국 선승의 일화가 전하듯, 교리는 달(진리)을 가리키는 손가락 같은 것이라 손가락 자체가 달이 아니고 달과 같을 수도 없다.

결국 종교적 교리는 단지 진리에 대한 상징이고 설명일 뿐이다. 이 상징이나 설명은 시대와 인종, 문화에 따라 다를 수밖에 없고 달라야 한다. 각 시대는 저마다의 종교적 용어와 해석학을 요구한다. 함석헌에게 그 요구는 당대의 생활 체험에 대한 충실 속에서, 그리고 역사에 대한 바른 이해를 통해서 충족될 수 있는 것이었다. "경전의 생명은 그 정신에 있으므로 늘 끊임없이 고쳐 해석하여야 한다. 새로운 생활 체험이 있어야 하고, 새로운 역사 이해가 있어 그것을 뒷받침하여 주어야 한다."[87] 함석헌은 이렇듯 역사의 입장에 서야 진리의 올바른 체득이 비로소 가능하다고 보았다.[88] 역사가 걸어온 길이 자유를 향한 전진이었다고 믿은 함석헌은 모든 역사적 사건에 자신의 책임을 느꼈다. 그래서 "죄는 내 죄, 네 죄가 아니다. 우리 죄, 인간의 죄지. 전체의 죄다. 모든 죄가 나와 관련 아니 된 것이 없다. '내가 죄인의 대가리다.' 역사상의 모든 죄악이 다 내가 참예한 죄악이다. 나도 공범이다. 내가 주범이다. 나야말로 상습범이다."[89]

『성경』은 몇 천 년 전에 쓰인 책이다. 그러나 그 기간에 세계에 대한 인간의 이해와 시각은 성장하고 변모해 왔다. 함석헌은 오늘날 세계와 종교를 보는 인간의 안목은 『성경』이 기록될 당시와는 하늘과 땅만큼 다르다고 보았다. 우주선과 인공위성이 나는 현대와 비교하면 바울 사도가 살았던 세계는 아주 작은 세계였다. 바울이 접촉한 세계는 지리적으로 고작해야 중동, 마케도니아, 그리스, 로마제국, 이집트 정도였다. 바울은 중국, 인도, 북남미 대륙, 아프리카, 남북극, 폴리네시아의 존재는 전혀 알지 못했다. 사상적으로 바울은 바빌론, 이집트, 헬라, 페르시아 철학을 접해 보았을지 모르나, 베단타 철학, 힌두교, 불교, 유교, 노장 사상을 알았을 리 만무하다. 이 점에서 현대의 기독교에 필요한 것은 역사적이고 지리적인 한계를 넘어 보편적인 설득력을 갖추려는 노력이고, 다른 종교 및 사상과 적극적으로 대화하려는 시도이다. 함석헌은 보편성의 중요성을 이렇게 말하기도 했다. "내 그림, 내 시, 내 노래만 좋다 하고 남의 그림, 남의 시, 남의 노래는 다 더럽다 한다면, 그것은 정말 예술이 뭔지 모르는 더러운 마음입니다."[90]

함석헌은 이런 의미의 종교적 보편주의와 대화를 스스로 실천하는 삶을 살았다. 인간 관계에서도 그는 종파와 성향에 구애받지 않는 면모를 지녔다. 그것은 1970년대 『씨알의 소리』의 편집위원들이 다양한 인물들로 구성된 데서도 단적으로 나타난다. 한국 최초의 여성 법학 박사이며 변호사로서 함석헌이 발표한 인권 선언서의 초안을 거의 다 작성했던[11] 열렬한 기독교인 이태영, 저명한 평신도 기독교인 김동길 외에, 수필가로서 지금도 유명한 법정 스님, 유기 화학의 권위자인 김용준 전 고려대 교수(그는 한국의 자연과학자를 대표해 로마클럽 학회에 참석한 적도 있다), 1975년 해직 전까지 『동아일보』 편집국장이었고 어떤 기성의 종교 단체와도 무관하던 언론인 송건호 등이 이 잡지 편집위원들의 면면이었다.

필자는 함석헌의 발자취를 따라가면서 그와 관계를 맺었던 많은 인사들을 만났다. 그 가운데는 이타적인 삶으로 유명한 부산 복음병원 원장 장기려 박사도 있다. 그는 성경을 문자 그대로 믿는 한국의 보수적 기독교계의 고신파에 속한다고 할 수 있다. 고신파의 맞은 편에서 가장 급진적인 기독교장로회를 대표할 만한 인물이 안병무이다. 그런데 함석헌은 이들 두 인물과 모두 가까웠다. 그의 사상적·인간적 폭을 짐작케 하는 예이다.

이와는 맥락을 꽤 달리하지만 함께 이야기될 만한 사례도 있다. 저명한 민주화 운동가 문익환은 1989년 4월, 정부의 허가 없이 북한을 방문했다는 이유로 구속된 적이 있다. 그를 구속시킨 당시

대통령 노태우는 그로부터 불과 두 달 전, 함석헌이 운명했을 때 장례식을 사회장으로 치르자고 제안한 인물이다. 이 제안이 정치적 고려에서 나온 것임은 분명할 것이다. 그러나 어떻든 함석헌이 정치적 노선에서 정면으로 대립하는 문익환과 노태우에게 나름의 영향력을 미쳤다는 사실이 지워지지는 않는다.

함석헌은 이 사례에도 그늘을 드리우고 있는 '정치적 관용'의 태도 때문에 아주 가까운 주변 인물들한테서도 오해와 비판을 받는 경우가 자주 있었다. 그러나 그는 자신과 뜻을 같이하든 않든 인간에 대해서 전체적인 책임감을 느끼고 있었다. 그는 선인과 악인은 싫든 좋든 어쩔 수 없이 함께 살아야 할 공동 운명체라고 믿었고, 악이건 선이건 그 뿌리는 떨어질 수 없는 하나라고 믿었다.[92] 선도 개인의 선이 아니요 악도 개인의 악이 아니라고 보았으며 인간은 전체 속에서만 스스로를 참으로 알 수 있고 드러낼 수 있다고 느꼈던 것이다.[93] 또한 모든 생명체는 다 때때로 전체의 발전소에 들어가서 다시 충전을 해야만 그 기능을 발휘할 수 있다고 확신했다.[94] 그래서 『신약성경』에서 유다의 자살에 관한 글을 읽으며 이러한 신앙 고백을 할 수밖에 없었다.

"예수는 우리에 있는 아흔아홉보다 잃어버린 하나가 더 중하다고 했습니다. 하나가 없음으로 전체가 깨지기 때문에. 한 사람의

실패는 결코 한 사람의 실패가 아닙니다. 전체의 실패입니다. 유
다가 마음을 열어야 세계 구원은 옵니다. 예수는 겟세마네 동산
에서 잡히는 순간도 유다를 '친구'라고 했습니다. 그것을 보면
예수는 유다를 영원히 버리지 않습니다."[95]

함석헌은 전체의 가치를 강조했지만, 그의 전체론은 권위적 사
회의 집단주의나 개인의 특색과 개성을 무시한 전체주의와 당연
히 구별된다. 그의 전체론은 공동체 정신을 바탕에 둔 성숙된 개
인주의와 다를 바 없었다. 함석헌에게는 개인이나 전체가 구분할
수 있는 것이 아니었다. 심지어 악인조차도 미워하면 그 악인보다
나을 것이 없고 그런 의미에서 선(善)은 전체에만 있다고 믿었
다.[96] 마찬가지로 그는 진리와 개인의 자유는 전체와의 영적 교섭
을 통해서만 온다고 생각했다.[97] 개인에게 그 전체란 이웃이요, 민
중이요, 씨알이었다. 그는 하느님과 씨알이 같다고 생각했고, 씨
알을 섬기는 것이 곧 하느님을 섬기는 것이라고 믿었다.

"예수의 종교는 두 겨냥을 가진 종교다. 하나님을 사랑하고, 이
웃을 나로 사랑하고, 그리고 이웃은 내게 좋은 자만이 아니고 저
인생 온통이다.[98]
하나님 섬김은 민중 섬김에 있다. 가장 높음이 가장 낮음에, 가

장 거룩함이 가장 속됨에, 가장 큼이 가장 작음에 와 있다. 진리
는 민중에 있다.[99]

하나님 말씀은 민중의 입을 통해 온다.[100]

사람 없이는 하나님이 일하지 못합니다."[101]

    함석헌은 신학자나 목회자가 아니었다. '이단자'라는 원치 않은
이름이 붙은 한낱 평신도 기독교인이었을 뿐이다. 그는 '이단자'
로서 기독교에 대항한 것이 아니었다. 그가 맞서 싸웠고 정화하려
했던 것은 부패하고 비도덕적인 권력자들과 그들이 만들어 놓은
사회 구조였고, 그들이 발휘하는 영향력 아래서 폐습과 독단에 물
든 한국 기독교의 기득권 세력이었다. 함석헌은 무사안일과 현상
유지의 타성에 젖은 한국 교회에 복음의 사회·정치적 의미를 복
원시킴으로써 기독교의 근본 정신과 역할을 되살렸다. 그리고 기
독교와 동양 사상의 융합, 보편주의적 종교관, 기독교에 대한 동
아시아적 입장에서의 재해석 등을 통해 한국 기독교의 지평을 넓
혔다. 이와 같은 함석헌의 업적은 도래한 지 100여 년이 지난 한
국 개신교의 커다란 사상적 유산으로 평가될 수 있다. 그러나 장
님에게 빛을 보여줄 수는 없는 노릇이다. 마르틴 루터도 경험했듯
이, 함석헌의 종교관은 자신이 살던 시대의 기독교인들한테 널리
이해받지 못했다.[102] 하지만 예수가 말한 그 시간이 오면 함석헌의

종교적 보편주의에 대한 세상의 이해도 달라지지 않을까.

> "이 산이든 예루살렘이든 아버지께 예배드리는 장소가 문제되지 않을 때가 오고 있다. …… 아버지께 진정으로 예배하는 사람들이 영적인 진실한 예배를 드릴 때가 오는데 바로 이때다."[103]

마치는 말 : 신의 도시와 세속 도시 사이에서

함석헌은 신의 도시와 세속 도시 사이의 구분이란 있을
수 없다고 생각했고, 이를 행동으로 옮겼다. 그에게 있어
서 종교적 신앙심과 인간애는 신의 도시와 세속 도시를
연결해 주는 통로와 같았다.

***

　사람은 누구나 특정한 역사적 시간대에 태어난다. 그러면서 그는 무한하고 영원한 세계를 동경한다. 인간에게 영원의 세계와 역사 현실의 세계는 둘 다 필요 불가결한 세계다. 역사적으로 구체적인 사건에 온몸으로 참여하는 일과 종교적 신앙심을 영적으로 성숙시켜 나가는 일을 결합한 존재, 그가 함석헌이 생각한 참된 종교인이다. 그러므로 함석헌에게 성속(聖俗)은 하나였고, 신의 도시와 세속 도시 사이의 구분이란 있을 수 없었다. 그래서 해탈(解脫)도 이 세상이나 저 세상에 가는 것이 아니라 이 세상과 저 세상이 하나인 삶으로 보았다.[1]

　비록 함석헌이 살던 시대는 끊임없이 흑백 논리가 강요되던 시대였지만, 그는 하느님의 역사와 인간의 역사를 둘로 나누어 생각하는 논리를 받아들이지 않았다. 함석헌에게, 인간의 역사는 곧 하느님의 역사였다. 그는 역사를 하느님과 인간 사이의 대화로 파악했고, 인간이 하느님을 찾아가는 과정의 기록을 역사라고 보았다.[2] 인간의 초월적인 면을 강조하면 하느님의 아들이요, 내재적인 면을 강조하면 사람의 아들이라고 생각했다.[3] 하느님의 계시는 그저 공중에서 주어지는 것이 아니라 반드시 구체적인 인격을 통해서 오는 것이라고 믿었다.[4) 그에게는 현존하는 인간이 곧 하늘나라와 하느님의 대변자였다. 인류가 진화해 왔듯이 하늘나라와 하느님에 대한 개념도 계속해서 진화되어 가야 할 것이다. 그런 면에서 인생에 결론은 없다. 인생은 그저 과정의 연속일 뿐이다.

외형적이고 현실적인 성과만을 두고 보자면, 함석헌이 이루어 낸 바는 대단한 것이 아니라고 할 수 있을지 모른다. 함석헌은 자주 간디에 비견되었지만, 간디처럼 민중을 이끌고 식민지 조국의 독립을 성취하는 업적을 남긴 것은 아니다. 민주화 운동을 벌여 나가는 과정에서 강력한 지도력과 조직력을 보여주지도 않았다. 그리고 한국 기독교를 변화시키려는 그의 시도는 당대에 커다란 메아리를 얻지 못했다. 제2차 세계대전 이후 냉전이 정점에 달한 한반도의 현실에서 이는 아마 어쩔 수 없는 한계였을 것이다. 그 현실은 '올바름'이 아니라 '세속적 성공'을 제일의 가치로 삼았고, 그것을 위해 수단 방법을 가리지 않는 이승만, 김일성, 박정희 같은 마키아벨리적 인간형을 요구했기 때문이다.

함석헌은 이러한 인간형의 정반대편에 있는 인물이었다. 분명한 목표를 정하고 치밀한 계산 아래 움직이는 것이 마키아벨리적 인간형이라면, 함석헌은 씨알의 저항을 위해 잘 짜여진 어떤 전략이나 전술 프로그램도 갖고 있지 않았다. 전자가 남을 조종하는 데 익숙한 반면 함석헌은 누구에게도 "무엇을 하시오"라는 지시나 명령을 하지 않았다. 권력욕에 불타는 전자와 달리 함석헌에게 '민족의 지도자'가 되겠다는 야심이나 의욕이 있었다고 보기는 어렵다. 그 결과 현실의 승리와 영광은 늘 전자의 몫이었고, 함석헌의 삶은 실패자의 그것으로 비쳐지게 마련이었다.

평범한 상식인의 관점에서 보더라도 개인으로서나 가족 관계에서나 함석헌이 행복한 삶을 누렸다고 하기는 어려울 것이다. 1928년에서 1938년에 이르는 시기를 제외하면 그는 한 번도 안정된 직장이나 고정된 수입을 가져 본 적이 없었다. 가족의 가난은 필연적이었다. "아버님은 집안일이나 가계에는 거의 관심이 없으셨다. 아버님의 주요 관심은 언제나 '조국의 운명', '독립', '민족', '정의', '평화', '진리' 등이었다"고 함석헌의 둘째아들 함우용은 전한다.[5] 사위 최진삼도 "함 선생님은 정의를 위하여 살고 정의를 위하여 죽어야 한다고 제게 가르치셨습니다"라고 말하고 있다.[6] 여기서 자연히 떠오르는 것은 공적 대의에 몰두하는 가장 때문에 어쩔 수 없이 희생자의 역할을 떠맡은 가족의 모습이다. '타인의 안녕과 이웃의 편안한 삶을 위해 나의 가족을 희생자로 만드는 일이 과연 정당화될 수 있을까?'[7] 라는 넬슨 만델라의 물음에서 함석헌도 자유롭지 못하다.

예수는 지극히 작은 일에 충성된 자가 큰 일에도 충성된다고 하였다. 간디는 인도를 대영제국으로부터 독립시키기 위해 헌신했지만, 간디의 아들은 그 와중에 술주정뱅이가 되었다. 그런 아들의 입장에서 아버지 간디는 '민족의 영웅'으로 보이지 않았다. "당신이 그렇게 위대하다면, 그것은 어머니 덕인 줄이나 아시오"라는 것이 아버지 간디에 대한 아들의 비판이었다.[8] 넬슨 만델라의 첫째 부인이었던 에블린은 만델라가 자신이나 자녀들 아닌 어떤 것에 더 헌신하는 사람이라는 사실을 도저히 이해하지 못했고, 만델라 역시 자신의 활동을 중단하지 않았다. 에블린은 결국 아이들을 데리고 만델라를 영원히 떠났다.

공공의 대의를 향한 사심 없음과, 가장이나 생활인으로서의 무능 혹은 무책임 사이의 이런 모순과 관련하여 우리가 볼 수 있는 것은 함석헌이 이 모순을 감추거나 합리화하려 하지 않았다는 점이다. 오히려 그는 세속적 무능을 두고 스스로를 '바보새'에 비유한다.

"저는 이 새가 좋습니다. 신천옹(信天翁)이라 이름한 이유는 이놈이 날기는 잘해 태평양의 제왕이라는 말을 들으면서도 고기를 잡을 줄은 몰라서 갈매기란 놈이 잡아 먹다가 이따금 흘리는 것을 얻어 먹고 살기 때문입니다. 그래 일본 사람은 그 새를 바보새라고 합니다. 제가 좋아하는 이유는 이 바보새란 이름 때문입니다. 어쩌면 제 사는 꼴도 바보새 같다 할 수 있습니다. 마음은 푸른 하늘에 가 있으면서 밥벌이 할 줄은 몰라 여든이 다 되어 오는 오늘까지 친구들의 호의로 살아가니 그 아니 바보새입니까?"[9]

다른 자리에서는 자신의 인생 역정을 실패자의 그것으로 규정한다.

"의사를 배우려다 그만두고, 미술을 뜻하다가 말고, 교육을 하려다가 교육자가 못 되고, 농사를 하려다가 농부가 못 되고, 역사를 연구했으면 하다가 역사책을 내던지고, 성경을 연구하자 하면서 성경을 들고만 있으면서, 집에선 아비 노릇을 못 하고, 나가선 국민 노릇을 못 하고, 학자도 못 되고, 기술자도 못 되고, 사상가도 못 되고, 어부[10]라면서 고기를 한 마리도 잡지 못 하는 사람……"[11]

그러나 사회가 억압과 혼란에 빠져 있을 때 모든 가장들이 자신의 안녕이나 성공, 가족의 이익을 앞세운다면 사회의 혼란과 억압을 바로잡아 그들 모두에게 이익을 가져다 주는 일은 언제까지나 이루어지지 않을 것이다. 외딴 마을에 불이 났을 때 자신의 가족을 피신시키는 데만 열중한다면 결국 모든 가족이 피해를 입는 결과만이 있을 뿐이라는 점과 마찬가지 이치다.

넬슨 만델라는 모든 인간에게 인생의 두 가지 의무가 있다고 했다. 하나는 가족이나 부모에 대한 의무이고 또 다른 하나는 조국이나 인류 공동체에 대한 의무이다. 안정되었거나 사회 정의가 자리 잡은 사회에서 각 개인은 각자의 능력과 성향에 따라 이런 의무를 적절히 수행해 나갈 수 있을 것이다. 그러나 인간의 기본권이 묵살당하고 독재와 거짓이 판을 치는 나라나 사회에서는 그럴 수 없다. 부정부패나 불의가 지배하는 사회에서는 조국이나 인류 공동체에 대해 올바른 의무를 다하고자 하는 개인은 권력에 의해 처벌받거나 소외되기 일쑤다. 그럼으로써 그는 불가피하게 가족에 대한 의무를 수행할 기회를 박탈당하고 자유와 존엄성을 빼앗긴 삶을 강요받게 된다.[12] 나치 정권 아래서 죽어 간 디트리히 본회퍼(Dietrich Bonhoeffer) 목사나 과학자 알베르트 아인슈타인의 경우가 적절한 예일 것이다. 넬슨 만델라가 그랬듯이, 함석헌은 처음부터 가족의 안녕을 등지고 공공의 안녕을 위해 일하려 하지는 않았다. 그러나 불의와 독재로 점철된 20세기 한반도에서 씨알의 자유와 존엄성을 지키며 산다는 것은 곧 자식과 남편, 아버지로서의 역할을 수행할 귀중한 기회를 가차 없이 빼앗기는 것을 의미할 수밖에 없었던 것이다.

만약 우리가 한 인간의 성공과 실패를 그가 살았던 시대에 한정시켜 평가한다면, 예수 역시 실패자, 패배자라고 할 수 있다. 세속적인 입장에서 십자가에 매달린 예수의 죽음은 한 식민지 청년 지식인의 최후였을 뿐이다.[13] 예수가 죽은 다음 제자들은 두려움에 질려 모두 도망갔고, 가장 가깝다던 반석 같은 제자 베드로는 스승 예수를 부인했을 뿐 아니라 저주하기까지 했다. 그때 예수는 얼마나 참담한 실패자였던 것이랴! 그러나 모두가 알다시피 그의 당대의 세속적 실패는 곧 영속적인 진리의 승리였다.

비록 연약한 한 인간으로서 나름의 한계와 단점, 불완전함을 가지고 있었던 함석헌의 삶도 그의 당대를 지배하던 가치를 가지고 성공과 실패 여부를 말할 수는 없다. 그가 살던 시대는 '목적이 수단을 정당화하는' 시대였다. 이것은 많은 부분 오늘날도 그러하다. 그래서 자기가 내세운 목적을 달성하기 위해서 수단의 올바름을 고려하지 않았던 박정희나 김일성 같은 인물이 한반도를 지배했고, 오늘에도 여전히 기념관이나 동상을 세워 기념할 인물들로 여겨지고 있다. 박정희의 반공주의와 부국 강병 논리, 그리고 김일성의 주체 사상에 비할 때 함석헌의 평화 사상이나 이타적 도덕주의는 냉엄한 현실에 비추어 대단히 무력하게 보인다. 약육강식, 적자생존의 원리가 판을 치는 세태에서 우리는 박정희가 주장한 단순한 물리적 힘의 가치관이 함석헌의 이상주의적 가치관보다 유효한 것이라는 생각에 이끌릴 수 있다.

박정희는 "인간사에는 경제가 정치나 문화보다 우선한다"고 말했다.[14] 말할 것 없이 인간은 우선 먹어야 사는 존재다. 그러나 동시에 인간은 빵만으로는 살 수 없다. 박정희의 잘못은 무슨 방법을 쓰든 먹고사는 일만 해결해 주면 독재가 정당화된다고 생각한 데 있다. 그리하여 그는 당대의 한국인들에게 생존 경쟁에 뛰어들 자유만을 인정하면서 인간으로서의 권리와 가능성을 제 마음대로 제한하였다. 그 결과는 외형적인 경제 성장으로 나타났지만, 그 과정에서 한국인들의 마음과 정신은 병들었다. 돈과 지위, 권력, 그 밖에 자기가 뜻하는 바를 이루기 위해서라면 얼마든지 남을 짓밟을 수 있는 인간이 한국을 이끄는 인간형으로 확고히 자리 잡은 것이다. 박정희와 그를 따르고 숭배하는 이들은 한국 사회를 전쟁 후의 궁핍에서 해방시킨다는 명분을 내걸었지만, 그들이 만들어 놓은 것은 적자 생존의 법칙이 가차 없이 관철되는 또 다른 전쟁터였다.

앞에서 우리는 마키아벨리적 인간의 삶의 기준에 비추어 함석헌이 실패자일 수밖에 없다고 말했다. 그러나 그들이 만들어 놓은 삶의 질서가 메마르고 황폐한 전쟁터의 그것이라고 할 때 문제는 전혀 달라진다. 억압과 공포가 없고 낱낱의 생명이 존중되는 바람

직한 삶의 질서를 위해서 마키아벨리적 인간형과 그들의 가치관
이 극복되어야 하는 것이라면, 그 정반대편에 있는 함석헌의 삶과
사상에는 미래에 있어야 할 가치관을 선구적으로 제시한 공헌이
돌아가게 되는 것이다.

이를테면 한반도를 지배해 온 가치의 하나는 민족주의이다. 이
이름 아래 역사적으로 수많은 범죄와 죄악이 행해져 왔다. 그것은
강한 민족은 약한 민족을 지배할 자격이 있다는 힘의 논리를 따른
결과이다. 일찍이 함석헌은 '세계사의 하수구'이자 패배자로서 우
리 민족의 역사를 반성하는 가운데 이러한 강자의 민족주의를 거
절하고 부정하였다. 그러면서 그는 패배자 한국 민족에게 세계인
과 세계사를 위해 공헌할 수 있는 독특한 사명이 있다고 주장하였
다. "하느님의 발길에 차인 존재인 나는 누구인가?", "수난의 여왕
인 한국인은 누구인가?"라는 함석헌의 질문은 세계사 안에서 억
눌린 자, 탄압받는 자로서 한국인의 정체성을 발견하려는 피땀 어
린 영적인 시도의 맥락 안에 있는 것이었다.

이러한 함석헌의 생각은 매우 독특하고 새로운 민족주의론이었
지만 그는 결코 배타적 민족주의자가 아니었다. 1950년의 한국전
쟁 이후 김일성이 주체 사상을 통해 북한 특유의 민족주의를 주창
하고, 남한에선 이승만과 박정희가 반공과 부국 강병이란 이름으
로 남한만의 민족주의를 선언할 때, 함석헌은 흑백 논리와 좌우의

이념 장벽, 그리고 민족주의를 넘어선 보편주의의 중요성을 역설했다. 그에게는 한국 민족의 권익만큼 다른 민족의 권익도 중요했다. 그는 서로간에 힘을 재는 식의 민족주의, 국가주의 시대는 막을 내렸고 인류는 이제 세계주의의 목표를 향해 모두가 함께 더불어 가야 한다고 믿었다.[15] "세계는 하나가 될 때가 되었다. 우리 전체 인류가 결국은 한 조상으로부터 온 한 형제자매라는 것을 깨달을 때에 비로소 우리는 싸움과 전쟁을 그칠 것이다."[16]

함석헌에게, 민족이나 국가는 인간의 궁극적 가치가 아니었다. 그래서 그는 희생도 진리를 위해 하는 것이지 국가를 위해 하는 건 아니다, 라고 힘주어 말한다.[17] 국가주의와 민족주의도 한때 인류를 이끄는 가치관이었지만 세계가 좁아진 이제는 민족주의와 국가주의가 오히려 죄악이고 청산해 버려야 할 것으로 본다.[18] 부와 권력도 마찬가지다. 오히려 그것들을 맹목적으로 추구하느라 오늘의 세계는 병과 근심이 갈 데까지 깊어지지 않았는가. 그래서 영국의 퀘이커 조너선 데일(Jonathan Dale)은 묻는다. "세계는 이제 승리자, 권력자, 부자의 가치와는 다른 가치관에 귀를 기울여야 하지 않을까?"[19] 함석헌의 생애는 그 '다른 가치관'을 모색하고 실천하는 데 바쳐졌다. 그 가치관은 이제까지 살펴본 함석헌의 생애와 사상에서 드러나는 대로 이타적 사랑, 너그러움, 검소함, 정직, 올바른 것을 추구하는 용기 등을 내용으로 가질 것이다.

함석헌은 인간의 가치를 이러한 도덕의 기준으로 보았고 인간성의 핵심을 도덕성에 두었다.[20]

공자와 맹자는 모두 인간의 본성을 선하다고 본다. 그러나 동시에 세상은 악하며 이 악한 세상에서 인간의 선한 본성은 수많은 유혹에 끌려 부패하기 쉽다고 생각했다.[21] 기독교는 인간의 본성을 악하다고 보면서 세상에 가득 찬 유혹을 경고한다. 장자는 세상에 선한 이는 드문 반면 악인은 도처에 넘쳐 흐른다고 탄식한다.[22] 현대의 철학자 라인홀드 니부어(Reinhold Niebuhr)는 인간 각자는 도덕적인데 이러한 인간이 모여 사는 사회는 부도덕한 사회라고 지적한다.[23] 이런 조건에서 어쩌면 실현 불가능한 도덕적 사회를 꿈꾼 함석헌은 현실주의자라기보다 이상주의자였다. 토머스 홉스가 말한 '만인에 대한 전쟁(War Against All)'[24]을 치르는 동안 대부분의 사람들은 어쩔 수 없이 이상과 원칙을 헌신짝처럼 버리고 현실과 타협하며, 철저한 현실주의자가 되어 간다. 극소수의 사람만이 현실 세계의 달콤한 유혹이나 외부의 혹독한 조건에 관계없이 죽는 날까지 자신의 이상과 꿈, 그리고 원칙을 지킨다. 함석헌은 그런 소수 가운데 한 사람이었다. 한국 현대사에서 가장 영향력 있는 이상주의자, 그것이 내가 보는 함석헌이다.

함석헌의 이상주의는 밤하늘의 북극성에 비교될 수 있을 것이다. 북극성은 지구에서 멀리 떨어진 항성이기에 가까이 있는 언덕보다 더 결정적인 표준, 더 궁극적인 목표가 될 수 있다. 아무리 노력해도 인간은 북극성에 영원히 도달할 수 없을지 모른다. 그렇다고 북극성이 존재하지 않는 것은 아니며 인간에게 쓸모없는 것도 아니다. 아무리 애를 써도 인류는 목적보다는 수단과 과정이 존중받는 사회, 권력자나 승리자가 아니라 정직하고 올바른 사람이 대접받는 사회를 영원히 만들 수 없을지도 모른다. 그러나 그것을 위한 노력마저 멈출 수는 없다. 그 노력들이 쌓이는 만큼 바람직한 삶의 영역은 한 뼘이라도 넓어지고 밝아질 것이기 때문이다.

거듭된 세속적 실패에도 불구하고, 함석헌은 인류가 영원의 세계를 향해 끊임없이 진보, 향상되어 간다고 생각했고, 인간의 도덕을 규정하는 마지막 표준도 가족이나 민족을 넘어선 세계 공동체에 있다고 믿었다.[25] 인간도 어려운 것이 무엇인지 알기는 해야 하지만 비관을 해서는 아니 되며 인류도 스스로 제 손으로 멸망하지는 않을 것이라고 확고하게 믿었다.[26] 그 점에서 그는 낙관주의자였다. 그리고 우리가 살고 있는 이 세상도 늘 악한 듯하지만 그것을 구원하는 것은 역사를 통해서 "정신의 화신(化身)으로 난 인물들의 희생으로 바치는 힘 때문"이라고 굳게 믿었다.[27] 그래서 비록 온 세계가 부패, 불신, 무지, 탐욕으로 넘쳐 나는 곳일지라도 함석헌은 그것을 실패의 세계, 버려야 할 세계로 보지 않았다. 냉랭한 배신의 키스를 입에 받으면서도 유다를 '친구'라고 부를 수 있는 예수의 무조건적이고 절대적인 사랑에 비추어 보면, 상대적이고 현실적인 의미에서의 실패니 성공이니 하는 것은 함석헌에게 전혀 문제가 되지 않았던 것이다.[28] 함석헌은 이와 같은 이상주의와 낙관주의, 신앙심을 가지고 한반도의 현실에 직접 몸으로 부딪침으로써 동시대의 도전과 질문에 대응하였다. 빨리 달리는 사람일수록 강한 바람의 저항을 받을 것이다. 맹자의 표현을 빌리자면, 하늘은 모든 사람을 위하여 큰 일을 할 사람에게 뼈와 살을 깎는 고난의 훈련을 시킨다. 격동으로 가득 찬 삶을 통해 함석헌은 수많은 고난과 시련을 체험했다. 그러나 그 가혹한 역경과 수난에도 불구하고 그는 고통에 찌든 원한과 분노의 인간이 아니라 유연한 사랑의 사람으로 남을 수 있었다. 한국의 씨알은 이러한 그의 말과 행동을 통해서 조국의 미래를 향한 희망과 격려를 얻을 수 있었다. 올바른 정치를 위한 그의 제언은 민주화 운동의 기폭제가 되었고, 종교적 관용주의의 호소는 권위주의적이고 편협한 한국 사회와 한국 기독교에 불붙는 도전장이 되었다.

1945년의 해방 이후 한반도의 역사는 이승만, 박정희, 김일성의 시대였고 함석헌의 시대가 아니었다. 그러나 예수가 인류에게 보여준 것처럼 인간의 양심이나 도덕적 영향은 정치적 영향력보다 가치 있고 오래 지속한다. 인간 역사를 통해 오직 극소수의 인물만이 양심적인 방법으로 민족과 사회의 지도자가 될 수 있었다.

그리고 함석헌은 그런 지도자 가운데 한 사람이었다.

노자와 예수가 가졌던 삶의 좌우명이 함석헌의 생애와 사상을 요약하는 데 아주 적절한 듯하다.

> "선한 이에게, 나는 선하게 대한다. 선하지 않은 이에게, 나는 역시 선하게 대한다."[29]
>
> "하나님은 해가 악한 사람과 선한 사람에게 다 같이 비치게 하시고, 의로운 사람과 의롭지 못한 사람에게 비를 똑같이 내려 주신다."[30]

쓰고 나서

1989년 2월 4일 새벽 5시 40분, 전화벨이 요란하게 울렸다. 전화 저쪽의 박영자 선생님은 "함 선생님 돌아가셨어요!"라고 말했다. 즉시 택시를 타고 나는 서울대학병원으로 향했다. 택시 안의 라디오 뉴스에선 벌써 '함석헌의 죽음'을 보도하고 있었다. 비록 이른 새벽이었지만, 서울대학병원 영안실에는 벌써 몇 사람의 조문객이 서성거리고 있었다. 그의 관을 보고, 그의 시신을 보고 나는 마치 나 자신이 그 관 속에 누워 있는 듯한 이상한 느낌을 받았다. 그의 시신 앞에 예를 올린 후, 나는 많은 생각을 했다. 그의 삶, 그의 죽음, 그리고 나의 인생……. 3시간 후 나는 8년간 공무원으로 일하던 철도청에 사직서를 제출했다.

그로부터 3년 반 후인 1992년, 역사학도로서 나는 영국 에섹스

대학교에서 학사 논문으로 「함석헌과 한국의 민주주의(Ham Sokhon and Democracy in Korea)」를 썼다. 5년 반 후인 1994년, 같은 대학교 대학원 사학과 석사 논문으로 나는 「함석헌의 노장 사상과 퀘이커리즘 이해(Ham Sokhon's Understanding of Taoism and Quakerism)」를 제출했다. 9년 반 후인 1998년, 나는 영국 셰필드대학교 대학원 박사 논문으로 「한국인 퀘이커 함석헌의 생애와 사상에 관한 연구(An Examination of the Life and Legacy of A Korean Quaker, Ham Sokhon)」를 집필했다. 이 논문은 함석헌의 거대한 삶과 생각을 서구의 대학에서 학문적으로 정리해 보려는 나의 작은 몸부림이었다.

'함석헌'이란 친숙지 않은 이름 석 자를 처음 접한 것은 1979년 겨울, 김동길 선생님의 강연을 통해서였다. 그로부터 멀지 않아 나는 함석헌의 공개 강연을 직접 들을 기회를 가졌다. 그때 나는 20대 초반의 청년이었고, 그의 조용한 열변에 마치 온몸에 전기가 통하는 것 같은 주체할 수 없는 충격을 받았다. 그 후 나는 밥을 먹어도, 잠을 자도, 친구를 만나도, 길을 걸어도 매순간 어디서나 그를 생각했다. 함석헌은 나의 취미였고 나의 에너지였고 나의 궁극적 관심이었고 나의 전부였다. 그의 글을 닥치는 대로 읽었고, 그의 강연을 미친 듯이 쫓아다녔다. 나는 결국 함석헌에 미친 젊은이, '함석헌 환자'가 되어 버렸다.

내가 그를 만나지 못했다면 나는 철도 공무원으로 내 인생을 마감했을 것이다. 그를 만나지 못했다면 나는 우리와는 너무 다른 서구 사회를 체험하지 못했을 것이고 영국 여성을 아내로 맞이하지 못했을 것이다. 무엇보다도 내가 그를 만나지 못했다면 나는 이 책을 집필하는 영광을 누려 보지 못했을 것이고, 그것은 내 삶에 가장 큰 손실이었을 것이다. 태평양 한가운데에 빗방울 한 방울이 더해지듯이, 이 책이 함석헌의 거대한 사상적 유산을 더하는 데 하나의 작은 빗방울이라도 될 수 있다면 더 큰 바람이 없겠다.

주석

시작하는 말

1) Sanders, David, *Losing an Empire, Finding a Role: British Foreign Policy since 1945*, p. 76.
2) Oliver, Robert T., *Syngman Rhee: The Man Behind the Myth*, p. 202.
3) 송건호, 『한국 민족주의론』, 223쪽: 『한국 근현대사 사전』, 272쪽.
4) Grayson, James H., *Korea: A Religious History*, p. 204.
5) Ham, Sokhon, "The Voice of Ham Sokhon," *Friends Journal*, February 1, 1984, p. 8.
6) Ham, Sokhon, *Kicked By God*, p. 6.
7) 함석헌, 『함석헌 전집 4』(이하 『전집』으로 표기), 373쪽.
8) 함석헌, 『전집 4』, 343쪽: 『전집 14』, 384쪽.
9) 함석헌, 『전집 16』, 232쪽.
10) 함석헌, 『전집 14』, 295쪽.
11) 앞의 책.
12) 함석헌, 『전집 15』 96쪽: 『전집 17』 201쪽.
13) 함석헌, 『전집 14』, 125쪽.

사자섬 아이에서 '생각하는' 기독 청년으로

1) 함석헌의 부친과 가족 관계에 대해서는 함우용, 「아버님 함석헌」, 『씨알의 소리』 1989년 9월호, 176~187쪽 참조.
2) 김용준, 「함 선생님이 걸어오신 길」, 『씨알의 소리』 1989년 8월호, 44쪽.
3) 함석헌, 「나의 어머니」, 『전집 4』, 299~300쪽.
4) 앞의 책, 115쪽.

5) Nahm, Andrew, *Korea: Tradition & Transformation*, p. 144.

6) Soltau, T. Stanley, *Korea: The Hermit Nation and Its Response to Christianity*, p. 19.

7) 윤성범, 『기독교와 한국 사상』, 250쪽.

8) 백낙준, 『한국 개신교사』, 438~439쪽.

9) Grayson, James H., *Korea: A Religious History*, p. 198.

10) 앞의 책, pp. 198~200.

11) Lone, Stewart 외, *Korea Since 1850*, p. 54.

12) Clark, Allen D., *A History of the Church in Korea*, pp. 92~93.

13) Lee, Kibaik, *A New History of Korea*, pp. 333~334.

14) 함석헌, 『전집 4』, 185쪽.

15) 함석헌, 『전집 14』, 88쪽.

16) 앞의 책, 368쪽.

17) Kim, C.I. Eugene 편, *Korea's Response to Japan: The Colonial Period 1910~1945*, pp. 144~145.

18) McCune, Shannon, *Korea: Land of Broken Calm*, p. 94.

19) Palmer, Spencer J., *Korea and Christianity: The Problem of Identification with Tradition*, p. 94.

20) 이것은 함경도의 경우도 마찬가지다.

21) 스불론은 야곱의 열번째 아들(「창세기」 30: 19~20). 납달리는 야곱의 다섯째 아들. 스불론과 납달리에 대해선 다음을 참조. Comay, Joan, "Zebulun," *Who's Who in the Old Testament*, p. 384; "Naphtali", p. 293.

22) Ham, Sokhon, *Kicked by God*, p. 7; 함석헌, 『전집 4』, 206쪽.

23) 함석헌, 『전집 4』, 207쪽. 백낙준은 이 시기의 한국의 개신교에 대해서 다음과 같이 묘사한다. "교회는 신학문을 가르치며 새로운 문헌을 출판했고 새로운 과학 지식을 소개하며 사람들의 사기를 높여 주고, 산업을 권장하며 사회를 개혁시켰다. …… 기독교는 새로운 사상, 인생과 세계에 대한 새로운 관점을 소개해 주었다." 백낙준, 『한국 개신교사』, 441쪽.

24) Ham, Sokhon, *Kicked by God*, p. 8.

25) 함석헌, 『전집 4』, 209쪽.

26) 함석은이 함석헌에게 준 영향에 대해서는 『씨알의 소리』 1977년 3월호, 10쪽 이하를 참조.

27) 「함석은」, 『동아원색 대백과사전』 29권, 537쪽; 박영석, 『일제하 독립 운동사 연

구』, 50~51쪽.

28) 함석헌, 『전집 4』, 128~129쪽.

29) Choy, Bongyoun, *Korea: A History*, p. 178.

30) 민경배, 『한국 기독교 사회 운동사』, 177쪽.

31) Suh, David Kwangsun, *The Korean Minjung in Christ*, p. 40.

32) 김광수, 『한국 민족 기독교 백 년사』, 58~59쪽.

33) 신용하, 『한국 민족 독립 운동사 연구』, 282~283쪽.

34) Choy, Bongyoun, *Korea: H History*, p. 178.

35) 함석헌, 『전집 4』, 130쪽, 210쪽; *Kicked By God*, pp. 8~9.

36) 함석헌, 『전집 4』, 126쪽.

37) 앞의 책, 210쪽; *Kicked By God*, pp. 8~10.

38) Scalapino, Robert 외, *Communism in Korea* 1권, p. 132.

39) 함석헌, 『전집 3』, 170쪽.

40) 함석헌, 『전집 4』, 214쪽.

41) 앞의 책, 212쪽.

42) L.D. "Wells, H.D.," *Encyclppaedia Britannica*, 12권, pp. 573~574.

43) 함석헌, 『전집 17』, 341쪽.

44) Carlyle, Thomas, *Sartor Resartus* 참조.

45) 「요한복음」 1 : 4.

46) 「요한복음」 1 : 9.

47) 「요한복음」 8 : 12.

48) Nickalls, John 편, *The Journal of George Fox* 참조.

49) 영국에서 성공회의 교리나 주의에 순종하지 않는 비순응주의자를 말한다.

50) Abrams, M.H. 편, "Percy Bysshe Shelley," *The Norton Anthology of English Literature*, 6판, 2권, pp. 643~646.

51) 앞의 책, p. 678.

52) 함석헌, 「서풍의 노래」, 『전집 5』.

53) Clark, Allen D., "Yi Sunghun," *A History of the Church in Korea*, p. 429.

54) 함석헌, 『전집 5』, 361~362쪽.

55) 앞의 책, 363쪽; 『성서조선』 1930년 6월호.

56) 『씨알 마당』 1995년 10월호, 47쪽.

57) Ham, Sokhon, *Kicked By God*, p. 12.

'감방 대학'에서 노자를 만나다

1) Lewis, Michael, *Rioters and Citizens: Mass Protest in Imperial Japan*, p. 249.
2) Livingston, Jon, "Imperial Japan: 1800-1945," *The Japan Reader, Vol. 1*, pp. 338~339.
3) Miyoshi, Masao 편, *Japan in the World*, pp. 123~124.
4) Notle, Sharon H., *Liberalism in Modern Japan*, pp. 171~172, 183, 204.
5) 『한국 근현대사 사전』, 218쪽.
6) Weiner, Michael, *The Origins of the Korean Community in Japan 1910~1923*, pp. 142~143.
7) Reischauer, Edwin O., *Japan: The Story of A Nation*, 3판, p. 172.
8) 『한국 근현대사 사전』, 572쪽.
9) 함석헌, 『전집 4』, 214~215쪽.
10) 앞의 책, 191~192, 228쪽.
11) 『씨알마당』 1995년 10월호, 48쪽.
12) 함석헌, 『전집 4』, 215쪽; *Kicked By God*, p. 10.
13) 김교신에 대해서는 다음을 참조. 「김교신」, 『발굴 한국 현대사 인물 1』(한겨레신문사), 237~244쪽; 한국기독교역사연구소, 『한국 기독교의 역사 2』, 203쪽.
14) Howes, John F., "Uchimura Kanzo," *The Encyclopedia of Religion*, 15권, pp. 111~112.
15) Bowman, Barbara, "Ham Sok Hon", *The Friends*, 1989년 3월 31일, p. 395.
16) Hidaka, D., "The History and Philosophy of the Mukwokai or Non-Church Christianity", 출판되지 않은 논문.
17) 앞의 글.
18) 함석헌, 『전집 3』, 168쪽; 『씨알 마당』 1995년 10월호, 47쪽.
19) 세종문화사 편집부 편, 『우치무라 간조』, 254~255쪽.
20) 함석헌, 『전집 4』, 217쪽.
21) 송길섭, 『한국 신학 사상사』, 281쪽.
22) 송건호, 『한국 현대 인물사론』, 260쪽. 송두용은 동경에서 우치무라의 성경 공부 모임에 참여했고 『성서조선』을 함께 만든 김교신, 함석헌, 송두용, 정상훈, 유석동, 양인성을 "우리 여섯"이라고 지칭했다. 함석헌 역시 김교신을 일러 "무엇으

로 보나 여섯 중 으뜸"이라고 말한 바 있다. 함석헌, 『전집 3』, 136쪽.

23) 안병무, 「순수와 저항의 길」, 『씨알, 인간, 역사』, 17쪽.

24) Choy, Bongyoun, *Korea: A History*, p. 174.

25) 일제 강점기 조선총독부의 자문 기관.

26) 권중현(權重顯, 1854~1934). 을사오적의 하나이며, 을사조약 때 농상공부 대신.

27) 박영효(朴泳孝, 1861~1939). 조선 말기 급진 개화파의 주요 인물이며 일 제 강점기의 친일파. 일본 이름은 야마자키 에이하루(山崎永春).

28) 이윤용(李允用, 1854~1939). 조선 말기 정치인이며 한일합방 과정에서 일 본에 협력했다. 이완용의 형.

29) 조선총독 아래에서 군사통수권을 제외한 행정, 사법권을 통괄.

30) 함석헌, 『전집 1』, 15~16쪽.

31) Ham, Sokhon, *Queen of Suffering: A Spiritual History of Korea*, p. ix.

32) Choy, Bongyoun, *Korea: A History*, p. 413.

33) 「이사야」 53: 2~5, 『현대인의 성경』.

34) Ham, Sokhon, *Queen of Suffering*, pp. 182~183.

35) 앞의 책, pp. 2, 13; 함석헌, 『전집 11』, 234쪽.

36) 함석헌, 『전집 1』, 12쪽.

37) Kim, C.I.Eugene 편, *Korea's Response to Japan*, p. 117.

38) Blair, William 외, *The Korean Pentecost and the Sufferings Which Followed*, p. 89.

39) 앞의 책, pp. 98~114; Kim, C.I. Eugene 앞의 책, p. 150; 이원규 편, 『한국 교회와 사회』, 337쪽.

40) Shaw, William 편, *Human Rights in Korea: Historical and Policy Perspectives*, p. 134.

41) 최진삼, 「함석헌 선생 곁에서 50년」, 『씨알의 소리』 1989년 7월호, 181쪽.

42) 함석헌은 1943년으로 기억했지만 실제로는 1942년 5월이었다.

43) Ham, Sokhon, *Queen of Suffering*, p. 6.

44) 러스킨의 예술론에 대해서는 그의 저서 *Modern Painters* 와 *The Stone of Venice* 참조.

45) Simmons, Ernest J. "Tolstoy," *The Encyclopaedia Britannica*, 28권, p. 707.

46) 함석헌, 『전집 19』, 357쪽.

47) Simmons, Ernest J. "Tolstoy," 앞의 책, p. 708.

48) Chan, Wing-tsit, *A Source Book in Chinese Philosophy*, pp.147, 154.

49) Wilhelm, Richard, "Introduction: Historical Context," *Tao-te Ching*, pp.10~11.

50) 『씨알 마당』 1995년 2월호, 56쪽.

51) 함석헌, 『전집 25』, 65쪽.

52) 함석헌, 『전집 14』, 276~277쪽.

53) 함석헌, 『전집 4』, 220쪽. 제도적인 종교 기관의 간섭 없이 각 개인이 직관적으로 진리를 인식할 수 있다는 함석헌의 관점은 맹자의 자득(自得) 사상으로부터 영향을 받았다. 『씨알의 소리』 1976년 9월호, 9쪽.

54) Conze, Edward 편, *Buddhist Scripture*, pp. 216~217.

55) 앞의 책, p.141.

56) 노자는 『도덕경』의 저자로 알려져 있다. 기원전 570년에 탄생했던 것으로 믿어지는데, 어떤 학자들은 기원전 4세기 후반에 태어났다고 주장하기도 한다. 노자가 언제 태어났는가 하는 문제는 별로 중요하지 않다. 중요한 것은 『도덕경』의 깊고 독창적인 내용일 것이다.

57) Ham, Sokhon, *Kicked By God*, p. 15.

58) 앞의 책, p.13.

59) 함석헌, 『전집 19』, 102쪽; 『전집 3』, 139~140쪽.

60) 앞의 책.

61) 함석헌, 『전집 19』, 251쪽.

62) Wolf, Williams J., "Atonement: Christian Concepts," *The Encyclopedia of Religion*, 1권, p. 495.

63) Ham, Sokhon, *Kicked By God*, p. 13.

64) 함석헌, 『전집 4』, 220쪽.

65) Nickalls, John 편, *The Journal of George Fox*, p. 624.

66) 공성이불거(功成以不居) : 공을 세운 후에는 머무르지 않는다. 『도덕경』 9장.

67) Ham, Sokhon, "The Challenge of Korea" (Philadelphia: Pendle Hill, 1962), p. 1.

68) Ham, Sokhon, *Kicked by God*, p. 13.

69) Locke, John, *Two Treatises of Government*, p. 127.

70) 「요한복음」 15 : 15.

71) 함석헌, 『전집 3』, 139쪽.

72) 함석헌, 『씨알 마당』 1995년 10월호, 49쪽.

73) 앞의 책.

74) Bakunin, Michael, *Statism and Anarchy*, p. 13.

75) Ham, Sokhon, "The Voice of Ham Sok Hon," *Friends Journal*, p. 10.

76) 함석헌, 『전집 14』, 29쪽.

77) 함석헌, 『전집 3』, 157쪽.

78) Ham, Sokhon, *Kicked By God*, p. 16.

79) 함석헌, 『전집 3』, 157쪽.

80) Ham, Sokhon, *Queen of Suffering*, p. 17.

81) Ham, Sokhon, *Kicked By God*, p. 16; 함석헌, 『전집 20』, 3쪽.

82) 함석헌, 『전집 20』, 31쪽; 『마당』, 23쪽.

83) 함석헌, 『전집 21』, 86쪽.

84) 『도덕경』 61장.

85) 『도덕경』 38장.

86) Chan, Wing-tsit. "Taoism," *The Encyclopedia of Philosophy*, 4권, p. 391.

87) Siklos, Bulcsu. "The Philosophical Taoism of Lao-tzu and Chuang-tzu," *The World's Religions*, p. 545.

88) Chan, Wing-tsit. *A Source Book in Chinese Philosophy*, Princeton New Jersey, Princeton U.P., pp. 147, 154.

89) Wilhelm, Richard. "Commentary: The Teaching of Lao Zi", *Tao-te Ching*, p. 65.

90) 함석헌, 『전집 20』, 46쪽.

91) Lau D.C. "Introduction", *Confucius: The Analects*, p. 31.

92) 함석헌, 『전집 20』, 29쪽.

93) Ham, Sokhon, *Queen of Suffering*, p. 2.

94) *Quaker Faith and Practice*.

95) 함석헌, 『전집 4』, 26쪽.

96) 함석헌, 『전집 6』, 67쪽.

97) 김교신, 「成造小感: 서재를 지어 본 소감」, 『성서조선』 1937년 7월호.

98) Ham, Sokhon, *Kicked By God*, p. 14.

기독교는 위대하다. 그러나 참은 더 위대하다

1) Ham, Sokhon, *Kicked by God*, p. 16.
2) 함석헌, 『전집 4』, 282쪽; 『씨알의 소리』 1977년 3월호, 18~19쪽; "열한 시에 만납시다", KBS TV 인터뷰, 1987년 1월 17일.
3) 함석헌, 『전집 4』, 275쪽.
4) Ham, Sokhon, *Kicked By God*, p.16.
5) 함석헌, 『전집 4』, 275~276쪽.
6) McCune, Shannon, *Korea: Land of Broken Calm*, p. 124.
7) 「신의주 학생 의거」, 『한국백과사전 8』, 478쪽.
8) Nahm, Andrew C., *Korea: Tradition and Transformation*, pp. 333~334.
9) Cumings, Bruce, *The Origins of the Korean War*, 2권, p. 319.
10) 『한국백과사전 8』, 478쪽.
11) Scalapino, Robert 외, *Communism in Korea*, 1권, p. 352.
12) 하룻밤을 다섯 부분으로 나누었을 때 맨 마지막 부분. 새벽 세 시에서 다섯 시 사이.
13) 함석헌, 『전집 22』, 374~375쪽.
14) 함석헌, 『전집 4』, 294쪽.
15) 「마태복음」 5:45.
16) 함석헌, 『전집 6』, 19쪽.
17) 함석헌, 『전집 23』, 470쪽.
18) 함석헌, 『전집 9』, 396쪽.
19) 민경배, 『한국 기독교 교회사』, 456쪽.
20) McCune, Shannon, *Korea: Land of Broken Calm*, p. 121.
21) 1946년 11월 미국 언론인 로버트 마틴은 월남하는 한국인보다 월북하는 한국인이 더 많았다고 보도했다. *New York Post*, 1945년 11월 20일.
22) 함석헌, 『전집 4』, 53쪽.
23) 「이 대통령 애송시는? 함석헌 '그 사람을 가졌는가'」, 『데일리안』 2009년 2월 19일.
24) 함석헌, 『전집 4』, 272쪽.
25) 앞의 책.
26) 앞의 책, 273쪽.

27) 『성서조선』 1930년 6월호.

28) 『사상계』 1956년 6월호.

29) 함석헌, 『전집 4』, 174~175쪽.

30) Cumings, Bruce, *The Origins of the Korean War, Vol. II*, p. 319.

31) Hoare, James, *Korea: An Introduction*, p. 70.

32) Oliver, Robert, *Syngman Rhee*, p. 202.

33) Nahm, Andrew, *Korea: Tradition and Transformation*, p. 340.

34) Oliver, Robert, 앞의 책, p. 203.

35) *New York Times*, 1945년 9월 12일.

36) McCormack, Gavan 편, *Crisis in Korea*, pp. 15~16.

37) Cumings, Bruce, *The Origins of the Korean War, Vol. I*, p. 176.

38) 앞의 책.

39) Han, Sungjoo, *The Failure of Democracy in South Korea*, p. 11.

40) 진덕규 외, 『1950년대의 인식』, 37~38쪽.

41) 『한국 근현대사 사전』, 310~311쪽.

42) 함석헌, 『씨알의 소리』 1989년 7월호, 187쪽.

43) 유영모에 대해서는 다음을 참조. 김흥호, 『제소리-유영모 선생님 말씀』; 박영호 외, 『다석 유영모』.

44) 대한YMCA, 『한국 YMCA 운동사 1895~1985』, 217쪽. 395쪽.

45) 함석헌이 번역한 영어판은 다음과 같다. Prabhavamnda, Swami & Isherwood, Christopher, *The Song of God, Bhagavadagita* (London: Phonex House, 1947).

46) 함석헌, 『전집 13』 참조.

47) 박우진, 「한국 현대사 속 기독교의 재발견」, 『주간한국』 2009년 7월 30일.

48) 민경배, 『한국 교회사』, 483쪽.

49) 한국 교회와 이승만 정권의 친밀한 관계에 대해선 다음을 참조. 한국종교사회연구소, 『1945년 이후 한국 종교의 성찰과 전망』, 109~111쪽; 김동길, 『씨알의 소리』 1977년 3월호, 21쪽.

50) 함석헌 (1956년 1월), 『전집 3』, 36쪽.

51) 복음주의는 인간의 구원을 위해 그리스도의 대속과 성경만의 절대적 권위, 헌신적 기도 생활, 전도 등을 강조한다. '근본주의'는 가장 중요한 기독교인의 의무를 신학의 세속화나 '현대화'를 절대 받아들이지 않는 것으로 이해하고, 그 목적을 위해 세상과의 전투도 불가피하다고 강조한다. 근본주의에 대해선 다음을 참

조. Marsden, George M., "Evangelical and Fundamental Christianity," *The Encyclopedia of Religion*, 5권, p. 192.

52) 함석헌, 「말씀 모임」, 『전집 3』, 141쪽.

53) 7월 4일은 미국 독립 기념일이다. 아마도 그래서 함석헌이 7월 4일에 한국 교회로부터의 그의 '독립 선언'을 발표한 것 같다.

54) 함석헌, 『전집 6』, 257쪽.

55) 한국 교회사가 또한 이 시기를 "수치와 부끄러움의 시대"로 정의했다. 한국종교사회연구소, 『1945년 이후 한국 교회의 성찰과 전망』, 114쪽; 이원규 편, 『한국 교회와 사회』, 338쪽.

56) 이원규 편, 앞의 책.

57) Cumings, Bruce, *The Origins of the Korean War, Vol. II*, p. 319.

58) 1997년 4월 나는 런던에 있는 영국 통일교 본부를 방문해서 영국 통일교 임원들과 인터뷰를 가졌다.

59) 이원규 편, 앞의 책, 338~339쪽.

60) 함석헌, 「한국의 기독교는 무엇을 하고 있는가?」, 『사상계』 1956년 1월호.

61) 앞의 글.

62) 함석헌, 『전집 20』, 26쪽.

63) 그래서 1961년 5·16 군사 정변 후 박정희는 『말씀』지를 폐간시켰다. 함석헌, 『전집 14』, 344쪽 참조.

64) 함석헌, 『전집 2』, 189쪽, 191쪽.

65) 함석헌, 『전집 1』, 176쪽.

66) 함석헌, 『전집 29』, 16쪽.

67) 함석헌, 『전집 7』, 48쪽.

68) Mahadev, Desai 편, *Biography of Gandhi*, 1940년판.

69) *A Thought for the Day: The Memoir of Gandhi*.

70) 함석헌, 『전집 7』, 39~40쪽.

71) 앞의 책, 40~41쪽.

72) 아슈람은 힌두교에서 은둔자의 암자를 일컫는 말이다. 간디는 그의 생애에서 세 개의 아슈람 공동체를 창설했다. 첫 번째는 1904년(35세) Poenix Ashram, 두 번째는 1915년(46세) Kochrab Ashram, 세 번째는 1936년(67세) Sevagram Ashram이었다. 아슈람 공동체의 생활을 통해서 간디는 각 사람의 종교적 배경과 사회적 신분을 넘어선 각 인간 사이의 평등을 강조했다. 간디는 심지어 인도의 카스트 제도의 제일 밑바닥인 불가촉천민만 하게 되어 있는 화장실 청소도 기꺼이

자원했다. 이슈람 공동체를 통해서 간디가 내세운 11가지 원칙은 다음과 같다. 진리 추구. 비폭력. 금욕. 무소유. 남의 것을 훔치지 말 것. 육체 노동을 통해서 빵을 얻을 것. 식욕 조절. 두려움을 물리칠 것. 종교 간의 평등. 가정에서 만든 제품을 사용할 것. 불가촉천민 제도의 철폐.

73) 씨알은 민초, 자연인, 순수한 사람 등으로 해석될 수 있는데, 노자의 표현을 빌리면 "다듬지 않은 나무" 같은 사람이 아닐까?

74) 함석헌 (1959년 12월), 『전집 4』, 72~73쪽; 홍명순, 「씨알농장에서 나의 꿈」, 『씨알 모임』 1992년 11월 30일.

75) 함석헌, 『전집 25』, 107쪽.

76) 함석헌, 『전집 28』, 212쪽.

77) 홍명순, 『씨알 모임』 1993년 1월 25일, 3쪽.

78) 홍명순과 씨알농장에 대해서는, 홍명순, 「씨알농장에서의 나의꿈」, 『씨알 모임』 1992년 11월 30일, 3~8쪽; 『씨알 모임』 1993년 1월 25일, 3~9쪽 참조.

79) 씨알농장 일꾼들의 수는 변동이 많았다. 적을 때는 6~7명, 많을 때는 50명 정도였다. 홍명순, 앞의 글, 7쪽 참조.

80) 오나이더 공동체의 실패 이유에 대해서는 다음을 참조. Carden, Maren, *Oneida: Utopian Community to Modern Corporation*, p. 210.

81) 앞의 책.

82) 함석헌, 『씨알의 소리』 1973년 7월호, 49쪽.

83) 함석헌, 『씨알 모임』 1993년 1월 25일, 8쪽.

84) 앞의 책.

85) 함석헌, 『전집 8』, 114쪽.

86) 장준하의 삶에 대해서는 장준하, 『돌베개』; 한겨레신문사, 「장준하」, 『발굴 한국현대사 인물 1』, 153~160쪽 참조.

87) 함석헌, 『씨알의 소리』 1973년 7월호, 48쪽.

88) 함석헌, 「한국의 기독교는 무엇을 하고 있는가?」, 『사상계』 1956년 1월호 참조.

89) 장준하, 「함 선생님의 강한 첫인상」, 『씨알의 소리』 1973년 7월호, 48~49쪽.

90) 앞의 글.

91) 함석헌, 『전집 25』, 210~211쪽.

92) 함석헌, 『전집 3』, 57~58쪽.

93) 함석헌, 『전집 14』, 111~112쪽.

94) 장준하, 앞의 글.

95) 함석헌, 『전집 1』, 18쪽.

96) 함석헌, 「세계 평화의 길」, 『전집 12』, 287쪽.

97) 함석헌, 「역사 속의 민족관」, 『전집 12』, 137쪽.

98) 함석헌, 「사관」, 『전집 1』, 37쪽.

99) 「마태복음」 5:45.

100) 함석헌, 「씨알」, 『씨알의 소리』 1970년 4월호.

101) 함석헌, 『전집 30』, 92쪽.

102) 함석헌, 「넷째 판에 부치는 말」, 『뜻으로 본 한국 역사』.

103) 앞의 글.

104) 함석헌 옮김, 「함석헌의 서문」, 『날마다 한 생각: 간디의 일기』, 3쪽.

105) Ham, Sokhon, "War is the Most Extreme Luxury," *Madang*, p. 24.

106) 함석헌, 『전집 22』, 491쪽.

107) 앞의 책.

108) 흥미롭게도 맹자(孟子) 또한 같은 말을 했다. "위인은 갓 태어난 아기와 같은 마음을 지닌 사람." *Mencius* (London: Penguin, 1970), p. 130.

109) 맹자 또한 같은 의미의 가르침을 했다. "군자에게 가장 중요한 것은 다른 이들을 돕는 것.", 앞의 책, p. 84.

110) 함석헌의 기독교관을 비판·비방한 내용은 다음 글들을 참조. 윤형중, 「함석헌 선생에게 할 말 있다」, 『사상계』 1957년 5월호, 7월호; 서창제, 「무교회 운동과 함석헌에게」, 『신태양』 1958년 9월호.

111) Ham, Sokhon, *Kicked By God*, p. 17.

112) 함석헌(1955년), 『전집 10』, 297쪽.

113) 함석헌, 『전집 10』, 174쪽.

114) Gay, Peter 편, *Age of Enlightenment*, p. 20.

115) Teilhard de Chardin, Pierre, *The Phenomenon of Man*, pp. 257~264, 268~272 참조.

116) Ham, Sokhon, *Queen of Suffering*, pp. 152~153.

117) 민중신학에 대한 함석헌의 영향은 이 책의 뒷부분(함석헌이 남긴 것)에서 다룰 것이다. 나는 이 주제로 안병무와 두 번에 걸쳐 집중적으로 개별 면담을 가졌다.

118) Ham, Sohon, *Kicked By God*, p. 17; 함석헌, 『전집 18』, 22~23쪽.

119) 2010년 8월 필자와의 인터뷰 중.

120) 서영훈, 「나의 이력서―스승 류영모와 함석헌」, 『한국일보』 2004년 4월 8일.

121) 그 여인과 인터뷰 중 그리고 필자에게 보낸 서간 중 요약 발췌.

122) Ham, Sokhon, *Kicked By God*, p. 17.
123) 함석헌, 『전집 18』, 25~27쪽.

죽을 때까지 이 걸음으로

1) Ham, Sokhon, *Kicked By God*, p. 18.
2) 함석헌, 『전집 3』, 168쪽.
3) 함석헌, 『전집 15』, 352쪽.
4) 앞의 책.
5) 함석헌, 「6·25」, 『전집 1』, 287쪽.
6) 잉글 라이트 박사는 이 논문을 위해 나의 연구비와 생활비를 전적으로 지원해 주셨고, 나의 유학 생활 중 그녀는 내게 항상 어머니 같은 사랑을 베풀어 주셨다. 1998년 나는 영국인 아내 앤(Ann)과 더불어 득남했고, 내 아들의 이름을 잉글 김으로 지었다.
7) 서구 퀘이커의 한국에서의 활동에 대해선 다음을 참고. Lee, Yoongu, "Quakers in Korea," *Friends Journal* (Philadelphia: AFSC, 1984년 2월 1일), P. 9; Bowles, Herbert 외, "History of Spiritual Growth of Friends in Korea". 출판 되지 않은 보고서 (Friends World Committes, American Section & Fellowship Council, Inc.), pp. 1~9; AFSC, "Friends Service Unit, Kunsan, Korea" (Philadelphia: AFSC, 1958), pp. 1~2.
8) Haeng Woo Lee, "Friends in Korea", May 1969. (http://www2.gol.com /users/quakers/friends_in_korea.htm)
9) Ham, Sokhon, *Madang*, pp. 2~3; 함석헌, 『전집 3』, 152쪽.
10) Ham, Sokhon, *Kicked By God*, p. 18.
11) Lee, Yoongu, "Quakers in Korea," p. 9.
12) 『논어』 1장 1절.
13) 함석헌, 『전집 26』, 22쪽.
14) 「마태복음」 19:2.
15) 「마태복음」 5:31.
16) 「마가복음」 10:25.
17) 함석헌, 『전집 18』, 196쪽.
18) 함석헌, 『전집 26』, 286쪽.

19) FWCC, *Quakers Around the World: Handbook of the Religious Society of Friends*, London: FWCC, 1994, pp. 148~150.

20) http://www.quakerinfo.org/resources/worldstats.html 2009년 12월 23일 기준.

21) 종교학자 황필호는 퀘이커를 '대학원 종교'라고 표현하기도 했다.

22) 한국의 가장 많은 개신교단인 총신대 김영재의 『한국 교회사』와 '한국사 교과서'라는 이기백의 『한국사 신론』에 함석헌에 대한 언급이 전혀 없는 것을 필자는 이에 대한 반증으로 평가한다.

23) Brinton, Howard, *Friends for 300 Years*, Pendle Hill, 1994, p. xii.

24) 「요한복음」 1:4.

25) 「요한복음」 1:9.

26) 「요한복음」 8:12.

27) 17세기 영국의 퀘이커들은 맹세를 거부하였기 때문에 입학 전 맹세를 요구하는 대학교에 입학할 수 없었다.

28) George H. Gorman, *Introducing Quakers*, (London: Quaker Home Service, 1981), p. 7

29) The Quaker Testimony는 30여 년마다 한 번씩 다시 쓰인다. 사회 문제와 종교 문제에 대한 퀘이커들의 입장을 표현한 『증언서』이다.

30) 이성숙, 「움직이는 페미니스트 군단: 영국 성병방지법 폐지 운동가 페미니스트들의 네트워크, 1869~1886」, 『영국 연구』(홍익대학교, 2000), 55~84쪽.

31) "Friends," Encyclopaedia Britannica, p. 256; 하워드 브린톤, 『퀘이커 300년』, 함석헌 옮김, 『전집 15』, 262쪽에는 46배로 나와 있다.

32) 함석헌, 「모임 공동체」, 『전집 15』, 262쪽; "Friends," New Encyclopedia Britannica, vol. 26, 15th ed., (Chicago: 1985), p. 256.

33) 함석헌, 『전집 8』, 386쪽.

34) Ham, Sokhon, *Queen of Suffering*, p. 10; 함석헌, 『전집 12』, 224쪽.

35) 함석헌, 『전집 19』, 130쪽.

36) 함석헌, 『전집 11』, 379~380쪽.

37) 함석헌, 『전집 20』, 195쪽.

38) 게리 쿠퍼 주연의 영화 〈우정 어린 설복〉은 이러한 퀘이커들의 갈등을 표현한다. 또한 영화 〈하이 눈〉도 퀘이커 교도 그레이스 켈리가, 곤경에 처한 남편을 구하기 위해 불가피하게 무력을 택할 수밖에 없는 한 퀘이커 여성의 갈등을 보여준다.

39) Lee, Yoongu, "Quakers in Korea," p. 9.

40) Wright, Ingle, "What is a Quaker Meeting?," *Friends Quarterly*, London: 1967 July, p. 560.

41) 함석헌, 『전집 15』, 357쪽.

42) 함석헌 (1956년), 『전집 19』, 293쪽.

43) 함석헌, 『전집 10』, 327쪽.

44) 앞의 책.

45) 함석헌, 『전집 3』, 154쪽.

46) 함석헌, 『전집 15』, 51쪽.

47) 필자가 영국과 미국에서 만난 나이 많은 퀘이커들은 한결같이 함석헌과의 만남을 회고하면서 "그의 모습은 신비한 동양의 현인(Mystic Oriental Sage) 같았다"고 묘사했다.

48) Ham, Sokhon, "The Voice of Ham Sokhon," *Friends Journal*, p. 9.

49) 초기 퀘이커 지도자인 조지 폭스는 이렇게 말한 적이 있다. "퀘이커의 원칙은 그리스도의 영(靈)입니다." *Friends Journal*, p. 699. 퀘이커 역사가인 하워드 브린튼은 "퀘이커는 기독교인"이라고 밝힌다. 함석헌, 『전집 15』, 94쪽.

50) 함석헌, 『전집 14』, 299쪽.

51) 함석헌, 『전집 3』, 218쪽.

52) Ham, Sokhon, *Kicked By God*, p. 19.

53) Ham, Sokhon, "The Voice of Ham Sokhon," *Friends Journal*.

54) 함석헌, 『전집 15』, 357쪽.

55) 함석헌, 『전집 2』, 152쪽.

56) Ham, Sokhon, *Kicked By God*, p. 19.

57) 나는 1990년 봄 우드브룩에 3개월간 머물며 함석헌이 남긴 발자취를 더듬어 보았다. 에든버러대학교에 유학하던 시절의 윤보선 전 대통령도 우드브룩에서 묵은 적이 있었다. 우드브룩의 복도에는 그가 훗날 선물한 커다란 산수화 족자가 걸려 있다.

58) *1963 Woodbrooke Spring Term* (Woodbrooke College: 1963).

59) 함석헌, 『전집 15』, 355쪽.

60) 함석헌, 『전집 8』, 377~378쪽.

61) "Ham Sok Hon Detained," *The Friends*, 1976년 3월 12일, p. 276.

62) 함석헌, 『전집 15』, 355쪽.

63) 함석헌, 『전집 4』, 359쪽; 『전집 10』, 138쪽.

64) 함석헌, 『전집 25』, 105쪽.

65) 함석헌, 『전집 18』, 73쪽.

66) 함석헌, 『전집 4』, 360쪽.

67) 함석헌 (1963), 『전집 14』, 141~142.

68) Sullivan, John 편, *Two Koreas - One Future?*, p. 146.

69) 앞의 책.

70) 함석헌, 『전집 5』, 394쪽.

71) 이치석, 「정치적 미신과 함석헌의 생애」, 『씨알 교육』 1992년 8월 29일, 90~109쪽.

72) 김삼웅, 「들사람 함석헌을 '발굴' 하다」, 『장준하 평전』.

73) 김용준, 저자와의 인터뷰 중.

74) 장준하, 『민족주의자의 길』.

75) 함석헌, 『전집 17』, 227쪽.

76) 함석헌, 『전집 25』, 141쪽.

77) McCormack, Gavan 편. *Crisis in Korea*, p. 48; Nam, Koonwoo, *South Korean Politics*, p. 54.

78) 박명석, 『동과 서: 그 인식 구조의 차이』, 16쪽.

79) 조경란, 『중국 근현대사 사상의 탐색』(삼인, 2003), 141쪽.

80) 앞의 책, 234쪽.

81) 공자의 가부장적 정부론에 관하여는 *Confucius: The Analects* (London: Penguin, 1979), pp. 36~37 참조.

82) 김영명, 『한국 현대 정치사』, 323쪽.

83) 차준환, 『한국 도교 사상 연구』, 262~273쪽 참조.

84) de Bary, William. Theodore 외, *The Rise of Neo-Confucianism*, p. 80.

85) 정병조, 『한국 종교 사상: 불교, 도교』, 190, 194~195쪽.

86) Kim, Dukhwang, *A History of Religions in Korea* 참조.

87) 한국도교연구소. 『도교와 한국 문화』, 406쪽.

88) Chan, Wing-tsit, "Taoism," *The Encyclopedia of Philosophy*, 4권, p. 391.

89) Choy, Bongyoun, *Korea: A History*, p. 65.

90) 『도덕경』 77장.

91) 「마태복음」 6: 3.

92) 『도덕경』 27장.

93) *Chuang-tzu* (London: Penguin, 1996), p. 163.

94) 함석헌, 『전집 12』, 327쪽.

95) 『씨알마당』 1995년 10월호, 24쪽.

96) 김용준, 「함 선생님이 걸어오신 길」, 『씨알의 소리』 1989년 3월호.

97) 『동아일보』 1974년 12월 25일.

98) 『동아일보』 1975년 4월 8일.

99) Sohn, Hakkyu, *Authoritarianism and Opposition in South Korea*, p. 221.

100) Nam, Koonwoo, *South Korean Politics*, p. 76.

101) Shaw, William 편, *Human Rights in Korea*, p. 178.

102) *New York Times*, 1976년 3월 3일; *Time*, 1976년 3월 22일.

103) *The Friend*, 1976년 9월 3일, p. 1037.

104) 앞의 글, p. 1038.

105) 앞의 글, p. 1037.

106) *Korea Times*, 1970년 11월 15일.

107) 함석헌, 『전집 6』, 299쪽.

108) 함석헌, 『전집 8』, 393쪽.

109) 간디와 그 아들들과의 관계는 아주 좋지 않았다. 특히 간디의 큰아들은 아버지를 위선자로 여겼고, 미움과 증오심이 대단했다. 카스투르바는 아내와 어머니로서 부자간의 갈등을 해소하고자 심혈을 기울였다. French, Patrick, "Mahatma's other half," *The Sunday Telegraph*, 1998년 4월 12일, p. 15 참조.

110) 함석헌, 『전집 8』, 393~394쪽.

111) 서울 퀘이커 예배 모임 감화 시간에. 그때가 1988년 10월경으로 기억된다.

112) 황득순에 관하여는 『씨알의 소리』 1974년 3월호, 71쪽 이하 참조.

113) Sohn, Hakkyu. *Authoritarianism and Opposition in South Korea*, p. 168.

114) 1992년 안병무와 필자와의 인터뷰 중 증언.

115) 88서울올림픽을 앞두고, 서울 목동·사당동·상계동 빈민 지역 재개발 과정에서 폭력적인 강제 철거로 인해 보금자리가 파괴돼 대책 없이 쫓겨 갔던 도시 빈민들은 전시 행정을 앞세운 서울올림픽의 또 다른 모습이다.

116) 1992년 이태영 여사와 인터뷰 중 증언.

117) 「마태복음」 5:8~10.

함석헌이 남긴 것

1) 함석헌, 『전집 25』, 118쪽.
2) 송길섭, 『한국 신학 사상사』, 35쪽.
3) 앞의 책.
4) 한국 기독교인의 종교관과 사회 · 정치적 상황과의 상호 의존적 인식 관계에 대하여는 이원규, 「한국 교회의 신학적 구조적 특성」, 『한국 교회와 사회』, 32~33쪽 참조.
5) 당시 중학생 교인이던 필자는 '비몽사몽' 중에도 열심히 이 집회에 나간 기억이 있다.
6) 1970년 180만이었던 한국 기독교인은 1979년에 이르러 360만이 되었다. 숭전대학교(지금의 숭실대학교) 부설 한국기독교문화연구소, 『한국 사회와 기독교』, 112쪽.
7) Sohn, Hakkyu, *Authoritarianism and Opposition in South Korea*, p. 20, p. 197.
8) 앞의 책.
9) 민중이란 단어는 안병직이 그의 3 · 1운동 연구에서 처음 부각시켰고, 이 글의 제목으로 제안한 이는 한완상이었다. 한완상의 민중론에 관하여는 그의 저서 『민중과 사회』, 『민중사회학』을 참조.
10) 함석헌, 「앞을 내다 보자」, 『씨알의 소리』 1972년 1월호, 20쪽.
11) 서남동, 「씨알과 민중 운동의 의미」, 전대열 편, 『싸우는 평화주의자 함석헌』, 296쪽.
12) 민중과 한의 개념에 대하여는 다음을 참조. Ahn, Byungmu, "Jesus and the Minjung in the Gospel of Mark"; Suh, Namdong, "Towards a Theology of Han," Kim, Yongbok 편, *Minjung Theology; People as the Subjects of History*. 서남동의 신학 사상에 관하여는 그의 저서 『전환시대의 신학』, 『민중신학의 탐구』 참조.
13) 그 논문의 독일어판은 다음과 같다. Andreas Hoffmann-Richter, Ahn Byung-Mu als Minjung-Theologe (Guetersloher Verlagshaus, Gerd Mohn, 1990).
14) 필자와의 인터뷰, 1992년 7월 13일.
15) 함석헌, 『전집 21』, 299쪽.
16) 함석헌, 『전집 12』, 164쪽.

17) 함석헌 (1970), 『전집 10』, 199쪽; 함석헌 (1983), 『전집 18』, 323쪽.
18) 「마태복음」12 : 38~45, 15 : 1~20, 16 : 1~12, 19 : 1~11, 21 : 12~17; 23~
  27, 22 : 15~22; 34~40; 41~46; 「마가복음」2 : 18~22, 7 : 1~23, 10 : 1~
  10, 11 : 27~33, 12 : 13~17; 28~34; 「누가복음」, 5 : 29~39, 14 : 1~14, 15 :
  1~7, 17 : 20~21, 19 : 45~48, 20 : 1~8; 20~40; 「요한복음」2 : 12~25 등
  참조.
19) 「요한복음」3 : 1~21.
20) 「마태복음」26 : 5; 「마가복음」11 : 12~19.
21) Brownrigg, Ronald, "Zealots," *Who's Who in the New Testament*, pp.
  443~444.
22) Brownrigg, Ronald, "Judas Iscariot," 앞의 책, p. 247.
23) 「요한복음」12 : 5.
24) Brownrigg, Ronald, 앞의 책, p. 248.
25) 앞의 책, p. 247.
26) 앞의 책, p. 250.
27) Brown, Colin 편, "Punishment," *The New International Dictionary of New Testament Theology*, p. 94.
28) Green, Joel B. 편, "Crucifixion: A Military and Political Punishment," *Dictionary of Jesus and the Gospels*, p.148.
29) Green, Joel B. 편, "Why was Jesus Crucified?," 앞의 책, p. 153.
30) 「장준하, 김재규의 박정희 암살 계획 알았나?」, 『오마이뉴스』2004년 1월 19일.
31) 함석헌, 『전집 8』, 63쪽.
32) 함석헌 (1972년 1월), 『전집 14』, 99쪽.
33) 필자와의 인터뷰. 1992년 7월 7일 한겨레신문사에서.
34) 『도덕경』81장.
35) 정진석, 「한국의 논객들」, 『월간조선』1993년 11월호, 600~601쪽.
36) 함석헌, 『전집 14』, 60~61쪽.
37) 종교적 보편주의란 궁극적으로 모든 인류 혹은 모든 인간은 기독교인이건, 비기독교인이건 상관없이 모두 다 구원을 받는다는 입장이다. Godbey, John C. "Universalism," *The Encyclopedia of Religion*, 15권, p. 145 참조.
38) 함석헌, 『마당』.
39) 함석헌, 『씨알마당』1995년 4월호, 19쪽.
40) 함석헌, 『전집 15』, 79쪽.

41) Gorbachev, Mikhail, *Memoirs: Mikhail Gorbachev*, Georges Peronansky & Tatjana Varsavsky 공역, p. 134.

42) "이 산이든 예루살렘이든 아버지께 예배드리는 장소가 문제되지 않을 때가 오고 있다. …… 아버지께 진정으로 예배하는 사람들이 영적인 진실한 예배를 드릴 때가 오는데 바로 이때다. …… 하나님은 영이시다. 그래서 예배하는 사람은 영적인 진실한 예배를 드려야 하는 것이다."「요한복음」4:21~24.

43) 1995년 11월 통계청에서 실시한 전 국민 통계 조사에 따르면 남한 인구 중에 불교 신자는 23.31퍼센트, 개신교인은 19.79퍼센트, 천주교인 6.7퍼센트, 유교 0.43퍼센트, 원불교 0.19퍼센트, 대순진리회 0.15퍼센트, 천도교 0.06퍼센트, 태종교 0.02퍼센트, 기타 0.44퍼센트이다.

44) Henderson, Gregory, *Korea: The Politics of the Vortex*, p. 20.

45) Oliver, Robert T., Syngman Rhee, p. 18.

46) 박기동, 「한국 교회」, 『지금 여기에』 1996년 12월호, 3쪽.

47) Suh, David Kwangsun, *The Korean Minjung in Christ*, pp. 112~113.

48) 『논어』 12:3.

49) 『논어』 12:17.

50) Suh, David Kwangsun, 앞의 책, p.113.

51) 함석헌, 『전집 18』, 88쪽.

52) Ham, Sokhon, *Queen of Suffering*, p. 17.

53) Wilhelm, Richard, "Commentary: The Teaching of Lao Z,i," *Tao-te Ching*, p. 65.

54) 함석헌, 『전집 3』, 60쪽.

55) 한기두 외, 『한국 불교』, 153~154쪽.

56) 한기두, 『한국 불교 사상 연구』, 157~158쪽.

57) Buswell, Robert E. Jr., *The Formation of Ch'an Ideology in China and Korea*, p. 133.

58) Ham, Sokhon, *Madang*, p. 9.

59) 함석헌, 『전집 1』, 160쪽.

60) Ham, Sohon, *Queen of Suffering*, pp. 3~4.

61) 함석헌, 『전집 3』, 230쪽; 『전집 12』, 352쪽.

62) "The Voice of Ham Sokhon," *Friends Journal*, pp. 6~10; *Queen of Suffering*, p. 15.

63) 함석헌, 『전집 8』, 32쪽.

64) 함석헌, 『전집 3』, 174쪽.

65) 함석헌, 『전집 11』, 215쪽.

66) 함석헌, 『전집 2』, 27, 154쪽; 『전집 9』, 267쪽; 『전집 10』, 128쪽.

67) 앨런 레이스는 또한 이렇게 주장한다. "기독교를 포함한 모든 종교에 있어서 신에 관한 지식은 부분적이다. 그러므로 각 종교는 하느님에 관한 전체 진리를 인류가 파악하는 데 도움이 된다면 서로 긴밀한 도움을 주고받아야 할 것이다." Race, Alan, *Christians and Religious Pluralism: Pattern in the Christian Theology of Religions*, p. 72.

68) Brown, Judith, *Gandhi: Prisoner of Hope*, p. 81.

69) 함석헌, 『전집 9』, 315쪽.

70) Wilhelm, Richard, *Tao-te Ching*, 34장.

71) Oestreicher, Paul, *The Double Cross*, p. 5.

72) Palmer, Martin & Breuilly, Elizabeth 역. *Chuang-tzu*, p. 139.

73) 함석헌, 『전집 10』, 88쪽; 『전집 20』, 165쪽.

74) 함석헌, 『전집 13』, 207쪽.

75) 함석헌, 『전집 10』, 341쪽.

76) 함석헌, 『전집 3』, 158~159쪽.

77) 함석헌, 『전집 1』, 9쪽; 『전집 5』, 272쪽; 『전집 8』, 384쪽; 『전집 20』, 259쪽.

78) 함석헌, 『전집 10』, 328쪽.

79) 함석헌, 『전집 2』, 49쪽.

80) 앞의 책, 346쪽.

81) 함석헌, 『전집 24』, 462쪽.

82) 함석헌, 『전집 3』, 60쪽.

83) 필자와의 인터뷰 중. 1992년 7월 27일 한신대학교에서.

84) 함석헌, 『전집 3』, 318쪽.

85) Grayson, James, *A Religious History of Korea*, p. 86.

86) 함석헌, 『전집 20』, 22쪽.

87) 함석헌, 『전집 1』, 31~32쪽.

88) 함석헌, 『전집 9』, 3279쪽.

89) 함석헌, 『전집 2』, 101~102쪽.

90) 함석헌, 『전집 7』, 236쪽.

91) 필자와의 인터뷰 중 증언. 1992년 7월 9일 한국가정법률상담소에서.

92) 함석헌, 『전집 17』, 259쪽.

93) 함석헌, 『전집 4』, 114쪽.

94) 함석헌, 『전집 5』, 159쪽.

95) 함석헌, 『전집 3』, 315~317쪽.

96) 함석헌, 『전집 10』, 23쪽.

97) 함석헌, 『씨알의 소리』 1976년 9월호, 37쪽.

98) 함석헌, 『전집 5』, 315쪽.

99) 앞의 책, 147쪽.

100) 함석헌, 『전집 2』, 230쪽.

101) 함석헌, 『전집 14』, 353~354쪽.

102) Simon, Edith, *The Reformation*, p. 171.

103) 「요한복음」 4: 21~24.

마치는 말 : 신의 도시와 세속 도시 사이에서

1) 함석헌, 『전집 27』, 396쪽.

2) 함석헌, 『전집 17』, 210쪽; Ham, Sokhon, *Queen of Suffering*, p. 14.

3) 함석헌, 『전집 13』, 128쪽, 239쪽.

4) 함석헌, 『전집 18』, 12쪽.

5) 함우용, 「아버님 함석헌」, 『씨알의 소리』 1989년 9월호, 176~187쪽.

6) 최진삼, 「함 선생님 곁에서 50년」, 『씨알의 소리』 1989년 7월호, 190쪽.

7) Mandela, Nelson, *Long Walk to Freedom*, p. 212.

8) French, Patrick, "Mahatma's other half," *The Sunday Telegraph*, 1998년 4월 12일, p. 5.

9) 함석헌, 『전집 5』, 349쪽.

10) '어부'라는 표현은 '사람 낚는 어부'의 줄임말로 함석헌 자신이 예수의 제자임을 암시한다.

11) 함석헌, 『전집 6』, 3쪽.

12) Mandela, Nelson, 앞의 책, p. 749.

13) Ham, Sokhon, *Queen of Suffering*, p. 7.

14) Higgins, Andrew, "South Korea runs out of miracle," *The Guardian*, 1997년 1월 11일, p. 17.

15) 함석헌, 『전집 8』, 465쪽.

16) Ham, Sokhon, *Queen of Suffering*, p. 4.

17) 함석헌, 『전집 9』, 309쪽.

18) 함석헌, 『전집 12』, 52쪽.

19) Dale, Jonathan, *Beyond the Spirit of the Age*, p. 32.

20) 함석헌, 『전집 19』, 357쪽.

21) Lau, D.C., *Mencius* (London: Penguin, 1970), pp. 19, 237, 240.

22) *Chang-tzu*, p. 77.

23) Niebuhr, Reinhold, *Moral Man and Immoral Society*.

24) Hobbes, Thomas, *Leviathan* 참조.

25) Ham, Sokhon, *Queen of Suffering*, pp. 1~2, 13~15; 『전집 17』, 133쪽.

26) 함석헌, 『전집 13』, 30쪽.

27) 함석헌, 『전집 24』, 498쪽.

28) 함석헌, 『전집 3』, 318쪽.

29) 『도덕경』 49장.

30) 「마태복음」 5 : 45.

함석헌 생애 연표 (1901. 3. 13~1989. 2. 4)

연도	세계와 한국의 주요 사건	함석헌 생애의 주요 사건	주요 글
1901		3월 13일. 평안북도 용천군 부라면 원성동(일명 사자섬)에서 태어남.	
1904	러일전쟁		
1906		작은아버지 함일형이 세운 사립 기독교 덕일소학교에 입학.	
1910	일제의 한국 강점		
1916		양시공립보통학교 졸업. 4월. 관립평양고등보통학교 입학(제8회).	
1917		8월. 평양고등보통학교 2학년 때 부모님의 뜻에 따라 황득순과 결혼.	
1919	3 · 1운동	평양고등보통학교 3학년 재학 중 사촌형 함석은의 영향으로 3 · 1운동에 참가한 것이 원인으로 휴학.	
1921		사촌형 함석규 목사의 권유로 오산학교 3학년으로 편입. 이승훈, 유영모 등을 만남.	
1923	동경 대지진	오산학교 졸업 후 일본으로 유학 떠남.	
1924	일본, 사회주의와 아나키즘의 전성기	4월. 동경고등사범학교 문과1부에 입학. 우치무라 간조를 만나 그의 문하생인 김교신, 송두용, 정상훈, 양인성, 류석동과 '조선성서연구회' 결성.	
1927	김교신 『성서조선』 창간		
1928		3월. 동경고등사범학교 졸업. 4월. 귀국 후 오산학교에서 역사와 수신을 가르침.	

1930		오산학교의 ML당 사건에 연루되어 수감.	조선에 기독교는 필요하냐
1931	일제의 만주 침략		
1934		1934년 12월~1935년 12월. 『성서조선』에 「성서적 입장에서 본 조선 역사」 연재.	성서적 입장에서 본 조선 역사
1936			무교회 신앙과 조선
1938	중일전쟁	오산학교를 떠남.	
1940		3월. 김두혁으로부터 평양의 송산농사학 원 인수. 8월. 김두혁이 계우회 사건으로 동경에 서 체포, 이 사건에 연관되어 평양대동 경찰서에 1년긴 구금. 11월 5일. 감옥에 있을 때 아버지 함형택 사망. 친구 김교신과 송두용이 상주가 되어 장례를 치름.	
1942		5월. 『성서조선』 사건으로 서대문형무소 에 미결수로 1년간 복역.	
1945	제2차 세계대전 종결, 한국 독립	평안북도 자치위원회 문교부장으로 추대. 신의주 학생 의거의 배후 인물로 지목되 어 소련군 사령부에 체포, 50일간 구금.	
1946		소련군에 의해 다시 1개월간 옥고를 치름.	
1947	여운형, 장덕수 암살	월남.	
1948	대한민국 건국 조선민주주의 인민공화국 건국	YMCA에서 『성경』 강의 시작.	
1953	한국전쟁 종전	7월. 「대선언」 발표, 기독교인들로부터 '이단자' 라 비난받음.	대선언
1955		『말씀』 창간.	

1956		『사상계』에 집필 시작.	한국의 기독교는 무엇을 하고 있는가?
1957		경기도 천안시 봉명동의 1만 평 농장에 '씨알농장'을 시작(정만수 장로 기증).	민중의 교육과 종교, 할 말이 있다
1958		8월. 『사상계』에 실린 「생각하는 백성이라야 산다」는 글로 서대문형무소에 20일간 구금.	생각하는 백성이라야 산다
1960	4 · 19 혁명		
1961	5 · 16 군사 정변	7월. 『사상계』에 「5 · 16을 어떻게 볼까」 발표.	뜻으로 본 한국 역사
1962		2월 9일. 미국 국무성 초청으로 3개월간 미국 전역을 둘러봄. 미국과 영국의 퀘이커연구소에 1년여 동안 공부.	돌아가면 싸워야지
1963	제3공화국 설립	6월 23일. 독일에서 안병무와 함께 있던 중 군정에서 민정으로 이양된다는 말을 듣고 모든 일정을 중단하고 귀국.	민중이 정부를 다스려야 하다
1964			한국은 어디로 가는가
1965	한일 국교 정상화		비폭력 혁명
1966			종교인은 죽었다
1967	장준하 국회의원 당선		한일회담을 집어치우라
1968			마음이 급하오, 앞날이 없으니까
1969			현대사의 조명탄 간다
1970	유신헌법 제정	4월 19일. 『씨알의 소리』 창간호 발간. 『씨알의 소리』 인가 취소로 법정 투쟁(이병린 변호사가 맡음).	썩어지는 씨알이라야 산다

1971	국회 해산	승소하여 『씨알의 소리』 8월호부터 복간.	생각하는 씨알이라 야 산다
1972			얼음은 녹습니다
1973	김대중 납치 사건	씨알농장을 정리, 장준하의 도움으로 모산의 구화고등공민학교를 시작. 퀘이커리즘 공부 모임 창설.	4·19는 혁명이다
1974	민청학련 사건	11월 27일. 윤보선, 김대중과 함께 민주회복국민회의 동참 시국 선언.	우리는 결국엔 이기고야 만다
1975			할 말이 있다
1976		3월 26일. 3·1구국 선언 사건으로 불구속 기소.	마지막, 막지 마
1977		평화시장 노동자들의 인권을 위한 협의회 창설.	사람 노릇, 나라 노릇, 마음대로, 뜻대로
1978		5월 8일. 부인 황득순 여사 77세로 사망.	예수의 비폭력 투쟁
1979	10·26 사태	2월 26일. 세계퀘이커회에 의해 한국인 최초로 노벨평화상 후보로 추천. 3월 4일. 윤보선, 김대중과 함께 3·1절 성명 발표. 8월 11일. 스위스에서 열린 퀘이커 세계대회에 참석하기 위해 출국. 10월 26일. 미국에서 박정희 저격 소식 들음.	
1980	5·18 민주화 운동	5월 16일. 『씨알의 소리』 창간 10주년 기념행사. 제주도에서 5·17 광주 확대계엄령 소식 들음. 7월 30일. 『씨알의 소리』가 계엄 당국에 의해 폐간.	씨알 혁명의 꿈
1981			새것이 어디서 왔느냐?

1982			언론 열려야 시민 정신 깬다
1983			퀘이커와 평화 사상
1984		남강문화재단 설립.	세상이 어지러워진 것을 멍청히 보고만 있으니
1985		미국 방문, 퀘이커 세계협회 멕시코 종교 대회 참석, 캐나다 방문. 노벨평화상 후보에 다시 추천됨.	시국, 정말 걱정입니다
1986			오월을 생각해 본다
1987	6월 항쟁	7월 13일. 서울대학병원에서 췌장, 담낭, 십이지장 종양 부의 절제 수술을 받음. 10월 12일. 제1회 인촌언론상 수상. 12월 22일. 『씨알의 소리』 복간 신청.	정치·사회적 풍토와 폭력
1988	서울올림픽	서울평화올림픽위원장으로 추대. 12월 22일. 『씨알의 소리』가 폐간된 지 8년 만에 복간.	
1989		2월 4일 05시 25분. 서울대학병원에서 88세를 일기로 운명. 2월 8일. 오산학교 강당에서 장례식 거행 후, 연천군 전곡면 간파리 마차산 기슭에 안장. 그 뒤 2006년 10월 19일, 대전국립묘지에 안장.	

찾아보기